【臺灣現當代作家
研究資料彙編】96

許達然

國立台灣文學館
出版

部長序

　　「臺灣現當代作家研究資料彙編」是臺灣文學研究一場極富意義的文學接力，計畫至今已來到第七階段，累積的豐碩成果至今正好匯聚百冊。欣見國立臺灣文學館今年再次推出十部作家研究成果，包括：翁鬧、孟瑤、楊念慈、施明正、劉大任、許達然、楊青矗、敻虹、張曉風和王拓。謹以此套叢書，向長期致力於臺灣文學創作的文學家們致敬。

　　文學是一個國家的靈魂，反映出一個民族最深刻的心靈史。回顧臺灣史，文學家一直是引領社會思潮前進的先鋒，是開創語言無限可能的拓荒者，創造出每一個時代的時代精神。「臺灣現當代作家研究資料彙編」透過回顧作家的生平經歷、尋訪作家與文友互動及參與文學社團的軌跡、閱讀其作品並且整理歷來研究者的諸多評述，讓我們能與作家的生命路徑同行，由此更認識他們所創造的文學世界。越深入認識臺灣文學開創出的獨特風采，我們對這塊土地的情感也會更加踏實，臺灣文化的創發與新生才更活潑光燦。

　　「臺灣現當代作家研究資料彙編」計畫推動至今已歷時八年，感謝這一路走來勤謹任事的執行團隊及諸多專家學者的戮力協助，替臺灣文學的作家研究奠定厚實根基。在此向讀者推介這一套兼具深度與廣度的臺灣文學工作書，讓我們藉由創作、閱讀和研究，一同點亮臺灣文學的璀璨光芒。

文化部部長　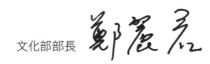

館長序

　　在眾人引頸期盼中，「臺灣現當代作家研究資料彙編計畫」第七階段成果終於出爐，把一年來辛勤耕耘的果實呈現在讀者面前。此次所編纂的作家研究資料彙編，包含翁鬧、孟瑤、楊念慈、施明正、劉大任、許達然、楊青矗、夐虹、張曉風、王拓等十位作家。如同以往，在作家的族群身分、創作文類、性別比例各方面，均力求兼顧平衡；而別具意義的是，這十位作家的加入，讓「臺灣現當代作家研究資料彙編計畫」，匯聚累積共計百冊，為這份耗時良久的龐大學術工程，締造了全新的歷史紀錄。

　　從 1894 年出生的賴和，到 1945 年世代的王拓，這 51 年間，臺灣的歷史跌宕起伏，卻在在滋養著出生、成長於這塊土地上的文學青年、知識分子。而諸多來自對岸的戰後移民作家，大概也從來沒有想過，有一天，他們的書寫創作是在臺灣這塊土地發光發熱。事實證明，作家研究資料彙編的出版，不僅重新點燃了許多前輩作家的熱情，使其生命軌跡與文學路徑得到更為精緻細膩的梳理，某些已然淡出文學舞臺的作家與作品，也因而再次閃現光芒。另一方面，對於關心臺灣文學發展的學者專家，乃至一般讀者來說，這套巨著猶如開啟一扇窗扉，足以眺望那遼闊無際的文學美景，讓我們翻轉過去既有的印象和認知，得以嘗試用較為活潑、多元的角度來解讀作品。

　　在李瑞騰前館長的擘畫、其後歷任館長的大力支持下，自 2010 年起步的「臺灣現當代作家研究資料彙編計畫」，至今已持續推動八年。走過如

此漫長的時光，臺文館所挹注的人力、物力等資源之龐大，自是不難想像。而我們之所以對作家研究投以如此關注，最根本的緣由乃是因為作家與作品，實為當代社會的縮影與靈魂的核心，伴隨著文本所累積的研究論述及文獻史料，則不僅是厚實文學發展的根基，更是深化人文思想的依據。本叢書既是對近百年來臺灣新文學的驗收及盤點，也是擴展並深化臺灣文學研究的嶄新契機，體現了臺灣文學研究總體成果中最優質精緻的部分，並對未來的研究指向與路徑，提出嶄新而適切的指引。

　　在此，特別感謝承辦單位臺灣文學發展基金會所組成的工作團隊，以及參與其事的專家、學者；更謝謝長期以來始終孜孜不倦、埋首於文學創作的前輩作家們。初冬時節，我們懷抱欣喜之情，向讀者推介此一深具實用價值的全方位臺灣現當代文學工具書，並期待未來有更多人，善用這套鉅著進行閱讀研究，從而加入這一場綿長而優美的臺灣文學接力賽。

國立臺灣文學館館長　廖振富

編序

◎封德屏

緣起

1995 年 10 月 25 日，在臺灣師範大學教育大樓的 201 室，一場以「面對臺灣文學」為題的座談會，在座諸位學者分別就臺灣文學的定義、發展、研究，以及文學史的寫法等，提出宏文高論，而時任國家圖書館編纂張錦郎的「臺灣文學需要什麼樣的工具書」，輕鬆幽默的言詞，鞭辟入裡的思維，更贏得在座者的共鳴。

張先生以一個圖書館工作人員自謙，認真專業地為臺灣這幾十年來究竟出版了多少有關臺灣文學的工具書，做地毯式的調查和多方面的訪問。同時條理分明地針對研究者、學生，列出了十項工具書的類型，哪些是現在亟需的，哪些是現在就可以做的，哪些是未來一步一步累積可以達成的，分別做了專業的建議及討論。

當時的文建會二處科長游淑靜，參與了整個座談會，會後她劍及履及的開始了文學工具書的委託工作，從 1996 年的《臺灣文學年鑑》起始，一年一本的編下去，一直到現在，保存延續了臺灣文學發展的基本樣貌。接著是《中華民國作家作品目錄》的新編，《臺灣文壇大事紀要》的續編，補助國家圖書館「當代文學史料影像全文系統」的建置，這些工具書、資料庫的接續完成，至少在當時對臺灣文學的研究，做到一些輔助的功能。

2003 年 10 月，籌備多年的「臺灣文學館」正式開幕運轉。同年五月《文訊》改隸「財團法人台灣文學發展基金會」，為了發揮更大的動能，開

始更積極、更有效率地將過去累積至今持續在做的文學史料整理出來，讓豐厚的文藝資源與更多人共享。

於是再次的請教張錦郎先生，張先生認為文學書目、作家作品目錄、文學年鑑、文學辭典皆已完成或正在進行，現在重點應該放在有關「臺灣現當代作家評論資料目錄」的編輯工作上。

很幸運的，這個計畫的發想得到當時臺灣文學館林瑞明館長的支持，於是緊鑼密鼓的展開一切準備工作：籌組編輯團隊、召開顧問會議、擬定工作手冊、撰寫計畫書等等。

張錦郎先生花了許多時間編訂工作手冊，每一位作家的評論資料目錄分為：

（一）生平資料：可分作者自述，旁人論述及訪談，文學獎的紀錄。

（二）作品評論資料：可分作品綜論，單行本作品評論，其他作品（包括單篇作品）評論，與其他作家比較等。

此外，對重要評論加以摘要解說，譬如專書、專輯、學術會議論文集或學位論文等，凡臺灣以外地區之報刊及出版社，於書名或報刊後加註，如中國大陸、香港、新加坡等。此外，資料蒐集範圍除臺灣外，也兼及中國大陸、香港、新加坡、日本、韓國及歐美等地資料，除利用國內蒐集管道外，同時委託當地學者或研究者，擔任資料蒐集工作。

清楚記得，時任顧問的學者專家們，都十分高興這個專案的啟動，但確定收錄哪些作家名單時，也有不同的思考及看法。經過充分的討論後，終於取得基本的共識：除以一般的「文學成就」為觀察及考量作家的標準外，並以研究的迫切性與資料獲得之難易度為綜合考量。譬如說，在第一階段時，作家的選擇除文學成就外，先考量迫切性及研究性，迫切性是指已故又是日治時期臺籍作家為優先，研究性是指作品已出土或已譯成中文為優先。若是作品不少而評論少，或作品評論皆少，可暫時不考慮。此外，還要稍微顧及文類的均衡等等。基本的共識達成後，顧問群共同挑選出 310 位作家，從鄭坤五、賴和、陳虛谷以降，一直到吳錦發、陳黎、蘇

偉貞，共分三個階段進行。

「臺灣現當代作家評論資料目錄」專案計畫，自 2004 年 4 月開始，至 2009 年 10 月結束，分三個階段歷時五年六個月，共發現、搜尋、記錄了十餘萬筆作家評論資料。共經歷了三位專職研究助理，近三十位兼任研究助理。這些研究助理從開始熟悉體例，到學習如何尋找資料，是一條漫長卻實用的學習過程。

接續

「臺灣現當代作家評論資料目錄」的專案完成，當代重要作家的研究，更可以在這個基礎上，開出亮麗的花朵。於是就有了「臺灣現當代作家研究資料彙編暨資料庫建置計畫」的誕生。為了便於查詢與應用，資料庫的完成勢在必行，而除了資料庫的建置外，這個計畫再從 310 位作家中精選 50 位，每人彙編一本研究資料，內容有作家圖片集，包括生平重要影像、文學活動照片、手稿及文物，小傳、作品目錄及提要、文學年表。另外每本書分別聘請一位最適當的學者或研究者負責編選，除了負責撰寫八千至一萬字的作家研究綜述外，再從龐雜的評論資料中挑選具有代表性的評論文章，平均 12～14 萬字，最後再附該作家的評論資料目錄，以期完整呈現該作家的生平、創作、研究概況，其歷史地位與影響。

第一部分除資料庫的建置外，50 位作家 50 本資料彙編（平均頁數 400～500 頁），分三個階段完成，自 2010 年 3 月開始至 2013 年 12 月，共費時 3 年 9 個月。因為內容充實，體例完整，各界反應俱佳，第二部分的 50 位作家，接著在 2014 年元月展開，第一階段至第三階段共出版了 40 本，此次第四階段計畫出版 10 本，預計在 2017 年 12 月完成。

成果

雖然過程是如此艱辛，如此一言難盡，可是終究看到豐美的成果。每位編選者雖然忙碌，但面對自己負責的作家資料彙編，卻是一貫地認真堅

持。他們每人必須面對上千或數百筆作家評論資料，挑選重要或關鍵性的評論文章，全面閱讀，然後依照編選原則，挑選評論文章。助理們此時不僅提供老師們所需要的支援，統計字數，最重要的是得找到各篇選文作者，取得同意轉載的授權。在起初進度流程初估時，我們錯估了此項工作的難度，因為許多評論文章，發表至今已有數十年的光景，部分作者行蹤難查，還得輾轉透過出版社、學校、服務單位，尋得蛛絲馬跡，再鍥而不捨地追蹤。有了前面的血淚教訓，日後關於授權方面，我們更是如臨深淵、如履薄冰，希望不要重蹈覆轍，在面對授權作業時更是戰戰兢兢，不敢懈怠。

除了挑選評論文章煞費苦心外，每個作家生平重要照片，我們也是採高標準的方式去蒐集，過世作家家屬、友人、研究者或是當初出版著作的出版社，都是我們徵詢的對象。認真誠懇而禮貌的態度，讓我們獲得許多從未出土的資料及照片，也贏得了許多珍貴的友誼。許多作家都協助提供照片手稿等相關資料，已不在世的作家，其家屬及友人在編輯過程中，也給予我們許多協助及鼓勵，藉由這個機會，與他們一起回憶、欣賞他們親人或父祖、前輩，可敬可愛的文學人生。此外，還有許多作家及研究者，熱心地幫忙我們尋找難以聯繫的授權者，辨識因年代久遠而難以記錄年代、地點、事件的作家照片，釐清文學年表資料及作家作品的版本問題，我們從他們身上學習到更多史料研究可貴的精神及經驗。

但如何在規定的時間內，完成每個階段資料彙編的編輯出版工作，對工作小組來說，確實是一大考驗。每一冊的主編老師，都是目前國內現當代臺灣文學教學及研究的重要人物，因此都十分忙碌。每一本的責任編輯，必須在這一年的時間內，與他們所負責資料彙編的主角——傳主及主編老師，共生共榮。從作家作品的收集及整理開始，必須要掌握該作家所有出版的作品，以及盡量收集不同出版社的版本；整理作家年表，除了作家、研究者已撰述好的年表外，也必須再從訪談、自傳、評論目錄，從作品出版等線索，再作比對及增刪。再來就是緊盯每位把「研究綜述」放在

所有進度最後一關的主編們，每隔一段時間提醒他們，或順便把新增的評論目錄寄給他們（每隔一段時間就有新的相關論文或學位論文出現），讓他們隨時與他們所主編的這本書，產生聯想，希望有助於「研究綜述」撰寫的進度。

在每個艱辛漫長的歲月中，因等待、因其他人力無法抗拒的因素，衍伸出來的問題，層出不窮，更有許多是始料未及的。譬如，每本書的選文，主編老師本來已經選好了，也經過授權了，為了抓緊時間，負責編輯的助理們甚至連順序、頁碼都排好了，就等主編老師的大作了，這時主編突然發現有新的文章、新的資料產生：再增加兩三篇選文吧！為了達到更好更完備的目標，工作小組當然全力以赴，聯絡，授權，打字，校對，重編順序等等工作，再度展開。

此次第二部分第七階段共需完成的 10 位作家研究資料彙編，年齡層較上兩個階段已年輕許多，因此到最後的疑難雜症，還有連主編或研究者都不太清楚的部分，譬如年表中的某一件事、某一個年代、某一篇文章、某一個得獎記錄，作家本人及家屬絕對是一個最好的諮詢對象，對解決某些問題來說，這是一個好的線索，但既然看了，關心了，參與了，就可能有不同的看法，選文、年表、照片，甚至是我們整本書的體例，於是又是一場翻天覆地的大更動，對整本書的品質來說，應該是好的，但對經過多次琢磨、修改已進入完稿階段的編輯團隊來說，這不啻是一大挑戰。

1990 年開始，各地縣市文化中心（文化局），對在地作家作品集的整理出版，以及臺灣文學館成立後對日治時期作家以迄當代重要作家全集的編纂，對臺灣文學之作家研究，也有了很好的促進作用。如《楊逵全集》、《林亨泰全集》、《鍾肇政全集》、《張文環全集》、《呂赫若日記》、《張秀亞全集》、《葉石濤全集》、《龍瑛宗全集》、《葉笛全集》、《鍾理和全集》、《錦連全集》、《楊雲萍全集》、《鍾鐵民全集》等，如雨後春筍般持續展開。

經過近二十年的努力，臺灣文學的研究與出版，也到了可以驗收或檢

討成果的階段。這個說法，當然不是要停下腳步，而是可以從「臺灣現當代作家評論資料目錄」所呈現的 310 位作家、10 萬筆資料中去檢視。檢視的標的，除了從作家作品的質量、時代意義及代表性去衡量外、也可以從作家的世代、性別、文類中，去挖掘有待開墾及努力之處。因此這套「臺灣現當代作家研究資料彙編」，大部分的編選者除了概述作家的研究面向外，均有些觀察與建議。希望就已然的研究成果中，去發現不足與缺憾，研究者可以在這些不足與缺憾之處下功夫，而盡量避免在相同議題上重複。當然這都需要經過一段時間去發現、去彌補、去重建，因此，有關臺灣文學的調查、研究與論述，就格外顯得重要了。

期待

感謝臺灣文學館持續推動這兩個專案的進行。「臺灣現當代作家評論資料目錄」的完成，呈現的是臺灣文學研究的總體成果；「臺灣現當代作家研究資料彙編」的出版，則是呈現成果中最精華最優質的一面，同時對未來臺灣文學的研究面向與路徑，作最好的建議。我們可以很清楚的體會，這是一條綿長優美的臺灣文學接力賽，經過長時間的耕耘、灌溉，風搖雨濡、燭影幽轉，百年臺灣文學大樹卓然而立，跨越時代並馳而行，百冊作家研究資料彙編得千位作家及學者之力，我們十分榮幸能參與其中，更珍惜在傳承接力的過程，與我們相遇的每一個人，每一件讓我們真心感動的事。我們更期待這個接力賽，能有更多人加入。誠如張恆豪所說「從高音獨唱到多元交響」，這是每一個人所期待的。

編輯體例

一、本書編選之目的，為呈現許達然生平、著作及研究成果，以作為臺灣
文學相關研究、教學之參考資料。

二、全書共五輯，各輯內容及體例說明如下：

輯一：圖片集。選刊作家各個時期的生活或參與文學活動的照片、著
作書影、手稿（包括創作、日記、書信）、文物。

輯二：生平及作品，包括三部分：

1. 小傳：主要內容包括作家本名、重要筆名，生卒年月日，籍
貫，及創作風格、文學成就等。

2. 作品目錄及提要：依照作品文類（論述、詩、散文、小說、
劇本、報導文學、傳記、日記、書信、兒童文學、合集）及
出版順序，並撰寫提要。不收錄作家翻譯或編選之作品。

3. 文學年表：考訂作家生平所進行的文學創作、文學活動相關
之記要，依年月順序繫之。

輯三：研究綜述。綜論作家作品研究的概況，並展現研究成果與價值
的論文。

輯四：重要文章選刊。選收作家自述、國內外具代表性的相關研究論
文及報導。

輯五：研究評論資料目錄。收錄至 2017 年 11 月底止，有關研究、論
述臺灣現當代作家生平和作品評論文獻。語文以中文為主，兼
及日文和英文資料。所收文獻資料，以臺灣出版為主，酌收中
國大陸、香港、日本和歐美國家的出版品。內容包含三部分：

1. 「作家生平、作品評論專書與學位論文」下分為專書與學位
論文。

2. 「作家生平資料篇目」下分為「自述」、「他述」、「訪談」、
「年表」、「其他」。

3. 「作品評論篇目」下分為「綜論」、「分論」、「作品評論目
錄、索引」、「其他」。

目次

輯一◎圖片集

影像◎手稿◎文物

1962年，東海大學四年級的許達然。（許達然提供）

1960年，許達然就讀東海大學歷史系二年級，攝於東海大學男生宿舍。（許達然提供）

1965年3月21日，許達然與文友一同參加笠詩刊「作品合評」中部場次，攝於東海大學。前排左起：彭捷、張效愚（後）、羅俊明、林亨泰、陳千武；後排左起：許達然、鄭凤娟、錦連、古貝、蔡淇津。（許達然提供）

1965年11月，許達然赴美就讀哈佛大學史學碩士，攝於校園內。（許達然提供）

1968年，就讀芝加哥大學博士的許達然與從賓州來訪亦師亦友的Renville Lund教授（左），合影於芝加哥大學校園。（許達然提供）

1970年12月，許達然與妻鄭鳳娟（右）合影於任教的美國西北大學校園。（許達然提供）

2004年，長子許家格結婚典禮後，舉行喜宴前全家合影於芝加哥歷史博物館。左起：次子許達明、許達然、長子許家格、長媳Patricia、妻鄭凤娟、次媳Betina。（許達然提供）

2005年，許達然與應鳳凰（左）合影於芝加哥Deerfield住家書房。（應鳳凰提供）

2007年，擔任東海大學講座教授，攝於歷史研究所研究室。（許達然提供）

2008年4月14日，與友人合影於宜蘭頭城李榮春紀念館。左起：蘇麗明、李敏勇、許達然、鄭炯明、楊明芬、李鏡明夫婦。（鄭炯明提供）

2011年6月11日，擔任東海大學歷史研究所講座教授兼代理系主任，攝於東海大學畢業典禮。左起：許達然、董事長林振國、校長程海東、校長夫人黃德輝。（程海東提供）

2013年，許達然全家福，攝於芝加哥Lake Forest長子住家。左起：次媳Betina（手抱二孫女Olivia）、次子許達明、許達然（手抱三孫女Isabella）、長孫女Abigail、妻鄭凤娟（手抱二孫子Henry）、長媳Patricia、長子許家格（手抱長孫子William）。（許達然提供）

2015年9月2～6日，許達然參加臺南市政府主辦「2015福爾摩沙國際詩歌節」，攝於國立臺灣文學館。左起：林盛彬、張芳慈、妻鄭凤娟、許達然、鄭炯明、Luis Arias Manzo、方耀乾、李魁賢、蔡榮勇、趙天儀、李昌憲。（文學臺灣基金會提供）

2017年，與妻鄭凤娟（右）合影於芝加哥大學Harper圖書館閱覽室。（蔡烈輝提供）

2017年，許達然攝於芝加哥Deerfield住家客廳。（許達然提供）

火錄 　■許達然

1993年3月5日，許達然發表於《聯合報‧副刊》31版〈錄火〉手稿及剪報。（許達然提供）

1995年7月25日，許達然發表於《聯合報‧副刊》37版之〈鐘聲〉手稿。（許達然提供）

發現

許達然

「市裡裡的貪婪從開始到現在
都是女明的推動力。」

Frederick Engels, *Origin of Family Private Property and State*,
in Karl Marx and Frederick Engels, *Selected Works* (New York:
International Publishers, 1968). p. 592.

在地人發現陌生人來後，結果並
不陌生。
活著才能發現。一發現陌生人
活著，在地人就開始衰，衰到最後竟認
不得自己。
發現時必許驚異，但不必歡喜。
發現並不就是理解。在地人
發現後，揹手不反，還不理解，就什麼都
發生了。一發生就發展為制服。一穿上制
服就發揮不起來了。揹手什麼都無法
發揮後，在地人才理解問題發源於發
現；發現是他們災難的開始。
不知何時開始。壞瓶自十世紀以
來，在西大西洋加勒比海七百個島組成
的巴哈馬群島東邊的一個島上，請
住著

2013年8月，許達然發表於《鹽分地帶文學》第47期之〈發
現〉手稿與當期雜誌內頁。（許達然提供）

山溪魚

許達然

　真想看美麗。

　美麗，山不必峻秀，清高就好。溪不必修長，清淨就好。何況，山上不一定有溪，溪不一定養得起魚，魚不一定受得了淒清。受得了淒清的，在台灣秀長的山溪，清高清淨活著美麗的櫻花鉤吻鮭。

　台灣櫻花鉤吻鮭美麗得特別稀奇。牠系固生地的歷史比人的還長。很久很久以前，比古早還古早，海上升起島。祖先的祖先就認定海的意義是隔離陸地，島的意義是獨立海上。自然，海鮭成為島鮭，以山溪為家鄉，不再遷移了。自然在島上生，自然在島上活，自然美麗出奇。不管多少淒風苦雨奇難，島鮭自然都與山溪相依為命，不離不棄，自然迴游，~~~~自然單唇吻單純，真水。

　水真清秀，台灣鮭輕忽游覽溪的清冷，山溪清澄守望台灣鮭的清純。山溪鮭古雅青紫背著蒼老黑褐色的

2

痕和斑點，淐然游上游下。游上姿容成芭蕾，游下婉轉為華爾茲。隨著湍動水勢，爾爾汏迎漣漪，~~都~~勾意毒毒不戀不依，自流得意。浪滔起來就撲騰地上跳下捕食昆虫，咀嚼斯文。斯文撥開淤清，退待自娛，濟來古意。台灣鮭總是規規矩矩，水怎麼流，牠就怎麼游，迴游~~~~溯溪而上。溫和不激潑波瀾，端莊不戲浪花，謙讓不是阿汏泊不跟山爭榮，只是不動聲色，怡然游來游去，自有韻致。眼眼游過綠藻，~~~~游到淥潭，游到石。微笑抱不了石，就吻石。不管怎樣吻，石都硬不感動，也不怕羞，水卻羞得漾出笑紋。櫻花鉤吻鮭笑吻笑紋，笑紋笑吻笑紋，~~~~~~~~游海秀美得自然有風有景~~~~而來，要親親。

　忍不住也笑吟吟的有風，喜歡兜鮭，到處親親抱抱~~~~~~~有事沒事都清唱著授掉的清逸夾帶著芬芳唧來島的啁啾搖新櫻花鉤吻鮭，要耶耶水。水不領情，留也不留，非但不招待，還逼逼~~驅趕。~~~~櫻花鉤吻

2013年12月，以臺灣特有種櫻花鉤吻鮭為主題所寫的〈山溪魚〉手稿，發表於《鹽分地帶文學》第49期。（許達然提供）

憧憬

許達然

靜攀爬上去遐想
像淡定模樣
倘能凝注，我就願是石

石默讀摹擬比我沉著
害羞羨慕不害怕顛覆的草
草偏偏迷戀土
可吐芬芳染成樹

樹搬不走自己就在地留住
頻頻弄姿
勢都掛不了無地址的風
光景仰逃逸的雲飄渺
灑脫吟唱要做鳥

鳥嚮往寬容的天
（天，嚮往什麼？）
怎麼飛翔都蒼茫
虛浮填補空無
有空受不了自己鳴叫
銜不回閒雲儚樹相思
乾脆返地糾纏
參詳參不透的山

山竟不再介意靜不淨了
惟恐站久了會汲暈
倒沒料到石老了還要我
行動也思索
有情就帶伊去飄泊

2015. 4. 22

2015年6月，許達然發表於《笠》第307期之詩作〈憧憬〉手稿與當期雜誌內頁。（許達然提供）

30 ● 笠詩刊 第 307 期　　　　　　　　　　　　詩創作 ● 31

許達然

憧憬

靜攀爬上去遐想
像淡定模樣
倘能凝注，我就願是石

石默讀摹擬比我沉著
害羞羨慕不害怕顛覆的草
草偏遍處迷戀土
可吐芬芳染成樹

樹搬不走自己就在地留住
頻頻弄姿
勢都掛不了無地址的風
光景仰逃逸的雲飄渺
灑脫吟唱要做鳥

鳥响往寬容的天
（天，响往什麼）
怎麼飛翔都蒼茫
虛浮填補空無
有空受不了自己鳴叫
銜不回閒雲儚樹相思
乾脆返地糾纏
參詳參不透的山

山竟不再介意淨不靜了
惟恐站久了會汲暈
倒沒料到石老了還要我
行動也思索
有情就帶伊去飄泊

—2015.4.22

輯二◎生平及作品

小傳◎作品◎年表

小傳

　　許達然，男，本名許文雄，籍貫臺灣臺南市，1940 年 9 月 25 日生。

　　東海大學歷史系畢業，美國哈佛大學史學碩士，美國芝加哥大學歷史博士，英國牛津大學英國社會史博士後研究。1969 年任教於美國西北大學亞非系、歷史系和比較文學研究系，2004 年以榮譽教授自西北大學退休。2007 至 2011 年返臺擔任東海大學歷史研究所講座教授，2010 至 2011 年兼代理系主任，現旅居美國芝加哥。曾獲新新文藝獎、全國大專優秀青年、青年文藝散文獎、金筆獎、吳濁流文學獎新詩創作獎、府城文學獎特殊貢獻獎、吳三連散文類文學獎、臺灣新文學貢獻獎、巫永福文學評論獎等獎項。

　　許達然在文學與學術研究上皆有傑出的成就。在文學方面，創作文類以散文與詩為主。從 21 歲出版《含淚的微笑》開始，至今仍創作不輟。其文筆洗鍊，用字凝縮，意象豐盈，抒情帶哲理與批判，自成一家。主張內容重於形式，不受格式局限，寫出哲思的詩化散文。作品視野和取材廣闊，尤其關注眾生，表達出社會意識和集體記憶，充滿人道關懷。此類散文作品集結成《土》、《吐》、《水邊》、《人行道》、《同情的理解》、詩集《違章建築》等。中文創作部分被譯成英、法、德、日、韓文，並廣收於各種選集及課本。

　　在學術研究方面，其治學嚴謹，論著除史學外，橫跨人文和社會科

學，包括哲學、文學理論、文化研究和社會學、人類學。發表有關臺灣歷史、文學與社會學術論文，並積極參與臺灣研究的國際學術研討會。其學術成果，在國際上備受肯定。英文學術著作曾得美國哲學學會、美國傅爾博萊特（Fulbright）和西北大學教授研究金。另一方面，也致力於海外推廣臺灣文學與臺灣研究，曾於 1982 年在美國籌備並成立「臺灣文學研究會」（Society for the Study of Taiwan Literature），1985 至 1987 年在芝加哥大學參與籌辦「臺灣研究國際研討會」（International Symposiums on Taiwan Studies）。

　　雖長年旅居美國，其作品始終圍繞著這塊土地，對臺灣的熱愛不曾間斷，葉笛曾言：「他的文學核心就是人民和土地」、「許達然的詩要求讀者做頭腦的體操，用同情的眼光環顧周遭，並且能聽見到沉默裡希望的聲音。他的詩與散文一樣充滿魅力，在臺灣是異數的存在」。

作品目錄及提要

【詩】

違章建築

臺北：笠詩刊社
1986 年 2 月，32 開，92 頁
臺灣詩人選集 16

本書為作家首部詩集，集結 1977 年至 1985 年所寫詩作，內容為對臺灣社會的觀察。全書分「看」、「二三四行」、「看破」、「破看」四輯，收錄〈路〉、〈違章建築〉、〈濁水溪邊〉、〈蕭條〉等 47 首。正文前有許達然〈序〉，正文後有李魁賢〈論許達然的詩〉。

許達然集

臺南：國立臺灣文學館
2009 年 7 月，25 開，146 頁
臺灣詩人選集 28
葉笛編

本書集結 1977 年至 2006 年的詩作，作品經作家修改相較於《違章建築》用字更簡練。全書分「字都稍少」、「句都略短」二輯，收錄〈違章建築〉、〈看陰陽圖〉、〈路〉、〈蕭條〉、〈季的悸動〉等 85 首。正文前有黃碧端〈主委序〉、鄭邦鎮〈騷動，轉成運動〉、彭瑞金〈「臺灣詩人選集」編序〉、〈臺灣詩人選集編輯體例說明〉、許達然影像、〈許達然小傳〉，正文後有葉笛〈解說〉、〈許達然寫作生平簡表〉、〈閱讀進階指引〉、〈許達然已出版詩集要目〉。

【散文】

含淚的微笑

臺北：野風出版社
1961 年 12 月，32 開，124 頁
野風文叢之 14

高雄：大業書店
1965 年，32 開，124 頁

臺北：遠行出版社
1978 年 6 月，32 開，162 頁
小草叢刊 33

臺北：遠景出版公司
1982 年 12 月，32 開，162 頁
遠景叢刊 217

本書為作家第一本散文集，文章多為中學與大學時期的自我觀察與體驗，抒情式的散文以及文中夾雜自譯外國詩句，為作家早年的寫作特色。全書分四輯，收錄〈維學的雕像〉、〈山霧〉、〈夏午・你的遐思〉等 29 篇。正文後有許達然〈後記〉。

1965 年大業版：正文與 1961 年野風版同。正文前新增許達然〈再版前記〉。
1978 年遠行版：正文與 1961 年野風版同。正文後刪去許達然〈後記〉。
1982 年遠景版：內容與 1978 年遠行版同。

野風出版社 1961　　大業書店 1965　　遠行出版社 1978　　遠景出版公司 1982

大業書店 1965　　遠行出版社 1978

遠景出版公司 1982

遠方

高雄：大業書店
1965 年 9 月，32 開，132 頁

臺北：遠行出版社
1978 年 6 月，32 開，141 頁
小草叢刊 32

臺北：遠景出版公司
1982 年 12 月，32 開，141 頁
遠景叢刊 216

本書收錄作家於 1962 年至 1965 年期間發表
的作品。全書分「我」、「你」、「他」、「我
們」四輯，收錄〈漠〉、〈給春天〉、〈凋〉等
28 篇。正文前有許達然〈簽署——代序〉，
正文後有許達然〈後記〉。
1978 年遠行版：正文與 1965 年大業版同。
正文前刪去許達然〈簽署——代序〉，正文
後刪去許達然〈後記〉。
1982 年遠景版：內容與 1978 年遠行版同。

土

臺北：遠景出版社
1979 年 6 月，32 開，150 頁
遠景叢刊 135

本書為作家赴美後，於 1970 年代所發表的文章，內容涵蓋小
時候於臺南生活、成長的回憶與當時在美的生活，乃至臺灣
社會，文章開始活用方言、疊字、換字等方式書寫。全書分
「一」、「十」、「土」三輯，收錄〈山河草〉、〈順德伯的竹〉、
〈三分之二〉等 25 篇。

吐
臺北：林白出版社
1984 年 6 月，新 25 開，145 頁
島嶼文庫 1

本書由「參與文學」（littérature engagée）的角度切入，綜觀
社會現象。全書分為「口」、「土」、「吐」三輯，收錄〈荒城
之月〉、〈表達〉、〈更上一層樓？〉等 29 篇。

水邊
臺北：洪範書店
1984 年 7 月，32 開，185 頁
洪範文學叢書 113

本書關懷層面從人擴至動、植物，同時對於工業化的社會，
以及背離原始鄉土的批判與諷刺。全書分五輯，收錄〈瀑布
與石頭〉、〈那泓水〉、〈春去找樹仔〉、〈過街〉等 46 篇。

人行道
臺北：新地出版社
1985 年 5 月，32 開，177 頁
新地文學叢書 2

本書集結 1970 年代末至 1980 年代中期，作家發表於《臺灣
文藝》、《中國時報・人間副刊》等刊物的文章，多以當時臺
灣社會現象為題材。全書分六輯，收錄〈夜歸〉、〈路〉、〈番
藷花〉、〈橋〉等 48 篇。正文前有郭楓〈人的文學與文學的
人──許達然散文藝術初探〉，正文後有許達然〈《人行道》
後記〉。

三聯書店 1986

花城出版社 1988

防風林

香港：生活・讀書・新知三聯書店
1986 年 9 月，13.7×21 公分，143 頁
海外文叢

廣州：花城出版社；香港：生活・讀書・新知三聯書店
1988 年 7 月，32 開，171 頁
海外文叢

本書為作家自選集。全書分六輯，收錄〈探索〉、〈路〉、
〈橋〉、〈人行道〉、〈番藷花〉等 61 篇。正文前有作家照片與
手稿、許達然〈序〉，正文後有〈作者簡介〉。
1988 年花城版：正文與 1986 年三聯版同。正文前刪去許達然
照片與手稿。

芝加哥的畢加索

南寧：廣西人民出版社
1987 年 8 月，32 開，180 頁
王晉民、莫文征編

本書精選作者《含淚的微笑》、《遠方》、《土》、《吐》、《人行
道》中的主要篇目。全書收錄〈維學的雕像〉、〈山霧〉、〈夏
午・你的遐思〉、〈臨行之夜〉、〈霧・夢・與現實〉等 54 篇。
正文前有王晉民、莫文征〈許達然和他的散文（代序）〉。

遠近集

北京：中國友誼出版公司
1988 年 5 月，32 開，303 頁

本書集結《土》、《水邊》、《吐》部分篇目，書名為作家自
訂。全書分「土」、「水邊」、「吐」三輯，收錄〈山河草〉、
〈順德伯的竹〉、〈三分之二〉、〈亭仔腳〉、〈冬街〉等 78 篇。
正文前有〈編者的話〉、許達然《遠近集》序，正文後附錄
許達然〈從感覺到希望——我對寫作的想法〉、郭楓〈人的文
學與文學的人——許達然散文藝術初探〉。

海外寄來的花束

天津：百花文藝出版社
1989 年 3 月，11.5×16 公分，224 頁

全書收錄〈跫然想起散步〉、〈更上一層樓〉、〈石雕〉、〈荒城
之月〉、〈露天柱〉等 50 篇。正文前有許達然〈從感覺到希望
（代序）〉。

藝術家前

北京：中國文聯出版公司
1989 年 4 月，32 開，156 頁
香港臺灣與海外華文文學叢書

全書收錄〈瀑布與石頭〉、〈那泓水〉、〈春去找樹仔〉、〈郊
遊〉、〈藝術家前〉等 58 篇。正文前有許達然〈感到，趕到，
敢到——散談臺灣的散文（代序）〉。

同情的理解

臺北：新地文學出版社
1991 年 7 月，25 開，171 頁
新地文叢 1

本書集結作家於 1984 至 1991 年發表於《臺灣文藝》、《聯合報・副刊》等刊物之作品。全書分「情」、「同情理」、「解」、「同情的理解」四輯，收錄〈牆〉、〈山情〉、〈去看壯麗〉、〈很好的理由〉、〈四季內外〉等 58 篇。正文前有許達然〈同情的理解（序）〉。

許達然散文選

天津：百花文藝出版社
1991 年 8 月，32 開，247 頁
海外華文散文叢書

本書選輯《含淚的微笑》、《遠方》、《土》、《吐》、《水邊》、《人行道》、《同情的理解》等書之作品。全書收錄〈在春天・我從古城來〉、〈鏡・時光・絮語〉、〈孤獨城〉、〈自畫像〉、〈但是詩人多薄命，就中淪落不過君〉等 82 篇。正文前有許達然〈自序〉，正文後附錄〈許達然創作年表〉。

四季內外──許達然散文選

廣州：花城出版社
1992 年 2 月，32 開，291 頁
范希文編

本書選輯《遠方》、《土》、《吐》、《水邊》、《人行道》、《同情的理解》等書之作品。全書收錄〈牆〉、〈去看壯麗〉、〈四季內外〉、〈假日〉、〈彩色像片〉等 92 篇。正文前有郭楓〈人的文學與文學的人──許達然散文藝術初探（代序）〉，正文後有許達然〈跋〉。

相思樹

北京：北京師範大學出版社
1993 年 12 月，13.7×19.8 公分，194 頁
90 年代海外華文散文名作書系
胡時珍選編

本書集結 1991 年至 1993 年間發表的作品，並收錄《同情的理解》、《人行道》、《水邊》、《吐》的部分文章。全書分「年末的主角」、「相思樹」、「溫暖的話」、「躑躅的代價」四輯，收錄〈看著湖〉、〈武廟文章〉、〈鏡界〉、〈慶祝以後〉、〈火火〉等 76 篇。正文前有古繼堂〈總序〉、許達然〈自序〉，正文後附錄〈許達然寫作年表〉。

懷念的風景

臺南：臺南市立文化中心
1997 年 5 月，25 開，294 頁
南臺灣文學（三）——臺南市作家作品集

本書選輯《人行道》、《同情的理解》等書，關於故鄉臺南、臺灣的作品。全書分為「懷」、「念」、「風」、「景」、「懷念的風景」五輯，收錄〈瀑布與石頭〉、〈感覺〉、〈憶〉、〈歌〉、〈擁抱〉等 111 篇。正文前有作家照片、施治明〈序（一）〉、陳永源〈序（二）〉、陳昌明〈編序〉、許達然〈自序〉，正文後有〈許達然著作年表〉。

素描許達然

臺北：新新聞文化公司
2001 年 12 月，25 開，209 頁
新・人文 43

全書分「素描許達然」、「素描人間」、「素描世界」三輯，收錄〈本事〉、〈感覺〉、〈憶〉、〈疼〉、〈春去找樹仔〉等 68 篇。正文前有南方朔〈序〉。

許達然散文精選集

臺北：前衛出版社
2011 年 7 月，25 開，417 頁
應鳳凰編選

全書分為「遠方」、「土與吐」、「水邊」、「人行道」、「相思樹」、「防風林」六輯，收錄〈遠方〉、〈如你在遠方〉、〈演戲人生〉、〈苦悶的英雄〉、〈畫風者〉等 97 篇。正文前有許達然〈感到，趕到，敢到——散談臺灣的散文（代序）〉，正文後有張瑞芬〈沉默的吐露者——許達然的社會關懷與文學〉、應鳳凰〈論許達然散文的藝術性與臺灣性〉、〈許達然散文作品評論目錄（1980～2007）〉。

為眾生的悲心

青島：青島出版社
2013 年 10 月，25 開，218 頁

全書分「萬物悲傷的模樣」、「珍惜每一聲嘆息」、「天地間孤獨的存在們」、「人生只在呼吸之間」四輯，收錄〈失去的森林〉、〈芬芳的月亮〉、〈一生〉、〈交響樂〉、〈駱駝和山羊〉等 52 篇。正文後有張瑞芬〈沉默的吐露者——許達然的社會關懷與文學〉。

文學年表

1940 年　　9 月　　25 日，本名許文雄，生於臺南市柱仔巷（今府中街），父親
　　　　　　　　　許筱華，母親何富，為家中長子。

1947 年　　9 月　　進入臺南市進學國民小學就讀。家搬至開山路和府前路附
　　　　　　　　　近。

1950 年　　本年　　家搬至臺南市中正路與西門路附近。

1951 年　　本年　　開始常到舊臺南市立圖書館（位於公園路民族路附近，現已
　　　　　　　　　拆）讀書。

1952 年　　本年　　進入臺南市長榮中學初中部就讀。

1955 年　　本年　　受國文老師兼導師張芳廷的鼓勵開始寫作與發表。
　　　　　　　　　保送臺南市長榮中學高中部。

1956 年　　10 月　　3 日，詩作〈落花〉發表於《民聲日報》6 版。

　　　　　　12 月　　〈《貝多芬傳》讀後〉獲《新新文藝》舉辦「讀書心得」徵文
　　　　　　　　　特優第一名（新新文藝獎）。隔年 1 月，文章發表於《新新文
　　　　　　　　　藝》第 31 期。
　　　　　　　　　詩作〈十字架〉發表於《野風》第 99 期。

1957 年　　5 月　　詩作〈祈禱〉發表於《野風》第 104 期。

　　　　　　7 月　　詩作〈致靈感〉發表於《新新文藝》第 36 期。

　　　　　　8 月　　13 日，詩作〈哀妓女〉發表於《民聲日報》6 版。
　　　　　　　　　〈致懶惰〉發表於《野風》第 107 期。

　　　　　　11 月　　〈小夜曲〉發表於《野風》第 110 期。
　　　　　　　　　詩作〈夢裡的國度〉發表於《新新文藝》第 38 期。

	12 月	詩作〈你走了〉發表於《野風》第 111 期。
1958 年	9 月	以第一志願進入東海大學歷史系就讀。因成績優異,獲大學四年全額獎學金。
	11 月	〈孤獨的人〉發表於《東風》第 5 期。
1959 年	1 月	17 日,家中一場大火燒毀收藏的書籍與創作手稿。
	3 月	〈含淚的微笑〉發表於《東風》第 7 期。
	6 月	〈一首詩〉發表於《東風》第 8 期。
	12 月	〈維學的畫像〉發表於《東風》第 9 期。
		〈一個孩子的愛與恨〉發表於《葡萄園》第 11 期。
1960 年	3 月	25 日,〈夢與現實〉發表於《民聲日報》5 版。
		〈未完成的生命交響曲〉發表於《東風》第 10 期。
	4 月	〈黎明的祈禱〉發表於《葡萄園》第 12 期。
	6 月	與薛順雄、張中芸三人自掏腰包創辦《東海文學》,擔任主編,負責新文學稿件。
		〈給古城〉發表於《東海文學》創刊號。
	8 月	15 日,翻譯雪萊(Percy Bysshe Shelley)詩作〈時間〉,發表於《民聲日報・副刊》5 版。
		28 日,翻譯雪萊詩作〈過去〉,發表於《民聲日報・副刊》5 版。
		30 日,翻譯雪萊詩作〈世界的漫遊者〉,發表於《民聲日報・副刊》5 版。
	9 月	7 日,翻譯雪萊詩作〈濟慈的斷片〉,發表於《民聲日報・副刊》5 版。
		10 日,翻譯雪萊詩作〈愛的玫瑰〉,發表於《民聲日報・副刊》5 版。
		14 日,翻譯雪萊詩作〈哀歌〉,發表於《民聲日報・副刊》5 版。

19 日，翻譯雪萊詩作〈愛底哲學〉，發表於《民聲日報・副刊》5 版。

21 日，〈最後的一瞥〉發表於《徵信新聞報・人間副刊》7 版。

26 日，翻譯雪萊詩作〈變幻〉，發表於《民聲日報・副刊》5 版；〈幸福的誘惑〉發表於《徵信新聞報・人間副刊》5 版。

27 日，翻譯雪萊詩作〈夜〉，發表於《民聲日報・副刊》5 版。

10 月　1 日，翻譯桑德堡（Carl August Sandburg）詩作〈谷歌〉，發表於《民聲日報・副刊》5 版。

3 日，翻譯愛默生（Ralph Waldo Emerson）詩作〈寓言〉，發表於《民聲日報・副刊》5 版。

9 日，翻譯桑德堡詩作〈擲玫瑰〉，發表於《民聲日報・副刊》5 版。

13 日，翻譯桑德堡詩作〈塵土〉，發表於《民聲日報・副刊》5 版。

16 日，翻譯雪萊詩作〈給一位吹毛求疵的人〉，發表於《民聲日報・副刊》5 版。

18 日，翻譯雪萊詩作〈音樂〉，發表於《民聲日報・副刊》5 版。

24 日，翻譯雪萊詩作〈快樂的誕生〉，發表於《民聲日報・副刊》5 版。

26 日，翻譯愛默生詩作〈告別〉，發表於《民聲日報・副刊》6 版。

30 日，翻譯雪萊詩作〈明天〉，發表於《民聲日報・副刊》7 版。

11 月　2 日，翻譯雪萊詩作〈給──〉，發表於《民聲日報・副刊》

5 版。

6 日，以「斷片」為題，翻譯雪萊詩作〈孤獨時的思緒〉、〈詩人與音樂〉，發表於《民聲日報・副刊》5 版。

9 日，翻譯雪萊詩作〈夏天與冬天〉，發表於《民聲日報・副刊》6 版。

14 日，詩作〈西風裡的婚禮——贈送姜連秋同學與李美絹小姐〉發表於《民聲日報・副刊》5 版。

23 日，翻譯 Abbi Farwell Brown 詩作〈朋友〉，發表於《民聲日報・副刊》5 版。

27 日，以「斷片」為題，翻譯雪萊詩作〈記憶的墳墓〉、〈葡萄樹與廢墟〉，發表於《民聲日報・副刊》5 版。

29 日，翻譯 Hamlin Garland 詩作〈你怕風嗎？〉，發表於《民聲日報・副刊》5 版。

〈臨行之夜〉發表於《東風》第 12 期。

12 月　4 日，翻譯雪萊詩作〈輓歌〉，發表於《民聲日報・副刊》5 版。

20 日，翻譯莎拉・蒂斯黛爾（Sara Teasdale）詩作〈對一個少女的忠告〉，發表於《民聲日報・副刊》5 版。

25 日，翻譯 Sara Teasdale 詩作〈讓它被遺忘〉，發表於《民聲日報・副刊》6 版。

本年　擔任東海大學中英合版的《葡萄園》兩年主編。

1961 年　1 月　5 日，翻譯梵代克（Henry Van Dyke）詩作〈工作〉，發表於《民聲日報・副刊》5 版。

12 日，翻譯梵代克詩作〈晨歌〉，發表於《民聲日報・副刊》5 版。

17 日，翻譯梵代克詩作〈溫柔的旅人〉，發表於《民聲日報・副刊》6 版。

19 日，翻譯 Howard Arnold Walter 詩作〈我的信念〉，發表於《民聲日報・副刊》5 版。

22 日，以「梵代克短詩三首」為題，翻譯詩作〈愛與光〉、〈箭〉、〈牢獄與天使〉，發表於《民聲日報・副刊》5 版。

23 日，翻譯 Will Allen Dromgoole 詩作〈橋的建造者〉，發表於《民聲日報・副刊》5 版。

25 日，翻譯梵代克詩作〈家庭〉，發表於《民聲日報・副刊》5 版。

29 日，翻譯〈濟慈詩選：給——〉，發表於《民聲日報・副刊》5 版。

31 日，翻譯〈濟慈詩選：仙人的歌〉，發表於《民聲日報・副刊》5 版。

〈孫中山先生與臺灣〉發表於《東風》第 2 卷第 1 期。

2 月　　2 日，翻譯〈濟慈詩選：雛菊的歌〉，發表於《民聲日報・副刊》5 版。

12 日，翻譯〈濟慈詩選：獻辭〉，發表於《民聲日報・副刊》5 版。

23 日，翻譯〈濟慈詩選：日子已逝去〉，發表於《民聲日報・副刊》5 版。

28 日，翻譯〈濟慈詩選：歌〉，發表於《民聲日報・副刊》5 版。

3 月　　5 日，翻譯〈雪萊詩選：給華滋華斯（下）〉，發表於《民聲日報・副刊》5 版。

6 日，翻譯〈濟慈詩選：為什麼我今晚笑？〉，發表於《民聲日報・副刊》5 版。

18 日，翻譯〈濟慈詩選：他最後的十四行詩〉，發表於《民聲日報・副刊》6 版。

21 日,〈宿命論詩人哈代簡介〉,發表於《民聲日報‧副刊》
5 版。

27 日,翻譯桑德堡詩作〈迷失〉,發表於《民聲日報‧副
刊》6 版。

31 日,〈假期〉發表於《徵信新聞報‧人間副刊》7 版。

4 月　4 日,翻譯〈哈代詩選:在晚上她來看我〉,發表於《民聲日
報‧副刊》6 版。

5 日,翻譯〈哈代詩選:在鋼琴邊〉,發表於《民聲日報‧副
刊》5 版。

10 日,翻譯〈濟慈詩選:靜點,靜點,輕輕地走啊!〉,發
表於《民聲日報‧副刊》5 版。

12 日,翻譯〈雪萊詩選:拿破崙的傾覆〉,發表於《民聲日
報‧副刊》5 版。

18 日,翻譯〈雪萊詩選:印度小夜曲〉,發表於《民聲日
報‧副刊》5 版。

19 日,翻譯〈哈代詩選:創傷〉,發表於《民聲日報‧副
刊》5 版。

24 日,翻譯〈哈代詩選:最後的演奏〉,發表於《民聲日
報‧副刊》5 版。

25 日,翻譯〈濟慈詩選:妳說妳愛〉,發表於《民聲日報‧
副刊》6 版。

29 日,翻譯〈哈代詩選:她為什麼搬家〉,發表於《民聲日
報‧副刊》6 版;〈年輕人的悲劇〉,發表於《徵信新聞報‧
人間副刊》7 版。

5 月　3 日,翻譯〈濟慈詩選:訪朋斯之墓〉,發表於《民聲日報‧
副刊》5 版。

9 日,翻譯〈哈代詩選:給一位在──早晨彈唱的婦人〉,發

表於《民聲日報‧副刊》6 版。

18 日，翻譯〈哈代詩選：記憶與我〉，發表於《民聲日報‧副刊》5 版。

22 日，〈都市人〉發表於《徵信新聞報‧人間副刊》7 版。

6 月　〈山霧〉發表於《文壇》第 12 號。

〈童年‧你我的微笑〉發表於《東風》第 2 卷第 3 期。

7 月　5 日，翻譯勃朗寧（Robert Browning）詩作〈惡夢與我〉，發表於《民聲日報‧副刊》5 版。

16 日，翻譯王爾德（Oscar Wilde）詩作〈安魂曲〉，發表於《民聲日報‧副刊》5 版。

22 日，〈夏天心理〉發表於《徵信新聞報‧織錦》7 版。

24 日，翻譯甘貝爾詩作〈老婦人〉，發表於《民聲日報‧副刊》5 版。

26 日，翻譯 William H. Davies 詩作〈逛迎〉，發表於《民聲日報‧副刊》5 版。

8 月　7 日，翻譯 Maxwell Bodenheim 詩作〈詩人致其戀人〉，發表於《民聲日報‧副刊》5 版。

17 日，翻譯葉慈（William Butler Yeats）詩作〈老母的歌〉，發表於《民聲日報‧副刊》5 版。

21 日，〈火的罪狀〉發表於《徵信新聞報‧人間副刊》8 版。

24 日，翻譯 Richard Lovelace 詩作〈給露卡斯塔〉，發表於《民聲日報‧副刊》5 版。

30 日，翻譯 Adelaide CraPsey 詩作〈賣詩者的歌〉，發表於《民聲日報‧副刊》6 版。

9 月　4 日，翻譯葉慈詩作〈再唱的老歌〉，發表於《民聲日報‧副刊》6 版。

11 月　12 日，翻譯雪萊詩作〈無題〉，發表於《民聲日報‧副刊》6

版。

22 日，翻譯梅斯菲爾德（John Edward Masefield）詩作〈浪人底歌〉，發表於《民聲日報·副刊》6 版。

12 月　9 日，翻譯哈維（Richard Hovey）詩作〈海的吉卜賽〉，發表於《民聲日報·副刊》6 版。

12 日，翻譯桑塔亞那（George Santayana）詩作〈噢·世界〉，發表於《民聲日報·副刊》6 版。

23 日，翻譯阿卜·默罕穆德〈阿拉伯詩選：離別曲〉，發表於《民聲日報·副刊》6 版。

24 日，翻譯埃布恩·阿拉比亞〈阿拉伯詩選：給年青時代〉，發表於《民聲日報·副刊》6 版。

〈浪人·你真的不再唱哀歌？〉發表於《野風》第 158 期。

《含淚的微笑》由臺北野風出版社出版，第一版印 2000 本，因深受讀者喜愛，坊間曾出現盜印本。

本年　擔任《野風》雜誌編輯委員，至 1964 年止。

1962 年　1 月　3 日，翻譯埃本·阿爾拉馬克蘭〈阿拉伯詩選：人生〉，發表於《民聲日報·副刊》3 版。

4 日，翻譯哈里發賴德布·比拉〈阿拉伯詩選：人生的滄桑〉，發表於《民聲日報·副刊》4 版。

10 日，翻譯哈里發賴德布·比拉〈阿拉伯詩選：給一位赧顏的女人〉，發表於《民聲日報·副刊》6 版。

15 日，翻譯阿利·本·默罕穆德〈阿拉伯詩選：哀兒子的死〉，發表於《民聲日報·副刊》2 版。

〈《含淚的微笑》後記〉發表於《野風》第 159 期。

3 月　29 日，獲頒全國大專優秀青年。

4 月　〈如你在遠方〉發表於《野風》第 162 期。

5 月　〈畫風者〉發表於《野風》第 163 期。

6月　〈也是週末〉發表於《野風》第 164 期。

與施明元、陳勝年等人，創辦以散文為主的《文林》雜誌，擔任發行人。第二年因無按時出版，被勒令停刊。

翻譯惠特曼（Walt Whitman）詩作〈再見！我底幻想〉（Good-Bye My Fancy），〈溪流〉發表於《文林》第 1 期。

8月　〈那夜‧在山上〉發表於《野風》第 165 期。

〈凝望〉發表於《文林》第 2 期。

夏　東海大學歷史系畢業，於楊紹震教授的推薦下，留系擔任西洋史助教，至 1965 年出國前止。

10月　〈他的秋天〉發表於《野風》第 167 期。

〈在那山上〉發表於《詩‧散文‧木刻》第 4 期。

11月　〈夕陽與星間〉發表於《野風》第 168 期。

1963 年　1月　27 日～2 月 9 日，與系上 Renville Lund 教授等人，同遊半個臺灣和綠島。後寫成〈不算遊記〉，4 月發表於《文林》第 5 期。

〈若你歸來〉發表於《詩‧散文‧木刻》第 5 期。

2月　〈雨‧你倆‧他們〉發表於《文林》第 4 期。

11月　〈這個秋天以後〉發表於《野風》第 180 期。

1964 年　4月　12 日，〈濯足〉發表於《中央日報‧副刊》6 版。

5月　23 日，〈夢谷〉發表於《中央日報‧副刊》6 版。

6月　10 日，〈拂曉〉發表於《中央日報‧副刊》6 版。

〈無星的夜〉發表於《文林》第 7 期。

7月　23 日，〈人造噴泉〉發表於《中央日報‧副刊》6 版。

8月　4 日，〈夏日山居〉發表於《中央日報‧副刊》10 版。

26 日，〈知音〉發表於《中央日報‧副刊》6 版。

10月　3 日，〈與你同行〉發表於《中央日報‧副刊》6 版。

14 日，〈稚〉發表於《中央日報‧副刊》10 版。

27 日，〈我的秋天〉發表於《中央日報‧副刊》6 版。

11 月　21 日，〈唱歌的樹葉〉發表於《中央日報・副刊》6 版。

〈苦悶的英雄〉發表於《東海文學》第 8 期。

12 月　〈惘〉發表於《野風》第 190 期。

1965 年　1 月　4 日，翻譯〈一個黑人底愛的哲學〉，發表於《徵信新聞報》5 版。

31 日，以《含淚的微笑》獲中央日報社與救國團合辦「第一屆青年文藝獎金」散文組獎（第一屆青年文藝散文獎）。在此場合與瘂弦及鍾肇政認識。

2 月　1 日，〈詩與意識〉發表於《徵信新聞報》5 版。

6 日，蔣經國約見「第一屆青年文藝獎」得獎人。

〈惑〉發表於《野風》第 192 期。

〈憶與盼〉、〈你的一天〉發表於《幼獅文藝》第 134 期。

3 月　21 日，出席笠詩刊於東海大學舉辦之「作品合評」中部場次。與會者有陳千武、林亨泰、錦連、張效愚、彭捷、蔡淇津、羅俊明、鄭夙娟、古貝等。

〈凋〉發表於《皇冠》第 134 期，「與你同行」專欄。

4 月　〈翻譯 Norma Farber 的詩三首〉發表於《東海文學》第 9 期。

5 月　〈春以前的〉發表於《皇冠》第 136 期，「與你同行」專欄。

6 月　16 日，〈遠方〉發表於《中央日報・副刊》6 版。

〈昔〉發表於《皇冠》第 137 期，「與你同行」專欄。

7 月　5 日，〈星〉發表於《聯合報・副刊》7 版。

〈午後・午後・午後〉發表於《幼獅文藝》第 139 期。

〈讀書以外〉發表於《皇冠》第 138 期，「與你同行」專欄。

8 月　〈雨雨雨雨〉發表於《皇冠》第 139 期，「與你同行」專欄。

夏　《含淚的微笑》由高雄大業書店出版。

9 月　《遠方》由高雄大業書店出版。

　　　　　　　　　獲美國哈佛大學獎學金，赴美攻讀哈佛大學史學碩士。

1967 年　2 月　11 日，與鄭夙娟於哈佛大學紀念教堂結婚。

　　　　　6 月　取得哈佛大學史學碩士學位，獲獎學金赴芝加哥大學，攻讀
　　　　　　　　歷史學博士。

1968 年　5 月　長子許家格於波士頓出生。

1969 年　9 月　開始任教於美國西北大學亞非系、歷史系、比較文學研究
　　　　　　　　系。

1972 年　5 月　〈失去的森林〉發表於《幼獅文藝》第 221 期。

　　　　　6 月　〈廣場〉發表於《幼獅文藝》第 222 期。

　　　　　7 月　〈上下南北〉發表於《幼獅文藝》第 223 期。

　　　　　8 月　〈亭仔腳〉發表於《幼獅文藝》第 224 期。

　　　　　9 月　24～29 日，出席於加州 Asilomar Pacific Grove 舉辦之
　　　　　　　　Conference on Taiwan History，演講"Comments on the History
　　　　　　　　of Taiwan"。

　　　　　11 月　〈從幾隻破鞋想起〉發表於《幼獅文藝》第 227 期。

1973 年　1 月　〈遠近〉發表於《幼獅文藝》第 229 期。

　　　　　本年　加入笠詩社。

1974 年　12 月　以論文"Chinese Colonization of Taiwan"（兩冊，共 756 頁）
　　　　　　　　通過口試取得博士學位。隔年 6 月，於芝加哥大學畢業典
　　　　　　　　禮，由校長授予博士證書。

1975 年　6 月　次子許達明於芝加哥出生。

1976 年　10 月　15～16 日，出席於明尼蘇達大學舉辦之 35th Annual Meeting
　　　　　　　　of the Midwest Conference of Asian Studies，發表 "Ch'ing
　　　　　　　　Policies toward Taiwan"。

　　　　　12 月　"George Kerr. Formosa: Licensed Revolution and the Home Rule
　　　　　　　　Movement, 1895-1945." 發表於 *American Historical Review* 第
　　　　　　　　81 卷第 5 期。

本年　於芝加哥大學歷史系 History Symposium，演講 "Chinese Society in Taiwan during the Ch'ing Period"。

獲美國西北大學教授研究金（Northwestern University Faculty Research Grant），赴英國牛津大學 Balliol 學院擔任博士後研究，從事英國社會史研究，至 1977 年止。

1977 年　3 月　〈山河草〉、〈戮〉發表於《中外文學》第 5 卷第 10 期。

　　　　5 月　18 日，〈小巷〉發表於《中國時報》12 版，「海外專欄」。

　　　　6 月　6 日，〈階梯〉發表於《中國時報》12 版。

　　　　　　　28 日，〈更上一層樓？〉發表於《中國時報》12 版。

　　　　　　　〈感到，趕到，敢到──散談我們的散文〉發表於《中外文學》第 6 卷第 1 期。

　　　　9 月　〈三分之二〉發表於《中外文學》第 6 卷第 4 期。

　　　　10 月　詩作〈違章建築〉發表於《笠》第 81 期。

　　　　11 月　〈順德伯的竹〉、〈等，等等〉發表於《中外文學》第 6 卷第 6 期。

　　　　本年　獲美國哲學學會獎助金（American Philosophical Society Grant），至 1978 年止。

1978 年　2 月　〈土〉發表於《中外文學》第 6 卷第 9 期。

　　　　　　　詩作〈一隻烏秋〉發表於《笠》第 83 期。

　　　　3 月　〈冬街〉發表於《臺灣文藝》第 58 期。

　　　　4 月　〈清明〉發表於《中外文學》第 6 卷第 11 期。

　　　　　　　以「散文詩四尾」為題，詩作〈樹〉、〈屠宰場〉、〈麻袋〉、〈香腸〉發表於《笠》第 84 期。

　　　　5 月　〈看弄獅〉發表於《中外文學》第 6 卷第 12 期。

　　　　6 月　〈空名〉發表於《臺灣文藝》第 59 期。

　　　　　　　《含淚的微笑》由臺北遠行出版社出版。

　　　　　　　《遠方》由臺北遠行出版社出版。

　　　　　　　以〈山河草〉、〈戮〉獲文復會文藝研究促進委員會第四屆散

　　　　　　　文類金筆獎。

　　8 月　　〈普渡〉發表於《中外文學》第 7 卷第 3 期。

　10 月　　3 日,〈奇〉發表於《民眾日報・副刊》。

　　　　　　　17 日,〈邱岡舍〉發表於《民眾日報・副刊》。

　　　　　　　26 日,〈荒城之月〉發表於《民眾日報・副刊》。

　　　　　　　以「散文詩三尾」為題,詩作〈暴雨後〉、〈磚〉、〈像騙〉發

　　　　　　　表於《笠》第 87 期。

　　　　　　　詩作〈陰陽圖〉發表於《臺灣文藝》第 60 期。

　　　　　　　"George William Carrington. Foreigners in Formosa, 1841-1874."

　　　　　　　發表於 *American Historical Review* 第 83 卷第 4 期。

　11 月　　10 日,〈狼〉發表於《民眾日報・副刊》。

　　　　　　　25 日,〈周圍〉發表於《民眾日報・副刊》。

　12 月　　〈獵〉發表於《臺灣文藝》第 61 期。

　　本年　　受鍾肇政之邀,於《民眾日報・副刊》撰寫「遠方隨筆」專

　　　　　　　欄,至 1979 年止。

1979 年　1 月　　10 日,〈交響樂〉發表於《民眾日報・副刊》12 版,「遠方隨

　　　　　　　筆」專欄。

　　　　　　　〈匆忙的蕭索〉發表於《中外文學》第 7 卷第 8 期。

　　2 月　　13 日,〈寓言森林〉發表於《民眾日報・副刊》12 版,「遠方

　　　　　　　隨筆」專欄。

　　　　　　　15 日,〈草寮〉發表於《民眾日報・副刊》12 版,「遠方隨

　　　　　　　筆」專欄。

　　3 月　　30 日～4 月 1 日,出席於洛杉磯舉辦之「亞洲研究協會」年

　　　　　　　會（Annual Meeting of the Association for Asian Studies）,發

　　　　　　　表"Chinese Colonization of Taiwan during the Ch'ing Period"。

　　　　　　　〈西方的露天柱〉發表於《臺灣文藝》第 62 期「遠方隨

筆」。

4 月　11 日，〈貨物崇拜〉發表於《民眾日報・副刊》12 版，「遠方隨筆」專欄。

18 日，〈石雕〉發表於《民眾日報・副刊》12 版。

翻譯〈印第安人詩歌：白人來後〉發表於《笠》第 90 期。

6 月　19 日，〈二〉發表於《民眾日報・副刊》12 版，「遠方隨筆」專欄。

《土》由臺北遠景出版社出版。

7 月　7 日，〈散步的代價〉發表於《民眾日報・副刊》12 版。

16 日，〈看棒球賽〉發表於《民眾日報・副刊》12 版，「遠方隨筆」專欄。

21 日，〈鋁的〉發表於《民眾日報・副刊》12 版，「遠方隨筆」專欄。

24 日，〈長檣的黃昏〉發表於《民眾日報・副刊》12 版，「遠方隨筆」專欄。

8 月　3 日，〈七爺八爺王哥柳哥〉發表於《民眾日報・副刊》12 版，「遠方隨筆」專欄。

8 日，〈天真〉發表於《民眾日報・副刊》12 版，「遠方隨筆」專欄。

18 日，〈淋〉發表於《民眾日報・副刊》12 版，「遠方隨筆」專欄。

22 日，〈雨詩〉發表於《民眾日報・副刊》12 版，「遠方隨筆」專欄。

25 日，〈閒〉發表於《民眾日報・副刊》12 版，「遠方隨筆」專欄。

以「路」為題，詩作〈車〉、〈公共汽車〉發表於《笠》第 92 期。

9 月　15～16 日，出席於愛荷華大學舉辦之 Conference on the Future of Chinese Literature，發表"Social Consciousness and the Future of Chinese Literature"。

24 日，〈錢〉發表於《民眾日報・副刊》12 版，「遠方隨筆」專欄。

〈回家〉發表於《中外文學》第 8 卷第 4 期。

〈從諺語看臺灣史〉發表於《鼓聲雜誌》第 1 卷第 1 期。

10 月　以「在臺南看人像」為題，詩作〈人：老打雜〉、〈像：鄭成功〉發表於《笠》第 93 期。

11 月　22～24 日，出席於亞特蘭大舉辦之 Annual Meeting of the American Council on Foreign Languages，發表"Chinese Poetry and Society in Taiwan, 1660-1895"。

本年　擔任芝加哥大學東亞研究中心 Affiliate Member。

1980 年　2 月　24 日，〈無地〉發表於《聯合報・副刊》8 版。

詩作〈死火山〉發表於《笠》第 95 期。

3 月　26 日，〈藝術家前〉發表於《聯合報・副刊》8 版。

〈羅馬帝國的衰亡〉、〈鼠話〉發表於《臺灣文藝》第 66 期。

擔任《臺灣文藝》美國聯絡人。

4 月　以「垃圾及其他」為題，詩作〈垃圾〉、〈其他〉發表於《笠》第 96 期。

5 月　27 日，〈冷〉發表於《聯合報・副刊》8 版。

6 月　以「品」為題，詩作〈口：咄〉、〈口口：破碗〉、〈口口口：吃翅膀〉發表於《笠》第 97 期。

詩作〈蕭條〉發表於《臺灣文藝》第 67 期。

7 月　14～29 日，返臺出席國家建設研究會文化組討論。

8 月　詩作〈疊羅漢〉發表於《臺灣文藝》第 68 期。

10 月　24～25 日，出席於愛荷華大學舉辦之 1980 Midwest

Conference on Asian Affairs，發表 "Alienation in Chinese Literature in Taiwan"。

〈無地〉發表於《臺灣文藝》第 69 期。

詩作〈阿粗〉發表於《笠》第 99 期。

12 月　27～30 日，出席於休士頓舉辦之 Annual Meeting of the Modern Language Association，發表 "Abandoned Women as Metaphor in Classical Chinese Poetry"。

以「許達然散文二題」，〈貢獻奉獻〉、〈牛墟〉發表於《臺灣文藝》第 70 期。

1981 年　2 月　21 日，〈鋸〉發表於《聯合報·副刊》8 版。

詩作〈再一年〉發表於《笠》第 101 期。

3 月　13～15 日，出席於多倫多舉辦之「亞洲研究協會」年會，發表 "The Triads in South China and Taiwan before 1830"。

〈從辦公室到工廠——談陳映真的「夜行貨車」與「雲」〉發表於《臺灣文藝》第 71 期。

4 月　10 日，〈籤〉發表於《聯合報·副刊》8 版。

翻譯〈印第安人詩歌〉、〈愛斯基摩人詩歌〉，詩作〈黑面媽祖〉發表於《笠》第 102 期。

5 月　以詩作〈疊羅漢〉獲 1980 年度吳濁流文學獎新詩創作獎。

6 月　3 日，〈牛津街巷〉發表於《中國時報》8 版。

13 日，〈春去找樹仔〉發表於《聯合報·副刊》8 版。

24 日，〈看火〉、〈阿秀通勤〉發表於《聯合報·副刊》8 版。

〈節目〉發表於《中外文學》第 10 卷第 1 期。

〈中國文學的前途——在艾荷華「中國週末」文藝座談會上的講話〉發表於《笠》第 103 期。（小平譯）

7 月　〈夜谷〉發表於《臺灣文藝》第 73 期。

8 月　20～26 日，出席於加州 La Casa de Maria 舉辦之 Conference

on the Orthodoxy and Heterodoxy in Late Imperial China: Cultural Beliefs and Social Divisions，發表"The Triads and Their Ideology until the Early Nineteenth Century"。

詩作〈阿水的祈禱〉發表於《笠》第 104 期。

9 月　　25 日，〈水邊〉發表於《聯合報・副刊》8 版。

10 月　　27 日，〈防風林〉發表於《中國時報》8 版。

以「兩三行小集」為題，詩作〈凱旋門〉、〈運煤夜車〉、〈蝗的收穫〉、〈水仔看瀑〉發表於《笠》第 105 期。

11 月　　16 日，〈憾〉發表於《聯合報・副刊》8 版。

12 月　　10 日，〈冬的消息〉發表於《聯合報・副刊》8 版。

23 日，〈六十三街〉發表於《中國時報》8 版。

翻譯〈愛斯基摩人詩歌（續）〉，以「阿土起火——並記其他」為題，詩作〈阿土起火記〉、〈公共汽車上看分類廣告〉、〈勳章〉發表於《笠》第 106 期。

1982 年　1 月　　〈東門城下〉發表於《文學界》第 1 集。

2 月　　2 日，〈草〉發表於《聯合報・副刊》8 版。

20 日，〈輕重〉發表於《聯合報・副刊》8 版。

以「一二三四行」為題，詩作〈吃蛇〉、〈渴〉、〈聲明〉、〈聞看〉發表於《笠》第 107 期。

3 月　　19 日，〈本事〉發表於《中國時報・人間版》8 版。

20 日，〈昨夜的馬戲〉發表於《聯合報・副刊》8 版。

4 月　　30 日，〈過街〉發表於《聯合報・副刊》8 版。

〈隨筆兩篇〉發表於《文學界》第 2 集。

5 月　　17 日，〈歷史裡的一把火——談歷史的諷刺〉發表於《中國時報・人間版》8 版。

〈海山間〉，詩作〈能〉發表於《臺灣文藝》第 76 期。

6 月　　以「抗議及其他」為題，詩作〈抗議〉、〈監牢的舊鐘擺〉、

〈突破〉、〈準時到的消息〉、〈輾〉發表於《笠》第 109 期。

〈僵〉發表於《中外文學》第 11 卷第 1 期。

8 月　　28 日，接待參加愛荷華大學「國際寫作計畫」的楊逵及蕭素梅，至芝加哥 Skokie 自宅住兩星期。

9 月　　〈排隊〉發表於《暖流》第 9 期。

10 月　　30 日，「臺灣文學研究會」（Society for the Study of Taiwan Literature）於洛杉磯希爾頓飯店水牛廳成立，獲選為第一任召集人，至 1984 年止。並撰寫〈臺灣文學研究會成立與章程〉，隔年 1 月發表於《臺灣文藝》第 80 期。

11 月　　接受鄺白曼訪問。1986 年 6 月，訪問文章〈在美國訪問臺灣著名散文家許達然〉發表於《文學知識》1986 年第 6 期。

12 月　　15 日，〈郊遊〉發表於《聯合報‧副刊》8 版。

29 日，〈妨礙交通〉發表於《聯合報‧副刊》8 版。

詩作〈用品〉發表於《笠》第 112 期。

《含淚的微笑》由臺北遠景出版公司出版。

《遠方》由臺北遠景出版公司出版。

1983 年　1 月　　〈吐〉發表於《文學界》第 5 集。

詩作〈天空看老兵〉發表於《臺灣文藝》第 80 期。

2 月　　翻譯〈奧登詩選（一）〉，以「農夫之獵及刑場」為題，詩作〈農夫之獵〉、〈刑場〉發表於《笠》第 113 期。

3 月　　22 日，以「許達然散文二帖」為題，〈瀑布與石頭〉、〈白描〉發表於《聯合報‧副刊》8 版。

4 月　　《文季》文學雙月刊創刊，擔任編輯委員，至 1985 年 6 月停刊止。

〈隔〉發表於《文季》第 1 卷第 1 期。

翻譯〈奧登詩選（二）〉，以「三尾短詩」為題，詩作〈過年〉、〈瞥〉、〈兩代〉發表於《笠》第 114 期。

以「散文詩兩尾」為題，詩作〈盲〉、〈瞄〉發表於《文學界》第 6 期。

5 月　1 日，〈小丑〉發表於《中國時報・人間副刊》8 版。

12 日，〈那泓水〉發表於《聯合報・副刊》8 版。

以「散文詩二尾」為題，詩作〈旱〉、〈繽紛〉發表於《臺灣文藝》第 82 期。

6 月　翻譯〈奧登詩選（三）〉，發表於《笠》第 115 期。

〈鹹酸甜──序「臺灣的心」〉，以「許達然詩兩首」為題，詩作〈慶讚中元〉、〈阿義的家內〉發表於《臺灣詩季刊》第 1 號。

7 月　20 日，〈逛書店〉發表於《聯合報・副刊》8 版。

以「溪與海埔新生地」為題，詩作〈溪〉、〈海埔新生地〉發表於《臺灣文藝》第 83 期。

8 月　26 日，出席於紐澤西王淑英農場（Orchard View Greenhouse）舉辦之「臺灣文學研究會」年會（Annual Meeting of the Society for the Study of Taiwan Literature），擔任召集人並發表〈臺灣的社會與詩（1660～1895）〉。

〈小孩與火〉發表於《文季》第 1 卷第 3 期。

詩作〈給影子〉發表於《笠》第 116 期。

以「硬散文詩兩支」為題，詩作〈一支扁擔〉、〈一支稱〉發表於《文學界》第 7 期。

夏　獲傅爾博萊特研究金（Fulbright Grant），返臺從事臺灣史研究，至 1984 年夏止，於臺北故宮文獻處看清朝軍機檔等檔案。經楊逵引薦，每月參加由日治時期臺灣作家組成的「益壯會」。

9 月　29 日，以「不相關兩題」為題，詩作〈懷念〉、〈看櫥窗〉發表於《聯合報・副刊》8 版。

〈空地上的人們〉發表於《臺灣文藝》第 84 期。

以「許達然散文詩兩題」為題，詩作〈看划龍船〉、〈啞〉發表於《臺灣詩季刊》第 2 號。

10 月　14 日，以「小品三帖」為題，〈苦瓜〉、〈銅像〉、〈給「能」〉發表於《聯合報・副刊》8 版。

23 日，〈幼稚園〉發表於《民生報》6 版。

翻譯〈奧登詩選（四）〉，發表於《笠》第 117 期。

11 月　〈獵及其他〉發表於《文季》第 1 卷第 4 期。

〈油漆〉發表於《文學界》第 8 期。

12 月　12 日，應臺灣大學代聯會文學週之邀，於臺大學生活動中心演講廳，演講「臺灣文學的文學社會學探討」。因講題出現「臺灣文學」四個字，而被校方關切。

23 日，〈臨時工〉發表於《中國時報・人間副刊》8 版。

翻譯〈奧登詩選（五）〉，發表於《笠》第 118 期。

〈當代英國詩選（一）〉發表於《臺灣詩季刊》第 3 號。

1984 年　春　應邀至清華大學中文系、輔仁大學中文系、淡江文理學院演講有關文學社會學。

1 月　〈獅館〉發表於《文季》第 1 卷第 5 期。

英文論文中譯〈一六八三年以前臺灣的開發〉發表於《臺灣研究集刊》1984 年 1 期。（葛小佳譯）

〈路〉發表於《散文季刊》第 1 期。

擔任《臺灣文藝》散文編輯委員。

2 月　9 日，〈溫暖的話〉發表於《中國時報・人間副刊》8 版。

11 日，出席自立晚報副刊與《臺灣文藝》雜誌於臺北市耕莘文教院舉辦之「臺灣文學討論會」，主講「海外研究臺灣文學的現況」，與會者有陳永興、向陽、陳若曦、楊青矗、楊逵、楊雲萍、黃得時、鍾肇政、趙天儀、陳少廷等人。

詩作〈旱〉發表於《笠》第 119 期。

3 月　11 日，出席日本神戶大學院臺灣文學研究訪華團於臺北自立晚報社舉辦之「臺灣作家座談會」。

13 日，〈牛墟〉發表於《聯合報‧副刊》8 版。

〈過年前後聽見〉發表於《臺灣文藝》第 87 期。

〈當代英國詩選（二）〉發表於《臺灣詩季刊》第 4 號。

〈蜘蛛網外〉發表於《文季》第 1 卷第 6 期。

4 月　9 日，〈搬一株榕樹〉發表於《聯合報‧副刊》8 版。

14 日，〈彩色像片與黑白漫畫〉發表於《中國時報‧人間副刊》8 版。

以「詩隨筆」為題，詩作〈急〉、〈乞〉、〈有趣〉發表於《笠》第 120 期。

擔任《春風詩叢刊》美國聯絡人，至 1985 年 7 月停刊止。

5 月　27 日，應時任臺中市文化中心文英館陳千武館長之邀，於臺中文化中心文英館演講「現代社會與文學」。

28 日，應東海大學文學院之邀，於茂榜廳演講「中國文學的文學社會學研究」。

29 日，於東海大學社會研究所及歷史研究所，演講「西方歷史社會學」。

30 日，〈夜歸〉發表於《中國時報‧人間副刊》8 版。

〈橋語〉發表於《臺灣文藝》第 88 期。

〈看雞跟魚〉發表於《文季》第 2 卷第 1 期。

〈泥濘的路〉發表於《文學界》第 10 集。

6 月　3 日，出席《文學界》雜誌於臺北市舉辦之「許達然詩與散文討論會」，與會者有趙天儀、李魁賢、李敏勇、陳明台、鄭炯明、林佛兒、羊子喬、楊青矗、林文義、呂昱、黃武忠、白樵、杜文靖、劉克襄。會議紀錄後發表於 8 月《文學界》

第 11 集。

10 日，出席《臺灣詩季刊》於中泰賓館舉辦之「第一屆『臺灣詩獎』決審會」，與會者有林佛兒、梁景峰、蔣勳、李元貞、吳宏一。會議紀錄後發表於《臺灣詩季刊》第 5 號。

11 日，〈交通〉發表於《中國時報・人間副刊》8 版。

《吐》由臺北林白出版社出版。

7 月　22 日，〈通向——故宮博物院的臺階〉發表於《聯合報・副刊》8 版。

《水邊》由臺北洪範書店出版。

8 月　25 日，出席於西北大學文理科學院舉辦之「臺灣文學研究會」年會，擔任召集人並發表〈日據時期臺灣新詩的抗議精神（1895～1945）〉。

〈從感覺到希望——我對寫作的想法〉發表於《文學界》第 11 集。

9 月　〈假日〉發表於《文季》第 2 卷第 3 期。

10 月　1 日，〈番藷花〉發表於《聯合報・副刊》8 版。

10 日，〈人行道〉發表於《中國時報・人間副刊》8 版。

17 日，〈疤〉發表於《聯合報・副刊》8 版。

11 月　14 日，〈小鎮的一角〉發表於《聯合報・副刊》8 版。

〈祖師廟前的黃昏〉發表於《文學界》第 12 集。

〈諸相奈何〉發表於《臺灣文藝》第 91 期。

擔任《聯合文學》編輯委員。

12 月　〈感覺・憶・過橋——及其他〉發表於《聯合文學》第 2 期。

〈榨〉發表於《文季》第 2 卷第 4 期。

以「許達然詩五首」為題，詩作〈西門町之夜〉、〈小學的回憶〉、〈中庸〉、〈民矚政治〉、〈給某人〉發表於《笠》第 124

期。

詩作〈普通列車〉發表於《臺灣詩季刊》第 7 號。

1985 年　1 月　13 日,〈《短歌》──山居者〉發表於《中國時報‧人間副刊》8 版。

〈鹵莽〉發表於《聯合文學》第 3 期。

〈公寓〉發表於《臺灣文藝》第 92 期。

2 月　翻譯〈奧登詩選(六)〉,發表於《笠》第 125 期。

4 月　7 日,主持於芝加哥大學十字路(Crossroads)國際學生中心舉辦之「芝加哥楊逵紀念座談會」,會中通過成立「楊逵紀念基金會」,獲選為召集人。6 月,會議記錄發表於《文季》第 2 卷第 5 期。

11 日,〈孕〉發表於《中國時報‧人間副刊》8 版。

30 日,〈街上〉發表於《中國時報‧人間副刊》8 版。

翻譯〈奧登詩選(七)〉發表於《笠》第 126 期。

5 月　〈拆〉發表於《文學界》第 14 集。

詩作〈楊逵先生和他的帽子〉發表於《臺灣文藝》第 94 期。

《人行道》由臺北新地出版社出版。

6 月　〈從東海花園到臺北街路:紀念楊逵先生〉、〈榕樹與公路〉發表於《文季》第 2 卷第 5 期。

7 月　6 日,出席於麻州大學舉辦之「臺灣文學研究會」年會,發表〈詩人的小說:陳千武的《獵女犯》〉。

8 日,參與籌辦芝加哥大學「臺灣研究國際研討會」(International Symposiums on Taiwan Studies),發表"Ch'ing Policies Toward Taiwan: 1683～1895"。

擔任美國《臺灣文化》(*TAIWAN CULTURE*)雙月刊編輯委員。

8 月　翻譯〈奧登詩選(八)〉,發表於《笠》第 128 期。

9 月　8～14 日，出席於夏威夷大學舉辦之 Conference on the Politics of Language Purism: A Rhetoric Authentication，發表 "Purism and Alienation in Taiwan Literature"。

〈寒意〉發表於《聯合文學》第 11 期。

10 月　22 日，與楊青矗、李歐梵、非馬、向陽等人於芝加哥自宅對談「臺灣文學的世界性」。

11 月　10 日，〈秋頁〉發表於《聯合報·副刊》8 版。

15 日，〈想笠〉、〈俘虜島——陳千武小說《獵女犯》的主題〉發表於《臺灣文藝》第 97 期。

12 月　以「許達然短詩兩首」為題，詩作〈在球場打工〉、〈之間〉發表於《笠》第 130 期。

1986 年　1 月　〈「違章建築」序〉發表於《臺灣詩季刊》第 8 號。

2 月　5 日，〈〈短歌〉——垃圾桶旁的樟樹〉發表於《中國時報·人間副刊》8 版。

15 日，〈猩猩〉發表於《中國時報·人間副刊》8 版；〈包子水餃和麵包〉發表於《聯合報·副刊》8 版。

〈翻筋斗〉發表於《文學界》第 17 集。

詩集《違章建築》由臺北笠詩刊社出版。

3 月　7 日，〈死山〉發表於《聯合報·副刊》8 版。

18 日，〈家在臺南〉發表於《聯合報·副刊》8 版。

〈南非抗議詩〉發表於《臺灣文藝》第 99 期。

4 月　23 日，〈四季內外〉發表於《聯合報·副刊》8 版。

翻譯〈奧登詩選（九）〉，以「文明散文詩六尾」為題，詩作〈發明〉、〈個人主義者〉、〈痔瘡〉、〈樺樹〉、〈人行道上的垃圾箱〉、〈弦〉發表於《笠》第 132 期。

5 月　13 日，〈靜物空間——及其他〉（〈靜物〉、〈空間〉、〈草坪上〉）發表於《聯合報·副刊》8 版。

〈藝術是否定現實世界的知識〉發表於《臺灣文藝》第 100 期。

〈水果攤旁〉發表於《文學界》第 18 期。

7 月　　9 日，參與籌辦芝加哥大學「第二屆臺灣研究國際研討會」，擔任會議主持人。

19 日，〈我為什麼要寫作〉發表於《聯合報・副刊》8 版。

〈經歷〉發表於《臺灣文藝》第 101 期。

8 月　　7 日，〈意述〉發表於《聯合報・副刊》8 版。

10 日，於加州聖塔芭芭拉（Santa Barbara）舉辦之「臺灣文學研究會」年會，書面發表〈論郭楓的散文〉，同時退出「臺灣文學研究會」。

9 月　　以「不同的傷痕」為題，詩作〈囚〉、〈因〉、〈困〉發表於《臺灣文藝》第 102 期。

《防風林》由香港生活・讀書・新知三聯書店出版。

10 月　　以「問題訊息」為題，詩作〈問題〉、〈訊息〉發表於《笠》第 135 期。

11 月　　詩作〈孤兒的父母〉發表於《文學界》第 20 期。

17 日，以「許達然小品二帖」為題，〈駱駝和山羊〉、〈評語〉發表於《聯合報・副刊》8 版。

12 月　　出席於深圳大學舉辦之「第三屆全國臺港與海外華文文學學術研討會」，發表〈日據時期臺灣小說裡的知識分子形象〉。隔年 9 月，文章收錄於美國《臺灣文化》（*TAIWAN CULTURE*）第 13 期。

本年　　由芝加哥 Skokie 搬至 Deerfield。

1987 年　1 月　　〈習題〉發表於《臺灣文藝》第 104 期。

3 月　　30 日，以「寵物——外二章」為題，〈寵物〉〈擁抱〉、〈春天的木瓜樹〉發表於《聯合報・副刊》8 版。

與非馬、李魁賢合譯《南非文學選——頭巾》，由臺北名流出版社出版。

4 月　以「散文詩兩尾」為題，詩作〈土，他的地〉、〈故事〉發表於美國《臺灣文化》（*TAIWAN CULTURE*）第 11 期。

5 月　11 日，〈逃〉發表於《中國時報‧人間副刊》8 版。

　　　29 日～6 月 3 日，出席新加坡聯合早報、聯合晚報舉辦之「新加坡國際華文文藝營」，演講「近代中國文學裡的人文社會」。

　　　〈圈內〉發表於《文學界》第 22 集。

　　　〈牆〉發表於《聯合文學》第 31 期。

6 月　9 日，〈訪〉發表於《聯合報‧副刊》8 版。

　　　〈東海〉發表於《臺灣文藝》第 105 期。

8 月　1 日，參與籌辦芝加哥大學「第三屆臺灣研究國際研討會」，擔任與談人。

　　　〈勞工活動中心〉發表於《臺灣文藝》第 106 期。

　　　《芝加哥的畢加索》由南寧廣西人民出版社出版。

10 月　翻譯〈希臘現代詩選〉，發表於《笠》第 141 期。

12 月　詩作〈海埔新生地〉發表於《笠》第 142 期。

本年　因前三年於芝加哥大學參與籌辦「臺灣研究國際研討會」，臺灣執政者認為其「推動臺灣研究有罪」，自由入境許可被取消，每次返臺需至北美事務協調會申請許可，至 1991 年止。

1988 年　1 月　14～17 日，出席於日月潭舉辦之「第三屆亞洲詩人會議」，會後與巫永福、郭楓、葉笛、李魁賢、李敏勇等聚會。

　　　　　　英文論文中譯〈清代臺灣邊疆的社會組織與社會動亂〉發表於《臺灣研究集刊》1988 年 1 期。（李祖基譯）

　　　　　　〈教師的客廳〉發表於《臺灣文藝》第 109 期。

　　　　　　出席東海大學舉辦之「第二屆臺灣開發史會議」，發表論文並

擔任對談人。

2 月　翻譯〈奧登詩選（十）〉，發表於《笠》第 143 期。

擔任《臺灣社會研究季刊》編輯委員。

3 月　詩作〈光亮牆〉發表於《臺灣文藝》第 110 期。

5 月　《遠近集》由北京中國友誼出版公司出版。

6 月　18 日，應聯合報副刊「每月講座」之邀，返臺演講「歷史與文學」。

25 日，出席新地文學基金會於新竹清華大學舉辦之「第一屆當代中國文學國際學術會議」，發表〈臺灣的文學和歷史〉。

"Communal Organizations in Taiwan during the Eighteenth and Nineteenth Centuries"發表於《東海學報》第 29 期。

7 月　《防風林》由廣州花城出版社與香港生活・讀書・新知三聯書店聯合出版。

8 月　4～6 日，出席香港大學亞洲研究中心與美國芝加哥大學研究中心舉辦之 Conference on the Fiction and Non-fiction of Ch'en Ying-chen，發表"Tragic Vision of Lucien Goldmann in the Fiction of Ch'en Ying-chen"。

9 月　〈臺灣的文學與歷史（上）〉發表於《臺灣文藝》第 113 期。

10 月　31 日，詩作〈動靜〉發表於《中國時報・人間副刊》18 版。

詩作〈九行書〉發表於《笠》第 147 期。

11 月　20 日，〈跋涉現代世界的古老鄉音──「魂夢駝鈴」決審意見〉發表於《中國時報・人間副刊》18 版。

〈臺灣的文學與歷史（下）〉，詩作〈反調〉發表於《臺灣文藝》第 114 期。

1989 年　2 月　5 日，〈鹿苑故事〉發表於《聯合報・副刊》21 版。

24 日，〈謠言的鄰居〉發表於《聯合報・副刊》27 版。

以「感覺」為題，詩作〈負傷的惘〉、〈地下電車〉發表於

《笠》第 149 期。

〈採訪牛語〉發表於《文學界》第 28 期。

3 月　《海外寄來的花束》由天津百花文藝出版社出版。

4 月　《藝術家前》由北京中國文聯出版公司出版。

5 月　英文論文中譯〈十八～十九世紀的臺灣社區組織〉發表於《臺灣研究集刊》1989 年 2 期。（李祖基譯）

〈冬天的考試〉發表於《聯合文學》第 55 期。

7 月　19 日,〈硯倦〉發表於《中國時報・人間副刊》23 版。

22 日,〈島鳥〉發表於《聯合報・副刊》27 版。

中文論文日譯〈捕虜の島――陳千武著《獵女犯》の主題について〉發表於《咿啞》第 24、25 合併號。（下村作次郎譯）

8 月　23 日,〈音樂的畫像〉發表於《聯合報・副刊》27 版。

9 月　2 日,出席芝加哥大學舉辦之「第五屆臺灣研究國際研討會」,擔任與談人。

22 日,〈很好的理由〉發表於《聯合報・副刊》25 版。

〈稀珍〉發表於《新文化》第 8 期。

1990 年　4 月　5～8 日,出席於芝加哥舉辦之「亞洲研究協會」年會,發表 "Anti-Japanese Colonialism in Taiwan"。1992 年,文章收錄於 *Chinese Studies in History* 第 25 卷第 3 期。

《新地文學》雙月刊創刊,擔任編輯委員,至 1991 年 8 月停刊止。

〈臺灣的文學和歷史〉、〈去看壯麗〉發表於《新地文學》第 1 卷第 1 期。

編選《山與谷――郭楓選集》,由香港文藝風出版社出版。

6 月　24 日,出席新地文學基金會於清華大學國際會議廳舉辦之「第三屆當代中國文學國際學術會議」,發表〈一九四九以前

臺灣與大陸小說中的婦女形象〉。10 月，文章收錄於《新地文學》第 1 卷第 4 期。

〈散文臺灣・臺灣散文──序《臺灣當代散文精選》〉發表於《新地文學》雙月刊第 1 卷第 2 期。

主編《臺灣當代散文精選：1945～1988》，由臺北新地出版社出版。

8 月　30 日，〈花〉發表於《聯合報・副刊》29 版。

9 月　24 日，〈相思樹〉發表於《聯合報・副刊》29 版。

10 月　〈暗想歌〉發表於《新地文學》第 1 卷第 4 期。

翻譯〈奧登詩選（十一）〉，詩作〈！〉發表於《笠》第 159 期。

12 月　〈前進〉發表於《新地文學》第 1 卷第 5 期。

1991 年　2 月　〈公園內〉發表於《新地文學》第 1 卷第 6 期。

以「發燒幾行」為題，詩作〈光火〉、〈焦〉發表於《笠》第 161 期。

4 月　〈行〉發表於《新地文學》第 2 卷第 1 期。

5 月　18 日，〈白樺樹和野兔〉發表於《聯合報・副刊》25 版。

6 月　〈觀光飯店化裝舞會〉發表於《新地文學》第 2 卷第 2 期。

夏　父親許筱華逝世。

7 月　《同情的理解》由臺北新地文學出版社出版。

8 月　英文論文中譯〈當代臺灣小說的異化〉（許玲英譯）、〈草評〉發表於《新地文學》第 2 卷第 3 期。

《許達然散文選》由天津百花文藝出版社出版。

12 月　〈示威〉發表於《文學臺灣》創刊號。

1992 年　2 月　《四季內外──許達然散文選》由廣州花城出版社出版。

7 月　29 日，〈臺灣山海經〉發表於《聯合報・副刊》25 版。

8 月　21 日，〈忘，記〉發表於《聯合報・副刊》31 版。

22 日，與郭楓、馬森、葉笛、劉大任等人組成「臺灣及海外作家訪問團」，共赴北京、南京、上海等地參加座談會。

9 月　〈光觀〉發表於《文學臺灣》第 4 期。

12 月　24 日，〈年末的主角〉發表於《聯合報・副刊》43 版。

1993 年　1 月　〈視聽中心〉發表於《文學臺灣》第 5 期。

2 月　16 日，〈真不美〉發表於《聯合・副刊》24 版。

詩作〈高速公路〉、〈石油〉發表於《笠》第 173 期。

3 月　5 日，〈錄火〉發表於《聯合報・副刊》31 版。

31 日，〈慶祝以後〉發表於《聯合報・副刊》39 版。

4 月　20 日，〈鏡界〉發表於《聯合報・副刊》35 版。

〈遠近三段〉發表於《文學臺灣》第 6 期。

5 月　26 日，〈看著湖〉發表於《聯合報・副刊》37 版。

6 月　20 日，〈武廟文章〉發表於《聯合報・副刊》37 版。

翻譯〈奧登詩選——紀念佛羅伊德〉，發表於《笠》第 175 期。

7 月　〈失去的境界〉發表於《文學臺灣》第 7 期。

8 月　20 日，〈認自己〉發表於《聯合報・副刊》35 版。

10 月　〈路邊〉發表於《文學臺灣》第 8 期。

以「衰不過難過」為題，詩作〈衰〉、〈不過〉、〈難過〉，發表於《笠》第 177 期。

12 月　詩作〈舊書店左角〉、〈奇怪〉發表於《笠》第 178 期。

《相思樹》由北京師範大學出版社出版。

1994 年　1 月　5 日，〈揹山者〉發表於《聯合報・副刊》37 版。

6 日，〈要去看海〉發表於《聯合報・副刊》35 版。

〈妨梓〉發表於《文學臺灣》第 9 期。

4 月　3 日，〈可愛的危險動物〉發表於《中時晚報》14 版。

以「絕不是絕句」為題，詩作〈短詩招數〉、〈在地人〉、〈寄

國際航空信〉、〈釘書機的〉、〈到此為止〉，發表於《文學臺灣》第 10 期。

6 月　以「短詩五尾」為題，詩作〈瘡〉、〈黃昏〉、〈吊橋〉、〈捲電梯〉、〈金魚的死〉，發表於《笠》第 181 期。

7 月　詩作〈簡歷〉發表於《文學臺灣》第 11 期。

8 月　以「讀詩偶譯」為題，翻譯 Ernesto Mejia Sanchez 詩作〈十字架〉、Arturo Trias 詩作〈詩〉、〈信仰〉、Nicanor Parra 詩作〈年輕的詩人們〉、Hans Magnus Enzensberger 詩作〈中產階級的憂鬱〉，發表於《笠》第 181 期。

夏　獲美國西北大學教授研究金（Northwestern University Faculty Research Grant），連續四年的 7～8 月，於北京中國第一歷史檔案館，閱讀清廷有關臺灣的史料，至 1997 年止。

9 月　23～25 日，出席於西伊利諾大學舉辦之 Midwest Conference on Asian Affairs 發表"Communal Strife and Ethnic Relations in Qing Taiwan"。

10 月　〈原鄉錄〉發表於《文學臺灣》第 12 期。
　　　翻譯〈奧登詩選〉，以「兩行集」為題，詩作〈新村〉、〈疏忽〉、〈午後〉、〈雪〉、〈愚魚〉發表於《笠》第 183 期。

11 月　25～27 日，出席行政院文建會主辦、清華大學中國語文學系、文學研究所承辦於清華大學國際會議廳之「賴和及其同時代作家：日據時期臺灣文學國際學術會議」，發表〈日治時期臺灣散文〉。

12 月　翻譯〈奧登詩選〉，以「舊感覺」為題，詩作〈深秋〉、〈老天〉、〈疤〉發表於《笠》第 184 期。

1995 年　1 月　詩作〈行情〉發表於《文學臺灣》第 13 期。

　　　　4 月　翻譯〈奧登詩選〉，詩作〈失意〉、〈意失〉發表於《笠》第 186 期。

以「短詩二尾」為題，詩作〈風波〉、〈奚落〉發表於《文學臺灣》第 14 期。

7 月　25 日，〈鐘聲〉發表於《聯合報・副刊》37 版。

〈風飛沙〉發表於《文學臺灣》第 15 期。

8 月　23～25 日，出席香港市政總署於市政局大會堂公共圖書館舉辦之「第三屆香港中文文學雙年獎」，演講「散文的創作與欣賞」。

24～28 日，出席笠詩社於日月潭舉辦之「第五屆亞洲詩人會議」。

以「散文詩兩尾」為題，詩作〈濶〉、〈松鼠樹〉發表於《笠》第 188 期。

10 月　以「四行」為題，詩作〈口供後〉、〈動物園〉、〈得了〉發表於《笠》第 189 期。

以「春思・卡」為題，詩作〈春思〉、〈卡〉發表於《文學臺灣》第 16 期。

1996 年　1 月　詩作〈鄉城的收穫〉發表於《文學臺灣》第 17 期。

3 月　10 日，出席臺灣歷史學會於臺灣師範大學綜合大樓 509 會議廳舉辦之「史學與國民意識研討會」，發表〈清朝臺灣民變探討〉。

7 月　〈械鬥和清朝臺灣社會〉發表於《臺灣社會研究季刊》第 23 期。

8 月　16 日，於北京中國社會科學院近代史研究所，演講「西方對近代中國社會史和思想史的研究」。

10 月　〈幼稚的書〉發表於《聯合文學》第 144 期。

1997 年　1 月　〈阿土上街記〉發表於《文學臺灣》第 21 期。

5 月　《懷念的風景》由臺南市立文化中心出版。

本年　擔任「第一屆國家文化藝術基金會文藝獎」評審委員。

1998 年　2 月　18 日，出席東海大學「第一屆臺灣歷史與文化研討會」，發表〈清代臺灣社會動亂〉。

　　　　　4 月　〈從俗語看臺灣史──序《臺灣俗語辭典》〉發表於《文學臺灣》第 25 期。

　　　　　本年　獲第四屆府城文學獎特殊貢獻獎。

1999 年　2 月　8 日，出席東海大學「第二屆臺灣歷史與文化研討會」，發表〈清朝臺灣福佬客家衝突〉。

2000 年　2 月　18 日，出席東海大學「第三屆臺灣歷史與文化研討會」，發表〈十八及十九世紀臺灣民變和社會結構〉。6 月，文章收錄於《臺灣文獻》第 51 卷第 2 期。

　　　　　6 月　29 日，出席中央研究院舉辦之「第三屆國際漢學會議」人類學組，發表〈十八及十九世紀臺灣福佬客家械鬥〉。

　　　　11 月　25 日，出席東海大學「第四屆臺灣歷史與文化研討會」，發表〈清朝最後的三次民變〉。

2001 年　5 月　28～29 日，應東海大學歷史系之邀，擔任「歷史系傑出校友講座」在研究所授課。

　　　　　　　　應中央研究院之邀，評鑑臺灣史研究所籌備處。

　　　　　6 月　8 日，於東海大學歷史系演講「從歷史研究到臺灣關懷」。

　　　　　　　　15～16 日，出席故宮博物院「清代檔案與臺灣史研究」學術研討會，發表〈林爽文起事和臺灣歷史發展〉。9 月，文章收錄於《故宮學術季刊》第 19 卷第 1 期。

　　　　11 月　11 日，出席東海大學「第五屆臺灣歷史與文化研討會」，發表〈臺灣結拜兄弟（1600～1900）〉。

　　　　　　　　12 日，於東海大學圖書館藝文中心貴賓室接受莊紫蓉訪問。2003 年 4 月 16～19 日，訪問文章〈在文學與歷史之間──專訪許達然〉連載於《臺灣日報・副刊》25 版。

　　　　　　　　15 日，獲第 24 屆吳三連散文類文學獎。

	12 月	《素描許達然》由臺北新新聞文化公司出版。
2002 年	1 月	24 日,〈我的創作觀〉發表於《自由時報‧副刊》39 版。
	5 月	1 日,於東海大學第八屆「吳德耀人文講座」,演講「十八及十九世紀臺灣社會變遷」。

2 日,於東海大學第八屆「吳德耀人文講座」,演講「疏離和抗議:二十世紀臺灣文學探討」。

5 日,出席於臺中舉辦的笠詩社編輯會議。

6 月　　28 日,於芝加哥大學國際學舍舉辦之 The Eighth Annual Conference of the North America Taiwan Studies Association,專題演講"Taiwan Studies in Interdisciplinary Perspectives"。

8 月　　接受廖玉蕙訪問。2003 年 3 月 10～11 日,訪問文章〈少戀心境,多寫現象──許達然訪談〉連載於《自由時報》35、39 版。

10 月　　19～20 日,出席行政院文建會於高雄中正文化中心(今高雄市立文化中心)舉辦之「李魁賢文學國際研討會」,發表〈李魁賢詩的通感(Correspondences)〉。

11 月　　22 日,出席行政院文建會主辦、成功大學臺灣文學系承辦的「臺灣文學史書寫國際學術研討會」,發表〈「介入文學」:日治時期臺灣短篇小說量化探討〉。

本年　　擔任國家科學委員會(今科技部)人文組評審。

2003 年　2 月　　7 日,出席東海大學「第六屆臺灣歷史與文化研討會」,發表〈清代臺灣民間武備〉。

7 月　　〈隔離〉發表於《文學臺灣》第 47 期。

10 月　　〈論葉笛的散文〉發表於《文學臺灣》第 48 期。

11 月　　8 日,於聖地牙哥臺灣中心大禮堂演講「臺灣人民起事(1683～1895)」。

29 日,由葉笛代為出席東海大學主辦之「戰後初期臺灣文學

與思潮國際學術研討會」，發表〈存在主義和一九六〇年代臺灣短篇小說〉。

2004 年　2 月　6 日，出席東海大學「第七屆臺灣歷史與文化研討會」，發表〈相看都討厭：清朝統治者和臺灣人民互相敵對的態度〉。

　　　　4 月　以「兩行四尾」為題，詩作〈臺灣〉、〈鳥館〉、〈人跟魚比〉、〈類：無〉發表於《文學臺灣》第 50 期。

　　　　6 月　19 日，出席國家臺灣文學館主辦、靜宜大學臺灣文學系承辦於靜宜大學國際會議廳之「楊逵文學國際學術研討會」，發表〈楊逵小說裡知識分子的疏離〉。

　　　　10 月　以「社會達爾文主義失業交錯存在主義者」為題，詩作〈臺灣新社會達爾文主義〉、〈失業〉、〈交錯〉、〈存在主義者〉發表於《文學臺灣》第 52 期

　　　　本年　自美國西北大學退休，為西北大學榮譽教授。
　　　　　　　出席佛光人文社會學院舉辦之「臺灣研究國際學術論壇研討會」，發表〈道德經濟（Moral Economy）：清朝臺灣漢族起事一個導因的探討〉。

2005 年　1 月　以「散文詩兩尾」為題，詩作〈鍛鍊〉、〈瞄〉發表於《文學臺灣》第 53 期。

　　　　3 月　19 日，參加東海大學「第八屆臺灣歷史與文化研討會」，發表〈清朝臺灣文治和武治缺失的探討〉。
　　　　　　　與李魁賢合譯詩集《海陸合鳴・詩心交融──2005 高雄世界詩歌節詩選》，由高雄市文化局出版。

　　　　4 月　詩作〈風雨抱〉發表於《文學臺灣》第 54 期。

　　　　7 月　以「看見兩尾」為題，詩作〈在臺南十字路口驀然瞥見〉、〈在自然歷史博物館注視漠然〉發表於《文學臺灣》第 55 期。

　　　　8 月　6～10 日，出席吳三連臺灣史料基金會舉辦之「第 27 屆鹽分

地帶文藝營」，獲「臺灣新文學貢獻獎」，並專題演講「二十世紀臺灣短篇小說主體性的探討」。晚上與陳芳明於「與文學大師對談之夜」活動對談。

10 月　詩作〈褪色的嘆息〉發表於《文學臺灣》第 56 期。

11 月　10 日，擔任東海大學教學卓越計畫駐校學者，至 12 月 3 日止。

22 日，於東海大學圖書館演講「二十世紀臺灣文學裡的主題性和共同體的探討」。

25 日，出席東海大學「第九屆臺灣歷史與文化研討會」，發表〈十八及十九世紀臺灣原住民的社會變遷〉。

26 日，出席《鹽分地帶文學》創刊發表會。

27 日，出席楊逵文學館落成，並任開館揭牌者之一。

29 日，出席靜宜大學臺灣文學系於靜宜大學圖書館蓋夏廳舉辦之「臺灣文學國際鼎談」，與施淑對談「西方文化理論與臺灣文學研究」。

12 月　〈去參加鹽分地帶文藝營〉發表於《鹽分地帶文學》創刊號，「許達然專欄・思想起」。

2006 年　2 月　〈新化意象──給葉笛〉發表於《鹽分地帶文學》第 2 期，「許達然專欄・思想起」。

4 月　〈感傷的旅程〉發表於《鹽分地帶文學》第 3 期，「許達然專欄・思想起」。

6 月　〈憶回老家〉（「許達然專欄・思想起」）、〈念葉笛〉發表於《鹽分地帶文學》第 4 期。

〈寫葉笛〉發表於《笠》第 253 期。

7 月　〈論葉笛的詩義和詩意──論葉笛詩集《紫色的歌》、《火和海》和《失去的時間》〉發表於《文學臺灣》第 59 期。

8 月　〈風語〉發表於《鹽分地帶文學》第 5 期，「許達然專欄・思

想起」。

10 月　〈給臺灣獼猴照相〉發表於《鹽分地帶文學》第 6 期,「許達然專欄‧思想起」。

11 月　11 日,出席東海大學「苦悶與蛻變:六〇、七〇年代臺灣文學與社會國際學術研討會」,專題演講「六〇～七〇年代臺灣社會和文學」。

12 日,出席東海大學「苦悶與蛻變:六〇、七〇年代臺灣文學與社會國際學術研討會」,發表〈七〇年代臺灣短篇小說裡主體性的尋求〉。

20 日,於板橋高中演講「歷史和文學」。

27 日,出席東海大學文史哲中西文化學術講座於茂榜廳,演講「歷史敘事和文學敘事」。

28 日,應清華大學臺灣文學研究所之邀,於清華大學人文社會學院會議室,演講「相反論述(Counter-discourse)裡的臺灣文學」。

獲東海大學第七屆傑出校友獎。

12 月　〈見外〉發表於《鹽分地帶文學》第 7 期,「許達然專欄‧思想起」。

2007 年　2 月　〈葉笛的浮世繪〉發表於《鹽分地帶文學》第 8 期,「許達然專欄‧思想起」。

4 月　〈一棵傴僂的蘋果樹〉發表於《鹽分地帶文學》第 9 期,「許達然專欄‧思想起」。

〈序郭楓《老憨大傳》〉發表於《文學臺灣》第 62 期。

6 月　〈土豆〉發表於《鹽分地帶文學》第 10 期,「許達然專欄‧思想起」。

8 月　〈事。情〉發表於《鹽分地帶文學》第 11 期,「許達然專欄‧思想起」。

9 月　擔任東海大學歷史研究所講座教授。在歷史研究所講授歷史
社會學、臺灣社會史、19 世紀歐洲思想和社會史、20 世紀歐
洲思想和社會史、西方對中國和臺灣文史論著研究、當代歐
美史學理論，並指導研究生論文；在歷史系代教世界古代史
研究課程（一學期）；在博雅書院講授西方文明、東方文明，
至 2011 年 6 月止。

擔任《新地文學》季刊社務委員。

〈論介入文學〉發表於《新地文學》第 1 期。

10 月　〈愛子的最後一天〉發表於《鹽分地帶文學》第 12 期，「許
達然專欄‧思想起」。

11 月　24～25 日，出席東海大學中國文學系於東海大學茂榜廳舉辦
之「笠與七、八〇年代臺灣詩壇關係學術研討會」，擔任主持
人之一。

12 月　3 日，於東海大學演講「臺灣人民造反（1683～1895）」。

21 日，於東海大學演講「二十世紀前半葉臺灣人民的疏
離」。

〈流浪的悲哀沒有假期〉發表於《鹽分地帶文學》第 13 期，
「許達然專欄‧思想起」。

本年　加入臺灣教授協會為會員。

2008 年　4 月　30 日，於東海大學演講「臺灣族群衝突（1683～1895）」。

〈當我們在一起〉發表於《鹽分地帶文學》第 15 期，「許達
然專欄‧思想起」。

5 月　13 日，於東海大學演講「二十世紀臺灣人民的相反論述」。

25 日，於交通大學「經典閱讀研討會」，演講「1945 年以前
臺灣文史經典閱讀」。

曾接受張瑞芬專訪。訪問文章〈解釋學的春天——許達然的
文學及其社會關懷〉發表於《文訊》第 271 期，「人物春秋‧

資深作家」專欄。

6 月 〈鄭烱明詩「主體性」的尋求和建構〉發表於《笠》第 265 期。

〈孤絕的旅程〉發表於《鹽分地帶文學》第 16 期,「許達然專欄・思想起」。

8 月 〈凝注凝視〉發表於《鹽分地帶文學》第 17 期,「許達然專欄・思想起」。

9 月 〈相反論述〉、〈葉笛的文學事業〉發表於《新地文學》第 5 期。

本年 獲斐陶斐榮譽學會(The Phi Tau Phi Scholastic Honor Society)榮譽會員。

感念恩師楊紹震教授提攜,與妻鄭夙娟設置「東海大學歷史學系楊紹震教授紀念獎學金」獎勵後進。

擔任「第 31 屆吳三連文藝獎」評審。

2009 年 3 月 〈論葉石濤一九六〇年代短篇小說〉發表於《新地文學》第 7 期。

7 月 詩集《許達然集》由國立臺灣文學館出版。

本年 擔任「第 13 屆國家文化藝術基金會文藝獎」評審委員。

擔任中央研究院臺灣史研究所主題計畫「戰後臺灣歷史的多元鑲嵌與主體創作」審查。

2010 年 3 月 〈《郭楓散文精選集》序〉發表於《新地文學》21 世紀世界華文文學高峰會議特刊。

10 月 擔任東海大學講座教授兼代理歷史系系主任,至 2011 年 6 月止。

2011 年 5 月 5～6 日,出席東海大學歷史學系於茂榜廳舉辦之「歷史上的民眾與社會」國際學術研討會,發表〈臺灣命案,1701～1750〉(Homicide in Taiwan, 1701-1750)。

　　　　　　　　31 日，出席巫永福文化基金會與靜宜大學臺灣文學系，於靜
　　　　　　　　宜大學任垣樓國際會議廳舉辦之「巫永福文學創作國際學術
　　　　　　　　研討會」，擔任會議主持人之一。

　　　　7 月　《許達然散文精選集》由臺北前衛出版社出版。

　　　　　　　　應邀擔任中央研究院「第四屆國際漢學會議」顧問。

2013 年　3 月　〈苦笑時間〉發表於《新地文學》季刊第 23 期。

　　　　4 月　〈槍聲石像〉發表於《鹽分地帶文學》第 45 期，「許達然專
　　　　　　　　欄・思想起」。

　　　　6 月　〈一株孤老苦戀的苦楝〉發表於《鹽分地帶文學》第 46 期，
　　　　　　　　「許達然專欄・思想起」。

　　　　8 月　〈發現〉發表於《鹽分地帶文學》第 47 期，「許達然專欄・
　　　　　　　　思想起」。

　　　10 月　《為眾生的悲心》由青島出版社出版。

　　　　　　　　重新啟動詩的創作，詩作〈危屋〉發表於《笠》第 297 期。

　　　　　　　　〈樹在老家的那一邊〉發表於《鹽分地帶文學》第 48 期，
　　　　　　　　「許達然專欄・思想起」。

　　　12 月　〈論宋澤萊〈打牛湳村〉〉發表於《新地文學》第 26 期。

　　　　　　　　詩作〈解惑〉發表於《笠》第 298 期。

　　　　　　　　〈山溪魚〉發表於《鹽分地帶文學》第 49 期，「許達然專
　　　　　　　　欄・思想起」。

2014 年　2 月　詩作〈活拒〉發表於《笠》第 299 期。

　　　　　　　　〈鳴訴〉發表於《鹽分地帶文學》第 50 期，「許達然專欄・
　　　　　　　　思想起」。

　　　　4 月　詩作〈夜作業〉發表於《笠》第 300 期。

　　　　　　　　〈路遙〉發表於《鹽分地帶文學》第 51 期，「許達然專欄・
　　　　　　　　思想起」。

　　　　6 月　詩作〈痕迹〉發表於《笠》第 301 期。

〈山水／水山〉發表於《鹽分地帶文學》第 52 期,「許達然專欄‧思想起」。

8 月　詩作〈看破腳手〉發表於《笠》第 302 期。

〈他們的寂寞〉發表於《鹽分地帶文學》第 53 期,「許達然專欄‧思想起」。

10 月　詩作〈想鄉〉發表於《笠》第 303 期。

〈思想家的寂寞〉發表於《鹽分地帶文學》第 54 期,「許達然專欄‧思想起」。

12 月　以「暴露‧失落」為題,詩作〈暴露〉、〈失落〉,發表於《笠》第 304 期。

本年　母親何富逝世。

2015 年　2 月　〈寂寞音響〉發表於《鹽分地帶文學》第 56 期,「許達然專欄‧思想起」。

4 月　以「殘暴」為題,詩作〈殘〉、〈暴〉,發表於《笠》第 306 期。

〈寂寞畫畫〉發表於《鹽分地帶文學》第 57 期,「許達然專欄‧思想起」。

6 月　詩作〈憧憬〉發表於《笠》第 307 期。

〈寂寞畫畫(下)〉發表於《鹽分地帶文學》第 58 期,「許達然專欄‧思想起」。

8 月　以「告‧別」為題,詩作〈告〉、〈別〉發表於《笠》第 308 期。

9 月　2 日,應邀參加臺南市政府主辦之「2015 福爾摩沙國際詩歌節活動」,於國立臺灣文學館 B1 國際會議廳「謬思論壇」講座,專題演講「臺灣詩裡的疏離和抗議,1924～1945」。10～12 月,文章連載於《鹽分地帶文學》第 60～61 期。

10 月　以「兩行十二尾」為題,詩作〈僻居〉、〈失落〉、〈情結〉、〈登高〉、〈憾〉、〈玩完了〉、〈力駛〉、〈惑〉、〈拼〉、〈認真〉、

〈人間天上〉、〈暴君銅像〉發表於《笠》第 309 期。

2016 年　2 月　〈在地人語〉發表於《鹽分地帶文學》第 62 期,「許達然專欄・思想起」。

3 月　25 日,以〈臺灣詩裡的疏離和抗議,1924～1945〉獲「2016 年巫永福文學評論獎」。

4 月　〈伴〉發表於《鹽分地帶文學》第 63 期,「許達然專欄・思想起」。

〈道街路〉發表於《文學臺灣》第 98 期。

6 月　詩作〈窘迫〉發表於《笠》第 313 期。

〈老談童話〉發表於《鹽分地帶文學》第 64 期,「許達然專欄・思想起」。

8 月　詩作〈干樂的苦悶〉、〈倒不如拔河〉發表於《笠》第 314 期。

〈一匹馬兩隻鳥〉發表於《鹽分地帶文學》第 65 期,「許達然專欄・思想起」。

10 月　詩作〈糟蹋〉發表於《笠》第 315 期。

〈情〉發表於《鹽分地帶文學》第 66 期,「許達然專欄・思想起」。

12 月　〈最後〉發表於《鹽分地帶文學》第 67 期,「許達然專欄・思想起」。

2017 年　2 月　詩作〈歸程〉發表於《笠》第 317 期。

〈那靜〉發表於《鹽分地帶文學》第 68 期,「許達然專欄・思想起」。

4 月　詩作〈為著共同體自主〉發表於《笠》第 318 期。

〈情誼六十年〉發表於《鹽分地帶文學》第 69 期,「許達然專欄・思想起」。此文為紀念林佛兒而寫。

詩作〈空拍自戀〉發表於《文學臺灣》第 102 期。

6 月　以「短詩兩尾」為題，詩作〈加減乘除〉、〈正常化〉，發表於
　　　《笠》第 319 期。

7 月　詩作〈空拍自負〉發表於《文學臺灣》第 103 期。

8 月　詩作〈趴趴走〉、〈唱給樹鳥聽〉發表於《笠》第 320 期。

10 月　詩作〈隨情散步〉發表於《文學臺灣》第 104 期。

　　　詩作〈邂逅〉發表於《笠》第 321 期。

11 月　〈愛創作〉發表於《鹽分地帶文學》第 71 期。

參考資料：

・陳淑貞，〈許達然年表〉、〈許達然散文作品發表目錄初稿〉，《許達然散文研究》，臺
　北：臺北縣文化局，2006 年 12 月，頁 250～343、346～360。

・李玉春，「許達然生平大事及著作年表」、「許達然作品收入文學選集一覽表」，〈許達
　然文學觀及其文學表現〉，臺灣師範大學國文學系教學碩士論文，2006 年 8 月，頁
　158～163、164～166。

・葉笛編，〈許達然寫作生平簡表〉，《許達然集》，臺南：國立臺灣文學館，2009 年 7
　月，頁 140～143。

・臺灣文學研究會主編，《先人之血・土地之花》，臺北：前衛出版社，1989 年，頁 319
　～324。

・江士林（Marshall Johnson）、丘延亮合編，*Unbound Taiwan: Closeups from a Distance*
　（*解／釋臺灣*）. Chicago: Center for East Asian Studies, University of Chicago, 1994, pp.
　205-221.

・東海大學歷史系網頁。最後瀏覽日期：2017 年 11 月 30 日。

　http://www2.thu.edu.tw/~history/member/teacher/wen.htm?%E5%8B%97%E4%B9%8B/?
　%E6%9C%9B%E7%B5%B2%E7%94%87%E7%91%95%EE%8F%BE/member/teacher/w
　en.htm

輯三◎
研究綜述

臺灣散文原野的開拓

許達然研究綜述

◎應鳳凰

　　與其他戰後作家相比，許達然評論與研究在數量上稱不上多，直至
1980 年代以後才漸漸密集。作為一位質量可觀的文學創作者，「許達然研
究」有幾項特點值得一提：首先，他創作最多的文類是散文。一般而言，
散文類的評論，從理論研究到實際批評，數量總不及小說及新詩。此為文
類本身固有差異，與作品藝術性高低無關。

　　其次，臺南土生土長，大學畢業到美國留學，而後長期居住芝加哥教學
與研究；此一典型「海外學者」身分，創作題材卻長期聚焦臺灣土地與社
會。長久以來，許達然的文學觀是：「作家需有社會意識，避免只寫有關自
己的東西」。其堅持「文學是社會事業」的創作理念，與戰後文壇「美文」
盛行，威權體制下文人疏離政治的文學主潮大相逕庭。尤其「留學生文學」
興起，西化風潮瀰漫的 1960 年代，其臺灣本土題材，與大陸來臺主流作家
的「中國鄉愁」或「美國情懷」南轅北轍；如此背景與文學環境下，早期評
論很少不難想像。須等到 1970 年代末「鄉土文學論戰」之後，其濃厚鄉土
性與批判性才廣受文學界推崇。從「許達然評論史」來看，其評論密集出現
於 1980 年代，時間上正與戰後文壇崛起的「鄉土文學運動」相扣合。

　　其三，許達然文學起步早，超過半個世紀的文學歷程，風格主題歷經轉
折。散文筆路從早期偏浪漫抒情，到後期明顯「介入社會」；藝術技巧也歷
經轉化，如加進「臺灣方言俗語」以矯正白話文的平淡；大量運用漢字「音
形義」特性，令意象更加繁複，字義加倍延伸。換言之，除了社會意識文學
觀，許達然在散文藝術上多有創新與突破。其歷程長變化多的文學發展上，

有必要加以分期：一來讓半世紀「許達然散文發展」脈絡清晰；二來，戰後文學思潮起伏變遷，評論者即使緊扣文本討論，仍難以脫離背後主導文化。換言之，許達然散文發展及其評論，加上背後「主流社會思潮」：三條軸線雖各自發展，「三股繩索」有時也扭成一團。本文以時間軸及各家評論作為縱橫座標，企圖釐清這三股有時平行，有時交錯的發展線索，期盼讓半世紀以來的「許達然研究評論史」呈現一幅系統性的發展脈絡。

一、創作歷程及其分界點

不只寫作起步早，文壇成名也早。1940 年出生於臺南市，青少年歲月都在臺南度過。中小學課餘，常泡在臺南市立圖書館。愛看書的他，16 歲高中時代投稿《新新文藝》徵文比賽獲該刊徵文首獎。畢業以第一志願考上東海大學歷史系，不僅在校園主編《東海文學》，甚至創辦一份散文雜誌《文林》並擔任主編。

1961 年由「野風」出版第一本書《含淚的微笑》他剛升上大四。大學時代出書，說明高中已開始創作，進大學仍密集投稿。令人意外的是，散文集出版後在市場上大大暢銷，好賣到甚至出現盜印版。至於出版動機，引作者的話：「1961 年秋我竟天真想起把已發表的作品中一些湊成一本，告別二十年歲月」，看得出散文發表早已超過一本書的量，出書這年 21 歲。畢業留校當三年助教，1965 年獲哈佛獎學金出國，是他寫作生涯分水嶺；赴美後教書作研究超過 50 年，在芝加哥成家立業，寫作之外，是國際知名臺灣清代社會史學者。

考慮一般文學史書慣以「十年為段」，「許達然創作與評論」發展亦略分成三期：從「初書」1961 年，到出版第二本書的 1965 年，列為第一期。1965 年是他人生重大轉折年：不僅「大業書店」出第二本書，也獲得第一屆青年文藝散文獎。以 1965 年赴美作為第一、二期分界點，另一原因是：留美生活之初，為適應新環境停筆約十年；等到再度寫作投稿，由「遠景」結集出第三本書《土》的時候，時序已是 1979 年，密集評論出現於 1980 年代，此時臺灣社會思潮與文學環境已有了巨大變遷。

第二、第三期分界點落在出版第一本詩集《違章建築》的 1986 年。第

二期裡 1984 是意義重大的一年：不僅出版兩本散文集《吐》和《水邊》，同年高雄《文學界》雜誌舉辦一場別開生面的「許達然詩與散文討論會」，設計「許達然專輯」刊出詩論及散文評論。海內外包括大陸學者的論評，最密集一段也在 1980 年代。第一期在 1960 年代，第二期和第三期集中在 1980 年代。以 1986 年為界另一原因，也為了集合「各家詩論」於同一節敘述。

　　1980 年代後半開始，許達然散文在海外密集出版，簡體版以外還有香港版。1990 年代起於是加入大陸學者的評論。新世紀以降，臺灣文學體制化，相關碩士論文及專書相繼出現。以下將許達然作品按出版時間分期列表，只列最早版本，重編本或散文選集均不列（唯第四期：新新聞出版之《素描許達然》，其為「選集」本不應列入，為避免此期作品空白，遂註明為選集並以虛線呈現）。希望讓創作文本脈絡更加清晰，以便與各時期相關研究評論作比較、敘述與對照。

許達然文學發展分期表

第一期 1960 年代	1961～ 1965 年	《含淚的微笑》	野風出版社（1961 年 12 月）
		《遠方》	大業書店（1965 年 9 月）
第二期 1980 年代	1980～ 1986 年	《土》	遠景出版社（1979 年 6 月）
		《吐》	林白出版社（1984 年 6 月）
		《水邊》	洪範書店（1984 年 7 月）
		《人行道》	新地出版社（1985 年 5 月）
第三期 1990 年代	1986～ 2000 年	《違章建築》詩集	笠詩刊社（1986 年 2 月）
		《同情的理解》散文	新地文學出版社（1991 年 7 月）
		《許達然集》詩集	國立臺灣文學館（2009 年 7 月）

第四期 2000～迄今	2001～ 2010 年	《素描許達然》 （散文選集）	新新聞文化公司 (2001 年 12 月)

二、1960 年代：最早的散文評論

第一期只出兩本散文集，讀者非常多，評論卻很少。

評論少但質精，於「許達然評論史」意義尤其重大。既有文壇知名女作家鍾梅音點評，也有東海同學，詩人葉珊在校刊的長篇書評。兩評態度認真嚴謹：前者透露主流文壇的美學原則；後者看到東海兩位文科才子於散文觀及創作論的切磋意見。

1961 年底《含淚的微笑》初試啼聲，有少年情懷的浪漫抒情。檢視內容風格，〈後記〉這段話是很好的抽樣：

> 未成熟的思維喜徜徉於星空、溪流、海洋、山野、湖淡與林園；喜同純真的孩童、年輕人與老人對語；更喜叩訪歷史上的偉人。將這些所得的印象投影於紙，像描繪夢，我知道仍不能避免畫自己。

《含》書熱銷引來出版家注意。不出兩年，文藝界最具規模「大業書店」爭取出他的書——不僅 1965 年印行新作《遠方》，也再版了第一本書。助教三年，《遠方》依然是東海「山居六年半」的校園產物。〈簽署——代序〉說：「外在世界一直很狹窄，只好以沉思擴展內在世界」。

除了受市場歡迎，《含淚的微笑》1965 年獲第一屆青年文藝散文獎。此獎競爭激烈，乃全臺範圍選拔。自各組得獎人——「小說獎」司馬中原、「詩歌獎」瘂弦、「劇本獎」張永祥可知，得獎者皆 1960 年代作家「一時之選」，全是最有潛力的未來文學之星。從散文家也是評審委員鍾梅音的評論，可以看到他脫穎而出的緣由。

（一）1965 年《幼獅文藝》鍾梅音書評

《幼獅文藝》於 1960 年代文壇是蔣經國主持「救國團」屬下機關刊物。這一期集合各組得獎作品精采評論算是「得獎特輯」。鍾梅音負責撰寫散文的得獎評論，文章開宗明義，詳述《含》書得首獎過程及理由。此獎為「救國團」與中央日報社合辦「第一屆青年文藝獎金」。散文組最後入圍的六位作家，委員們除了對許達然是全然陌生之外，「其餘五位，幾乎個個都是在文壇上已經嶄露頭角的，有的才華橫溢，有的技巧洗鍊」，以至評審取捨困難。因評審不止一位，此文評審意見多少代表主流文壇共有的散文觀或「審美標準」，而看到許達然早期散文受主流文壇青睞的面向。

《含淚的微笑》之得獎，鍾文認為「思想更甚於題材」。她說：「題材只是作品的軀殼，思想才是作品的靈魂」。她特別指出許作「近處著眼，遠處落墨，充分表現了他的思想、感情、抱負」；鍾梅音是知名散文家，已出文集多種，書評亦寫得如一篇優美散文。她寫道：「能在『含淚』之中『微笑』，由於作者對這生命執著的愛」。又說：這份執著的愛，來自作者「幸福的家庭，偉人的傳記，師長的啟迪，更加上他自己的穎悟」。也敏銳讀出作者文字風格雖充滿憂鬱，卻表現著非常倔強的性格。然後鍾梅音以詩般的句子作了總結——「作者以美的語言，美的思想，美的感情，織成了這樣一部沉著雄渾的樂章」。

（二）1962 年王靖獻（葉珊）最早的書評

《含淚的微笑》出版日期是 1961 年 12 月，王靖獻書評刊在 1962 年 3 月《東風》第 6 期。時間靠這麼近的書評很少見，原來他與許達然同齡，兩人都在東海念書，王在外文系，許在歷史系。詩人葉珊同時是校刊《東風》的主編。書評洋洋灑灑，先把散文（Essay）分成「抒情」和「說理」兩大類。前者如徐志摩的書札，後者如梁實秋的《雅舍小品》。接著不失大學生崢嶸銳氣，開篇即直指當時散文弊病：

晚近中國文壇的散文卻流入一種曖昧雕琢的形式，如充斥於坊間的某女

　　士的散文，美其名為富於詩情；事實上空洞浮華，實無足為訓。

　　此時的葉珊詩集《水之湄》已出版，《葉珊散文集》文星書店 1966 年初版，可知他很早在散文理論與創作上雙管齊下。他認為《含》書顯示許達然「過去寫作生涯裡的徬徨和轉變」。並以書中的 41 頁為界，指出此前是「花霧難認」的，此頁之後則「行文清晰流暢，令人有走入新世界的感覺」。他進一步建議作者：「摒棄一些『感情』而慢慢趨於『冷鍊』。既欽佩作者的好學，大量引用古今詩詞原文，且負責地加註；也稱讚此書「透露出作者智慧和學識上的傑出」。認為作者對自己要求嚴屬，因而「造就另外一種足可使作者永無止境的風格」。他讀完，「不禁為之狂躍慶幸」。也認真舉出書中缺點。有意思的是，他嚴屬批野風版（廖未林）的封面設計：認為它「非但未使《含》集生色，反使全書顯得平凡而通俗，對此書無寧說是一種傷害。」初版封面是作者十分欣賞的，稱讚它「雅麗」，在〈後記〉還特別致謝。顯見兩人在文藝審美觀點上有同也有不同。

三、1980 年代的散文評論

　　「許達然評論發展」第一期在 1960 年代，第二期直接跳到 1980 年代的原由，主要他 1965 年赴美後結婚生子適應環境，停筆了好一陣，因此第二本與第三本書之間，出版相隔 14 年，1970 年代的評論於是空白。須等 1979 年許達然出第三本散文集《土》之後，才有 1980 年代各種評論的密集出現。

　　檢視許達然創作高峰期，正是他 40 歲以後的 1980 年代，海內外的評論也因其簡繁兩體散文單行本密集出版而隨之蓬勃。尤其是 1984、1985 兩年內出版三本書，分別交「林白、洪範、新地」三家書店印行。而三本散文集：《吐》、《水邊》、《人行道》正可與更早的《土》連成一個系列──不論一字、兩字或三字的書名，無不與「土」字密切相關。《土》可說是這一系列散文集的「火車頭」，主題或文字風格都有領銜作用。如常被收入各選集

的〈亭仔腳〉、〈失去的森林〉諸篇，皆出自此書。《土》共收散文 25 篇，陸續發表於 1972 年以後《幼獅文藝》以及 1977 年各期《中外文學》上。

　　第二期的評論形式相對多元。散文評論、詩評論之外，還有作家訪談或「詩與散文」的聯合討論。除了發表在臺灣報刊，也有發表於海外和大陸的專論。例如：潘耀明（筆名彥火）1983 年發表於《中報月刊》的「海外華裔作家掠影」系列，即以「現代的、民族的許達然」為題，全面性介紹許達然的現代散文及現代詩。此文既有評論也有傳神的訪談報導，從刊登媒體與閱讀對象來看，許達然是以「海外作家」身分形貌，被介紹給華文世界讀者的，雖然其文學精神非常臺灣。而 1984 年高雄《文學界》季刊第 11 期，策畫四十多頁的「許達然專輯」，包括一場「詩與散文討論會」會議紀錄以及一篇李魁賢詩評論、呂昱散文論，這年他正好回臺而得以親自與會。而 1984 年兩本新書出版，也立即得到幾位好友的深度書評或回應。

（一）《土》、《水邊》書評與老友論評

　　1979 年出版的《土》收入作者赴美後的散文，內容涵蓋臺南家鄉回憶與美國生活所見所思。最早書評發表者羊子喬，文刊 1980 年出版的《書評書目》月刊。出書這年他是「遠景出版社」編輯，近水樓臺，先睹為快。從校對的「第一位讀者」而成第一位書評發表者。評文指出：許達然散文特色在詩質濃厚與意象豐富，稱其「意象的經營是錯綜而有變化」，表達情感因此「生動而有力」，是現代散文書寫中，意象經營得極成功的例子。

　　呂昱〈腳印的旅棧——談許達然的散文集《土》〉收在《文學界》1984 年出刊的「許達然專輯」，是緊接其後的書評。兩文相異之處是：呂文重視的並非其詩質如何，或意象如何經營，而是散文中的人道主義與鄉土情懷。呂昱強調他的題材環繞著臺灣生活經驗，其「饒富鄉土氣息的質樸語言」，關心視角已從山上學院走向人間社會。且思想表現是「植根於自己魂縈夢牽的臺灣泥土」裡的，解脫了個人的「自我束縛」，所以能「看清人類的不幸與苦難」。

　　曹永洋是「東海」高許達然兩屆的學長，稱讚學弟是位「謙沖、篤實

的君子」；身在海外，卻非失根的蘭花，而是「有根有節、有骨有眼的硬竹」。比較早期散文，《土》書脫胎換骨，風格徹底翻新。認為此書「文字漫溢故土的芬芳」，使人嗅聞到陣陣「撲鼻的稻草和新鮮的牛糞味兒」。相較過去，視野更加遼闊廣袤，進一步指出：許達然運用的是「精確而凝練的素描技法，溫煦而又愴痛的旋律」，因此「道道地地是一首鄉土的流浪之歌」。

曹文 1984 年發表，隔年老友郭楓與楊渡也都有精闢專論。郭楓本身散文家兼評論家、新地出版社發行人。為老友出版第六本散文集《人行道》，同時寫〈人的文學與文學的人——許達然散文藝術初探〉為序，亦發表於 1985 年《新書月刊》。老友文章特性是將「人格與藝術風格」合在一起討論，提到正是許達然的天性拙樸渾厚，才有風格上的寬廣胸懷與嶙峋風骨。認為他「以歷史哲學的冷肅和詩的熱情塑造出自己特殊的形貌」。他也歸納其散文藝術的三大特色：沉思的境界、內斂的精神，以及反諷的手法。

楊渡評論拿魯迅與許達然做比較，強調許氏過人之處是其「世界觀」。指出其批判的主題在「資本主義」，立足點站在「被壓迫者的一邊」，因而認定許達然是一個「以文藝為社會實踐的典範」。雖然標題只用「隨想」，卻抓住他系列散文的精神核心。

《水邊》是許達然第五本書，洪範書店出版。1984 年黃碧端刊《聯合文學》創刊號的書評精短而犀利，指出許氏散文題材雖繁複，「感情卻纏繞在對機械文明的拒斥和對原鄉的緬懷上」；黃評最大創意，在指出其亮點是「寓言手法」，此特色充分顯露其散文「以簡御繁的能力和以反諷傳達題旨的技巧」。而作為一篇研究生論文，黃麗娜從《水邊》內容題材到文字風格，舉例鋪陳作者如何以關懷社會的心，正視社會現實的眼，散文因而帶有強烈震撼力。

（二）1984 年《文學界》專輯討論

1984 年 6 月由一份本土文學期刊《文學界》於臺北市舉辦「許達然詩與散文討論會」，趁許達然回國之便，邀集 15 位當代作家學者齊聚一堂，大家

面對面討論許達然作品,將討論記錄全文刊登。從「許達然評論史」角度,不僅形式特殊,也具有特殊意義。討論會整體而言,是一次規模不小的許達然文學「合評」,分開來看,又是當代個別「作家眼中的許達然」。於數十年後的研究者而言,它也代表 1984 年許達然在本土文壇的輪廓位置。

「專輯」也邀請許寫一篇文學觀〈從感覺到希望——我對寫作的想法〉。他再次強調文學是社會事業,「僅寫無關人群的不是自瀆就是自私。其實只有把別人當人,自己才算人」。已寫一篇專論的呂昱,在現場還談到許從美國反過來看臺灣、看人類:「他的胸襟,他所關懷的對象,以及他想要表達的意念,顯然比『土』更寬更廣。」此處「土」的意思是雙重的。

林佛兒既是臺南同鄉,同時期創作散文,又是許達然文集《吐》的出版人。會上除了指出其散文特色:「抒情中帶有說理的味道」,還說他身處學術領域而不從事文學批評、文學理論,表示他認為「創作能發揮更多,能表現更多心裡的亮光」。他對臺灣這塊土地強烈的關切和投入,不論思想深度、人道主義、或強烈愛鄉的胸襟,以臺灣而言是站在前導性的,他的散文家位置是被肯定的。

林文義也是有市場的散文作家,他讚美許能用縝密語言,沒有贅字地「把很巨大的東西表達出來」;又說他人在美國,「還能時時把握故鄉臺灣的訊息,給予非常準確的表達,這非常令我們這一些寫散文的年輕朋友感到汗顏」。羊子喬說:「他的意象經營是錯綜而有變化的……把主觀的感情客觀地呈現出來,且善於描述卑微生命的苦難。」最後總結性地指出:「他是很傑出的散文家」。

四、許達然的詩評論

許達然見諸文字的「詩觀」發表於 1979 年。這時在《笠》詩刊已發表不少詩作,詩集尚未出版。第一部詩集《違章建築》1986 年問世,置詩集首頁短序,也可算做具體的詩觀點。作為一位風格獨具的散文家,其詩觀並不像一般的平鋪直敘,而是以專屬的獨特句型、詩味濃厚的筆法表達。

此處須原文摘引，方能解讀各詩評家的側重所在。

（一）作為臺灣詩人：許達然詩觀

許達然詩觀之一：詩來自社會，來自生活；詩觀之二：詩人不應躲進象牙塔；詩觀之三：詩要走入社會，影響時代。許達然以其特殊句法呈現如下：

> 詩發源民間，民間詠唱生活，社會生活構成最豐饒的詩土：抒展大家的自己、大家的社會、大家的鄉土、大家的歷史、大家的現代。大家勞動，大家感動。大家都能成為詩人。

詩觀之二更以他擅長的「同音字變化句型」，以扭轉或延伸字義的方式表達：

> 詩人既然不是老鼠灰色地躲在屋內享用社會生產消磨個己頑固的雅恥，就獅樣出來淋濕。自以為師的失意終將腐爛，披美衣的尸必進棺材。

詩觀之三文字波瀾壯闊，顯現他對現代詩的寬廣視野：

> 秋葉再美也燒不了原野，真實點燃詩火溫暖社會，照露時代。時代很壯闊，民族雖苦難卻堅強，社會雖質變量化卻廣大，現代、民族、社會的詩必輝煌。

1986 年為自己詩集寫序，第一句話就說：「當然不是寫著玩的，要玩就不寫了。生命尋求佳句，佳句在生活與思考裡——最好可能是時代與社會的見證、想像及批判」。此處清楚表達他寫詩的動機。曾有詩評家說他的詩語言顯得「乾而硬」，藉著詩集序言，他進一步表達了何以這樣寫：「執意不加糖醋，或許不合一般口味。……執意不寫太長，以免浪費大家的時

間」。又說：「我知道為什麼臺灣民謠如棄婦的哀歌，但我希望詩不要再怨嘆了。弱者才哼悲苦，而弱者的名字不應是臺灣詩人。」

（二）陳千武 1981 年最早詩評論

1979 年「許達然詩觀」來自笠詩社詩選《美麗島詩集》。不到兩年，1981 年《臺灣文藝》上，便有陳千武的評論，題為〈許達然專造型象徵性心象寫詩〉，應是最早一篇全面討論許達然新詩的推薦文字。陳千武（1922～2012）作為「跨語一代」詩評家，中文書寫難免受日文影響，以至題目看起來晦澀難以斷句。其實以前輩身分兼「笠詩刊」主編位置，率先發表長篇評介，無庸置疑大大增加許達然在本土詩壇的能見度。

與其說陳文是詩評論，不如說是一篇「許達然詩介與賞析」。作為《笠》詩刊主編之一，對這位海外「笠」成員，字裡行間流露著前輩的提攜與讚賞，文章前四分之一，論許達然散文特色及其詩觀，總結成兩點：其一，他重視寫詩的環境與應捕捉的主題，並關心詩人的精神位置與態度，而「寫詩的技巧手法不是重點」。其二，其詩的主題傾向及風格，具有強烈的現代、民族、社會、鄉土的內容。

其餘篇幅，選出許達然在《笠》發表的五首詩：〈麻袋〉、〈香腸〉、〈車〉、〈在臺南看人像〉、〈垃圾〉，詳加賞析。因其「文字變幻多端，有時不易解讀」，故而逐首解說其象徵手法與意象延伸。例如：「許達然的詩，意義性很強，有心靈表象的演變，給讀者無止盡的想像」。談到〈麻袋〉一詩，說：「作者能看透事象的本質，以無生命的『麻袋』為題，表現具有歷史背景，民族性格……進一步想像到人間生活的情景」。

陳千武評論標誌著「許達然評論史」幾個意義。其一，原來只是散文家的他，由於 1980 年前後密集發表詩作進而受到詩壇注目。其二，詩作都投給《笠》，一開始便是，也一直是「笠詩社」成員。其三，評論刊登《臺灣文藝》而非《笠》，說明許達然在本土文學界的明顯位置。若說許達然崛起於「本土詩壇」是在 1970 年代末與 1980 年代初，這時段與臺灣文學史「鄉土文學思潮」興起的時間重疊。

（三）1984 年李魁賢〈論許達然的詩〉及其他詩論

　　李魁賢詩評先刊 1984 年《文學界》，1986 年詩集《違章建築》再收為附錄，可知此文重要性。李評也是從表現「許達然式語言機智」的詩觀說起。認為機智之一，「同格語的並置，發揮層層進逼與四方輻射的效果」（如：大家的自己、大家的社會、大家的鄉土）；其二，關聯語的移轉，造成峰起浪湧的感染和浸潤（如：大家勞動，大家感動）；其三，同音語的串聯，借音韻綴連成妙語（如：獅、師、失、尸）。李魁賢本身詩人，也翻譯詩，他敏銳看出許達然如何講求及重視文字張力，如何運用意象的錯綜交聯，達成語言的滲透力以及隱喻的延伸性。

　　論文主體同樣挑選許詩解讀，但特意避開陳千武已選過的──另選擇〈蕭條〉、〈違章建築〉、〈黑面媽祖〉、〈鐘錶〉、〈離鄉老兵〉等。論文一邊解詩一邊細膩對照許的詩觀，認定許的詩作「著力在大家的遭遇，提出他的批判指涉，而以語言錘鍊，重塑的藝術技巧，表現出詩的魅力」。

　　另外，李魁賢在「討論會」的開場發言，從其精神立場及方法運作說起，認為他是一位屬於思考型的詩人，「利用現實經驗為素材及基準，然後講求藝術上特殊的技巧來表達」。鑑於其詩皆發表《笠》詩刊，認定許達然「可以歸於《笠》的重要臺柱。」

　　李敏勇認為許達然的詩，「社會性和歷史感都很強」；他的詩是非常「客觀的、社會性的，且具批判性，對臺灣現代詩是一種很好的刺激」。趙天儀說：就方法論而言，許達然的詩比較乾而硬，具有相當知性，而它是真正現代詩的要素。「詩壇上流行的很甜、很感性的作品，是反現代的，是現代的逆流」。詩人鄭烱明身兼《文學界》發行人，稱讚許詩「用那麼少的語言，以獨特的技巧，來表現他對歷史或事物的看法」。陳明台說：「他的詩的語言，對名詞與動詞的使用，非常特別。」進一步解讀許詩的不平「不是哀怨，而是陽剛，含有諷刺性，例如對政治的諷刺，都含有陽剛性的批判」。

　　以上是 1980 年代的討論。本書另選入林明理發表於 2013 年〈簡論許

達然詩的通感——名家側影之二〉，探討許達然詩如何運用「通感」，即「五官感覺相通」的技巧，使得詩的意象更具體，文字更有魅力。論述同樣舉個別詩作為例，看到新世紀以後的詩評論已多了幾分理論運用的色彩。

五、1990 年代以後大陸、臺灣學者的論述

　　1980 年代中後期，在兩岸政治環境逐漸開放的影響下，中國大陸對臺港與海外華人文學作家產生興趣，在此趨勢之中，許達然文集簡體字版陸續印行，如《防風林》、《芝加哥的畢加索》、《遠近集》、《海外寄來的花束》等，大陸學者的論述與臺灣本地評論家觀點有何異同？由徐州師範學院冒炘與趙江濱聯合發表的論文〈現代生存的藝術反思——許達然散文論〉可作為大陸論點的代表。首先，許氏散文始終洋溢著對大自然的鍾愛，而認定其散文創作「貫穿性的主題」是「對臺灣本土的欣賞與生態環境的關懷」。其次，許達然文學另一重要主題是「人消失於人群」——對現代文明高度社會化「導致人的非社會化形象的體察與揭示」。現代社會物質舒適便利，反過來也加劇了人際與內心溝通的困難。其三，「面對物慾橫流的社會狀況，許達然譏誚地把『錢』和『賤』聯繫起來，以學者的博識和機智盡情地鞭撻了現代社會的這種世俗傾向。」本文最後認為作家的「生存困惑」既是一個具體的現實問題，也是一個抽象的哲學問題。他的散文是一個「兼及二者的混合體」，由於其散文常將人生困惑從形而下的狀況轉到形而上的探討中，使他散文有時「蛻變成一個蘊含深廣的寓言」。

　　另一篇論文發表於新世紀，任教於山東大學的黃發有，將許達然置於「世界華文文學」或「美國華文文學」的範疇來考察。他認為其散文「最為卓異的地方就是秉持一種自得其樂的童真……對自然的人化的理解即移情是許達然散文的審美思維」。強調他擅用擬人修辭，打破了個體內在的封閉性，「實現了人與自然、人與對象的圓融性夢境。」本文對於藝術形式手法著墨較深，例如指出：許氏散文為了強化幽默效果，常常營造戲劇場景。而這種追求得「倚仗想像與虛構」，其作品綜合了散文、戲劇小品和

短篇小說的文體特徵。作者雖然稱讚其藝術技巧，也指出其散文風格太過獨特，「獨特得近於類型化」；「技巧越成熟文字越容易流於空洞的遊戲」。

羅秀菊〈同情的理解——我對許達然散文的理解〉發表於 1996 年，當時是政大中國語文學所研究生。這篇以許達然一部書名做題目的論文，從許的散文理念到理念如何實踐的過程，舉了豐富的實例，呈現其關懷鄉土、批判資本主義文明及挽救自然等散文題材，如何融入了人道主義精神，成為時代與歷史的見證。在一篇論文裡相當完整而扼要地傳達其文學的核心精神。李癸雲發表於 2001 年的論文，簡單提出許達然散文的三大特色：一是省思自然與文明的對立，二是鄉土情懷，其三是「文字藝術的追求」，其藝術性包括他的精簡敘述，跳躍的句法和創新的詞語。

六、新世紀學術論文與學者訪談

2001 年前後「臺灣文學系」在各大學紛紛成立，「臺灣文學研究」正式進入學術殿堂，雖然太遲總算有了開始。各大學院校產出的當代作家研究論文陸續發表，作者都是年輕的研究生及教授。如此背景下，「許達然文學研究」蓬勃於新世紀初期的現象，同時顯示著臺灣的特殊學術生態。

2002 年及 2006 年各有一部專論許達然的碩士論文：最早是臺北市立師範學院研究生，陳淑貞的〈許達然散文研究〉。論文深入探討許達然散文的主題、語言藝術，從他的文學生涯、文學理念到社會參與，鉅細靡遺。作為許達然學術研究的拓荒者，論文後面整理了各種資料如：年表、單篇散文發表目錄及研究資料。難得的是研究生特別飛了一趟芝加哥拜訪研究對象，本書收錄了附在碩論後面的這篇訪問〈在冬日的芝加哥拜訪許達然〉。

2006 年的第二本碩論同樣來自師範體系，是師範大學國文學系在職班研究生李玉春的〈許達然文學觀及其文學表現〉。論文焦聚許達然文學觀的主要內涵，從而延伸其與文學表現之間的關係。2010 年臺中逢甲大學中國文學所林美貞的碩士論文〈郭楓、許達然與《新地文學》〉，可以算是「半部許達然研究」，應與指導教授張瑞芬的當代散文學術專攻有關。以上兩部

半碩士論文中，第一本陳淑貞《許達然散文研究》已印成 400 頁單行本圖書，2006 年底由臺北縣政府文化局出版。碩論讀者有限，印行成書可進一步擴大讀者群。

李京珮論文發表於 2015 年底，算是許達然研究最新的成果。本文探討兩大議題：一是作品精神，另一是藝術風格。論文提出「散文中的『我』肩負社會責任感」，在散文中拆解文字的形、音、義，用相關字詞延伸出更深的文化意蘊。作品精神方面，認為其散文書寫家鄉臺南，融合個人記憶，透過地景折射，尋求地方生命力再現；能用鄉土變遷折射歷史的滄桑。李京珮論文脈絡清晰，頗有新意：在已累積相當數量的「許達然研究」論文基礎上，能增添那怕只是些微新觀點都是不容易的。

陳淑貞除了是第一本碩論、第一本研究專書作者，也是新世紀以來第一位訪談的研究者。她是 2002 年老遠從臺灣專程去做的訪談，文中詳細介紹許達然芝加哥寓所與居家讀書環境，讓我們看到他作品之外的生活日常。例如他平時喜喝一點啤酒，對美術館的畫作及背景如數家珍。也閒談寫作，先說「是胡亂寫的啦」，後來說是「因為關心那些生活不好的人，所以才寫作」。

繼陳之後，廖玉蕙教授也是遠赴芝加哥家中訪談，〈許達然──少戀心境，多寫現象〉一文刊 2003 年《自由時報・副刊》。這是她一系列美國華文作家訪問行程其中一篇，隔年結集出版。廖教授不愧是知名散文家，觀察之敏銳，文字之傳神，簡直把讀者一下子帶到了現場。她形容許家「書房的書」不僅「真正井然有序」，且隱含某種氣息：「屬於他的書，竟然也在無言中露出被仔細閱讀後的舒暢表情！一點也不張狂，只靜靜坐著，從客廳一路排排坐到地下室的書房。」只有文字高手才能把訪問對象寫得如此「物我合一」；筆者也去過許家書房，更加能體會這段文字高度的臨場感。別以為訪談文字只是描寫人物，從生活環境下筆，更有加倍的效果。

作為「被訪問者」，許達然木訥寡言的個性，廖玉蕙描寫精采「所有的回答，都比預料中的簡短許多。彷彿問題才拋出，答案已然結束。」也

許因為寡言，這篇訪問只寫了六千多字。另一篇張瑞芬教授 2008 年刊《文訊》雜誌，訪於東海大學的長文，或因訪談時間、篇幅都有餘裕，或因張教授於訪談對象專研已久，她寫的〈解釋學的春天——許達然的文學及其社會關懷〉，文字舒緩雅致，是一篇可讀性高，將訪問對象寫得文雅可親，又能深入許達然文學主題肌理的好文。說到文章，「他最好的文章就是這樣近乎散文詩與寓言，由己度物，有一種強大控制下的簡約，文字冷靜無表情」；說到人，「這個人，哪裡是沉默寡言，是安安靜靜很大聲哪。凝視著世相，堅持著想法，文字和語言都儉省到極致。」張教授文章不純粹是訪談，還像是一篇融合研究心得，兼寫學人印象的抒情散文，字裡行間透著女性的伶俐慧心，中文系教授的淵博與敏銳。

　　本書所以選了三篇之多的學者訪談，實因這類文章能呈現更多「作家個人」生活因素，不像論文那般枯燥嚴肅。它相對有吸引力，讓一般讀者容易進入許達然的文學世界。最後卻也意外發現：相當巧合的，學院研究者——從碩士論文研究生，到訪談的教授們，竟然清一色全是女性。不知道這一「性別現象」，與許達然文學特性或主題之間，是否能找到一些蛛絲馬跡的相互關係。

輯四◎
重要評論文章選刊

《含淚的微笑》後記

◎許達然

　　不知自己何時開始接近文學，只是這幾年來，在課餘，偶而也描繪心靈的顫動。一年前，受幾位朋友的慫恿，曾有出書的意念，但不久卻笑自己這種衝動了。對自己的東西，最難感到愜意，常愛修改，甚而在發表了以後，還常紅著臉撕碎它們。這些有時自己都提不起勇氣再看的東西，有機會出版一部分，對我，與其說是一種感到慚愧的紀念，不如說是對過往的日子的一種告別。這也許是我 21 年的生命中最狂妄的大膽吧！恐怕不久，我又要笑自己的愚妄了。

　　未成熟的思維喜徜徉於星空、溪流、海洋、山野、湖淠與林園；喜同純真的孩童、年輕人與老人對語；更喜叩訪歷史上的偉人。將這些所得的印象投影於紙，像描繪夢，我知道仍不能避免畫自己。更由於生活只侷於家庭與學校，年輕的生命所觀察與體驗的都很淺陋。從這幼稚的腦子發出的聲音，讀者們且把它們當作年輕人的夢囈與譫語，像看懵懂的孩子在牆上畫的幼稚的圖，一笑。如能給這個無知的孩子以指點，更是他所指望的。

　　似乎每個人在沉思時都美了。默對永恆，我常為這渺小的生命而哭泣，但默對和我的脈搏同跳動的寰宇，卻為能生活於天空下而忭欣。以「含淚的微笑」做書名，只因一本書須有個名字，而這五個字是自己所喜愛的，（如果這五個字在語意上有什麼意義，也許是它們有所指吧！）。這本集子本已夠薄夠小，又分為四輯，只因主觀地以為思維徜徉的畛域不同，至於它們的醜陋都是一樣的。在這些篇章裡，所有我表達不出的，請以「我熱愛人生」按上吧！

　　在求學的日子中，這六年來，前三年在古城的中學度過，那是一段幾乎可說由自己在茫茫學海摸索的寂寞的日子，寂寞得使我常懷念它們。後三年，在大度山上，蒙歷史學系六位我所崇敬的學人：楊紹震教授、藍孟博教授、梁嘉彬教授、王德昭教授、祁樂同教授，與朱延豐教授的教導，賜給我開啟崢嶸的歷史殿堂的鑰匙，而欣喜地追尋真理的閃光，我深幸能享受到這種幸福，在崇敬中我永遠感謝他們，也希冀來日能在史學的鑽研中寫點心得──這是我要走的路。

　　最後，謝謝名畫家廖未林先生使這本小書有這樣雅麗的封面。綠蒂兄為我籌畫一切，使這本小書能順利出版，野風社願為我印行。知友明元兄給我的鼓勵與幫忙最大。知友勝年兄、明顯兄、憲陽兄，昔日的窗友與今日的同學熱誠的關懷，給我友誼的溫馨，一併在此向他們致謝。沒有他們，像我這樣靦腆的孩子是無勇氣出版這本小集子的。

中華民國 50 年 9 月 25 日寫於臺南市

中華民國 50 年 11 月 3 日抄於東海大學

──選自《野風》第 159 期，1962 年 1 月

《遠方》後記

◎許達然

除了感謝外，我說些什麼呢？在我將近廿五年的生命裡，我都是在得，可是我依然這樣淺薄，這樣無知。除了期望自己早日報答別人給我的恩惠外，我真的不知要說什麼了。

感謝父母。把這本小書獻給父母。父母從未讓我缺什麼。父親從未阻止我做什麼，使我可以安心地朝我的理想走。母親雖然不識字，但她的愛照顧我與弟妹們讀書識字，我與弟妹們要讀給她聽。

感謝大度山給我的教育：道德的與知識的。

感謝歷史系裡的老師：楊紹震教授，祁樂同教授，梁嘉彬教授，王德昭教授，藍孟博教授與朱延豐教授。他們都對我太好了。

感謝同窗們與同事們。他們使我過著溫暖的大學生活。

感謝知友們。尤其是勝年、明元、憲陽、天嵐、木長、邦彥等的鼓勵。

感謝陳暉先生出版這本小書。

感謝沈鎧先生為這本書設計封面。

感謝龍仁為博士（Dr. Renville C. Lund）。他愛護我，並一直在鼓勵我。

感謝夙娟。在她的了解、鼓勵與愛裡，我感到幸福與溫馨。感謝她為我抄寫並細心校對這兩三年來我發表過的但總是覺得不滿意的作品。

感謝你，親愛的讀者。

——民國 54 年 4 月 7 日
在東海大學

——選自許達然《遠方》
高雄：大業書店，1965 年 9 月

從感覺到希望

我對寫作的想法

◎許達然

　　我覺得寫作很痛苦，只因不願僅寫感覺，那些討人歡喜的；而喜歡思想，那些隱喻消息的。

　　我們最愛的土地，汙染到這款，感覺早已不美，思考後更醜。如果寫它的不美，只因覺得有悲壯歷史的臺灣還有美的可能——美並非外表好看而是實質耐看。然而作者作的，讀者讀的竟仍是表面。例如和招牌一樣浮氣的作詩的人，特別愛以既定形式恨別人詩的內容。還未寫出臺灣史詩的「詩人」，傲慢什麼呢？開拓臺灣歷史的人不識字，但比現在玩弄文字注重口味的人更有詩意更有詩義！

　　我認為文學是社會事業。活在社會都對社會有責任，連紙都是別人替我們造的，寫作要擺脫社會是不可能的了。不管作者的動機如何，作品發表就是社會行為。執意寫個人的呼吸而忽視社會與時代的脈搏，那些自喜自怒自賀自吹就自看，發表徒費樹的年輪及讀者的時間。僅寫無關人群的不是自瀆就是自私。其實只有把別人當人，自己才算人。一個作者沒有領土，可能有的是人民與故鄉，若連故鄉的人民都不認識，愛顧，與尊重，不寫也罷。構思、執筆、及發表都脫離不了社會經濟結構，都和大眾有關。

　　寫就是作——不是造作而是作與造。虛偽已充斥，作者真誠吧！真誠做見證者與批判者。要見證與批判就表達出來，用大家的語言藝術地表達出來。大家的語言也是文學語言，語言是人造的，人利用語言而非被語言利用。寫作，什麼都可放棄，不能失去的是歷史悠久的語言、對群體的責任、及創造力。

　　還有人格與勇氣！無人格而講究風格仍是無格。舒適坐著為名利而寫，毫無立場，甚至攀附權勢，踏兩條船，隨風換旗的作者是我瞧不起的懦夫。若什麼都怕就不寫作，什麼都怕也不必做人了。臺灣作者不是孤兒或棄婦。臺灣的文學仍嚷著孤兒的無助，臺灣的民謠仍如棄婦的哀歌。免再怨嘆了，弱者才哼悲慘，而弱者的名字不是臺灣作者。

　　我相信文藝力，所以才也寫作，不然就專心做學者研究歷史與社會了。文學、歷史、社會應融和在一起；文學在歷史與社會情況下產生，也可影響社會與歷史。文學力雖難量，但絕不是只給人感動而已。如果連自己讀後都無感受，卻要別人感動，未免太侮辱讀者了。

　　重量輕質，財產暴發，道德破產，經濟假繁華，精神真貧困的臺灣社會更須人文精神與社會意識。我仍相信文藝是人文精神的重要內容，社會意識的一種表現。幾乎什麼都受控制的社會，使人的思想萎縮，甚至麻痺。我仍相信文藝可以使人想，想，想，想。想！

　　我希望文學也是大家生活的一部分，使人生不但較美麗也更有意義。我希望我寫的都與社會及人民關聯。我當然希望我的希望不只是希望。

——選自《文學界》第 11 期，1984 年 8 月

感到，趕到，敢到
散談臺灣的散文

◎許達然

　　現在臺灣的散文，除了表達辭藻更幽雅外，除了把洋化思想與荒謬注入臺灣的生活外，除了內容更愁苦外，除了造境更清新外，似乎沒進展多少，不是太散就是太文了。

　　過去雖還未是傳統卻成了幽靈在我們的文藝創作裡迴盪。五四時代陳獨秀要推倒的「貴族文學」、「古典文學」、和「山林文學」現在仍流行，胡適叫喊的「八不」竟成了「八步」：內容言之無物，無病呻吟；敘述用典，用套語濫調，對偶，不合文法，摹仿古人，避免俗語俗字。我們擺脫了文言表達方式，卻掉進傳統的抒情韻致。1920 年代後期，新月派幾位先生認為是文壇 13 種「不正當的營業」中的四種：「傷感」、「頹廢」、「唯美」，和「纖巧」在臺灣生意還興隆，廣告胡說。1904 年英國有個作家卻斯特頓預言「胡說」是未來的文學，我擔心未來的散文仍是優美的胡說。

　　中國散文的傳統真悠長，據說從《尚書》就有了。傳統的中國散文範圍也很廣闊，廣到經史子集無韻律的都擠進去，使得有些研究中國文學的洋人（如 David Hawkes）認為不必硬用西方文藝類型來套中國作品；闊到一走進中國傳統文學就難免踩到散文。走過五四後，文、史、哲由分手，分工，而分家。文學領域裡，雖然大家都寫散文，但散文作者已不再是大地主而成了自耕農，要種好自己的園地並不容易，稿子一寫多，批評也來了。

　　文學批評，有人（如 Allan Rodway）分為內評（intrinsic criticism）與外評（metacriticism）。前者注重美與意義的內涵，後者強調個體與群體，作者與讀者的關係；前者就進入作品，後者也要走出作品。姑且用這個意

見來談談臺灣的散文創作：雜文、抒情文、小品文，與遊記。

雜文是一種從文章走出來的「人生觀察」與社會批評：感到，趕到，敢到，敢倒。文對主題，主題對政治社會。作者的態度是不妥協的方塊，為不平而不平。從諷刺到幽默，從幽默到正經；從「林添禎」到「耶穌傳」；也許雜到南腔北調，卻在冷酷人間吹成一股熱風。間接挖苦的，替讀者抓癢，看了小笑，大笑，或哭笑不得。直接揭露的，替讀者出悶氣，看了爽快。嚴厲控訴的，替讀者發脾氣，看了減少罪惡感，淨化心理。雜文踏實，或精緻或粗獷，都容易產生效果與影響。但有些卻執意教訓讀者，東引連自己都不實行的教條，西抄連自己都不明瞭的教義，大可不必。

抒情文在臺灣多半是「走進去」的作品感到，趕悼。大抵有兩種：朱自清式的與徐志摩式的。

朱自清式的淺顯細緻，文筆樸素流暢，內容簡單明瞭，大抵是遠近「踪跡」感懷「你我」。情愫真摯，結構上又似乎能如哥爾瑞治（Samuel Coleridge, 1772-1834）所說的把字放在適當的位置。老一輩（他們有很多回憶）喜愛，國文老師（他們有很少選擇）提倡。這類模範作文，像基本素描，多半平淡平凡，一看就懂，一向流行。

另外一種抒情文倒像色彩濃艷的畫。作者喜用優柔的文辭捕捉意境，用詭譎的語句表達天真；簡直把散文當作德萊頓（John Dryden, 1631-1700）所指的「另一個和諧」，有氣氛無氣概，主題常在美學的距離中迷失。又因為寫意朦朧了寫實，浪漫情調濃，社會意識淡，把殘酷的現實當籠鳥玩弄。其實浪漫的也常是反抗的，但往往散文作者表現出的只是「詩意的憤怒」而已。

尤其在學校念書的浪漫時期，愛讀寫這種抒情文。年紀輕，熱情多，想像與現實從拉鋸到衝突；本來「寧可為野馬」（袁枚），感情奔逸後竟變成「疲驢」了。教育方針、方式，與內容使學生在學校與考試間，在老師的臉與父母的手間，生活點點而成不了面。書裡念的又大多是硬幫幫的論敘和軟綿綿的抒情，燻得學生白天寫〈小夜曲〉晚上背〈正氣歌〉。累了，

免費看天上那個暗中亮起的浪漫，被月愚弄還自以為新。

　　新月。徐志摩。提起這位才華橫溢的「生命的信仰者」就想到〈我所知道的康橋〉。但讀這篇影響很大的散文後很難想像康橋真正是什麼，只覺得美就是了。他孤獨逍遙凝望，陶醉裡，他對康橋的了解是外表的；閒適裡，他對康橋的描繪是浮誇的。

　　徐志摩說他要寫康橋的「天然景色」和「學生生活」，但寫的卻只是他自己活看風景。康橋精華在大學，大學由各學院組成。他寫一些學院卻簡短而膚淺，甚至錯以 Pembroke 學院在康河的 the Backs 邊。對建築史上里程碑的王家學院教堂，他只說它外表「閎偉」，若帶讀者進去看看，聽聽晚吟，一定更有韻味。對校園最大，名人最多的三一（Trinity）學院，他只指出圖書館的拜倫像，但教堂內的牛頓像旁邊還有詩人呢！他是那樣講究情調，但康橋的情調主要並不在自然景致，只是他不帶大家去隔王家學院一條街的露天市場看看平民的生活罷了。康橋最可貴的該是學術氣氛，但在那裡交遊廣闊而且讀了很多書的他不提導師學生的抬槓，彷彿他們都出外看風景去了。徐志摩過分寫意以致給我們一種對康橋偏謬的印象。而他看到的迷人「天然景色」之一，也就是文章末後幾段，大家最熟悉的那部分，所描寫的並不是康橋本地而是郊區。大家所朗誦的原來是文不對題的美麗──「我所感到的康橋郊外」！

　　在貴族的康橋，「像是第一次我辨認了星月的光明，草的青，花的香，流水的殷勤」，徐志摩忙著悠閒，流連景物。康橋的士大夫意識影響他整個不幸的短命寫作，也感染臺灣的抒情文。

　　喜、哀、怨、怒、怕、慾、恨雖是人的一些天性，但我們卻學佛克納在無與哀中選擇哀，以為哲思的茫然是感情的迷失。不懂社會只好寫自然，在自然裡徘徊久了自然走入死巷；難得像那個極端個人主義的梭羅抒自然也梳哲理，給人新鮮的消息外還有暗喻。從前尼采怕凝望空谷，因也怕被空谷凝望。我擔心寫散文的朋友，花很多情感供養一瓶花，哀怨成氣候，抒了情也輸了情；只是燃燒熱情後，也許落得灰燼。

　　還有一種散文是名士派的小品。落筆瀟灑，緩緩開講。「以自我為中心，以閒適為格調」，對閒適的「人間世」「無所不談」。從「論肚子」、「論中西畫」到「論靈心」、「祝土匪」。也「放風箏」也談「臉譜」。據說小品文中國早就有了，現在的作者除了文白相雜外，也像 16 世紀末葉的蒙田和18、19 世紀的英作家，喜歡引用古今中外死人的話與事，零星推銷見聞，流露酸澀的幽默，詼諧的譏諷；把快感當美感，把感到當敢到，作者總是開心而不關心。然而知識常是個性化的，小品文也常成了「偏見集」，陪閒人喝茶「剝豆」，沒多大意思。為何我們偏愛品小，而不品大的？

　　隨著閒人增加，趕到感悼的遊記也多了。這種風景散文雖可上窮名勝古跡，碧落平民地帶，可惜多半展覽異邦，忽略臺灣。東瀛歸來外，尤其喜歡在西洋鏡裡撒野，雜憶留歐，散記遊美。連風光也是外國的旖旎？作者一走進去以後，讚美慨嘆，瘋憬外無思想，實在無聊。現在交通發達，觀光指南也多，「我來了，我看了，我懾服了」的油記可免了。陌生人因較客觀偶能冷靜分析。例如關於美國最精采的一本書就是 1831 年至 1832 年遊美的法國人涂克維爾（Alex de Tocqueville, 1805-1859）寫的。遊客霎時客觀不一定值得居民百年偏見，但常常居民百年經驗被遊客一天偏見歪解。我們須要觀察細膩，風景裡收入人文的遊記。寶島秀麗，大家口裡讚美，可是手上文章呢？我相信真正的發現不在新風景而是新視覺的展開！

　　是的，新視覺的展開。許多的過去都曾是現在曾是將來，如果現在與將來的散文也和過去的一樣，我們算老幾？我希望我們活潑語言的運用，多創作些主題鮮明，內容帶思想，映時代，與含社會的散文。

　　擴展與豐富我們的語文的一個辦法是使用方言和俗話。國語的詞彙一直在增加，不僅包括了翻譯也吸收了方言和俗話。但我們卻寧可夾雜文白而忽略土話。其實，閩南話有不少就土得很好：討海（打漁為主）、頭路（也是客家話，職業）、顛倒（反而）、無采（可惜）、濫摻（胡搞）、烏白講（胡說）。也有很多雅得美極：牽手（太太，本來是原住民的話）、掠準（以為）、刁工（故意）、含眠（夢囈）、凍霜（吝嗇）。在北京生，長，死

的老舍曾很成功地應用他最熟悉的方言俗語：磨煩（拖時間）、放鷹（全失）、拿著時候（把握適當時刻），其他活潑採用土話的例子多了。普遍被社會接受的新語句往往是普通人創造而不是知識分子「空吟」（coin）的。臺灣俗語中，像「兩人十四個心肝」，意指「德」，就很哲理，很諷刺，很感慨。散文本來就是不拘形式，「不擇手段」的；用方言與俗語，不是使散文「再粗雜化」（rebarbarization），而是注入語文的新血液，增強表達的貼切與內容的落實。

　　文藝創作本是對現實的一種思考與反映。可是我們思考了些什麼？而我們映的反是個人情感的縹緲飛升，能高到那裡？抒情造境雖是中國文藝獨特的傳統，但現在的寫意卻往往是用白話文翻譯古人早已有的「詩的心情」。輕舟已過萬重山，李白醒來看到會笑死的。一開口就感嘆，沒什麼理也剪不斷使情更亂。一落筆就蒼涼，卻也不過如早期何其芳或麗尼（郭安仁）的婉約。何況今天大眾傳播進步了，畫、照片、音樂，甚至電影、電視常比文學創作更有聲有色地轉達意境。我們還是把「小我」的意境帶到「大我」的人間，發展風骨——劉勰的風骨我讀作寫實的意境。從前柏拉圖指摘藝術家只懂外表不明現實，搞得藝術成了一種遊戲；雖是偏見，卻仍值得文藝作者反省，而試著創造結合智性與感性，關連個人與群體，交融過去與現在的作品——我們歷史意識一向豐富，而歷史意識是包括現代的。

　　現代不只是個隱喻，而是活生生赤裸裸的實在，一種行動、一種心情、一種意識。可是口叫現代卻手拿古鏡照就模糊了自我。誤認西方的現代感作中國的，把他們資本主義社會的迷失當作我們的情人猛抱，簡直比希臘神話裡塞卜魯斯那個國王雕刻家戀上他所塑的作品還荒唐。如果我們要肯定現代意識標榜現代散文，就落實本土，落實人間；感到，敢到，趕到，趕盜。少戀心境，多寫現象，合唱大家的歌。

　　我想起「參與文學」（littérature engagée）。我們是社會人卻不見得都有社會意識。有人想脫離社會自耕自食，是他個人的決定，但一旦與別人發生關係，就有責任與義務。我相信社會意識滋潤人性，知識分子無社會良

心像個什麼樣子？

　　所謂文明，除了製造舒適與緊張外，也帶來機械化的野蠻和人為的殘酷。在臺灣，工商業等等的衝擊已使都市、鄉村、山社呈現許多人間情況與社會現象。我們聽到，看到，讀到的，當然可以用雜文，用抒情文，用小品文，用遊記，弄準焦距，特寫出來。散文精神正是有話就寫，寫就不懼情勢，不拒嘗試，不拘形式。散文作者已展了太多「我」了，活在人間寫人間，寫出「我們」與「他們」，當更切實，更有義蘊。我們雖不一定能了解別人，但至少可以寫出我們的觀察。許多人的「丟丟銅」比知識分子瘩而不撈的疏離充實多了。古早中國不少優秀散文作家已精采地刻畫出社會現象。例如柳宗元注意小人物，以〈捕蛇者說〉寫出了捕蛇者三代的悲憤：他們抓可做藥用的毒蛇以交稅，祖父與父親都因捕蛇中毒死了，主角仍抓蛇，因為賦斂比蛇還毒！散文就在生活裡，用大家的語言抒發大家的情思，以社會意識擁抱時代，拆毀逼壓人民的違章建築。中文散文仍值得寫下去──可展現的是太多了。

　　我想起英文散文 essay 的另一層意思：試驗難事的可實現性。我們都試試吧！還沒完呢！

──1977 年

──選自應鳳凰編選《許達然散文精選集》
臺北：前衛出版社，2011 年 7 月

散文臺灣・臺灣散文

《臺灣當代散文精選》序

◎許達然

　　不是詩、小說、戲劇的都被歸入散文。這本書選自四十多年來在臺灣發表的散文。希望有詩的境界、小說的情節、戲劇的悲喜、與議論的推理。

　　散文大抵比詩用語直接，比小說敘述坦率，比戲劇不拘形式。直接坦率不拘形式最怕碰到政治。

　　政治還沒有糾葛臺灣時，原住民就創作了，以豐富的想像編造渾沌美麗的神話傳說。後來漢人航渡島上，聽不懂原住民的文學，用文言文吟哦兩三百年孤島心情，寫下殖民見聞。後來聽說 1895 年清廷把臺灣送給日本人，有些人搬回大陸。但居民大多數住下來。他們用中文和日文創作寫實的小說，抗議的詩，還清清楚楚把反殖民地的政治理念表達在講理的散文裡。

　　1945 年臺灣從使用日文的統治者被交給使用中文的統治者。臺灣人住在熟悉的鄉土，卻又活在陌生的文字環境，除了少數中文純熟的，像朱點人、郭秋生、廖漢臣、吳濁流、葉榮鐘、洪炎秋、蘇薌雨、李萬居、張深切、蘇維熊、吳坤煌、楊雲萍、黃得時、蔡德音、鍾理和外，雖然用歷史悠久的閩南話和客家話念中文文言文，但聽不懂以北京話為準的中文。臺灣人開始學習中文。然而學不到兩年，二二八事變發生，不少作者與讀者被屠殺，被監禁，被流放；活著的看得很清楚，卻仍讀不懂。臺灣人漸漸讀懂中文時，國民政府還沒撤到臺灣，就已在 1949 年 5 月宣布戒嚴。許多書不准讀，許多人敢想卻寫不出來。

　　戒嚴 38 年，不肯代表人民的非法的法統在政治上與意識上凌駕臺灣；從 1940 年代後期到 1970 年代中期在文學上，不能代表人民的作品搶了風

騷。戒嚴把文學拆成在朝的製作、攀附在朝的拼湊,與在野的創作。在野的忍得住寂寞,默默創作,希望寫些像樣的散文。

散文,大家都以為會寫,在臺灣也就繁多了。這選集姑且把散文分做:抒情記事(輸出自己的心情,輸入別人的感受,記下個人情事,寫上人間事情)、隨筆小品(筆隨意品小的,上下古今,東拉西扯成有意思的東西)、和雜文論述(雜為了文,論要情理)。

從 1945 到 1950 年代後期,臺灣的散文作家幾乎都是在中國大陸生活過一些年後來臺灣的,隨筆小品有許壽裳、梁實秋、臺靜農、錢歌川、何容、鳳兮、趙友培、孫如陵、馬各、朱介凡、吳魯芹、梁容若、劉心皇、蕭繼宗、童世璋、茹茵等。抒情記事有張秀亞、謝冰瑩、蘇雪林、何欣、鍾梅音、艾雯、王文漪、琦君、羅蘭、王琰如、王聿均、宣建人、徐鍾珮、王書川、王鼎鈞、王怡之、張雪茵、邱七七、歸人、郭楓、畢璞、心蕊、許希哲等。雜文有韓爌、何凡等。在這段時期,作者活在統治者的諾言裡,不願吶喊口號的,就懷流離的過去,念遙遠的故鄉,抓不住倥傯的現在,充滿苦悶。而抗議的散文也像政治上的反對力量,稀疏薄弱。

1950 年代後期與 1960 年代初期,一些在 1940 年前後出生的作者,駕馭了中文,發表抒情記事的散文,作者除了編入這文集的外,還有白浪萍、梅濟民、吳怡、陳克環、李藍、曹又方、王尚義、趙雲、謝霜天、丘秀芷、亮軒、莊因、馮輝岳、簡宛、奚淞、殷穎等。大陸來臺灣的作家,詩人張拓蕪(沈甸)、余光中、與胡品清,小說家聶華苓、隱地、司馬中原、邵僩、與彭歌,以及蕭白、何欣等也發表抒情記事及隨筆小品。柏楊、方以直(王鼎鈞)、言曦、李敖等建立雜文評論的風格。雜文作家筆端指向社會、文化、大題小作諷刺,小題大作幽默。而抒情記事,不管老少,描寫的多半是偏狹的生活;緊鎖房間,把桌子當做世界,連標點都嘆息。有些散文排列辭藻,組合夢囈。有些散文穿戴斑斕,內容蒼白。那時現代主義與存在主義搬到臺灣,不少作者雖生長島上,卻恍惚在生活的美學裡流浪。他們要從對存在意義的尋求,肯定文學意義的存在,卻在自己的凝視裡迷失了。

　　政治不肯改，社會與經濟先變了。1960 年代後期，利用臺灣勞力起飛的經濟落下來改變臺灣人文景觀。農村開始萎縮，都市開始膨脹，環境開始汙染。進入 1970 年代，有權就霸的繼續控制一切，用各種方法軟化身體，硬化頭腦，使政客容易掌權，資本家容易操縱。什麼都商業化了，人格物化，文化庸俗化。臺灣社會變成一首大家閒唱的流行歌。散文作者有些繼續供應歌詞，有些不再放大自己，而正視人群，反映經濟的變遷，批評骯髒的浮華。描寫有景無境，有色無情，有戀無愛的島。1950 年前後出生的作者，在 1970 年代崛起，他們約占這選集的三分之一。其他散文作者包括詩人羅青、林南（黃樹根）、王灝、陳寧貴、陳義芝，以及方瑜、林貴真、若默、傅孝先、陳幸蕙、高大鵬、吳鳴、龍應台、林清玄等，在 1970 年代雜文大增，代表作家包括尉天驄、顏元叔、劉紹銘、趙滋蕃、郭楓、張健、楊子、陳冷，夏元瑜、丹扉等，文章觸及島上各方面，探討社會經濟的變遷，肯定文學的社會內容。

　　1980 年代臺灣社會結構劇變。農人人口減少，在 1960 年代中期占人口的 40%，到了 1980 年代中期減為 17%；相對的，勞工人口增到 38%，中產階級人口占 36%（自以為中產階級的據說有 56%）。雖然臺灣社會已汙得不能再染了，有些作者仍用自私的顏色去塗。但希望政治民主，人間安寧的作家，抒發人民的聲音，批判政治、經濟、文化權霸。寫下從前想不到與不敢想的，正是 1980 年代散文的可愛處。對臺灣本土的欣賞與生態環境的關懷成了 1980 年代散文的主題。作者擔憂文化的臺灣埋沒和自然的臺灣消失。寫下許多有關臺灣土地人情的散文。在工業化的環境，他們為樹嘆息，和溪哽咽；描繪的不再是釘死的蝴蝶，而是要飛翔的美麗。他們的動物都有名字，每個名字都記著他們的關懷。然而寫勞工的散文仍稀少。被壓得透不過氣的人仍眾多，只是中產階級作家看不到，不願讀，或寫不出而已。

　　寫出的散文，在語言的運作上，大抵有三種。第一種把文章當作寫出來的日常話語，平鋪直敘，彷彿連修飾也多餘，是寫給人用口念的。第二種文白夾雜，穿插成語，感慨時請古人作證，抄襲悲傷，是寫給人用眼看的。第

三種錘鍊文字，凝聚意象，交融詩情，創造意境，是寫給人用心讀的。

　　臺灣的散文語言自 1970 年代以來一方面有注入臺灣話的特色，另一方面有詩化的趨勢。臺灣話，有些雅得可愛，如「失禮」（對不起）、「牽手」（原住民語：妻子）、「出閣」（嫁，《紅樓夢》也用的）；有些俗得可親，如「無影」、「出頭天」、「送作堆」（把原不相識或不相愛的人弄在一起）、「乞食趕廟公」（喧賓奪主），活潑了語言。而詩化的語句，像「把失落在空中的語句捕捉回來」（王鼎鈞〈夜行〉），「紅葉已燦爛成一片雲霞」（郭楓〈生命的一抹〉），「孤獨把自己囚禁起來」（苦苓〈島之三章〉），豐富了意象，濃郁了情韻，加深文學的美感。

　　不管選擇那種語言表達，散文題材無限，妙在散，有著外延的結構，美在文，有著內涵的意義。按內容，這選集包括：

　　自然，人都愛看愛聽愛寫的。近年來，公路侵入自然，坐在車上就可看見疾駛的自然，但真正住在自然裡的卻很少。陳天嵐是較早寫臺灣山林的一位，他的〈楓林渡〉描述自然工作生活的情景。王鼎鈞的〈自然〉充滿象徵，交融大地母親與天真童年。大地自然。繁殖鳥獸昆蟲，自然長著樹流著水，「到了一定的時候，稻子收割完了，稻田裡注滿了水，白雲、飛鳥以及山的影子都落進田裡」。他到野外去尋覓，芳鄰在家等候，交換自然的故事。王鼎鈞的另一文〈那樹〉是「世襲的土著」，「即使是神話作家也不曾說森林逃亡」。生機煥發，忍得住風雨，給鳥給人歇息，最後卻被人鋸了，自然憾人。張秀亞的〈竹〉──以情入物，竹葉像綠鳥，唧著春天；竹幹像玉簫，吹著音樂。她過著竹邊不俗的生活。臺灣山水在艾雯的〈綠水三千〉季薇的〈野柳無柳〉與〈橫貫探幽〉有澎湃的雄壯，也有蜿蜒的嫵媚。阿盛的〈春秋麻黃〉，在他苦澀的幽默裡，樹的堅強性格烘托人的災難。愚庵的〈菩提與蝴蝶〉、粟耘的〈默石與鮮花〉、和蔣勳的〈鳳凰木〉，情景交融，寓意幽深。簡媜的〈夏之絕句〉描繪夏季綺麗圖畫。然而自然受傷多年了，所以有羊子喬的〈溪唱〉輓歌，與陳煌的〈人鳥之間・冬春篇〉生態散文。以前的自然散文讚美自然，1980 年代的臺灣自然散文要挽救自然。楊渡的

〈西海岸：汙染工業的見證〉敘述自然如何被破壞，然後被殘害的自然又如何反撲痛苦，增加社會成本。1970 年代以來臺灣也流行報導文學，但多半是報導不算文學。詩人楊渡寫的是既報導又批判而富啟發的散文。

最自然的人情該是親情、愛情、友情和鄉情了。在流離的年代，鄉情散文特別豐富，幾乎所有的作家都訴說過鄉情。尉天驄的〈迴游族〉，文短情長，總結了永恆的鄉情，扣人心弦。母愛散文代表作有張拓蕪的〈紡車〉。「古老、堅固、時時發出怨苦呻吟的」紡車是母親的陪嫁，淒切紡車聲裡「默默無言，逆來順受」的母親，為兒女的衣服紡綿紡麻，自己卻從沒穿過像樣的衣裳。張拓蕪清秀的文筆塑造了母親完美的形象。張秀亞細膩發揮了〈父與女〉之情。鍾鐵民的〈父親‧我們〉想念身體雖孱弱意志卻堅強的父親對文藝的執著與家庭的窘困。蔡文章的〈哺乳〉曾是普遍的親情情景。寫友情的有陳永興的〈他和我〉與羊子喬的〈海邊詩人〉，不但描寫真摯的友誼，也刻畫了朋友的性格。在許多寫愛情的散文中，我們聽到劉靜娟〈響自小徑那頭〉的音樂，溫馨諧和。

對布滿衝突的人生認真思考就有耐人尋味的自白散文。楊逵的〈墾園記〉簡潔提示寫作的動力。王鼎鈞的散文常以景抒情，就情述理。他闡述夾在自然和人為世界的生命〈明滅〉，〈夜行〉探索詭譎的社會。他的〈腳印〉活潑跌宕：「歌聲凍在原處，等我去吹一口氣。」郭楓在〈生命的一抹〉，以自然意象在文藝裡尋求真善美，在現實世界發現意義，真摯的情致蘊含豐盈的哲理。子敏以黑色的幽默敘述〈雨〉中及〈在屋頂上散步〉的經驗。羅蘭〈寫給秋天〉和陳列〈無怨〉和人生對話，情真意切。蕭白〈賣葫蘆者〉與〈小木屋〉評語人生，含蓄雋永。馬森的〈在樹林裡放風箏〉與〈雲的遐想〉，文短意深。楊牧悠美的文句，節奏活潑地寫出他發現的美麗：〈水井和馬燈〉。曹永洋從看見〈溜鳥人〉而想到「容納形形色色的自由人，我們要敬重別人的生存權利」。陳天嵐〈輕濤低語時〉，在荒村粗獷的生活有他溫柔的情韻。白辛在〈風帆〉外，「猛抬頭，才發覺已經走上一條路」，從鄉村進城市，從少年入中年，希望「能使日子變成耀眼奪目

的珠粒」。心岱在〈人間行路〉委婉傾訴悲歡離合。陳芳明想〈深夜的嘉南平原〉時「澄清了內心的陰霾和恐懼，非常肯定地知道如何為你我的愛賦予一個全新的定義」。苦苓的〈躺在地上看星的人〉描寫一個「不該只為自己，而忘記了可以種甘薯的土地，父親，和這裡的人們」的心路歷程。艾雯的〈一個人在旅途上〉、羊子喬的〈土地與稿紙〉、以及簡媜的〈生活細筆小引〉與〈美麗的繭〉，觸及人生各面，凝練含蓄。無疑使人受不了的是歲月，歲月趕人可也感人；蔡碧航寫〈歲月〉催人，也就這麼過了。

　　散文常寫人事。人有情，偏偏事無情，和人作對。惱就惱在事情作弄人，怕就怕在事變多端，可恨事人的卻不被當作人。這些都是真事，散文都寫了。鍾梅音的〈鄉居閒情〉、〈有朋自遠方來〉、和〈閒話臺灣〉寫 1949 年至 1950 年臺灣的風景人情。梁實秋的〈臺北家居〉記臺北住房的變化。錢歌川以〈木柵和秩序〉諷刺政令妨礙交通。張拓蕪在〈他鄉與故鄉〉對照世代居住農家的質樸性格與到處流浪的落寞心情，直率的筆調流露悽愴。他的〈空心菜三吃〉從種菜、賣菜、到吃菜，吃盡苦頭。張拓蕪另一篇散文〈鞋的進化論〉，穿鞋與做鞋處處顛沛，蒼涼感人。楊牧以他詩的語言描述〈最後的狩獵〉，一個故事，幾許滄桑，多少淒麗。他的〈歸航〉從西雅圖經「什麼都不種，只種高樓大廈」的臺北，回到他所熱愛的故鄉。吳宏一的〈星光〉與〈寄給你的貝殼〉典雅呈現優美的空間和人間。鍾鐵民以〈大蕃薯〉的意象烘托臺灣人的性格，在貧瘠的沙土上，刻苦耐勞，堅忍不屈，只是蕃薯越來越少了。季季的〈一九八四年三月〉反映 1980 年代中期臺灣的一些情況。苦苓在〈島之三章〉，以收到三封信的方式投射臺灣的情景，表達新穎，令人深思。阿盛的〈契父上帝爺〉與〈急水溪事件〉，樸實的文筆蘸著酸楚的幽默。林川夫的〈一個世界〉與鍾喬的〈夢〉、〈絕唱〉都是人世的滄桑。沈靜的〈我的紅河〉流著歷史，留下思念。

　　人當然寫人，被寫的最多的卻是目中無人，心中無民的掌權者。所有的吹捧都是荒唐，藝術地描繪人物才算文章。苦苓〈像的故事〉諷刺變成像的人，寓意深刻。寫小人物有大意思。陳列的〈同胞〉與林文義的〈孤獨的山

地〉刻畫三、四百年來被各種人欺凌的臺灣原住民，被趕上山居住，被趕下海生活，滿面滄桑。楊逵在獄中寫的〈永遠不老的人〉意志堅韌，拒絕老化。張秀亞的〈牧羊女〉有著童話般的美麗。陳永興寫〈生活在牢籠中〉的受難人，簡潔的文筆凝聚濃厚的社會關懷。李敏勇的〈監獄裡的鴿子〉寫為政治理想而被囚禁的人，在臺灣是不少的。張騰蛟〈那默默的一群〉是清掃街路的婦女，陳列寫漁人，林文義在〈歲月無夢〉中刻畫 1949 年後以臺灣為家的一個婦女；季季、劉峰松寫被人賤視淡忘的卑微角色，各有特色。

　　臺灣農村旖旎，是農家用汗水畫成的。寫鄉間情景的散文相當多，這裡選十家作品。鍾理和〈做田〉，一如耕耘文學園地，艱難困苦。郭楓的〈兩朵微笑〉，清新活潑的文字突顯鄉間的和諧質樸，洋溢著毫無沾染世故的鄉土人情。陳冠學的〈田園之秋〉是臺灣傳統鄉間生活的寫照。農家一直為養活島上的人而受苦，吳晟、吳敏顯、林文義、林雙不、康原、劉克襄、羊牧都深情地寫出他們熟悉的鄉村景致與鄉民生活。臺灣鄉間雖已不再那麼綠，但只要還有土，就有農村散布。

　　農村都被都市擠扁了，市鎮雖住著大多數的作者，卻較少充實散文的內容。施翠峰的〈小賣過市〉記 1980 年代以前臺灣市鎮的流動映像與交響樂。文筆雖鬆散些，但供應的消息比一般報導文學踏實。郭楓的〈臺南思想起〉以對話的方式勾畫臺灣都市的變遷，娓娓道來，文簡意繁。張騰蛟的〈從臺北街頭走過〉、葉笛的〈命運〉、張健的〈街上〉、都冷靜觀察都市現象。都市領域逐漸擴充，反映與思考都市現象的散文勢將增加。

　　散文有的清秀，有的優雅，有的壯美。壯美的散文有的是隱喻的發揮，融合個人、社會、歷史、與時代的大塊文章。郭楓以母親、畫家、與青年形象寫〈一縷絲〉。母親一縷絲「凝結成堅強的願望」養育子女，畫家有一縷絲相連「把一腔熱愛付給了世界」，青年徘徊異鄉後相信會「跑出最美好的未來」。構思細緻，文筆揮灑自如，抒情中迸發哲理。郭楓另一篇散文〈有這樣的一座城〉站在人民立場批判臺灣社會，尖銳對照城裡不同人等，反襯自然與浮誇，批判城恍惚為夜而存在，揭露「那些地位崇高的先

知們,原來是一群善觀天色的候鳥」,製造神話騙人。通篇冷峻的剖析滲著熾熱的情愫,錯落有致,寓意深邃。唐文標〈你眼睛中看得見這場暴風雨〉,跳動著冷靜數學家對生命、社會、歷史澎湃的思考,雄渾俊逸。洪素麗的〈悲歌島鄉〉與〈赤道無風帶的旅愁〉以自然意象編繪島的苦難,陳芳明〈受傷的蘆葦〉不肯凋萎,令人悸動。

雜文多了,只希望讀者都有雅量,不然看時會氣死,最好也忍得住氣,以免笑壞了。這裡只選柏楊兩篇。

散文也包括論評,問題涵蓋政治、社會、經濟、文化等方面。論評問題往往需要淵博的學識,敏銳的觀察、精闢的分析。我們選入傑出民間學者王杏慶(南方朔)和陳忠信(杭之)立意深遠的作品,是注視文化,關懷人民的典範。

本集作者都是在臺灣生長或生活過一段時期的。從未在臺灣生活過或只在臺灣旅居的作者並未列入。

編選集既省時省力又不得罪人的辦法是請作者自選文章自寫小傳,然後湊起來。這本文集是編者從自己的藏書及從圖書館借出大量的書、雜誌與報紙讀後選編的。圖書館的收藏再多都不可能收盡所有的散文。讀時難免疏忽,實是缺憾。好的散文有時被遺漏了,沒收在這選集的,還有你認為好的作品。

有幾篇散文,因為未能得到作者同意,而沒編入,這些篇名是:琦君〈髻〉,余光中〈聽聽那冷雨〉,孟東籬〈海石〉,張曉風〈春之懷古〉,席慕蓉〈一個春日的下午〉,許家石〈臺北屋簷下〉,宋澤萊〈同情和流浪〉,黃武忠〈四十九個夕陽〉、〈獨坐〉。

散文可寫的太多了。島是臺灣文學的鄉土,然而文學並不只是寫鄉土而已。臺灣散文如島,非但不懼海的衝擊,還希望有海的壯闊洶湧,開放而不封閉。期待 1990 年代臺灣更精采的散文。

——選自許達然編《臺灣當代散文精選》

臺北:新地文學出版社,1990 年 6 月

扎根在泥土裡的硬竹

◎曹永洋[*]

　　歲月易逝，20 年光陰彈指間就過去了。可是大度山上四年，對我影響實在太大。東海師友，一屋一瓦，一草一木常在夢魂中重疊浮現。套用電影學上的詞彙，弄不清那一景是蒙太奇，那一段是溶暗，淡出或淡入，有的線條輪廓漸漸模糊，有的又格外鮮明，甚至比我現在生存的空間還要真實。

　　我是東海第二屆，母校前幾屆學生真個是人才薈萃，我混跡其間，大有自慚形穢之感。四年間，我只參加過一個「東風社」。社團中已經頗有文名的許達然（第四屆）、楊牧（第五屆，當時叫葉珊）──我素來不擅主動去認識一個人，要認識一顆靈魂，談何容易！不住同一個宿舍，不在同一個班級，交往的機率也隨之大大減低。直到畢業，我們還是沒有打過照面！

　　畢業，服了預官役。一開始，在淡水教了三年書，其後回故鄉士林，粉筆生涯，殊不如意。很想去綠島教書，但不得其門而入（我很佩服余阿勳的氣魄！）。有一年暑假，我隻身南下去臺南光華女中拜訪在那兒擔任訓導工作的李福登學長（現在臺南家專校長），看到在該校執教的畫家沈哲哉先生、音樂家陳茂煊先生、數學家林韶璋先生，跟這些初見面的朋友相談甚歡。沈早已是國內畫壇名家，陳、林也都在大學任教，卓然有成。我幾次動念想到臺南教書，未果，那次，福登帶我去市街上找達然，不巧他出去了，沒有見到面。

　　達然畢業後，留校擔任助教，兩年後，赴美深造，先在哈佛讀完碩士，然後在芝加哥大學獲博士學位。多年後才從校友銘水處得知他和校友

---

*傳記作家。發表文章時為臺北市中正中學教師，曾任志文出版社新潮文庫總編輯。

鄭夙娟小姐結褵，育有二子。達然在國內念歷史，赴美後轉攻社會學，研究論題是探討臺灣人口的遷徙，社會、文化、民俗的變革，這方面他傾注不少心力。

八年前，旅居美國的達然曾回國蒐集論文資料。他在臺大研究圖書室見到臺灣史很有成績的堂哥曹永和先生，要到我的地址，回淡水他岳父家樓宿時踅來士林看我，我們彼此談話的時間只有半個鐘頭，我看到坐在我面前的是一位樸質、淳厚的書生，戴著深度近視眼鏡，有點重聽、不矯飾、不做作、文質彬彬、言論溫煦而親切，他果然是一個謙沖、篤實的君子！和寫作《遠方》、《含淚的微笑》那個作者的的確確是名實相符。我在想：文如其人，在某些地方還是成立的！這兩本散文集去年經由遠景重新排印刊行。去國十多年，他的作品不斷被收入各種選集中，從這點足以證明他的文字是廣為讀者和評論家所熱愛、肯定的。

那年，他託遠景沈登恩兄寄給我一本新作《土》，收有他近年發表在國內報刊雜誌的散文 25 篇。他這幾年來創作的風格，徹底翻新，完全脫胎換骨，他揚棄素有基礎的優美行文，改用一種魯拙、嶄新、饒富泥土氣息的語言表現他觀點的世界。這世界包括置身的異國，歲月的烙印，人事的滄桑，還有他魂牽夢縈的臺灣……每篇文字都值得讀者深深咀嚼、反芻、體會。假如「行萬里路、讀萬卷書」稱得上是至理名言，那麼達然就是一個活生生的例子。浪漫、熱情的讀者或許仍然會偏愛他早期那兩本膾炙人口的散文集，一時甚至無法適應他冶煉的新語言，可是只要好好品味欣賞，你會發現達然並非失根的蘭花，而是有根有節、有骨有眼的硬竹，在它東風西風，猛吹橫刮，這又乾又硬的竹子依然臨風屹立，除非你連根砍掉，那一叢一叢的竹子還是春風吹又生。

達然置身於異國迥然不同的布幕，不唱洋腔洋調，他的文字漫溢故土的芬芳，使人彷彿涉足未經汙染的空氣，呼吸甘甜的空氣，嗅聞到陣陣撲鼻的稻草和新鮮的牛糞味兒，我們在他的字裡行間感受到臺灣的過去和未來，西方文明的鷹揚、富庶、疏離和荒涼。我們看到的不是垂釣的簑笠

翁，不是弱不禁風的仕女，不是有風味的孤舟，不是國畫中遙不可及的山水，透過他親切的肺腑，饒富哲理的文字呈現出來的是作者溫婉的控訴，生活的敲擊，人性的葛藤，陌生冰冷的異國和刻骨噬心的鄉土畫面，我們瞥見尖端工業文明所締造的畸形繁榮，也看到百層高樓下脆弱的生命，蒼白的倒影。達然運用的是精確而凝練的素描技法，溫煦而又愴痛的旋律，《土》這本散文集道道地地是一首鄉土的流浪之歌，他保有作者一以貫之的誠摯面貌，但比昔日的作品更具有遼闊廣袤的視野！

　　有人寫半輩子詩，一個勁兒還耽溺在唯美、浪漫、古典、鄉愁矯情的泥淖之中，有人寫了一輩子愛情小說，就是不肯走出窗外，睜眼去看看街頭的眾生。如果歌德只寫《少年維特的煩惱》，不寫《浮士德》？如果托爾斯泰只寫《幼年、少年、青年》，不寫《戰爭與和平》、《安娜卡列妮娜》？如果曹雪芹只在那兒吟詩填詞，不寫《紅樓夢》，蒲松齡只在那兒趕考科名！不寫他的《聊齊誌異》呢？試想：他們在文學史上的地位和影響將有何等重大的改變！有道是牽出去是一條牛，牽回來也是一條牛，真叫人扼腕浩嘆。文學生命是不斷成長、邁進的，我們不能老是待在象牙塔裡，而應該勇敢地去正視那些苦難但卻真實無比的生命，果能如此，作者刻畫謳歌的人生，就不再是無關痛癢的胡言夢語，病者的呻吟囈語了。

　　我為達然不肯重踏既有的轍跡喝采，盼望他繼續拿起筆，在詩和散文的泥土中不斷耕耘，甚至在小說、戲劇那更浩瀚的文學天地縱馬馳騁，為我們苦難的民族，生生不息，流血流汗的大地做一番見證，文學萬歲，我對達然懷著虔誠的祝福和深切的期待！

——選自《臺灣文藝》第 89 期，1984 年 7 月

《素描許達然》序

◎南方朔*

　　許達然是我亦師亦友的兄長。能夠和這樣的人交往，是我的幸福；能幫他的書寫序，則是我的光榮。

　　一直到今天，我還是認為許達然是當代臺灣人裡人文社會科學造詣最高的。他一輩子讀書、教書、寫書。他對清代臺灣社會的學術研究，無人能出其右，而最重要的，乃是他的研究都是從原始資料如「軍機檔」、「宮中檔」，一點一點翻查累積出來的，如此踏實的研究風格，和他純樸、堅實的做人完全如出一轍。而除了臺灣社會史的研究外，由於治學和興趣，他對近代歐美人文社會思想的涉獵與鑽研，也少有人能比。他先後在哈佛、芝加哥大學、牛津等頂級名校深造，治學嚴謹而紮實，每次我有疑惑向他請教，都能體會到他的淵博與深刻。

　　而最讓我敬佩的，乃是他數十年如一日的純樸與正直。他出身臺南，一輩子永遠帶著鄉下那種老實、羞怯、謙虛的風格，任何人從他的穿著和舉止上，絕對想像不到所面對的是個大學者。但儘管如此，他那種與生俱來的素樸正義感，也使他嫉惡如仇，喜歡打抱不平。他不喜歡治學疏懶的讀書人，厭惡仗勢欺人和傷害人的政黨政客。他用他的努力和正直，證明了他批評一切惡事的資格。而且很少人知道他從 1970 年代起就已對臺灣知識分子的再啟蒙做了許多默默的事。

　　許達然在臺灣研究與人文社會科學方面的造詣，只有知識分子圈知

*本名王杏慶。作家、詩人、評論家及新聞工作者，現為《民報》總主筆、《蘋果日報》、《天下雜誌》等報章媒體專欄作家。

道,加以他謙虛和不張揚,不像某些人會「將一分學問吹成了十分」,他毋寧更是那種「有十分學問,別人只知道一分」的舊式讀書人。他真正比較被人知道的,乃是他的文學。他從 15 歲鄉下小孩時代,就已開始寫散文和詩,先後結集成書十餘冊。臺灣中生代的讀書人應當還會記得他早年那本《含淚的微笑》,它可是那個時代的暢銷書,許多人都是讀過那本書長大的。許達然的散文和詩曾被譯為英、法、日、韓等國語文,他很早就得過第一屆青年文藝獎、金筆獎、吳濁流文學獎。2001 年第 24 屆吳三連文學獎頒給了他,他是我最高興的事。

　　我對許達然是聞名甚早,締交則遲。早年我們在臺南,有誰的文章寫得好,誰的作品發表在那裡,大家儘管不相識,但行情觀念還是有的。我在高中時就已知道,有個臺南人許達然寫得一手好散文,那個時候他已是東海大學歷史系的高材生。我後來才知道,他在大學時就因成績優異而獲選為全國大專優秀青年。

　　許達然畢業後,留校當過一陣助教,而後即赴美進哈佛大學和芝加哥大學深造。分獲碩博士學位,而後又到牛津大學研究,1969 年起被聘為美國西北大學任教,直到現在。而我第一次見到他,是在 1980 年代初,有次到芝加哥開會相遇,由於有著相同的朋友,以及共同的臺南記憶,很快的就成了朋友。在長期的交往裡,我從他那裡得到了許多——不論是為學和做人。每次我經過芝加哥,也都習慣到他家裡叨擾,並享受達然嫂夙娟女士有如家人般的招呼。

　　許達然治學嚴謹,他專業的臺灣社會史研究,乃是他長期以來到清代檔案館耙梳原始史料所得。他之所以會以社會史為學術志業,乃是他認為歷史的真正主角並非什麼帝王將相,而是普通的人民。他這方面的著作中文版,目前正在整理之中,將陸續問世。史學界已有朋友指出,他的這些著作必將對臺灣史的研究造成極大的先發式影響。

　　而做為一個朋友,我認為他在散文與詩方面的成就,可能更值得一般的讀者朋友重視。許達然學識淵博,他的散文也非常獨樹一格。不但理性

與感性交融，更重要的乃是他的散文裡，總是有著強烈的現實與人文關懷成分。從「文體論」的角度而言，他的散文很有「碎片書寫」（Writing Fragmentarily）的況味。他的寫作有很大的聯想性和跳躍度，但儘管碎片一塊塊閃爍，它們的言裡言外，卻都被縫合在一個更大的「整體」之中——那就是對斯土斯民的真正關懷，其中洋溢著理性的光采和感性的溫暖。許達然有時候也嘲諷，但他連嘲諷也都露出含淚的微笑。許達然非常喜歡音樂，而且也有高手級的理解和品味，這種功力也在散文中。

許達然是個非常豐富的讀書人，他在內斂裡積累自己，這使得他的散文很有一種不是那麼耀眼，但卻能吸引人的光亮，或許所謂的「曖曖內含光」所指的就是這種境界。我想了很久，忽然想到，這其實有著一個重要本源：他是我們這個時代已很少再見到的真正人文知識分子！

是為序。

——選自許達然《素描許達然》
臺北：新新聞文化公司，2001 年 12 月

我讀《含淚的微笑》

◎王靖獻[*]

　　廣義的說，文學作品只有「韻文」（Verse）和散文（Prose）兩大類。前者往往是世界各民族文學的開端，如在中國為詩辭，在英國為古詩（Anglo-Saxon Poetry），在法國為「香頌史詩」（Chanson）。其之所以先出的原因涉及甚廣，茲不論。散文則興起較晚，而且範圍最大，因此分類更細，可以抒情（如蘇東坡前後〈赤壁賦〉，如 Charles Lamb's "Dream Children"）；可以說理（如韓愈〈原道〉，如 Francis Bacon's "Of Truth"），可以敘事（如柳永的遊記，如 Henry Thoreau's "Walden"）；更可以演義，而寫成史書或小說。但範圍雖廣，通常我們所說的「散文」（Essay），則以抒情和說理為主，其他各體大約已經有了它們自己的名稱。所以我們現在論散文僅能就此狹義觀點而言。

　　民初白話文運動展開以後，數十年來用白話作散文（以下皆指狹義的散文）的作家如雨後新筍，多不勝數；而且收穫也頗為可觀。檢視這數十年的收穫，我們可以發現果然都不出於抒情，說理二類。前者如徐志摩的書札，後者如梁實秋的《雅舍小品》，都是傳世之作。但晚近中國文壇的散文卻流入一種曖昧雕琢的形式，如充斥於坊間的某女士的散文，美其名為富於詩情；事實上空洞浮華，實無足為訓。但愛好此種散文者甚眾，影響所及，新起散文作家也大受感染，作品中失去一般散文的特性（Characteristics），只在文字上極力雕飾，而內容不外乎離愁別緒，乃至於

小雞瓜棚，寫春天則為灰色的春天；寫雨絲則如淚水空階亂滴。讀者非但無法在其中體會出文學的優美，連作者性格都難以揣測，因此不免為之疲倦不堪。文學作品之必須有詩與散文之分，據我個人看來因為二者本質上有其歧異性（pecularity）。好的散文無論在什麼形式下，仍不失其面目；而好的詩，也無懼於形式的特殊或不合常格。要之，散文仍以離所謂「詩情畫意」愈遠愈佳。尤其自從新詩運動興起之後，詩與散文之不同已非形式之別，更應該在本質上涇渭分明。至於有所謂「散文詩」則應視其本質傾向而定。但事實上，假如一篇散文寫成「散文詩」即表示它在本質上是「詩的」（Poetic）則何妨就稱之為詩。我個人認為詩的本質是啟發的，象徵的，所以朦朧亦無害；但散文卻大可不必，散文之所以為散文，應該是清晰而近人；寫山則為山，寫海則為海，不應該山不山海不海（變成島了）；而且更不必故作朦朧，語焉不清，徒費人瞎猜。詩之可以朦朧因為它先說明自己為詩，讀者自願入其雲霧，山路難走亦不必悔。欣賞詩是另外一種完全不同的境界，那不是「分析」的。李義山的作品不易索解，讀者興趣始終不衰，因為大凡為人，總也有迷糊朦朧的時候，李義山的作品為人提供這一方面的經驗，還是非常可貴的。散文則不同，散文的姿態應該是明朗的，即使是雲霧，是雨雪，也應該先就點明，讓讀者心理有個準備，以免深入後，花非花，霧非霧，流浪竟日，不知其所云，而身心為之疲憊不堪，則印象惡劣亦有以也。

　　讀許達然作《含淚的微笑》，我們除了自然覺得這是一本他寫作以來的收穫以外，更可以看出他在過去寫作生涯裡的徬徨和轉變。這個轉變我願很大膽地以此書第 41 頁為界：41 頁以前的作品是花霧難認的；41 頁以後則豁然開朗，行文清新流暢，令人有走入新世界的感覺。不知道作者是否同意我這個武斷的割裂。作者自謙這些作品只是他「心靈的顫動」的描繪。這句話對 41 頁以前的作品也許適合；但對後半部作品則嫌不夠，因為後半部作品除為心靈顫動的痕跡外，更透露出作者智慧和學識上的傑出。據我們所知，作者是一個相當好學的朋友，也許這本書的點點滴滴就很可

以說明他這個傾向。前部分只是一種才氣的宣洩（雖然無法說是橫溢的才氣），但才氣是最不可靠的；作家之不能靠才氣維持一輩子，正如同籃球選手之不能永遠用「彈性佳」畢生馳騁球場一樣。作者可能也有這種感覺，所以 41 頁以後，作品內容幡然一變，在平凡中加入知識和智慧的新血液，造就另外一種足可使作者永無止境的風格。讀《含》集及此，不禁為之狂躍慶幸。作者用淚和笑來象徵他生命的不同境遇乃至於一瞬間情感的游移和複雜；做為他的朋友，我願說這淚和笑可以簡單一點，就來象徵他集子中兩種境界的層次吧！——我所謂「層次」並無「高下」的意思，在我看來，笑和淚是同等可貴同等美麗的。讀者檢視全集，見仁見智，有好前半部氣氛的，有好後半部智慧的，其間愛好之所趨，更無孰優孰劣之分，而只是個人的本能或成見。這是我要交代的一點。

　　作者在後記中又說，「未成熟的思維喜徜徉於星空、溪流、海洋、山野、湖涘與林園；喜同純真的孩童、年輕人與老人對語；更喜叩訪歷史上的偉人。將這些所得的印象投影於紙，像描繪夢，我知道仍然不能避免畫自己」。作者是善於描畫自己的，不管是〈維學的雕像〉（記得此文初發表時題為〈維學的畫像〉），還是〈夏午・你的遐思〉，乃至於〈自畫像〉，作者都在描繪自己。畫自己本來不是壞事，歷史上多少偉大的作品是畫自己的，如本書扉頁所引 Lord Byron 的 *Childe Harold's Pilgrimage*；又如 Charles Dickens 某一部分的小說；散文作品更多，Charles Lamb 以 Elia 為書名，畫出個名叫 Elia 的人，事實上他所畫的就文學史的意義說就是 Lamb 自己。因為每個人都是一個存在，有力把自己的存在「描繪」出，對自己，對別人都是一種值得尊敬的貢獻；笛卡爾說，「我思，故我在」。作者是一個善思維的人。在這淺薄空浮的現代世界裡，一個善思維的人，便是一個有獨立意志的人，不管畫出來的自己是美是醜，是高貴是卑下，但就「畫」這一動機和過程而言，已經是美的，是高貴的了。作者又通知他的讀者說，「且把它們當作年輕人的夢囈與讖語」吧。由此可見作者對於自己頗有深刻的了解，而且更說明作者對自己要求的嚴厲，我想這是作者最大的長處之一。我堅

持 41 頁是一個分界線，因為 41 頁以前的作品真如夢囈。但是否為「夢囈」就是下品的呢？不，試看：

> 我知道你真正的微笑數起來是少得可憐的，你的微笑只是微閃的鋒鋩，裡面卻生滿憂鬱的鏽……。
>
> ──〈維學的雕像〉

> 有時正看書，突然嗅到「霧的味道」，就禁不住誘惑，走出宿舍，像一隻魚，游入乳白色的網裡。
> 最愛在霧裡的山林中散步。掬一把山霧帶進教室裡，塑山霧的矇矓於日記。
>
> ──〈山霧〉

> 只好回到記憶裡尋找荒涼。你沒找到什麼，只找到一堆灰燼！如一個威武的將軍進入火燒後的荒城，你感到你並不是征服者，而是拾荒的人。你所得到的戰利品只是空虛，你凱旋的奏歌是你的哭泣，你感到一陣烘熱。
>
> ──〈夏午‧你的遐思〉

> 一個月前，當我下車後投進你的懷抱時，我關切地問你：「你好嗎？」，你以沉默回答我，我欣喜於你這古典的沉默──我也愛沉默。
>
> ──〈在春天‧我從古城來〉

在類似這些片斷的字裡行間，作者流露出他的才華，但更多的是作者頗為精練的「夢囈」。假如我有所批評的話，我要說作者大可不必在這一方面下功夫，因為這樣做並不是散文的正路。做為「囈語」，這類囈語雖是最美麗的囈語。但美麗的囈語到底不能和深邃的智慧分庭抗禮，我認為作者應該重視智慧。也許這是筆者多話，因為事實上作者在後半部裡是充分流露出

他的另外一面的。從〈鏡・時光・絮語〉開始，我們看到的文字不再是斑斕多彩的了，而是結實有力的。

是的，散文應首先做到能夠使讀者感到它的結實和有力。讀集中〈淚〉一文，比讀〈太陽出來時〉的感受多大不同。二者在感情上相當，說愁道淚，但前者在「感情用事」（Sentimentality）之外加上有深度的思維，故較後者為上。當然我為《含》集所下的界線只是大略而言，後半部仍然不免夾雜帶前半部遺風的作品，如〈童年・你我的微笑〉便是。筆者希望作者能夠摒棄一些「感情」，而慢慢趨於冷鍊。感情當然是作品的靈魂，但感情過分「溢於言表」，往往使人難於忍受，且容易走向「傷感」——傷感是不健康的。好的作品應該是健康的，而要健康便應以知識為基礎，這是我個人的看法，不知道作者是否同意。

《含》集有個特色，這是其它散文作品所沒有的，就是文中引用中外古今詞句甚多。作者讀書涉獵甚為廣泛，故引用範圍也頗為可觀，而且似乎讀的都是原文，所以有勇氣在文後附註。這一點表示作者很能腳踏實地，做事肯負責任，這是時下許多自命博學的人所辦不到的，我願特別指出這一點。引人辭句本不是壞事，但過分充斥，有時不但無法加強文字本身的深度，還會鬆弛全文的緊張性（Intensity），這是划不來的。從許多引用文字看來，作者讀書是相當用心的，但有些地方則難免有斷章取義之嫌，如以白居易詩「但是詩人多薄命，就中淪落不過君」來哀雪萊，就令人覺得很不相稱。雪萊之淪落純屬自取之疚，而且他到處飄泊，也不能說是薄命。他是一個很會「自憐」（Self-pity）的英國少年，自找麻煩，有學校不念，有祖國不要，然後自怨自艾，而又常常感情過剩，讀他的〈印度夜曲〉（The Indian Serenade），真叫人無法忍受。像他這種性格，死則死矣，實在不必太為他難堪，尤其白居易這兩句話用到他身上實不相稱；假如用到另外一個和他同時代的大詩人濟慈（John Keats）身上就要適合得多。不知道作者以為如何？

作者引用英國文學史的材料甚多，其中有幾處是值得商榷的，現在謹

就當中比較顯明的提出三點來討論：

一、扉頁引言：

Man！Thou pendulum betwixt a smile and tear.作者譯之為「人‧你在微笑與眼淚間閃動！」按 Pendulum 原為名詞「振子」或「擺垂」等義，延伸意義應即「任何擺動的東西」，但不可能為「閃動」，閃動有 Glisten 或 Shake 之義。

此句係引自拜倫 *Childe Harold's Pilgrimage* 本書誤為 Child Harod's Pilgrimag，可能係印刷的錯誤，不足深究也。

二、17 頁膽汁質（Choleric），筆者認為仍以譯成「易怒質」為佳；如此可與以下「憂鬱質」相對比。

三、94 頁：「濟慈 24 歲就年輕輕地罹肺疾死於異鄉羅馬……」濟慈生於 1795 年，卒於 1821 年，中國算法 26 歲，西洋算法 25；但不可能為 24 歲，這可能是作者一時的疏忽或手民之誤。

資料上的疑惑本無損于文學本身的藝術價值，以徐志摩的英國文學造詣，在寫〈濟慈的夜鶯歌〉一文中尚不免誤 Thomas Keats 為詩人濟慈之兄，吾人當可自慰矣。但無論如何在資料引用上，能稍加注意，則更為可貴。

中國需要如藍姆（Charles Lamb）一類的散文，筆者希望許君能在這方面多加努力。讀《含淚的微笑》107 頁以後諸文，令人頗為鼓舞，希望作者繼續再為我們寫出這一類的散文，而離開過去那種充滿 Sentimentality 氣氛的歲月。大體上言，《含淚的微笑》是值得一讀的；作者是一個很 Promising 的散文家，假如他肯在深度上多加修鍊，我們對他的第二本書是深具信心的。筆者認為作者的寫作生命正在啟程。最後要附帶一提的是本集的封面設計和編輯方式。這張封面據我看來非但未使《含》集生色，反使全書顯得平凡而通俗，對此書無寧說是一種傷害。這種畫面是不能與書中閃爍逼人的智慧相比的。本書編輯形式甚佳，匠心獨具，是一種嶄新的嘗試，值得重視。這本書給筆者一個印象是，作者在一度徬徨於雲霧朦朧的風格後，正開始走出一條康莊大道來，他已經找到了正路，從此以後處

處芳草，亭臺之勝絕無問題，我們深望他能不斷寫下去，則其成就將是可以預期的。

——1962 年 3 月東大

——選自《東風》第六期，1962 年 3 月

評《含淚的微笑》

兼論許達然的散文

◎鍾梅音[*]

  中國青年反共救國團與中央日報社舉辦了一次青年文藝獎金，散文部門進入複選的作者有六位之多。除了得獎人許達然君對於我們比較生疏之外，其餘五位，幾乎個個都是在文壇上已經嶄露頭角的，有的才華橫溢，有的技巧洗鍊，有的意境優美，在這麼些出眾的作者之中取捨，真是一件十分困難的工作。幸得獎金設置辦法內懸有一條：「創作態度嚴謹，內容富有教育意義或戰鬥意識，能鼓舞青年積極向上及反共愛國精神者。」評審委員們握緊原則，小心翼翼，再三斟酌，最後選上了許達然君的代表作《含淚的微笑》，由於許君作品中對人生積極的態度，真摯的感情，與深刻的思想，另有一種動人的力量。

  許多年來，人們常為寫作題材有所爭論，其實，題材只是作品的軀殼，思想才是作品的靈魂。而散文，更是直接將思想與感情訴諸讀者的一種體裁，如果沒有深厚的修養作基礎，即使是驚天動地的題材，也能落入平庸，甚至變成面目可憎的八股。很明顯的，散文的寫作技巧不同於小說，因此能將小說寫好的作者，卻未必寫得好散文。

  可是，如果沒有看透世界的陰暗面而具有崇高的思想，純潔的感情，其作品依然是鬆懈的，甚至空洞的，耐不得久讀的，所謂「沒有哭過長夜的人，不足以語人生。」讀完《含淚的微笑》，我覺得作者正是一個「哭過長夜」的人，而且近處著眼，遠處落墨，充分表現了他的思想、感情、抱

*鍾梅音（1922～1984），福建上杭人。散文家、小說家、兒童文學家。

負，他的作品，不可只用眼去讀，必須用「心」去讀。

他在〈鏡・時光・絮語〉中說：「我不知道鏡子是誰發明的，但可猜想發明鏡子的不會是醜者，更不會是老者，只有年輕人愛照鏡，因為他們愛看鏡中人所射出的青春的光輝。如今，我正受著青春的光輝的照耀，但我知道這光輝不久就要消逝。」能在 25 歲的年齡，就想到青春的光輝「不久就要消逝」，又發出對生命的感嘆，在〈散步日記〉中，他說：「噢，生命，幾年前我自你的混沌來，但至今你對我仍是那樣陌生，我讀了許多注釋你的書，你更以死幫助我了解，但反使我更不了解你了，你在那裡？你就在我這裡嗎？」進一步他更悟到「悲劇，再沒有更大的悲劇甚於浪費自己的生命了。」（頁 107）這是何等的胸襟？

作者對世界的陰暗面，有很強烈的憤恨，他說：「假如世界多些傻子的聰明，也許世界不會變得這樣壞，但不幸卻有太多狡黠的聰明人。」（頁 55）又說：「我們有著條文似的道德標準，但精神卻活在無秩序的混亂中。社會版上總是以大號字體渲染仇恨與黑暗，只偶而有愛與善的微光。……我們的世紀真是個以變態為正常的世紀……人類不會這麼早就毀滅掉的，為什麼要故意揉造世紀末的瘋狂？」（頁 65～66）他不但憤恨，而且幾乎絕望——「孤獨地在小叢林裡，我該很快樂，但心裡卻很痛苦。一代梟雄曹操，想起人生，不禁有『繞樹三匝，無枝可依。』的茫然，我與曹操的心靈不同，但在小叢林裡，我卻有他一千七百餘年前的茫然。」

所以他要「含淚」，但他怎麼辦呢？

透過他的好學與深思，他終於了解「要愛，就得有忍受痛苦的勇氣。」又引用王爾德的話：「世界上只有兩種悲劇。一種是不能隨心所欲，另一種是能隨心所欲。」並且下了結論：「而隨心所欲最會墮落，墮落，正是最不自覺的悲劇。」（頁 108）他愛真理——「耶穌說所羅門極榮華時，他所穿戴的還不如一朵花，假如真理是棵長綠的樹，那麼生命只是朵即凋的花了，在花與樹的抉擇中，我只要一簇長綠的葉！」（頁 11）

他甚至說：「天堂，雖然天堂有許多地方使我嚮往，但我還是希望在這

顆星球上活長點。就算人是被罰到這世界受苦，我仍樂意受這懲罰，而不願去天堂閒著。悲哀的是：生命，這飄渺的概念，那活一百歲的人只不過活三萬六千五百個日子而已。我腳旁的石塊可能比人在世界上還久，墓旁的柏樹不正在嘲笑人的短命？……上帝，據說我是你造的，我只求你一件事，多給我一點時間在世界受苦吧！我才不白吃食糧呢！」

能在「含淚」之中「微笑」，由於作者對這生命執著的愛。這份執著的愛，來自幸福的家庭，偉人的傳記，師長的啟迪，更加上他自己的穎悟。作者寫他對師長的那份尊敬和愛護，十分動人——「我坐在最前排跟著老教授讀字音，猛抬頭，看到他頭上幾根還未被時光燒去的髮絲在夕陽的薄暉中閃爍。他以紋皺的右手擦拭額前的汗水，我被感動得讀不下去了。他老了，但他的聲音比我們還年輕。他讀到一個法幣蘇（Sou，等於二十分之一法郎）時，為了解釋這個字，他顫巍巍地回憶過去：『記得是民國十四年左右，我們在法國時，法郎還很值錢的……』三十幾年過去了，法郎早已蒼老，早已貶值。他也老了，但他並不貶值，他的生命更有意義，他有許多和我父母同年齡的學生；而今，我亦在課堂上他的課，他不會知道我底名字的，更不會知道我對他的崇仰……」（頁62）

作者的文章風格雖然充滿憂鬱，卻表現著非常倔強的性格，如〈夏午‧你的遐思〉篇中說：「你是鳥，那無羈的鳥，馱著藍天在空中翱翔。流浪的雲是你的朋友，流浪的風是你翩翩羽聲的伴奏。但你嘲笑那雲，因雲靠風飛行；你嘲笑那風，因風遇樹就嘆息。」而他忠於自己的良知，就在「形式化」的宗教之前也不寬假——「《聖經》上許多句子我可以背誦，並指明出處。別人常稱我教徒，但我一直不敢受洗。現在一些宗教太形式化使我難過，牧師在聖壇上講永生之道，教徒卻在打盹！一個人要皈依，就須虔誠。但不幸，坐在早上的教堂裡，想著午後的墮落的人卻太多了。唉，我緬懷那些為信仰而死的古殉道者。……」

最完美的一篇，卻是這本書最後的一篇，題名〈最後的一瞥〉真是字字珠璣，年輕人有這樣的想法，許多中年與老年人都該自嘆「白活了」。孔

子曾說：「君子有三戒：少之時，血氣未定，戒之在色；及其壯也，血氣方剛，戒之在鬥；及其老也，血氣既衰，戒之在得。」許多人在壯年時也還有以天下為己任的雄心，磨礪以須，老後卻只知為一己利害打算，而致晚節不終，讀了〈最後的一瞥〉，我們更應如何戰戰兢兢，走完這最後的一段路程啊！

我曾說上乘的散文，能在思想的深度之外，更織入詩的氣質。作者正具有這種能力——「他愛看太陽沉落時的悲壯，與太陽沉落後蒼茫的暮色。雖然那是淒涼的，但他卻愛這份淒涼……他想起昨夜，出去尋夢，攜滿街的淒清回來……斗室的窗仍然開著，因為他要披著月光睡去，讓星星的清輝灑在床上，照耀他年輕的夢境！」作者以美的語言，美的思想，美的感情，織成了這樣一部沉著雄渾的樂章。

但這本書並非十全十美，大體說來，技巧還需錘鍊，引用哲人語言之處太多，有時反成累贅，以致破壞了自己作品之完整。今之倉頡正在隨著科學進步的需要而不斷創造新字時，許多不常用的冷僻舊字最好能夠扔了，如「輕翾」、「蹐步」、「戢影」、「踤踱」、「黭黮」、「颲戾」、「陰曀」、「窅然」、「鹹首」等，對於沒有讀過《楚辭》、《荀子》、《左傳》、《詩經》、司馬相如賦，或曾讀過而早已又把它們交還老師的讀者們，以上那些字彙根本不會引起共鳴。而且，來自外國作品的影響也略嫌明顯，中國人的作品，最好一看就是「中國的」，因此，我覺得作者在消化這些影響方面，還須多加留意。

好在，這些瑕疵都是可以改的，但作為一位散文作者的基本條件——對人生執著的愛，與思想的深度，卻非一朝一夕之功，甚至幾乎是可遇不可求的。當舉世滔滔，一流人才都奔向理工學院，使這一代的心靈將成真空之際，我們喜見能有智慧澄明，好學深思的青年如許達然君，正用他的筆，寂寞地耕耘著一塊寂寞的田，為貧瘠的心靈，默默播種，而且深信以許君的修養，我們不必擔憂他會被掌聲埋沒的。

——選自《幼獅文藝》第 134 期，1965 年 2 月

談散文的意象
試評許達然散文集《土》

◎羊子喬[*]

　　一般人認為散文好像沒有組織，其實成功的散文，是完美無瑕，首尾一貫的，只是它的組織不露痕跡，自自然然，即所謂「人秉七情，應物斯感，感物吟志，莫非自然。」

　　一切文學的類型，一旦發展到極峰，便講究藝術性，追求技巧。現代散文演變至今，往往情景交融，說理談情兼備，甚至於意象繁富，含有濃郁的詩質。因此現代散文的作家，追求散文的意象經營之風氣，於焉形成。縱然如此，詩與散文畢竟是不同的文學類型，且涇渭分明，以筆者管窺，兩者之間最大的分野，在於意象密集的程度。

　　意象本身便是一種說明，不用外加任何解釋。作家苦心孤詣地設法把意象融入主題和風格中，使作品變得非常緻密，非常耐讀。如今針對許達然的散文集《土》（臺北：遠景出版社，1979 年 6 月），披文以入情，探討作者於作品中的心靈活動，體驗作者的人生觀。

　　當我們細品玩味《土》書之後，便會驚見作者於文中所流露的真情，是抱著民胞物與的情懷，寫出悲天憫人的觀照，字裡行間流露出離鄉愁緒；借用臺灣的鄉俚俗語，運用其典雅從容和斑斕醇厚來濟助白話文的貧血，甚至還勇於接受中國傳統散文的語法和布局，巧妙地遣辭用字，讓文字產生音響效果，造成意象繁富，含有多義性，讓人讀之產生多方向聯想。縱然文已盡而意有餘，不但因物喻志，而且直書其事，寓言寫物，運

---

*詩人、散文家。本名楊順明，發表文章時任職於遠景出版社，現專事寫作。

用賦比興的寫作方法，使散文充滿了感染力，讀之倍感親切動人。

　　許達然於此書，可以說做到了「著論措辭，輒探驪珠」，也就是無篇不善，無語不雋，這些散文之所以能夠做到「爛若舒錦，無處不佳」的原因，乃源自作者於文中，成功地運用「意象」經營，達到拈花微笑之境。

　　就散文的意象而言，以筆者蠡測，大致可分為：1.文字本身的意象，2.文字音響效果的意象。在這兩意象產生的原則之下，許達然在《土》書，皆有妙句偶生，猝然相遇的演出，像〈順德伯的竹〉一文：

　　「你寫什麼？」

　　「詩。」

　　「詩是什麼？」

　　「敢採是種抗議——不是尸就是詩。」

　　「那怎樣才算詩人？」

　　「看竹的都算吧！」

　　……

　　「竹就是不能變仙，但可做成籤，你寫下好消息，別人抽去。竹就是飛
　　不起，做成風箏後也逃不了；風箏如飛走，就落回地面了。」

——頁 9～10

　　作者巧妙地運用諧聲：「尸」與「詩」、「仙」與「籤」，來醞釀竹的意象，最後作者流露了自己的心聲：「而順德伯也成了我記憶裡的竹，乾硬不肯破裂。」這種寫法，可說詠他人而己之性情俱見。作者用同樣的技巧，在〈亭仔腳〉一文，亦有成功的演出：

　　在臺灣街上我們把走廊叫做亭仔腳，那詩意昂然的名字，通氣貼切的傳
　　統，我喜歡的空間。

　　這空間不但是店鋪屋簷展開的一橫長廊，也是列柱撐持的一座涼亭。柱不

是門，亭仔腳不悶；不是壁，亭仔腳不閉。無門無壁的亭仔腳本來要擋住
的不過是一個太陽，竟也抹掉了整片天空。好在要看天空不必上街，上街
的也很少看天空，而且廊下走就不在乎天空到底在那裡藍與黑了。

——頁 21

　　諸如此類的意象運用，可以在每篇作品中驚見。這種文字的安排，不
能常用，否則便會有「競一韻之奇，爭一字之巧」的危機，但是許達然卻
能夠出神入化，把創作的真正旨意融入整篇文章，讓讀者咀嚼再三，久久
不能釋懷，雖意象繁富，而不陷於目眩，讀出作者精神之所在。

　　龐德認為：「意象之為物，乃需於瞬間能呈現理智與情感二者之複合體
者。」在許達然的散文中，意象的展現，往往是揉合了理智和情感，像：

奈何閑人仍繼續用一身感慨唱一樹凋零，宛如一葉落下就升上一枝愁，
為愁而忙，不但不掃走還堆起來坐著陶醉。掉向泥土的葉，雖找不著根
卻可滋養生物的春，被自己的葉絆倒的秋隔年總又爬起，但站不起來的
愁卻侵蝕生命。從前聽到深秋被捏成一首哀詩，我恍惚跟著吟；現在看
詩好久仍揪不出一行喜歡的佳句——我寧嚥一片落葉也拒吃一首影印惆
悵的詩了。

——頁 86

　　如此以落葉為意象，不但表達秋天的愁緒，也揭發了作者理智的感
喟。我們知道沒有沉重的悲劇感的詩人，是無法成為大作家。許達然於
〈普渡〉一文，闡釋了祖先來臺的苦況，表現了墾荒僻地的奮鬥精神；在
〈戮〉一文，更是傳達在臺原住民的苦難，以鹿來象徵原住民，以戮來映
現臺灣「三年一小亂，五年一大叛」的悲劇，許達然以人道主義的精神，
做這樣的敘述：

鹿，還活著的只得逃。逃往山麓，山麓無路，爬到山上。幾代以後，鹿不知祖先曾馳騁草原上。

草原上，原住民繼續獵逃不了的鹿。有一天忽然碰到一些陌生人。

陌生人自稱有文明。文明？原住民沒聽過，覺得那聲音很奇怪，笑了笑。陌生人看了就罵他們土。土？原住民聽不懂，但感到那聲音真親切，也跟著叫土，土。

土人據說很單純。陌生人寫好字拉他們的手在紙上一蓋，他們就有了一張紙幾瓶酒，沒了田池，全社只好遷徙卻仍不知那張紙寫了些什麼。可是陌生人又跟隨而來，土人如果拒絕再受騙，新來的就咬定他們野蠻，打他們的嘴巴，踢他們的身軀。忍無可忍，土人一抵抗，文明人就用槍殺死他們的壯丁，帶走他們的女人，留下老人看著小孩子們哭泣。一片平地。一些更驚惶的鹿。

——頁 105～106

從這些文字，我們可以發現作者有意為卑微的生命請命。表面浮層在寫鹿，內在含意卻在替原住民打抱不平。因此，我們更可以知道，作者以《土》為書名的用意。

《人間世》發刊詞曾經說過：「宇宙之大，蒼蠅之微，無不可談」。許達然在散文中，篇篇皆指向人性的刻畫，表明自己和外界間的一切關係，縱使懷鄉，更見愁緒；即使體物，亦是緣情，讓讀者走進入浩大的精神世界去，繼續發現作者靈魂的探險，經由文中意象的經營，擴張了對人生的領會。即使寫的是〈冬街〉、〈玩物〉、〈破鞋〉、〈鴨〉、〈看弄獅〉，可是作者卻賦予沉重的悲劇感。雖然短短二、三千字，卻寫盡了人生的悲歡離合。

從許達然《土》書的散文，驚見其特色有三，第一、意象的經營是錯綜而有變化：以現象來傳達意象，又以意象來呈現作者旨意，然而任何意象使用過久都不免成濫調，為了使作品常新而有力，應不斷創造新意象；第二、情感生動而有力：作者能融化主觀的感情，在客觀的境界；第三、

思想持續而恆久：作者刻畫人性的共同點，以狀寫卑微生命的苦難為依歸。由此可見，許達然的散文已樹下自己的風格。

——選自《書評書目》第 91 期，1980 年 11 月

腳印的旅棧
談許達然的散文集《土》

◎呂昱*

　　一切的文學藝術都是詩的，這是我的文學信仰觀。我評斷文學作品的成就高低，端視其詩質的多寡而論定。

　　許達然的作品之所以叫人喜愛，所以引人重視，所以讓人討論，追根究柢就在於他注入到作品裡的高度詩意。日後他在文學史上的地位必然地因此特質而確立。

　　早年，許達然的兩本集子《遠方》和《含淚的微笑》都還在「現代」的漩渦裡打轉，其作品中的詩意，無可諱言的，是很個人化的、很保守性的、很感官式的那種慘綠意味。

　　那時候臺灣的文風正不加思索地往「現代」吹去，許達然身不由己地被捲在風潮裡，實在也無可厚非。

　　更重要的理由是，許達然寫那些文章時，是住在山上的東海大學。而山上，除了「淡漠的求知心情」之外，他既看不見什麼，也聽不見什麼。每天面對著山的平靜與冷酷，他不可避免的活得像個向聖哲學習膜拜的「大學生」。

　　然後畢業了，下山了，「離開真理的腥味」，走過了茵草埔，他有了機會擠進廣袤的人間世界，也跨出「走進貧民區」。美與醜的判斷產生了相當程度的混淆，他開始懷疑起自己了。

*發表文章時為《臺灣文藝》編輯，曾任《南方雜誌》創辦人，現專事寫作。

良心！山上我曾以為知識分子的良知如草雖柔卻韌。河邊我發現社會意識在淡漠的真理枯萎了。

——〈山河草〉

〈山河草〉一文收在《土》這本集子的第一篇，對作者而言固有其深刻用心，對讀者來看，也正好窺見作者思想轉型的文字證據。

真理？那曾使我發抖過的親切頓時使我感到陌生。真理難道是石頭硬浸在髒水裡？這種東西竟成了在上的流給在下的渣滓？我看到的是外在現象竟也凝視。或許真理是有錢有勢有知識的人製造來為自己辯護欺騙別人的名詞，我學到的雖只是字面，卻也朗誦了起來。

——〈山河草〉

許達然從山上走向山下，但他不是渣滓，因為他的眼睛睜大了，他的耳朵更聰敏了。

我轉頭，校園早已消隱在新哥德式的莊嚴裡；往前看，破爛伸長擴展著，我看不見盡處，仍向前走去。

——〈山河草〉

《土》出版於 1979 年 6 月，許達然已去國多年。第一單元收集的正是作者遠赴異域之後的鄉愁之作。藉著回憶，許達然縷刻了故鄉景象。那些也許都已成了逝去或逐漸消翳的夢，然而灌入了作者那般深厚篤實的感情，再從中昇華出對生命的深層體悟，做為讀者的我，即使讀得十分辛苦，也仍要情不自禁地為之喟嘆、垂淚。

他寫和竹一般「乾硬不肯破裂」的順德伯（〈順德伯的竹〉）；寫「交雜拓荒者的血汗」的臺灣式亭仔腳（〈亭仔腳〉）；寫逐漸淪為消費文化社會的

臺灣街道（〈冬街〉）；寫被文明鐵鍊鎖住的「猴子」（〈失去的森林〉）；寫「連玩具都洋化了」的現代兒童（〈玩物〉）；寫已被逐漸遺忘的故鄉巷弄（〈想巷〉）。這一切無不環繞著臺灣生活經驗而下筆。

　　隨著生命世界的無限擴大，他的文字也跟著蛻變成饒富鄉土氣息的質樸語言，成長的極限就是返璞歸真。而許達然如此地讓個人思想的表現回過頭來植根於自己魂縈夢牽的臺灣泥土裡，其作品的詩化就更濃了。

> 別哭，別哭，醉漢叱喝著，堅強點，世間就是這麼一回事，汽球高升破了就回地面。他向一些倒下的影子吐痰，然後自封英雄，警察不相信，把他請去。他很神氣：「你們到底要請我去那裡呀！」遠遠，水果販瞥見了，趕緊推著攤子避開，亮出牆上的「推行全民儲蓄，加速經濟發展。」推推，推一車夕陽回家，使妻兒又挨餓？暗淡身影推著他，街又街，走又走。

——〈冬街〉

　　醉漢、警察、水果販；升高的汽球、倒下的影子、水果攤子、牆上的標語；人與物所交疊的意象豐富了我們的想像力，那一車夕陽承載的竟是妻兒的挨餓，悲凄感陡然而生。

　　不食人間煙火才算「美」？不，許達然的作品徹底否定了這個被誤解了幾千年的觀念。

　　在〈玩物〉一文裡，他描寫道：

> 孔子扳著臉高坐著，我向聖人笑，他仍不動鬍鬚，我覺得自討沒趣，就朗誦石碑，念熟了還不懂意思。改讀兩廡牌位，數了很多聖人，卻不知他們聖賢什麼。孔子做忌那天，我嚇然看見一條被宰了很慘後守著正殿的牛，別人都拔牠的毛，把玩著。平時儘管欺負，殺了後還把牛毛說成智慧，惶惶緊握，怕被風搶走，我看了噁心。那些聖賢們我連摸都不

敢，既算不得什麼玩具，卻用智慧唬我，以後我就不去文廟讓聖賢們玩
了。──我想不管聖賢或剩閒，人一變成玩物就可悲，我大概不是別人
的玩物吧！

敢那般揶揄文廟供奉的「聖哲」，已夠離經叛道了，許達然居然還進一
步去質問「何謂智慧？」

唯有讓自己還原為「人」，知識分子才有得救的希望。也唯有將自己關
心的焦距對準「人」的生活去觀照，作家的靈視才能穿透現實世界中的層
層迷霧，看清人類的不幸與苦難。

於是，他解脫了自我的束縛，讓自己進入到人間社會的「心臟」地
帶，企圖讓自己的文字再躍出局限於個人的思考格局。

這樣地將自己提升到較高次去俯探世界的觀察點，許達然的「散文」，
在形式上也便容涵了小說的基本精神了。

像〈普渡〉，是一篇為開荒拓土的先民而寫的「祭文」，但要視之為追
念先民流血流汗的「小小說」實無不可吧！

〈獵〉，許達然使自己轉換成先住民的身分而執筆發言：

忍受了那些折磨我原想做英雄殺掉他們的，卻發現他們多得殺不完。他
們自封人，我們可從來不吃人。何況英雄只是殺人較多的傢伙，每人都
要做英雄就沒英雄啦！而且我們若不保住本有的，就模仿算什麼好漢？

文明是一種野蠻，強寫在我們的清白上。寫了不少了，我們接受後仍然
看不懂。可了解的終究是自己的根，我們好好灌溉吧！無根，即是伸長
著頭像松仰望，也是孤枯等死。

在〈鴨〉文裡，作者說，「我被僱趕過鴨。自從右眼在飼鴨時被鴨啄瞎
以後我也就更注意看這不雅的社會了。」兩句話直接點明了虛構的敘事觀

點，〈鴨〉文乃成了「趕鴨人」自敘的小說體裁。「趕鴨人」在文末說：

> 現在我要離開鄉下到都市做工了。無論如何，我不相信人像鴨可隨便給
> 趕來趕去。鴨伸頸走活向刀，我趕路盼望出頭天。土鴨進城一定死；被
> 踢後，只聒聒叫。我雖土卻不是鴨，決不忍受欺壓。

　　主題一下子突顯出來——有主題、有情節、有敘事觀點和表現技巧，
這不是小說又是什麼？
　　再像〈渡〉，幾乎是道道地地的諷刺體小說了。

> 翻船。船夫沒撈那些掉落水裡的藝術，他勇敢地把藝術家活活帶到對岸
> 後，頻頻喘氣。
> 「下次回來我一定畫你的船。」
> 船夫仍喘著氣，沒說什麼。藝術家說完後勇敢地走自己的路，忘記船夫
> 死活。一路上他為藝術而藝術，畫畫畫，畫了沒人看沒人買也畫。不畫
> 憔悴的自己就畫外在的東西。畫畫畫，一直畫到有人買。別人買了雖不
> 一定欣賞但總肯花錢了。藝術家終於賣出了名，有了錢就想回家。要回
> 家又得過河。
> 小船上，衣著漂亮的藝術家端詳著衫褲襤褸的船夫。載過很多人的船夫
> 使力撐著船，身體雖仍健壯卻掩飾不了年歲的侵蝕。

　　許達然的人道主義意識盡在其中矣。
　　《土》一書，無序無跋。
　　其實〈山河草〉一文就是序。而收在書末的〈土〉一文就是跋。許達
然寫道：

> 鄉土總是一堆古典的信念，一縷浪漫的感情，一串象徵的諾言，一股寫

實的意志，活至我們倒下——那時我們就真的土了，和土一起呼吸，也許還變得很肥沃，培養些什麼。

培養著，掙扎；成長著，奮鬥；很散文的，大地是不願高升不甘毀滅的鳳凰，因為土。

許達然是遊子，他腳下所踩踏的土地也許和我們身在臺灣所立足的土有所不同，但心中所繫，思想中所栽種的「土」卻是無異的。若有不同，也只是我們不必擔心腳跟下的土消失，而他卻不得不誠惶誠恐罷了！

——選自《文學界》第 11 期，1984 年 8 月

水邊的寓言

◎黃碧端*

　　許達然的美在他精雕細磨過後的渾然即興；弱點則在他的即興泰半是少年情懷和急欲從嘈雜的文明逃回鄉野孩提的情緒的表露，或者這是散文家的許達然在向史學家的許達然求取某種平衡吧。

　　《水邊》的作者，因此，儘管經過多年的域外生涯，並不能忘情他的故土的水邊和童年。這本收了他近三、四年來的 46 篇散文的集子，題材雖然相當繁複，感情卻纏繞在對機械文明的拒斥和對原鄉的緬懷上，讀者可以感覺到他的強烈的道德意識，但也每每發現他的許多篇什意象的表達和組織上的不能緊密扣合削弱了文中的說理成分。使得作者的道德意圖停留在感喟指摘的層次。

　　比較起來，集裡最能顯露許達然的以簡御繁的能力和以反諷傳達題旨的技巧的，是幾篇寓言性的散文如〈曠野〉、〈銅像〉、〈森林〉、〈幼稚班〉等。事實上許達然即使在白描、寫實時也往往用上寓言手法。這在一方面形成了他的風格特色，另一方面卻時而破壞了文字的清晰統一。我們看到在工廠做工的樹仔使用不屬於他的語言：「不屬於春的還枯，原屬於春的多已被除，我們究竟發現了什麼？」（頁 11）；某些表達被奇特地擬人化：「猝然『恰似你的溫柔』的歌聲跳樓，襲中他的頭後……」（頁 14）；乃至童話寓言式的擬聲擬形：「車車車鹿車車。車轆轆閃避，避不開的車猛然滑歪，撞倒鹿。」（頁 163）這些字句出現在非寓言的篇什裡，不免突兀。怎

---

*發表文章時為中山大學外國語文學系系主任，曾任國家兩廳院藝術總監、教育部高教司司長、行政院文建會主任委員，現為中華民國筆會會長。

樣求取語言和風格間的協調似乎是許達然一直在尋找答案的課題。

許達然專造型象徵性心象寫詩

◎陳千武[*]

　　許達然，本名許文雄，臺灣臺南市人，1940 年生。在東海大學念書時，曾以學業成績優異被選為全國優秀青年。畢業後留校當歷史系助教。兩年後，於 1965 年赴美深造，先在哈佛大學讀完碩士，然後在芝加哥大學獲博士學位，並曾在牛津大學研究。

　　許達然的文學創作主要在散文方面，作品曾被選進各文選。1961 年他在大學四年級時，由當時的野風文藝社出版散文集《含淚的微笑》而於 1965 年獲得第一屆青年文藝獎散文獎。當時也任過《文林》散文季刊發行人。1965 年由大業書局出版第二本散文集《遠方》並以《含淚的微笑》有數種盜印本而重行排印。出國後很少創作，本來就沉默的他連創作也沉默了約十年，直至 1977 年才發表〈山河草〉與〈戮〉，而於次年獲得「金筆獎」。由於他的散文集出現了幾種不同的盜印本，在 1978 年再由遠行出版社重排其二書印行，並在次年出版第三本散文集《土》。

　　《土》是一本從詩的內含出發寫成的散文，文中活用方言或俗話，一看就知道作者會很巧妙地抓住鄉土語言的原始性土味，使其在散文的形式裡閃閃亮著詩的銀光；例如〈看弄獅〉一篇的開頭！

　　懂懂懂。攏統搶，侵同搶，統統搶，搶搶搶。不知歷史從那裡放出這隻畜生，額上寫個「王」字，板著臉，張大著嘴，講不出什麼童話故事，

---

[*]陳千武（1922～2012），本名陳武雄，筆名桓夫、千衣子，南投人。詩人、散文家、小說家、兒童文學家等，為笠詩社發起人之一。發表文章時為臺中市立文化中心主任。

> 不笑也不愁，卻宣傳是醒獅，嚇得車都不敢開來。但免驚免驚，假的。
> 連那些劈破天空的屁力潑辣，痞利爬拉都是假的。霹靂破了，臭煙霧還
> 不散，真擠啊！

　　運用活潑的語言表現的情景，這不是詩的內容嗎？作者的思考已超越
了散文的俗套，浸入詩的領域來。散文集《土》的作品可以看到很多那些
原始土味的語言，那些可以說是作者創造的詩語，以其主題和現代思想打
動人心。

　　許達然在《中外文學》第 6 卷 1 期發表的〈感到，趕到，敢到──散談
我們的散文〉一篇中，提到散文界隨著閒人增加，出現太多的「趕到感悼的
遊記」說「這種風景散文雖可上窮名勝古跡，碧落平民地帶，可惜多半展覽
異邦，忽略臺灣。」又說「連景也是外國的美？！作者一走進去以後，讚美
慨嘆，瘋憬外無思想，實在無聊。」許達然的這種慨嘆，回顧我們的詩壇也
有相似的情況。「在十幾年前」，藍星詩社提倡新古典的詩，創世紀詩社實踐
超現實手法的詩活動正激起高峰的時候，菲律賓的詩人訪問團來臺，批評臺
灣的現代詩僅具形式沒有內容，「瘋憬外無思想」的形式詩，充塞詩壇的情
況，迄今究竟改變了多少？許達然反而以散文的形式表現他的詩想，對於散
文的寫作提出藝術觀的見解說：「我相信真正的發現不在新風景而是新視覺
的展開！是的，新視覺的展開。許多的過去都曾是現在，曾是將來，如果我
們現在與將來的散文也和過去的一樣，我們算老幾？我希望我們活潑語言的
運用，多創作些主題鮮明，內容帶思想，映時代，與合社會的散文。」

　　許達然論散文的這種見解，也符合詩創作的論述，在創作上重視「新
視覺的展開」也就是現代詩早已要求的性格，可見許達然之能成為一位優
異的散文作家，是基於他具有詩的精神與了解詩的本質而來的成績。

　　許達然喚起文藝作者應該反省，他說：「試著創造結合智性與感性，關
連個人與群體，交融過去與現在的作品──中國人歷史意識一向豐富，而
歷史意識是包括現代的。」而給予現代的了解說：「現代不只是個隱喻，而

是活生生赤裸裸的實在，一種行動、一種心情、一種意識。」

　　許達然在〈感到，趕到，敢到〉一文所敘述，雖針對散文的創作而談，但其中論及藝術的觀感，確實與詩藝術的創作有其共通的觀點。一向重視傳統的中國文人，大都在其歷史意識裡忽略現代是事實。而主張實踐現代主義的先進，大都「口叫現代卻手拿古鏡照，模糊了自我。」也是事實。這些事實影響文藝創作，使詩、散文「變成優美的胡說」，阻礙了創作的正常發展。尤其現代詩，報紙副刊繼續幾年不敢刊登詩，形成臺灣無詩的狀態很久，卻仍以詩大國的國民自豪，令人羞恥。

　　許達然強調說：「如果我們要肯定現代意識標榜現代散文，就落實本土，落實人間；感到，敢到，趕到，趕盜。少戀心境，多寫現象。」從他的這一種主張也可以知道許達然寫詩的態度，與其所要表現的詩貌，風格、趨向，使我們欣賞他的詩有深刻的了解與親近的感受。

　　許達然再度創作發表的詩〈違章建築〉，刊登於民國 66 年 10 月出版的《笠》詩刊第 81 期。詩的內容、行與聯，雖然後來經過修改，但那是為了語言的整簡，壓縮意象的彈性而做的修改，原有對社會的批判、諷刺、灑脫的詩想仍然十分濃厚令人共鳴。許達然直截了當地寫出他的詩觀謂：

　　　不是詩的社會裡寫社會的詩，很長久了，很現代的。
　　　詩發源民間，民間詠唱生活，社會生活構成最豐饒的詩土：抒展大家的
　　　自己，大家的社會，大家的鄉土，大家的歷史，大家的現代。大家勞
　　　動，大家感動。大家都能成為詩人。
　　　詩人既然不是老鼠灰色地躲在屋內享用社會生產消磨個己頑固的雅恥，
　　　就獅樣出來淋濕。自以為師的失意終將腐爛，披美衣的尸必進棺材，蒸
　　　發囈語埋怨讀者的才死譯西方的冬，自己的春，唐的夏，宋的秋。
　　　秋葉再美也燒不了原野，真實點燃詩火溫暖社會，照露時代。
　　　時代很壯闊，民族雖苦難卻堅強，社會雖質變量化卻廣大，現代、民
　　　族、社會的詩必輝煌。

從這一詩觀看，許達然重視寫詩的環境與應捕捉的主題，並關心詩人的精神位置與態度；而未論及寫詩的技巧手法。他知道寫詩的技巧手法容易學習，學成了容易當詩匠，但要確定詩人的精神位置就不那麼簡單，必須經過不斷的追求而自覺而掙扎，不迷失自己才能認清創作的精神位置，才不會盲從人家，被牽著鼻子走。雖然大家都能成為詩人，但要使現代、民族、社會的詩必輝煌，詩人就不能躲在屋內享用社會生產消磨個己頑固的雅恥，而詩人要「獅樣出來淋濕」。這一句「獅樣出來淋濕」是意象深奧很有意思的詩的語言。根據他的詩觀，便可以了解許達然寫詩的態度與其詩捕捉的主題，傾向及詩的風格，具有強烈的現代、民族、社會、鄉土的內容。

麻袋

粗，忍受很久了。壓扁身還餓不死，口還不閉，塞入別人的收穫胖了又壓，再結實也是土土，忍受歷史：一日風一日雨，一粒米百粒汗，扛去納租，扛彎不成弓射出憤怒，扛破了做褲，扛病了無錢醫，扛死了包身體，代代扛袋袋，貧貧咬破，又跳出老鼠。

〈麻袋〉一詩發表於民國 67 年 4 月《笠》詩刊第 84 期。[1] 看這一首詩，使我想到曾經看過有人喜歡寫一些文字的積木遊戲的詩。而那些用文字的積木疊積排起來的詩，總覺得像真的積木遊戲一樣可以打倒了之後，再重新排疊起來，造成另一首詩。因為那是文字的積木，有形無生命，可以毀掉再重新組織，而造出許多花樣的形態。當然，那樣的積木遊戲的詩只能看到形骸

---

[1] 編按：發表於《笠》詩刊第 84 期〈麻袋〉原文為：「粗，忍耐很久了。再壓依然四四角角，餓不死，口張得多圓猶原嚥那些東西。一粒米百粒汗，乾吃胖庄稼的收穫後還是困苦土色，忍受歷史。一日風一日雨，農夫扛去納租，扛彎不成弓射出憤怒，扛破了做衣，扛病了無錢醫，扛死了包身體，扛不死的代代袋袋辛酸，從廣東閩南帶到臺灣，依然咬破，老鼠胖胖活著。」請參閱許達然，〈麻袋〉，《笠》第 84 期（1978 年 4 月），頁 61。正文之〈麻袋〉應引自笠詩社主編，《美麗島詩集》（臺北：笠詩社，1979 年 6 月），頁 114。

的翻新，而沒有真摯的感動，不值得欣賞。這一首詩許達然的〈麻袋〉詩，一看形式很像文字積木遊戲詩，但使用文字的功夫，像「代代扛袋袋」運用得很特殊，有其形象化；詩的內容又完全不一樣。此詩從一開始，文字特殊的意義性便吸引了讀者一直深入詩質的奧妙裡去，許達然的詩的意義性很強，有心靈表象的演變，給讀者無止盡的想像，認清其意象，可以說他把文字遊戲的意味帶入詩的手法上使詩更靈活了。〈麻袋〉詩最初出現的只有「粗」一個字，這一個字表現了麻袋的完整的性格和印象。是的，沒有比麻袋布更粗的布啊。粗的下一句「忍受很久了」是突襲而來的語句，似與「粗」字沒什麼關連，但仔細想想，卻很有意思；詩人把「麻袋」人格化了，一個粗大漢，不知忍受什麼，已經「忍受很久了」，不知能否再忍受下去？感受到這裡就知道詩人一開始便把故事的核心爆發出來令人驚訝。

　　繼續下去是表現「粗」大漢的一些特殊性格。這個「麻袋」等於一個粗大漢「壓扁身還餓不死，口還不閉」在飢餓的狀態下被壓扁了身，仍張開著口，求活的生命力之強，影射了不屈不撓的堅定自強的民族性。「塞入別人的收穫胖了又壓」能夠塞入別人的收穫有利自己胖了，被壓也甘願，而成了暴發戶結實了，但「再結實也是土土」缺乏修身教養，沒有雅氣、又沒有腦筋思想，這種「麻袋」般的粗大漢，「麻袋」般的民族性，只有「忍受歷史」，還會怎麼樣？許達然的社會感覺是敏銳的，批判諷刺是犀利的，毫不留情，令人感到痛快。不過這些只是「麻袋」的一面，而「麻袋」的另一面是痛苦的。看看「麻袋」所裝的米是農夫們過著「一日風一日雨」，收穫「一粒米」要流「百粒汗」，而裝滿一個「麻袋」的米，要流多少汗，農夫靠米的生產生活，而把裝滿了米的麻袋扛去賣，也要扛去納租。下面許達然把農夫窮苦的勞動生活與麻袋密切的關係，以幾何語言，表現得淋漓盡致。可見，許達然活潑語言的運用技巧相當高明，在表現徹底窮苦情況的語言裡還帶有深刻無比的幽默感，如「扛彎不成弓射出憤怒」一句就意象農夫扛裝米的「麻袋」扛彎了身體，身體並不成弓，不成弓也會射出憤怒、語言握在許達然的手裡被運用得妙極了。尤其最後以「代代扛袋袋，貧貧咬破，又跳出老鼠」這幾

句做為此詩的結語，真令人佩服。從這幾句使我聯想到過去一些文字的積木遊戲的詩，但此詩「詩語」的活用與那些只是遊戲的手法完全不同。像「代代扛袋袋」給讀者感受豪農家庭的歷史背景，「貧貧咬破又跳出老鼠。」就會有農家辛苦營耕農田，卻由於農業社會演變成工業社會而遭遇的苦境感覺，「跳出老鼠」一句卻暗示想不到的一些災禍，例如農家子女不願意繼承耕農，紛紛跳出農村到工業城市去，也是使讀者能聯想到的事象之一。

如下，我從這一首詩所感受的，或許只是作者寫此詩所意圖表現的一部分也說不定，不過我從此詩，作者能看透事象的本質，以無生命的「麻袋」為題，表現具有歷史背景、民族性格與特優變遷而進一步想像到人間生活的情景，看幾句語言會有的意象的發展如此廣闊，得到欣賞詩的快感覺得高興。

香腸

> 什麼盜理？都利用夠後，還把我的肉剁碎塞進我的腸吊起來曬瘦，永恆既不可能還硬保存發霉，還捨不得祭祖先，還等到收債的來，你才拿出我火火搾油水，搾到我無法冤叫，伊才安心吃進胃腸。

〈香腸〉是一首輕鬆、飄逸、揶揄、有趣的詩。與〈麻袋〉詩同時發表於民國 67 年 4 月發行的《笠》詩刊第 84 期。[2]

以擬人化的「香腸」說話的方式，第一句就指出社會複雜的病態，用「盜」字與「道」字相似的音說成「盜理」，這是具表意的中國文字才能創作的詩語，道破了「盜」成為弱肉強食的風氣是什麼道理，把二種意義重疊成一意象，真妙。

---

[2] 編按：發表於《笠》詩刊第 84 期〈香腸〉原文為：「什麼道理，都利用夠了，還把我的肉剁碎塞進我的腸曬霉，乾脆吃掉算了，永恆既不可能，硬保存發霉，還捨不得做牲禮祭祖先，一直到那天收債的來，求伊通融，竟把我拿出來放在火上擠我的油水，一直到我無法冤叫，你才安心請伊吃了。」請參閱許達然，〈香腸〉，《笠》第 84 期（1978 年 4 月），頁 61。正文之〈香腸〉應引自笠詩社主編，《美麗島詩集》（1979 年 6 月），頁 153。

　　「都利用夠後，還把我的肉剁碎塞進我的腸吊起來曬瘦」，這一句是豬講的話吧，社會上有權勢的人，都很會吃弱者，很會利用事物，採取不勞而獲的手段，容容易易地發財。這裡「曬瘦」二字暗喻「瘦別人肥自己」，用的很有意思。

　　下一句「永恆既不可能還硬保存發霉」意指強者不勞而獲的利益，確實沒有辦法永恆保存，盛者必衰的常理是不變的。而「還硬保存發霉，還捨不得祭祖先」批判這一種人，只顧自己，不思源，連祖先都不顧，而這種人最令人唾棄，最令人感到卑鄙的是「還等到收債的來」為了宴請收債的，比自己更有錢有權有勢的人來，才拿出香腸「火火搾油水」，「搾到我無法冤叫」不但把烤香腸搾油水的情況表現得非常實感，同時表現人心的殘忍性。作者是依其對社會的正義感與信念注視現實，分析人心的狡猾性，而能運用語言含有的機能，使詩產生雙重意象的發展，達成最有效的表現成果，可謂是創造詩語的妙手。最後「伊才安心吃進胃腸。」真令人可笑，也令人感覺到人間仍有這種人的存在，實在可悲。

車

　　　阿祖的兩輪前是阿公　　拖載日本仔
　　　拖不掉侮辱　　倒在血池

　　　阿公的兩輪後是阿媽　　推賣熱甘藷
　　　推不離艱苦　　倒在半路

　　　阿爸的三輪上是阿爸　　趕忙敢忙
　　　踏不出希望　　倒在街上

　　　別人的四輪上是我啦　　敢快趕快
　　　駛不開驚險　　活爭時間

〈車〉詩發表於民國 68 年 8 月出版的《笠》詩刊第 92 期,是以臺灣的歷史為背景,表現祖孫四代不同處境的小詩。

詩分四段,每一段描寫一代,而各段的語句,形式採用相似的口吻反覆,產生了韻律感與視覺性的效果,內容又具真實性的演變與邏輯性的意象發展,是一首極為現代知性的好詩。

法國詩人高克多說:「詩人不作夢,他必計算」。我看許達然的詩,總覺得是經過精細的思考而計算出來的,因而他的詩有邏輯的美感。

本詩第一段寫阿祖的時代,臺灣尚屬於日本殖民地,日本仔跋扈在各地角落,出門坐人力車,車只有兩個很大的輪子,中間一個座位高於輪子上,前面兩支長桿子,車夫在前面雙手握著桿子,拖著人力車跑。日本仔坐著高高在上。阿祖拖著人力車,在車輪前顧慮到阿公,都是為養育孩子(阿公)而忍辱,有如奴隸般地工作,但拼命地拖,也拖不掉侮辱,終於倒在血池。

於是到了阿公這一代,阿公知道阿祖的痛苦,所以阿公不拖人力車啦,他要自立,不做奴隸,改行推著熱甘藷的車攤子,流浪於街頭叫賣,為妻(阿媽)兒的生活,阿公「推不離艱苦」,立志未成便「倒在半路」。

臺灣光復了,阿爸比阿祖、阿公的時代還好,能夠擁有自己的三輪車坐在自己的三輪車上,為了建立自己的事業,趕忙敢忙,雖然三輪車比日據時期的人力車多一個輪子,時代進步了,但在社會急激的變遷裡,曾經受過日本教育的阿爸,難於適應改變,終於「踏不出希望」,而「倒在街上」。

經過祖公三代的辛苦,到了「我」才出頭天,我已經能坐在別人駕駛的四輪轎車上,趕著事業了。「敢快趕快」,在競爭激烈的世界上,總難免有「駛不開驚險」的時候,而「活爭時間」很緊張地奮鬥著。這是最短的臺灣史的一幕,基於作者透激的歷史觀寫成的。

這一首詩,於民國 69 年 2 月出版的第 95 期《笠》詩刊上,刊有北部八位笠同仁的合評紀錄。我看了此紀錄,覺得幾位同仁的鑑賞力很強很對。再錄於此做為參考。

李魁賢說:「這是表現三代之間的艱苦/場景的跳躍很乾淨俐落/語言

表達上似乎很適合難以用文字表達的勞工階級的身分／語言很鮮活，也有其獨創性，雖然與我們的習慣性不合，例如『敢快趕快』『活爭時間』，顯然是詩人創新語法的魅力。」

李敏勇說：「這是許達然的臺灣史！有史詩的時空，是一個經驗與想像力的原點。／語言有問題，但是，是刻意的。／很多人可能讀不出來。不用心也可能讀不出來。但卻表現了許多這個島的歷史，透過某一抽樣家族的延續，某一行業的歷程，顯現了我們的生活精神面貌。／沒有過剩的語言。／形式的一致，所以有許多鍛鍊。有些反自由詩傾向，只有不是一種強調，也無可厚非。」

拾虹說：「許達然這種表現，我倒蠻喜歡的；雖然已到了工業社會，但對他來說，他倒有一種歷史感。」

杜國清對於此詩的題材，表現的意義說的好：「他點到了，點到為止。／這首詩，語言是訴諸意義性，而非感性，所以，是表現了他的詩想，而非詩情。／就意義性來看，算是一種成功。／許達然這首詩著重在意義性，因此讀這首詩需要思索，才能體會其中所要表達的意義。這首詩是希望讀者看懂它，是訴諸讀者知性的理解，而不在於以文字、聲調、形象來感動讀者。句法頗為形式化，但用字倒經過一番推敲。」

從上述幾位同仁的話，就很明顯地可以了解許達然詩的風格，也了解同仁們對他的詩感受的程度，認定此詩表現意義性的成功，獨創新的語法有與其他詩人不同的魅力。

在臺南看人像

一、人：老打雜

工廠上，空一個風箏門很多風，爭得煙熏的葉怕燒，想逃，都和頭家的聲音被掃到他的眼前：你此後不必再來做了，可是他還握緊線，雖然清到老還黑的煙囪已抓住風箏給風剝得只剩骨了，可是他還握緊線，雖然

童工頻頻摧他離開：阿伯，你的風箏越掛越破了，可是他還握緊線

二、像：鄭成功

趕任何鬼子不須鬚，何況他又不是羊，我們還辯論鬍子的問題，問題是
歷史那海盜專讓掛自家旗的航過，航過暗礁後船卻擱淺在時間灘上，上
赤崁樓後劍砍不斷鄉愁，鄉愁裡他竟倒了，被民族主義扶起後他也只閒
坐屋內不好意思捻鬚，閒站廣場光看後裔回家省親，還有從前他要趕掉
的事情，竟是鬍子越發展越荒蕪包圍嘴了

〈在臺南看人像〉一首係於民國 68 年 10 月出版的《笠》第 93 期發表
的詩。分人與像二部分。「人」表現「老打雜」工人，是活的！「像」表現
「鄭成功」，是歷史上的偶像。作者在臺南古都，以人與像的對比，表現歷
史傳統的愁緒與社會生活緊湊的感觸，是有趣的諷刺與揶揄。

在工廠上，「空一個風箏」的風箏象徵難得的工作，這一工作「鬥很多
風，爭得煙熏的葉怕燒」暗喻著不是那麼容易的工作，也表現社會複雜的
狀態，這一暗喻令人感受得十分切實。由於艱難的工作所以「想逃」，又怕
頭家解僱，因此老打雜便捏緊風箏的線不放。下一句「雖然清到老還黑的
煙囪已抓住風箏給風剝得只剩骨了」比喻老打雜工作的勤勞與其勞動過度
而瘦小的情形，雖有童工們「頻頻摧他」退休，而他的風箏越掛越破，他
都抓住這一艱難的工作不放，不願退休，表現孤陋，保守的人的常情。

而相反與這種社會艱苦的現實，「像」卻「砍不斷鄉愁」倒在鄉愁裡，
不好意思捻鬍鬚。作者以鄭成功為題材寫偶像的傳統意識，帶著幽默諷刺
的口吻不但有趣，卻抓住問題的焦點表現得很深刻。如「問題是歷史那海
盜專讓掛自家旗的航過」和「被民族主義扶起後他也只閒坐屋內不好意思
捻鬚」於至最後「竟是鬍子越發展越荒蕪包圍嘴了」，這幾句，基於歷史史
蹟而予批判偶像的意識，具有高度的意義性的感動，「像」的「鬍子越發展
越荒蕪包圍嘴了」使偶像難以啟口講話的意象，和「人」的「風箏越掛越

破了，可是他還握緊線」，這種勤於勞苦的意象，不是很好的對比嗎？作者有意表現歷史與現實交錯的象徵性心象，相當成功。

垃圾

> 連垃圾現在也不許隨意揹走了。我又可以去撿時看到他專意找著，就問他找什麼東西，他越翻越爛越臭越亂後才答找真理，找不到後就氣對垃圾提起從前父親罵書裡的道義其實不講理，現在太太不但怨嘆越讀越窮越困而且氣把書扔給垃圾，他越找越髒越氣問垃圾裡我可找到過書，我氣答撿了很多回去後起火都不如朽木耐燒，他越想越惑越氣問我書以外還發現什麼，什麼？我再怎樣掀翻撿，發現的仍是別人丟棄的，垃圾！

〈垃圾〉係發表於民國 69 年 4 月出版的《笠》詩刊第 96 期，是一首象徵性心象的詩。

作者把「連垃圾現在也不許隨意揹走」，但「我又可以去撿」，這種「不許」「又可以」的社會性矛盾的惰性提出來之後，看到他在找真理「越翻越爛越臭越亂」，把抽象的邏輯描出於空間被感受，這是作者創新的知性表現，不但技巧高明，詩內含的意義性十分深刻，而這種造化象徵性事象的知性表現還繼續至「氣對垃圾提起從前父親罵書裡的道義其實不講理」表現時代變遷，社會環境越來越複雜；書裡的道義已不合時代成為不講理，使太太也「怨嘆越讀越窮越困」而「氣把書扔給垃圾」這裡的書或許是丈夫，垃圾是社會的暗喻吧。意為丈夫讀書窮困只著重社會求學。繼之「他越找越髒越氣問垃圾裡我可找到過書」。這裡的「書」是學問的代名詞吧，「我氣答撿了很多回去後起火都不如朽木耐燒」到此我們可以領略「他」是一個求學問的人，「我」是一位教授。求學問的人問教授：「書以外還發現什麼」，教授說：「發現的仍是別人丟棄的，垃圾！」這表示「真理」不是隨便可以從社會的垃圾裡找得到，必須經過不斷的追求、發現、

甚至創新，才能獲得。作者能把象徵的主題加以諷刺、諧謔的方法表現而令人感受到情緒美，實為作者駕馭活潑語言的活用十分成功。

　　綜看上述許達然的作品，傾向於詩的象徵性心象或謂邏輯性心象的創作，建立了獨特的風格令人欣賞得十分快樂，在詩語的創新也有其獨自的魅力，我認為如此，詩象徵性心象的追求，以及不合我們習慣性的新語的獨創，應該繼續努力開拓，找出語言的心象互相要求類比性，使其象徵性邏輯性的心象再增大、廣闊，形成更新的心象而達到詩的終局。

——選自《臺灣文藝》第 71 期，1981 年 3 月

人的文學與文學的人

許達然散文藝術初探

◎郭楓*

一

　　許達然，在當代的臺灣文壇上是一個特殊的名字。這個名字在讀者群中，既陌生，又熟悉；正如他的散文作品一樣，既遭受了相當的冷落，又能得到非常的鍾愛。

　　形成如此混雜情況的，在於他獨創的散文藝術。欣賞的人讚美他的散文：音效強烈，意象繁複，恍如精金美玉，熠熠光彩照射到人們心靈深處。排拒的人評譏他的散文：乾枯生硬，難以卒讀，使人有不易吞嚥的苦惱。這些相反的論調，似乎都言之成理，實際卻又不盡然。要深刻地去探索許達然的散文境界，就應該先了解他拙樸渾厚的性格。這種性格，天生的不會同派合汙，不會飛揚跋扈，當然也就不會得到商業資本社會中庸俗的小知識群的喜愛。這種性格，在涼薄的現實裡，不忍高踞象牙塔中而無視周遭的寒冷，卻要拚捨一切散放自己的熱情！現實愈冷酷，心靈愈熱烈，寫出的作品也愈覺其苦澀。

　　循著時代的背景去看人，循著人的背景去看作品，也許，對於許達然的散文藝術能有較為清楚的體認。其實，許達然是泥土一般沉默而謙遜的人，他不會關心誰注不注意他？更不會關心在目前所謂的文壇上，自己擁有光彩幾度？掌聲幾許？他所關心的該是：故鄉的天空是否明朗了？故鄉

---

*詩人、文學評論家，新地文學出版社發行人兼總編輯，現為南京大學兼職教授。

的土地是否潔淨了？故鄉人民的生活是否能悠然如魚群，泝洄在冷冽的清流裡？

　　然而，站在文學的立場上，把當前散文領域中獨具一格的許達然作品，拿來探討研究，就創作技法的切磋或讀者瀏覽的引導來說，都應該是必要的罷。

二

　　文學是什麼呢？

　　文學是社會事業的一種。如果用文學的話來說：文學應該是為了表現廣大的人群生活及願望的藝術。

　　對文學作如此的界定，當然會引來不少評議，尤其在過度軟化了的臺灣文壇，更易招致無端的攻訐。可是，任憑誰使用千萬種美麗而巧飾的言辭，企圖把文學孤立起來，把文學描繪成不食人間煙火的超逸藝術；卻也無法抹殺一個事實：那些倡導為藝術而藝術的作家們，總得靠著人間煙火才能活下來，才能搖著筆桿編織出似夢似幻的超現實作品出來。

　　作家，靠著社會供養的作家，要是無視社會的發展實況，一味編造虛偽或夢幻的作品，怎能算是作家呢？怎能算是有良心的人呢？沒有良心的作品，怎能具有藝術的善和美呢？

　　在這個問題上，許達然說得非常切要：

> 活在社會都對社會有責任，連紙都是別人替我們造的，寫作要擺脫社會是不可能的了。不管作者的動機如何，作品發表就是社會行為。執意寫個人的呼吸而忽視社會與時代的脈搏，……發表徒費樹的年輪及讀者的時間。僅寫無關人群的不是自瀆就是自私。
>
> 　　　　　　　　　　　　　　　　──〈從感覺到希望〉

抱著這樣態度寫作的許達然，且不說他的藝術造詣如何？那將在後面再

談，然而，我們可以肯定他是一位虔敬的文藝創作者，一位真正的作家。因為，時不分今古，地不分中外，在綿長的人類文學史中，所有的偉大作家，莫不是時代的證人，莫不是社會的良心。

作家要成為時代的證人和社會的良心，不是僅靠著寫作手法，不是靠著朦朧的心願就能做到的；主要的，要看作家所具備的人格。人格，是「本性」與「學養」的總和。或者說，人格是在天賦的善良根性上，接受了時代的進步陶染，自我嚴格地要求剛正不阿，從而擁抱我們的土地和人群，才能鍛鑄出偉大的典型出來。

讓我們看一看，許達然是怎樣接受時代陶染的？

出身於臺南農家的許達然，童年是在貧困中度過的……

> 卑微質樸織柔塑我的記憶。記憶裡有一條蜿蜒伸進草地的土路，父親用牛車載爐灶到臺南擺地攤，母親和我揀柴與野菜。家是租賃的土埆造，牆壁如蟾蜍皮，怕它抽筋倒地，我用泥巴敷瘡疤，風吹散；我填上泥土，雨剝落。
>
> ——〈土〉

在這樣清寒的家庭中，從小，許達然就與土地結了緣，正如他自己所說：「對於土，掉落臍帶的我們是斷不了奶的孩子。」土地是偉大的母親，在母親的懷抱中，縱然飢餓，縱然困乏，同命的孩子們仍然血肉相連。我們的作家在第二次世界大戰後的一片殘破中，在臺灣南部貧困的鄉野裡，體驗了自己生活的窮乏，也體驗了廣大農村的艱苦。

臺灣的農村，雖然由於施行減租的土地政策，曾有過一般時間的蓬勃，可是，隨著所謂工業先進強國的經濟入侵，逐漸地，比武力占領更為惡毒的經濟占領，占領了臺灣的每個角落。在外國的經濟支援背景之下，一些買辦式的工業家便從農村中躍出。這些靠著大批土地發財的地主們，於搖身一變而為工業家之後，回過頭來，以極為冷酷的手段，搜刮農村，

聚斂財富。在〈土〉中，許達然繼續寫著：

> 佃租的泥土竟是農夫的地址，輪耕歷代的苦楚。生產者竟成了犧牲者，
> 在田上寫的創作讀書人並不讀；農夫仍然堅毅繼承堅毅，坎坷毗連坎
> 坷，犁，犁，翻不平城鄉的差距。種種的挨餓，人吃土，土翻人，人翻
> 土，土成路，路載車，車撞人，人擠人。擠向近代，近代擠機器，機器
> 疏離了人，人更疏離了土，人更疏離了人；資本家更踏別人的土唱自己
> 的歌，坐自己的地看同胞飢餓。

擁有如此生活背景和時代認識的許達然，選定了歷史作為他學問研究的領
域，大概是想從歷史裡尋找我們民族和社會問題的答案。

　　長期的學院研究生活，並沒有讓許達然掉進僵化的理論桎梏裡，卻由
於嚴謹的史學訓練，使他能夠更冷靜地觀察世象，分析事理，更清楚地辨
明社會發展的道路，認清人類應有的方向。在歷史前進的潮流中，他隨著
潮流確立了自己的人生觀，也確立了遠大的世界觀。他找到了答案，他的
答案寫在許多詩歌和許多散文中。

　　於是，做為作家的許達然，以歷史哲學的冷肅和詩的熱情塑造出自己特
殊的形貌。這形貌，風骨嶙峋，意氣高爽，在並世的作者中，實不多見。

　　試看某些善於奔走營求頭角崢嶸的名作家，也曾有過困苦的境遇，也曾
經歷同樣的時代，甚至，有的也在學院深造，也膺任大學教席，這些幾乎相
同的背景，卻使他們成就不了純正的文學風範，只能扮演著唯唯諾諾的角
色。他們變成一群候鳥，具有蒲公英般輕薄的靈魂，善觀氣象，隨風飄飛。

　　這又是為了什麼呢？

　　只為了他們缺少一份渾厚的天性，也就缺少了寬廣的胸懷和真情的愛。

　　天性渾厚的許達然，是怎樣愛人群的：「被壓不死的總廉價地為你服
務，耐冷保溫，硬是強韌辛苦。」〈鋁的〉如此站在基層的立場，強韌辛苦
地堅守著服務的態度，這就是具有真情熱愛的文學家的胸懷。

三

　　要探測一位作家的心靈，有非常簡單的法則，只要看他寫什麼和不寫什麼。

　　作家所寫的必然是他有興趣或者關懷的事物，不寫的必然是不願寫或不敢寫的事物。許達然在散文中展現的內容，取材廣泛，視野遼闊，充分地表達了他心靈的歸趨在於土地和人民。

　　擁抱鄉土，關懷人群，真實地反映這一世的社會變化面貌，是許達然散文最主要的內容。在他已刊的六本散文集共 246 篇文章中，約有五分之三的文章是直接或間接寫鄉土的。特別值得注意的，他沒寫過一篇異國情調的文章。去國 20 年，走遍全世界，絕不以誇耀外國的景觀，外崇異族，內驕國人；卻把一腔熱情的心靈，繫在鄉土人群上。所以，大家說許達然雖然暫棲海外，卻比臺灣的作家更臺灣，比鄉土的作家更鄉土。

　　我們不僅從他散文的「量」上去說明他的鄉土根性，更要從他散文的「質」上來了解他的鄉土情懷。我們該分析許達然以怎樣的態度來抒寫鄉土的。

> 農人終年勞苦為閒人忙，強盜來搶，賊仔劫去；赤腳創造的田園，官僚文人翹腳寫成他們的歷史給蟑螂睡覺。臺灣土軟，無三日好光景，無土的做工。長工做到老不及一根草，困苦如髮，剪了又長，給時間燒光後肥沃不起來。
>
> ──〈普渡〉

> 在虛無汙染的空氣裡，文人用從不沾泥的手讚美大自然，悠悠把土味那農夫的辛酸喧譁成他們的芬芳，而商人大亨的奸笑冒不出稻穀，藉口工業生產區發展，把地皮炒得荒寂。欠農夫欠泥土一筆債卻譏諷農夫粗魯。
>
> ──〈土〉

這種血脈相連的關懷，不只是對於勞苦的農民的關懷，而是對整個臺灣關懷的取樣。許達然的筆，指控的是臺灣社會在外來侵略和內在剝取下的困境。試讀他在〈冬街〉中描述的大都市夜景。

> 很多腳步跟著腳步熱鬧，「保持距離以策安全」，鞋聲給汽車輾著，輪子趕輪子閃過霓虹：明治媽媽奶粉、榮冠果樂、三洋電視冰箱、國際牌、百事可樂、克寧奶粉、東芝。輝煌盡是替外人的宣傳，猥褻了蹓躂的眼睛。展開的街店恍如許多美名的公娼豔妝推銷大家熟悉的貨色。駐足就可能張大口：「怎麼這樣貴？」然後又吸吐汙濁的冷氣。
> 冬季大拍賣，大千百貨公司櫥窗寒衣前男人抖著看燈把他的貧窮刮得光光的。冷增加淒涼的重量，他猛搓著手，簡直要把冷揉成火了。

畸形發展的都市繁榮的假象，掩飾不了勞苦階層真實的淒涼。類此的描述農村蕭索，勞工無奈，生產環境汙染破壞，中國文化廢棄荒蕪，……等等現象，在他的每本文集中，隨處可見。但是，在描述之際，他仍然對故鄉和人民充滿了希望，總是忘不了加以頌揚和鼓舞。正如他在〈《人行道》後記〉裡寫的：「我們最愛的土地，汙染到這樣，感覺早已不美，思考後更醜。如果寫它的不美，只因覺得有悲壯歷史的臺灣還有美的可能。」正如兒子不會嫌棄母親，熱愛鄉土的作家，永遠不會嫌棄親愛的鄉土。

譴責資本社會，批評人生的物化，是許達然散文的第二個重要內容。現在的世界，資本經濟以新的形式和技巧，運用跨國公司，先進科技，連鎖營運，……壟斷了全世界的財富。在瘋狂地開發資源和生產物質的前提下，鼓勵了人們無限制追求物慾的衝動。於是，除了加大貧富差距的問題之外，機械主義破壞了人文思想，工業開發破壞了自然生態，金錢利害破壞了生活倫理。驅使人類走向自我毀滅的末日。這樣的過度物化的社會和人生，當然是每一位有良心的藝術家應該譴責的。可是，受資本社會豢養的藝術家，不是成為宣傳的工具，就是變成故弄玄虛的現代鬼。所以，許

達然的筆鋒，便直指著他們：

> 既然要表現，就讓人了解而且感動。……現代藝術卻大多只使人朦朧感
> 受，甚至軟硬橫直都抽象，不知要把我們紮實的存在抽到哪裡？
> ——〈芝加哥的畢卡索〉

> 悶久就愁，越寫越糾結。詩人寧在愁中講究情趣，而忽視大多數人的苦
> 衷。
> ——〈悶〉

> 一種抒情文倒像色彩濃豔的畫。作者喜用優柔的文辭捕捉意境，用詭譎
> 的語句表達天真。……又因為寫意朦朧了寫實，浪漫情調濃，社會意識
> 淡，把殘酷的現實當籠鳥玩弄。
> ——〈感到，趕到，敢到〉

指摘那些所謂前衛藝術的現代鬼們的荒唐和自私，自己便著力地描繪資本
社會中人們生活物化的真相，總希望有一記當頭棒喝，能喚醒一些酣睡的
靈魂：

> 聽說工廠排出的二氧化硫枯萎了稻，汙水流進田灌死了稻。聽說農人要
> 加速農作物成長，施肥撒藥，土頻吃藥早已受不了。……聽說梧桐和油
> 加利都擋住通往工廠的路而被砍掉。聽說從前鳥比人的眼睛還多，現在
> 人的眼睛越多越看不見鳥。
> ——〈春去找樹仔〉

這是臺灣農業和工業發展的後遺症，無疑地，這症狀在當前雖不至於危害
到我們的生存，可是，過度的生態破壞再加上環境汙染，必然禍延子孫，
使世世代代的子孫，永遠再無安身的土地。這種慘淡的遠景，會引起貪婪

的權貴們一絲絲的疚歉嗎？

　　泛愛主義的人道思想，是許達然散文的另一種內容。許達然窮究歷史，了悟人生的真義；縱觀世界，看破紅塵的繽紛。因而，在他的作品中，經常流露出泛愛主義的人道思想，這與一般熱愛鄉土卻強烈排他的狹隘觀念有所不同。在自然方面，許達然有萬物與我同類的觀念；在人文方面，許達然有四海一家的思想。這些思想觀念，在許多篇章的字裡行間流露著，比較顯明的，是在〈搬一株榕樹〉、〈看雞〉、〈鴨〉、〈失去的森林〉等篇中，他雖然以擬人化的手法描寫動物和植物，卻可以體會到他們動植物的泛愛，實已達到「物我與也」的境地。又如在〈石雕〉中對於美國白人不義行為的抗議，以及對印地安人的關懷；在〈獵〉中對於臺灣的土著民族遭受文明社會的欺騙和逼害；都有公正的指責。

　　許達然的散文，內容牽涉甚廣，除了上述主要的三項之外，有對歷史事件的批判，有對政治問題批判，有對迷信和神權的批判，……。其實，不必一一列舉出來，因為，他的作品，除了早期《含淚的微笑》和《遠方》兩本書是側重青年時代生活的素描之外，此後，他的寫作已跳出個人的小圈子，他的作品是服務社會和表達人生的藝術品，他的作品是屬於我們這個時代的作品了。

四

　　許達然的散文，在取材廣泛和主題正確方面，超越了一般散文作家，讓我們從五四新文學興起以來往後細數，到現在為止，有幾個散文家的視野可以與之比併的？當然取材和主題只是一篇作品的充分條件而非必要條件，正確的主題和材料，必須以高超的寫作手法表達出來才能成為藝術品。我們一向所主張的：「偉大的文學，必須是具有高度的藝術性及高度的現實性的作品。」《文季》第 1 卷第 1 期〈發刊的話〉，就是這個意思。

　　讓我們來探討一下許達然散文寫作手法的特色：

　　「以詩入文，風格特殊。」研究許達然散文，我們先從他所創造的特

殊風格著手。許達然的散文，基本上是詩，和一般作家所寫的散文相較，大異其趣。或許，有人會說，任何形式的文學作品其造詣極致都是詩。不錯，但那是從廣義的角度去看文學。如果從狹義的觀點來看，詩和其他文體，仍然有明顯的差別。以外形論，得比其他文體簡短，即使長篇的敘事詩，相對於小說的形式，也是簡短得多；而抒情詩的篇章，更無論矣。以本質論，詩的精純、圓潤、自足的特性，是其他文體所難以具有的。

　　我們指陳許達然的散文是「以文入詩」而樹立起「特殊風格」，當然不會是從他的文章簡短的外形來看，而是從他散文的內涵立論的。許達然是以寫詩的手法寫散文，更精確些該說他是以寫抒情詩的手法來寫散文。在這裡，我們可以提出三點特色，來說明他的散文是近於詩而遠於文的作品。其一、沉思的境界。許達然的散文，幾乎每篇都得正襟危坐來品味，不可朗誦，只宜沉思。從他出版的六本散文集子來看，青年時代的兩本書《含淚的微笑》與《遠方》，雖有詩趣，卻少詩質，仍然是一般慘綠青少年所崇愛的「詩意」而已！其後的四本，顯然地，作者在刻意充實文章的詩質，使其達到飽滿的要求，因而閱讀之際不能不玩索尋思。以《水邊》這個集子為例，其中〈瀑布與石頭〉、〈那泓水〉、〈輕重〉、〈憾〉、〈森林〉……等篇，全是以散文的形式寫的詩。當然，在其他的集子裡，也有完整的散文詩的作品。其二、內斂的精神。在許多篇章中，我們發現作者對於事物景象，不加解說，不加描繪，有心地讓讀者從片言隻字中，去領會他的命意所在。這和一般散文家總要勾勒出事物景象的輪廓，甚至刻意細描其狀貌以引導讀者觀之賞之的方式，迥然不同。其三、反諷的手法。散文的寫作，在論列事物之際，作者難免要介入其中，提出自己的批評見解。這種批評見解，可以是直接的陳述，也可以是間接的暗示，要之，都以明白地表示出作者的心意為足。可是，許達然在提出意見的時候，一反通常的習慣，喜歡以反諷的手法，言在此而意在彼，造成曲折幽邃的情勢。

　　以上三點所述，是許達然大部分散文作品的特殊風格，此種風格，無以名之，姑名之為「以文入詩」。

　　「情思富饒，形式精練。」這是研究許達然散文，所得的第二個印象。許達然的散文，形式精練，篇幅簡短，絕大多數的作品，都在一兩千字間。如此精簡的篇幅，正是散文詩的風格所適合的。在世界文壇上，有許多散文詩的作品都是運用這種精簡的形式創作出來。膾炙人口的屠格涅夫和波特萊爾等大作家的散文詩，大約都是如此簡短的。但是，許達然的散文有與別人不同的地方：一般作家在簡短的篇幅裡，或抒情，或寫意，都限於某種單純的題材，整篇文章，只環繞此一題材來構思、布局、定勢，然後遣詞運句完成這唯一的主題。在許達然的作品中，有的題材單純，有的情思富饒；題材單純的作品，在簡短的篇章中，很容易掌握住行文的結構與氣勢，創造出極為精美的散文來。如〈番藷花〉這篇文章，從幾次買番藷的對話中，建立起番藷的形象，進一步引起對番藷花的觀察，對番藷價值的肯定，歸結到歷史性的評價，一步深似一步，逐漸達到主題的焦點。然後，在平淡拙樸的敘述中，悠然結束。結尾一句，看似白描，實則含蓄著極深的意旨，耐人尋味。像這樣精鍛的文章，在他各冊文集中，都有不少。

　　值得我們討論的，是一些情思富饒的作品。情是感情，思是思想；感情的熱切，思想的深刻，是許達然在散文中隨處流露著的，也是他的文章中最高貴的品質。正由於他的感情熱切和思想深刻，也讓我們在他的一些作品中，感受到一種迫切的傳達某項訊息的壓力，在沒有準備接受的心理狀態下，富饒的情思，逼人而來！如此吞嚥下去，是否能產生預期的營養？恐怕是有待考慮的。這種情況的造因，可能與過短的篇幅有關。過短的篇幅，適於抒情而不適於敘事；適於作單純的釀造，不適於情思富饒的製作。試以〈三分之二〉為例：前半篇的敘述和後半篇的議論形成強烈的對比，這種對比也就是抒情和說理的失調。顯然地，作者想藉自省的方式，傳達出自己對歷史中許多事實的觀念；可是，這些觀念，似乎太多、太雜而又未經寫作技巧的轉化，就相當概念性地堆到讀者面前來。恐怕，除非是已經具備了這些概念的讀者，才會有所體認；一般讀者，也許會覺

得生硬而不易消化啊！

「意象顯明，語言濃縮。」凡是研究許達然散文的人，誰都會注意到他在語言上獨創的特色。許達然說：

> 散文本來就是不拘形式，「不擇手段」的；用方言與俗語，不是使散文「再粗雜化」（rebarbarization），而是注入語文的新血液，增強表達的貼切與內容的落實。
>
> ——〈感到，趕到，敢到〉

> 語言是人造的，人利用語言而非被語言利用。寫作，什麼都可放棄，不能失去的是歷史悠久的語言、對群體的責任、及創造力。
>
> ——《人行道》後記〉

那麼，許達然在散文寫作中，是把創造語言作為他的基本目標之一的。他怎樣創造散文的語言呢？一是「用方言與俗語」，一是用「歷史悠久的語言」。關於前者：就是運用閩南語或客家話的生動詞彙，來達到「表達貼切」與「內容落實」的目標。在這方面，他確已掌握了方言俗語的特性，加以靈活運用，毫無問題地達到他的要求。關於後者：他是運用文字學上「六書」的法則，把會意、形聲、假借、轉注等予以推廣和改進，製造出許多同音異形、同字異義的雙關語，濃縮了語言的形式而又擴大了語言的意境。不過，在這方面，也產生了須要研商的問題。

許達然在某一階段寫作的散文，有時會用「同音異形」或「同字異義」的手法，利用諧音造成語意雙關的效果。這種效果，在散文中摻進入詩的質素，也可能把一些抽象的理念巧妙地變成顯明的意象。在語言的作用上說，是非常靈活而有力的。問題是在散文似乎應該注重整體的效果，那麼，對於語言的壓縮和意象的強化，就應該有所限制。如果過分突出了某些句子的語言特色，會不會分散了讀者的注意力，以致削弱了整篇文章所要達到的效果

呢？尤其在意象的建造上，更宜慎重，以免形成有意象無篇章的蔽害。提出這點意見，只是個人的草率的想法，究竟如何？尚待研究。不過，自從 1980 年之後，他的散文中幾乎已見不到語言拗折的句法和諧音諧義的製作，也許他的創作在個人的里程中，已推進到一個嶄新的階段。

　　許達然拙樸渾厚的性格，正是一位純正的文學的人；而他對群體真情熱愛的創作，正是高尚的人的文學。在我們社會人情愈來愈趨涼薄的今天，我們需要天性渾厚的作家，來為社會增添一些原氣。在虛偽、造作而靡爛的印刷品，泛濫於書刊市場之際，我們更需要發揚人性的文學，讓迷迷茫茫的人群得以清醒。因此，每當展讀許達然先生的文章時，一種欽敬的情愫便由胸臆間升起。不為別的，為了，我們的社會和文壇，需要他。

1985 年 5 月 1 日凌晨 1 時在指南山下初草

——選自許達然《人行道》

臺北：新地出版社，1985 年 5 月

冷箭與投槍
讀許達然散文的隨想

◎楊渡*

一

　　讀許達然的散文，有時會遙渺地想起魯迅的《野草》集中，那些冷雋凝練的文字，但又彷彿不盡相同。魯迅的散文凝練到像千年的積雪刻成的箭，冰冷到極點，晶瑩剔透，但中間卻有人的血色，鮮紅地凝在冰的中心，所以，有時要變成「投槍」，同這世界的空虛和暗夜肉搏。於是而有查拉圖士特拉的孤獨和熱情，冰冷和火燙的心，在極端的愛與恨之間，渴求著死滅與解脫的大歡喜。

　　比起魯迅，許達然的「投槍」便不是那樣冰與血的交織，而是多些平靜與龐雜的思辨性。雖則愛恨是分明的，心是熱的，投槍也都準確，卻不是魯迅的去到極致的火與冰的交織。

　　但確乎偶有貌似，才引起我的聯想來：

> 我拾起死火，正要細看，那冷氣已使我的指頭焦灼；但是，我還熬著，將他塞入衣袋中間。冰谷四面，登時完全青白。我一面思索走出冰谷的法子。
>
> 我身上噴出一縷黑煙，上升如鐵線蛇。冰谷四面，又登時滿有紅燄流動，如大火聚，將我包圍。我低頭一看，死火已經燃燒，燒穿了我的衣

---

*作家。發表文章時為《春風》詩叢刊主編，曾任中華文化總會祕書長，現專事寫作。

裳，流在冰地上了。

——魯迅〈死火〉

然而他已疲憊，想睡卻不敢睡。

然而他還是混沌睡了。

然而他又抖著醒來，恐懼，混沌又睡去；抖著醒來又恐懼，混沌又睡去，完全不知兩個大人出去時，碰到狼群，怕狼來吃孩子，就合力要砍狼，反被狼合襲，咬到斷氣。

小孩仍睡著，夢見一隻狼，就舉起火把和牠搏鬥，搏鬥著，搏鬥著，把狼燒焦。

——許達然〈曠野〉

再看一段魯迅的〈希望〉吧：

倘使我還得偷生在不明不暗的這「虛妄」中，我就還要尋求那逝去的悲涼縹緲的青春，但不妨在我的身外。因為青春倘一消滅，我身中的遲暮也即凋零了。

然而現在沒有星和月光，沒有僵墜的蝴蝶以至笑的渺茫，愛的翔舞，然而青年們很平安。

我只得由我來肉搏這空虛中的暗夜了，縱使尋不到身外的青春，也總得由自己來一擲我身中的遲暮。但暗夜又在哪裡呢？現在沒有星，沒有月光以至笑的渺茫和愛的翔舞；青年們很平安，而我的面前又竟至於並且沒有真的暗夜。

絕望之為虛妄，不與希望相同。

——魯迅〈希望〉

語調上的陰冷，以及反覆辯證的「然而」，在冷靜中立著欲要奮力一搏

的姿勢，二者是有相貌似的地方。

二

　　然而不僅是「貌似」而已，在某些地方，也有「神似」之處。

　　魯迅的雜文如鞭子，抽打自己，也抽打愚騃腐爛的時代，抽打出血痕來，好讓人們看見，好讓眼睛在大黑暗之中，遙望可預見的光明。是以魯迅的雜文有狠心和狠命的愛。

　　而許達然或許是因為研究歷史學與社會學的關係，行文於冷靜之中，卻多出些理論的文字，歷史的知識；而這些歷史知識，也總結為一個作家的眼光，去觀察現今的世界，現代的社會。從而舉起鞭子，抽打那剝削和不義的體制。因而他的散文可說是三種角色的結合：歷史的冷靜、社會學的觀察、文學的實踐。這三者構成他散文的最大特色。

　　散文，因此也不是情感的發抒而已，背後其實是歷史經驗與社會理論結合起來的。例如在〈歷史的諷刺〉中，他從「異化」的觀點出發，談到人的異化：

　　　　人發明，發展，發行，與發揮很多思想和制度，但也被這些思想和制度搞得發毛，發昏，發麻，甚至發瘋。人發明神，神控制人。人創造仙境，擠上船要航向彼岸，船沉了。人發展封建制度，封建制度封閉人。人發行無聊的書籍，越讀越痴迷，人發揮權力，權力腐化人。

　　這是他運用理論於散文的鮮明例子。同一篇散文中，他運用豐富的歷史知識，舉美洲的原住民為例，來談歷史的諷刺：

　　　　1492 年美洲的原住民發現哥倫布時以為可和白人做鄰居，哥倫布以為到了印度而叫他們印地安人。印地安人不會說英語，所以他們笨。笨人有好東西就要給聰明人。而最好的東西是土地。所以白人的槍口就對準印

地安人的傷口，把他們的故鄉奪來，把他們的聖鳥兀鷹拿去當美國的象徵，最後乾脆把他們趕到保留區。原有的 20 億英畝地上，他們只被保留在百分之四的荒土，注視鳥獸的山巒與自己的文化逐漸消失，凝聽兒女背誦欺凌他們的白人歷史，說華盛頓是他們的國父。

這一段描述美洲原住民的歷史，或許也可以做為臺灣原住民歷史的一面鏡子吧！二者竟有那樣接近的被欺凌的歷史，最諷刺的則是，寫就的歷史往往是統治者、征服者來寫的。所以真正的工作者，真正造就歷史的生產者從歷史上疏離了。

真實的工作者享受不到成果一直是歷史的疏離。這疏離不僅是體力工作者的憤怒，也是文藝工作者的咒詛。

——〈歷史的諷刺〉

所以文藝工作者的責任，便是要糾正「歷史的疏離」，用文學來打破「墨寫的謊說」，呈現真正的「血寫的事實」。楊逵先生之從事文藝工作，也正是要刻畫出殖民地的「血寫的事實」，撥開迷霧，扶正那扭曲的歷史。

因此，散文不是散漫記述的文字，而是冷靜的投槍，不是玩弄詞藻的遊戲、古典加夢幻，而是在歷史與社會的座標中，站穩自己的立足點，向不義、向扭曲、向暗夜，以文字為利器，投出的奮力的一擊。

或許，許達然是臺灣有數幾個散文作家中，不做無病呻吟，並且有著魯迅式的「投槍」的意圖的人吧！

三

我是愈來愈相信文藝的力量。有意識的用文藝發揮創造力、解放想像，使人覺察到所生活的社會本質。作家常有無能感，但要解除無能感卻只有創作，把創作當作社會實踐、社會事業，用文藝有限的個體與群體結

合在一起，建造人生存的價值。

　　　　　　　　　——〈文學與政治的歧途——訪許達然先生談臺灣現代文學〉

　　作為史學與社會工作者的許達然是不甘於僅是學院裡的知識分子，因而亟欲走出來，參與社會的改革，於是他選擇文藝——散文作為社會實踐的方式，因此在他的散文集中，可以清晰地看到他的世界觀，那就是「以大多數人民利益為思考前題」的世界觀。基於此，他散文集出現這樣的主要課題：對被損害與被侮辱者的關心，對壓迫者統治者的冷嘲熱諷，並且不僅止於關心，他最迫切的是想剖析認清統治者與被統治者、剝削者與被剝削者、壓迫者與被壓迫者之間的糾葛，從而批判那造成痛苦的制度與思想，造成傷害與侮辱的背後本質；並且不僅是替無告者訴冤，而是想透過批判，使人反抗那吃了「大多數人民利益」的生產關係、政治制度。

　　由這個世界觀出發，他尋找到身為作家的立足點：站在第三世界的立場，批判資本主義、帝國主義；站在勞動者生產者的立場，批判資本家、侵略者；站在窮人的立場，批判造成貧富懸殊的制度與社會關係；站在反省與覺醒的立場，批判製造「假世界」「錯意識」的大眾傳播。

　　職是之故，他站在原住民的立場說：「當印地安人發現哥倫布的時候」，而不是帝國主義者一貫說的「哥倫布發現新大陸」。刻畫新幾內亞人對西方殖民侵略的「貨物崇拜與原始反抗」！

　　他們拒絕繳稅——那外來的發明。他們去奪鎗——那外來壓榨的憑藉。他們要趕走洋人，洋人本來就不應在他們土地上的。他們攻打，被擊退；又攻打，又被擊退；再攻打，再攻打。

　　自崇拜西方人的貨物開始，最後他們要趕走崇拜貨物的西方人。從西方的誘惑覺醒後，他們向自己的神與祖先求助。但祖先已死了，只還有活著的自己能擺脫束縛創造現在。

　　　　　　　　　　　　　　　　　　　　　　　　——〈貨物崇拜〉

從這段文字，我們或許可以看見臺灣對西方貨物崇拜的側影罷，只是，臺灣在新的資本主義的殖民型態中，渾然不覺於其遭受剝削，統治者也沾沾自喜於被殖民的剩餘利益和依賴關係。

在〈羅馬帝國的衰亡〉中，他透過歷史的反省，估量羅馬帝國走向覆亡的原因。「籠統看來無非太龐大太反常太不公平了。」在羅馬帝國鼎盛時期，義大利人口中有四分之一的奴隸，一切生產工作幾乎都是由奴隸、農民來負擔。但統治者也在逸樂閒散之中，富極無聊地在糜爛的生活裡腐爛了自己，走向死滅。而存在其間的社會矛盾；奴隸與主人的對立，被征服者與征服者的對立，窮人與富人以及城鄉的對立，也正是日益加深的其走向衰亡的原因。畢竟，統治者雖一經奴隸他人，卻也在潛意識裡培養了奴隸性：「被動，因循模仿，創造力枯萎」。

我們是否也該在這段歷史巨鏡中，看見臺灣的影子，悲哀的影子呢？

如果能夠在歷史反省中，看見現代，批判現代，那麼，豐富的歷史知識便不僅是知識，而是射向現實的冷箭吧！

四

以許達然為例，我們便可以了解一個作家的世界觀是如何地決定他的觀點，他的眼睛，以及所使用的敘述方式了。因此，一般所謂「敏銳的心靈，抒情的筆觸，熟練的技巧，完美的文字」，並不是最重要的，這正如同工匠於雕刻中運作刀斧一樣，是必備的訓練。最重要的仍在於其世界觀，它使作者有著立足之點，放眼的方向，關懷的角度，以及參與的執著。批判，也因此不致於無根，而流於全盤否定現實的虛無。

而最常見於許達然散文集中的批判主題，便是資本主義。他的立足點既然在被壓迫者的一邊，而造成今天第三世界（包括臺灣）最大苦痛的根源既在資本主義帝國主義，因而，他的冷箭與投槍便有許多對準資本主義而發射。

在〈給「能」〉中，他重新反省物質發展，事實上正是在製造「物化」的人。人發明機器，卻反被機器所吞噬的異化現象：「人了解機器卻不了

自己了解別人，而機器不能了解人。機器甚至已被誤解是文化。文化本是要解脫野蠻的努力，人現在卻努力比機器更機械，比原始更野蠻，簡直要機械而不要文化了」。

他批判資本主義所製造的「物化的人際關係」是如何使人以利益來衡量人的價值：「無『恩』觀念的西方文化進口已多年了。他們脫光，我們光脫；他們實行資本主義，我們看見有些人坐而不作卻吃得胖胖的，也跟著講個人主義。……由於注重個人發展與獨立，居然寧自己有錢而任家庭破產。」（見〈七爺八爺王哥柳哥〉）

他也刻畫第一世界與第三世界，富人與窮人的極端差距。在〈節目〉中，他刻畫索馬利亞、非洲的貧窮、飢餓，那些赤貧張口等待食物的人民，那些餓死半途屍橫遍野而仍要活下的形象，最後卻來段廣告，使地點定位在美國，而相對於非洲的赤貧，美國卻正在貓食介紹節目中，插播廣告著貓食狗食。在〈冷〉一篇裡，他描述一個貧病無依者凍僵在一間公廁旁，而次日清晨，在他屍體不遠處的馬路上，卻正有一群腫胖的男女正開車上山看雪，卻沒下雪，而猶嫌天氣不夠冷！

由文明發展所引伸出來的，正是發展的神話。然而工業的發展，卻沒有改善人的生活，反而造成生態破壞使人陷入惡劣的汙染環境。在〈水邊〉與〈魚〉中，他對環境的破壞，再三提出抗議之聲。

然而，僅止於批判是不夠的。批判的目的，在於使人看清現實，從而反抗造成不義現實的社會與制度。無論是生產關係或政治制度。因而許達然的散文集中，不乏積極浪漫主義精神的對反抗者的謳歌和頌揚。也唯有這反抗，才使人對未來存有希望之心，奮鬥之志，而不致於流入全面否定的虛無之中。是的，批判的目的，即在於奮鬥。

　　爭，是仍須要的。已爭了很久而還爭著的仍是一些基本人權：生活、民主、平等、自由、公義。這些並不只是口號，而是人生充分並且必要的內容。如果人活著連思考的自由都沒有，平等也是枉然。為了爭基本人

權，很多人被捉被刑被關被殺。

——〈爭和平〉

他們只因參與政治社會而被關。牢裡凝視用洋鐵做的窗與用家鄉水泥做的壁，卻看不到所熱愛的人民與土地。19 世紀中葉英國憲章運動的一個領導者瓊斯（Ernest Jones）被抓進監獄。無紙，在《聖經》的空白上寫；無墨水，用自己的血寫，寫著要把監獄的鐵欄鑄成槍砲而與外在的世界戰鬥！

——〈周圍〉

這也正是許達然批判的背後，所真正堅持的反抗信念吧！

五

然而，結合著史學、社會學與文學工作者三種身分於一身，而以散文、雜文為投槍來從事社會實踐的許達然，遂呈現出這樣的特色來：理論的架構，重於情感的抒發；思辨的明晰，重於生活的體驗。因此，他的雜文中，呈現出相當龐雜豐富的歷史與社會學認識，這樣的認識，使得他有較其他作家更為複雜的思辨能力，以及更寬廣的世界觀，但有些篇章不免呈現出蕪雜之感。

同樣的，理論的架構以及敏銳的文字，使他的散文凝練有力，但也同時流露出架構強於生活的膚觸感人的特質，有時不免會有過於乾澀之感。

然而他句子的準確銳利，格言式的發人警醒的鏗鏘，仍具有一定動人心魄的冷箭與投槍的力量，呼喚著反抗。

在他的散文集中，我尤其感動於〈轉彎〉，他刻畫幾個從理想出發，如願成為學者的朋友，歷經轉折反省，各自走上自己的道路，然而最後的結局都是回到故鄉，成為中學教師、鐵工廠工人、木匠、經理等等，「因為在故鄉，他很歡喜」。

　　前年許達然先生曾返臺住了一年。我猶記得他孜孜矻矻地奔波於故宮和各圖書館之間，蒐集資料做研究的模樣，更看見一個以文藝為社會實踐的典範，也看見了那一年他內心與形諸神色對臺灣種種現象的愛恨與歡喜。這些正與他的世界觀結合在一起，形諸於生活，形諸於神色，形諸於批判，也形諸於愛恨與歡喜的社會實踐吧！

1984 年 6 月刪定

——選自《臺灣文藝》第 95 期，1985 年 7 月

現代生存的藝術反思

許達然散文論

◎冒炘[*]
◎趙江濱[**]

　　科學技術推動的現代文明是有代價的，它在給人類帶來福祉的同時，也對人類施加其消極影響。從某種意義上說，現代文明的進步總是伴隨著人類自身的某種退化。我們從許達然的作品中便可以感覺到他對人與自然的這種矛盾本質所表達的憂思。正如他描述的那樣：「所謂文明，除了製造舒適與緊張外，也帶來機械化的野蠻和人為的殘酷。」[1]至此，理性的自信及其客觀化的勝利經過漂亮的弧線運動又悲壯地失落於理性。這個失落既是時代的特徵，又反映了一個世界性的文學主題。

　　如果把許達然的散文創作放置在這個背景上審度，那麼，他的作品顯然是對現代社會情狀的一種真摯的感應。在當代臺灣散文領域，他對漢語言文字內蘊功能的運用已幾達極致，以致使他的作品表面上與生活保持間距，但是其現實主義創作目的卻又是利用間距效果去強化人們對生活的本質貼近。這似乎是一個矛盾，許達然卻在他的作品中成功地解決了它。他的作品以人道的社會良心和獨特的藝術視野包容了對現代文明的各個方面的觀察、感受和思考，在人與自然的分裂，人與人的疏離，以及人的生存困惑和自救等重大社會問題上，傾注了巨大的心智和熱情。這些直面人

---

[*]冒炘（1932～2000），江蘇人，發表文章時為徐州師範學院學報編輯部副編審。

[**]發表文章時為徐州師範學院（今江蘇師範大學）中國語言文學系助教，現為寧波大學人文與傳媒學院教授。

[1]許達然，〈感到，趕到，敢到──散談臺灣的散文〉，《遠近集》（北京：中國友誼出版公司，1988年），頁284。

生、社會，充滿良知的作品儘管瀰散著一層拂拭不掉的憂鬱，但人們不難
體察到這正是對現代生活熱烈擁抱的特殊方式。

自然的全面復活

對臺灣本土的欣賞與生態環境的關懷構成了許達然散文創作的貫穿性
主題。他的作品始終洋溢著對大自然的鍾愛，他對大自然有一種「戀母情
結」般的眷戀情愫。並且，自然在他的藝術思維裡以多重意義顯示著全面
的復活。

以往，人對大自然的依戀似乎只是詩人筆下幻想的專利，那種人與自
然渾然一體的歡愉，僅僅被人們視為詩人們過分充裕的熱情向外界自然的
浪漫轉移，而本質上人們沒有將這種外界自然看成是內在必需。真正把自
然從詩意的幻覺拉回到現實生活中，是工業文明興起之後的事。工業文明
對自然的野蠻侵蝕，不但毀損了自然的美麗外貌，而且使人發現生存的基
礎受到了震撼。於是人們開始有意識地把大自然作為工業文明的對立物接
納進文藝作品。英國湖畔派詩人華滋華斯堪稱這種意識的先驅。和華氏迥
然不同的是，田園牧歌般的自然情調到了許達然的時代已變成了一種無法
尋找的奢侈，「以前的自然散文讚美自然，1980 年代的臺灣自然散文要挽
救自然。」[2]從 1960 年代後期，臺灣的工業化開始起步，都市日益膨脹，
農村逐漸凋敝，生態遭到嚴重破壞。出身農家子弟的許達然對自然有一種
天然的眷戀和依賴，因而面對工業的摧殘懷有本能的抗拒感，他的思想和
氣質使他又不屑於結撰讓人陶然的境界，他認為：「文學是社會事業。活在
社會都對社會有責任。……作品發表就是社會行為。」[3]因此他的筆觸從不
迴避嚴峻的現實。

他似乎就是帶著這種責任感去巡察自然的。在他的眼中，自然既是生

---

[2]許達然，〈散文臺灣・臺灣散文——《臺灣當代散文精選》序〉，《臺灣當代散文精選》（臺北：新
　地文學出版社，1990 年），頁 12。
[3]許達然，〈從感覺到希望——我對寫作的想法〉，《文學界》第 11 期（1984 年 8 月），頁 21。

命倫理關注的對象，也是人的生存之母。〈郊遊〉是這樣寫的，整個郊外一片汙濁，越走越臭，「溪已死了。貓鼠石斑魚一起和平腐爛相擠，擠出腥臭。」作者尋尋覓覓，怡人之處沒有，到處是垃圾成堆的空間。而小時的那泓晶瑩透澈的水潭，曾經是作家和魚蝦嬉戲的樂園，可曾幾何時，水邊建起了工廠，「不久又聽說連那泓水也被加工；加工後的科學廢物比人的大便還臭，卻不能灌溉。」（〈那泓水〉）在〈春去找樹仔〉裡，作家還細緻地描述了工業對鄉村沃野蠶食的過程，工業的觸鬚所及之處，膏腴的農田，蔥綠的樹木和悠揚的鳥鳴便不復存在。這些在作家的筆端被反覆勾畫，無疑是想挑起人們重新認識：大自然是生命的基礎和淵源，一切生靈，都是大自然孕育的胎兒。這種血肉聯繫一旦被斬斷，無異於自戕。

　　自然生態被破壞的情景在許達然的作品中俯拾皆是，它強大的藝術力量充分地表現出這種惡性後果，不是作為一種可能因素希望讀者去認同，而是作為一種已然事實強迫讀者猛省。因為自然界對人的報復已經是一個觸目驚心的現實：從港灣裡釣上來的魚卻不敢吃，「小魚吃汞，大魚吃小魚，人吃大小魚，破壞腦神經與排泄系統，還可能中毒而死。」（〈水邊〉）

　　自然界一方面在現代文明的肆意踐踏下從物質上與人相分裂，另一方面它也在分工日益精細所造成的頭腦貧乏下失去人文魅力。後者對自然的破壞在實質上也許更為可怕，它直接昭示著現代文明向征服自然過程中對人自身的征服，──即作為人的精神觸手的感覺的退化。揭示這一潛在的事實，是許達然散文深刻獨到的地方。〈凳然想起散步〉就訴說了作家的這種憂思：美麗的大自然在現代人的眼中正在變成一個冷冰冰的純客觀認識對象，它們僅僅與我們的知解力相關，而全然與我們的想像力和情感無緣，因而失去了涵養人類精神世界的功能。「如果有月光，我們不會李白到懷疑是地上霜；如果有星光，我們也不會康德到低頭沉思，甚至把星拉出來純粹理性批判，更不會梵谷到畫星」，「從前山上我們沒有什麼，有的是心情：一山・一樹・一葉・一草・一石各是心境，或我們在它們裡面，或它們在我們裡面。現在一湖一樹一葉一草一石雖是風景，我們在外面；離

風景很近，離心境很遠。」、「有一次好奇地在電視賞月，看到一片荒涼。荒涼上兩個美國人浮來浮去，似乎滿足那昂貴的散步。我們看了很失望，就把月關掉。以後更少看月，天上有月，我們無小夜曲，彷彿那個月對我們不再亮了。」

這裡，回到前面那個令人不快的命題，科學技術推動的高度物質文明不但沒有增進我們對大自然的親近和感受力，反而削弱了我們和大自然的聯繫。試問，多一點詩意和多一點理性認識能力，二者誰對我們的生活更有意義？如果這樣追問的話，許達然散文的意義就會進一步顯露出來。對於人的生活來說，或許高度發達的理性認識能力只有歸附人的渾樸的「詩意」才有真正的價值，這個價值就體現在「詩意」乃是人的精神的歸宿。

科學認識能力作為人類實現自身目的的手段，其作用無論如何都不容低估。許達然像其他有識之士一樣，並不懷有對這種能力及其成就的無端敵意，令他擔心的是人類對自己的這種能力及其成就的無限迷信。他在文中寫道：「科學發現我們有限卻硬要無窮。然而連宇宙都有限，世界更縮小更脆弱了。世界上的動物中據說只有人能決定將來，將來還有人？」（〈給「能」〉）作家的反詰是有理由的，人的理性一旦傾倒在理性的創造物腳下，則非理性的潛力必將泛濫起來，對自然的破壞不過是一個特例。

大自然在許達然的散文中以警鐘的意義復活，除了藝術地顯現了人的肉體和精神與自然不能分裂的姻親關係外，另一個出發點是對首先受到威脅的破產農民窘迫境況的同情。〈防風林〉裡反映了農民在工業汙染的逼迫下，不得不和泥土訣別的哀傷心情；在〈牛墟〉中他又真切地描寫了一個與牛為伴的老農瀕臨破產的絕望。〈森林〉、〈無地〉、〈妨礙交通〉等篇，動物們以自然生態遭到破壞後第一批犧牲者的身分寓言般地渲染了人的可能命運。

對自然的厚愛和對農人的同情給人這樣的印象，似乎作家是從父輩的立場上看待現代的工業文明的，然而這種父輩的以工業文明為不幸的思想局限一旦落到作家的藝術觀照之下，則只能成為一種充滿傾向性的文化批

判，而絕不意味著文化否定。他對現代文明的諸多批判是著眼於人文精神的角度，對前工業文化和工業文化整體比較的結果。他認為：「文化本是要解脫野蠻的努力，人現在卻努力比機器更機械，比原始更野蠻，簡直要機械而不要文化了。」（〈給「能」〉）換言之，現代的工業文化的內核包藏著一種反文化的不良因素，它造成了人文精神的衰退。出於這種心態，作家才用充滿感情的筆墨對田園的消失譜寫了一曲悲壯的輓歌：「遠遠阡陌縱橫外，耕耘機正翻軋著夕陽。夕陽如血把牛車上汗水皺紋縱橫的臉染得更悽切了。牛垂頭背著黃昏與老人的蒼涼，以穩重的節奏，踩著壓不死的自己與軛底的影子，走往耕耘機的方向。」（〈牛墟〉）這種深切的哀悼之所以會懾人心魂，在深層次上並不是因為一個時代的消亡，而是表現為人們對一種與精神需求相諧的文化因子喪失的追悔。追尋喪失了的內在文化需要促成了許達然對與大自然融為一體，如〈死山〉中所描繪的那樣。這可以看作是現代文明潛在危機給他的啟示。表面看來這似乎是一種消極的逃避，然而卻是一種合理的逃避。因為在現實生活中，「我們無法逃避工業化的東西，我們無法逃避文明。」（〈死山〉）但人的渴求自由的本質卻只有在這種逃避中方能獲得，精神需求不能指望在物質追求中得到滿足。

　　作為散文家的許達然，對大自然的關懷是他對生活關懷的開端，可是在他追溯生活的更高境界時，卻必然地成為他藝術的「終點」。大自然的領域以詩意涵蓋了人生最大的滿足和意志的舒張。許達然的作品在對現代文明衝擊下的大自然的全面反思中，提出了要求：人與自然的同一；其在藝術上的表現，則是精神對現代文明局限的超越。

人消失於人群

　　許達然藝術思維所關切的另一內容是，對現代文明高度社會化導致人的非社會化形象的體察與揭示。社會化，意味著人與人之間關係範圍的拓展和依賴程度的加深。不幸的是，現代文明為社會化提供了便利，但事務奔忙和機械媒介的干預，反而使人際交往變得膚淺，缺少了思想感情的交

融性功能。因此，現代社會物質上的高度舒適與便利反過來也加劇了人際間內心溝通的困難。摩肩接踵的人流世界裡，人與人變成漠不關心的陌生關係。許達然在作品中驚呼：「人，你在都市裡墮落了。」繼而他又引述卡萊爾的話說：「我們稱為社會，但卻公開從事絕對的隔離與孤立。我們的生活不是互助，而是藉著『公平競爭』等美名相敵視。」（〈都市人〉）在資本主義社會，都市的人群的確是一股令人生畏的社會力量，置身其中，那股力量徹底排擠了對個體存在的關懷，促使個體以惶恐的心情想逃離人群。

現代文明統治下的社會人群的這種特徵被作家敏銳地捕捉到他的筆下，毫不誇張地描繪出來：「亭仔腳下人行道上，腳步與臉譜譁然浮動，無法凝眸。趕路的都趕不走路，路硬是在那裡把行人趕得臉都走樣了。有似要搶或怕被搶的，臉是恓惶；有似剛看完恐怖電影的，臉存餘悸；有似剛出院的，臉蒼癯；有似要向街道講道的，臉嚴肅；有似要復仇的，臉憤怒；……」、「車煙繼續趕著人煙，灰煙繼續擁著灰塵；垃圾擠著狗味擠著人味，臭汗擠著香水擠著狐臭擠著口臭，屁趕著人，人跟著人。恐怖，他拔腿想跑，但既已在路上，只好走。」（〈過街〉）現代社會中的「人群」，確實應該作為一個特定的文化對象來研究，它儼然成了人的存在的對立，似乎含有吞沒存在個體的危險。

人，在自己壘成的大廈中迷失；人，在共建的大廈中被隔離。——一個關於現代社會的二律背反。它反映了一個令人不安的社會問題。法國象徵主義詩人瓦雷里早就尖銳地注意到這個現象：「住在大城市中心的居民已經退化到野蠻狀態中去了——就是說，他們都是孤零零的。那種由於生存需要而保存著的賴依他人的感覺逐漸被社會機器主義磨平了。」[4]

基於同樣強烈的感覺，許達然把人群聚居的都市辛辣地冠以「荒城」的綽號。在這座「荒城」的一個陰森的夜晚，有個女人受到歹徒的威脅而淒厲地呼救。人們雖然都被驚醒，但沒有一個人挺身出來主持正義。結

---

[4]（德）瓦爾特・本雅明（Walter Benjamin）著；張旭東、魏文生譯，《發達資本主義時代的抒情詩人——論波德萊爾》（北京：生活・讀書・新知三聯書店，1989 年），頁 146。

果，一個人的生命便如此輕易地被沉默的人群所扼殺。(〈荒城之月〉)眼睜睜著烈焰吞沒了生命和樓房，圍觀的人群無動於衷，倒是「遠遠暗處轎車內有人微笑計畫著如何在這塊地上投資」(〈看火〉)人與人之間的關係由疏離而冷漠，於是，「大家是自己的陌生人，陌生人不認識陌生人。陌生人不再是可能的朋友，而成了假設的敵人。」這種信任危機導致了嚴重的生存危機，那麼它的根源在哪裡呢？作家似乎覺得這是現代文明社會人的日趨物化的產物。物化的客體存在一旦壓倒人的主體意志，生存便被荒謬所籠罩。摩天大樓就是作家筆下的一個並非玩笑的寓言：人們在摩天大樓裡上不接天，下不挨地，懸浮在天地之間，「失重」困擾著人們。「有個老太婆因感到高樓威脅她，就以積蓄在大廈租一個小房間，本以為那樣就可征服大樓。沒想到她高高從窗口望下去，卻反而恐懼，覺得住在空中不是活在人間，使她渾身不舒服。後來她決定搬回地上，接近熟悉的人群。她下樓，下樓，更下一層樓，自在地活在人間。」(〈更上一層樓？〉)

　　生存主體的全面物化也導致人的道德意識的淪喪。面對物慾橫流的社會狀況，許達然譏誚地把「錢」和「賤」聯繫起來，以學者的博識和機智盡情地鞭撻了現代社會的這種世俗傾向。他指出：「人的歷史一大半是錢的文明。人製造貨幣，貨幣不能造人卻控制人。錢永遠是首流行的情歌，不必唱，看就發瘋。」(〈錢〉)追逐物慾的結果是人造物的升值和人格的貶值。現代社會的道德淪喪儘管不能完全歸咎於工業文明的進步，但工業文明進步帶來的商品化──物化現象的泛濫卻不能不說是主體的道德感淡漠的一個重要因素。現代文明附帶的對人的否定性的反作用成為一個不容忽視的可怕存在，「人發明，發展，發行，與發揮很多思想和制度，但也被這些思想和制度搞得發毛，發昏，發麻，甚至發瘋。人發明神，神控制人。」(〈歷史的諷刺〉)無疑，辯證法不是人的思維強加於認識客體的，而是原本就內蘊於客體自身的。散文家許達然對現代文明頗為偏激的態度卻使文明的真實面貌排除了人們對其理想化的矯飾。

　　在許達然對物化現象的不斷譴責中，可以體察到他的這種苦心：呼籲

和提醒人們切實關心一下自己的存在，如果我們不能清醒地在物慾橫流的現代社會中以人的存在目的為生活出發點的話，便會在存在的盲動中走入歧途。而現實生活中，人的確從目的蛻變成手段：「我們發現所謂發現並非了解。發現外在世界並不一定發現別人發現自己。人了解機器卻不了解自己了解別人，而機器不能了解人。」、「人總是誇耀能操縱機器，但人能控制自己嗎？」（〈給「能」〉）說穿了，遺忘人存在的目的是對人自身生存的最大威脅。

疏離的人群和人的天性中親近的要求構成了當今資本主義社會中不合理的現實狀況。這種尖銳的矛盾有時在非常情況下被作家以一種類似惡作劇的奇巧構思納入自己的藝術表現中，——這彷彿又是一個關於現代生存荒謬的故事：有一個公寓，平時人與人之間全不相往來，更談不上所謂關心。然而有一天傳聞有一條野狗蹓進了公寓，氣氛譁然大變。人們紛紛從自己的房間出來，互相探詢情況。「小心。共同的威脅使大家不只點頭而且開口。開口雖不一定關懷也使人覺得親切了。」冷漠公寓的罕見熱烈使守門人感慨不已：「無論多荒謬，我倒很高興自從早上聽說野狗進來後，公寓的人就突然互相親切起來，對待我也和氣多了。……無名的野狗，不管你在那裡，就躲著不吠吧！」（〈伏〉）關於野狗的存在可能是荒唐的，可疏遠的人們對親近的本質嚮往卻是嚴肅而有意義的。

正是對現代資本社會人的非社會化形象的失望，使許達然的筆往往喜歡伸進溫馨的記憶裡，彷彿那是一個身心疲憊的現代人憩息的港灣。文化懷舊往往被人們誤解為時代落伍，其實不然，對人類文化的評價不能簡單地以時間順序來定奪，文化懷舊的合理和必然性就表現在它常常採擷一個過去時代的文化合理因素作為目下時代文化缺憾的一種補充。

作家對以往歲月緬懷的一個顯著特徵是把它們和現代社會的弊端加以對比，通過這種方式讓人感到過去歲月的某些文化品格並不因其時間延宕而失去其生命力。此種生命力蘊含著一股也許是「更人性」的人文精神。作家以為，「古早古早」的時候，人們之間可以結成親善無間的好朋友，能

夠建立密切的友誼。然而，「朋友，自從近代化以後，似乎也不那麼可愛了。」、「家庭以外，物化的人際關係常是『攀得拿』（partners——股東、合夥）。」（〈七爺八爺王哥柳哥〉）他還在散文中通過對卡夫卡的《變形記》和史坦貝克的《人鼠之間》的分析，有力地揭示了物化對人性的摧殘。這些憤懣與悵惘加深了他對昔日人際之間綢繆關係的神往，於是自然而然在視野的盡頭出現了兒時的那條小巷，儘管條件破陋、環境齷齪，但不失人間的溫暖。這裡的每個人都在別人的心中占有一席之地，每個人都直接是維繫他人生活的必不可少的紐帶，他們當中偶然一個人的去世，便會使這個小巷的全部居民陷入悲痛之中。可現在的小巷在現代文明的衝擊下，也被冷漠與死寂所侵襲，這使作家舊地重遊後百感交集。（〈想巷〉）就連屋簷下的「亭仔腳」也令他流連忘返，因為它雖土氣，卻充滿人情味，可以供過往行人駐足、遮陽、蔽雨，對人儼然噓寒問暖。相比之下，西方高度物質文明的社會中，「街上雖有屋簷與柱子，撐著的卻都是自己的屋頂，沒有亭仔腳。」（〈亭仔腳〉）顯而易見，亭仔腳的世界作為一種過去文化的象徵包孕了讓人沉醉的「人化」情調。這種令人溫暖的情調還體現在〈番藷花〉、〈順德伯的竹〉等篇中。它們組成了作家文化批判基礎上的一種文化嚮往，——一種對未來文化重新建構的努力。

生存困惑與自救

對現代文明社會的失望與批判，不可避免地把許達然捲進現代人的生存困惑中。這種困惑常常表現在他對人生意義的索而不得的苦惱裡，甚至連他自己有時也流露出對理性追索的洩氣。隨著人生閱歷的增加，他不是愈來愈清晰地獲得了人生的真諦，反而越來越被一種困擾無情的攫住。生存的焦慮在他的存在主義式的無窮追問中鮮明體現出來：「我知道我在那裡？我知道我在，那裡？我知道我，在那裡？我知道我？在那裡？我知道，我在那裡？我知，道、我在，那裡？我知道？我在那裡。我知道我在那裡！」（〈遠近〉）「名字證明不了什麼生之意義」，「名並不等於人」，「可

惜一般人常硬把姓名當我們。」(〈名〉)

　　生存的困惑既體現在執拗的理性思辯中，也存在於自由自在童真生活的映照下。小的時候，「我有東西可迷，無東西可失。我走東西，也許不知道南北，但總記得那個圓心。那時只要知道家在那裡就不會走失。」(〈遠近〉)教堂前，作家看到孩子們無憂無慮地追逐時，苦悶不由得產生疑惑：「有樂趣不一定有意義，但小孩子只要快活，不稀罕意義。長大的我們追意義，時間卻追我們，即使我們不迷路也會年老，而藏住的還是謎。」(〈廣場〉)

　　許達然對生存的迷惘在其散文中似乎以一種新的調子繼續著本世紀初葉德國詩人里爾克的惆悵：「何處，呵，何處才是居處……？」[5]強烈的生存歸宿感表明，人並不是生來就無家可歸的，人的迷失乃是現代文明社會畸變的結果。生存的全部要義幾乎處於被物質架空的情形。對於許達然這樣一個以「大我」為關注對象的富有社會責任感的作家來說，他不得不把筆觸大量花在對現代社會的不合理現象的抨擊上，他的決心也許是把人在現代社會中被顛倒的形象重新樹立起來。在〈玩物〉裡，他就描繪了人的顛倒：「假的，騙騙小孩的時間與好奇而已。但死人活人被當做玩物奉待愚弄倒是真的，玩物被當做活物活人遊戲表演也是真的。人玩玩具，玩具玩人，想起來是很可怕的了。」、「電視，在所謂自動是指電動的社會，成了大家流行的玩物，也許大家成了商人廣告的玩物，玩誤，玩不悟。」

　　作家對生存的困惑既是一個具體的現實問題，也是一個抽象的哲學問題。他的散文可以說是一個兼及二者的混合體。他的散文總是藝術地將人生的困惑從形而下的狀況轉入到形而上的探討中，這使他的一些作品有時蛻變成一個蘊含深廣的寓言，——譬如〈渡〉。一個藝術家用優越的眼光打量著目不識丁的船夫，得知這個船夫不懂哲學、音樂、文學、繪畫時，哀憐地對他說：「唉！你人生的意義差不多只剩一半了。我們都需要真善美，

---

[5] （德）里爾克，〈瓦萊士詩稿或葡萄小年〉轉引自漢斯・埃貢・霍爾特胡森著；魏育青譯，《里爾克》（北京：生活・讀書・新知三聯書店，1988 年），頁 261。

利用文化提高生活。」在藝術家眼中顯得愚鈍的船夫卻從切身的體驗對生活作了質樸的解說：「生活！生下來以後就想活上去，總要活著才能講究增深，豐富，擴展，與提高啊！」藝術家的矜傲表現了現代社會中，文化的優勢已經脫離了人的基本生存，流變為社會虛榮的裝飾品，這種莊嚴一俟生命受到根本的考驗時便顯出其虛偽性。所以，小船在風浪裡顛簸時，鎮靜的船夫別有用意地問慌張的藝術家：「你會游泳吧！」船翻了，不會游泳的藝術家被船夫救出了水，而船夫卻為此失去了生命。在作家看來，生命的意義在樸實人的生活中更為實在，因為他們從來沒有將意義當作是自己生活之外的事情。這種看法與前面作者對存在意義的單純考問顯然不同，似乎表現了他對形而上的理論追索的不滿。

　　許達然對人生的困惑也同時體現在他對現代藝術的求索中。他的藝術見解如果從純粹的理論角度衡量，也許有值得商榷之處，但他從來就不是在理論的層面上奢論藝術，而是將藝術牢牢地札根在生活中。儘管他是一個學者，但文學創作卻不是被當作副業看待的，他的文學之筆傳達的就是他的生活之思。因而毫不奇怪，他對芝加哥市政廣場上那尊畢卡索抽象鋼雕上讓人猜謎般的造形的指責，其實表明的是他對生存的態度：人不應將自身的迷惘和頹喪強加於藝術的朦朧。「藝術雖不一定等於什麼，雕刻雖不能呼吸，但總涵括什麼表現什麼吧！即使無題也要有主題。」、「現代藝術卻大多只使人朦朧感受，甚至軟硬橫直都抽象，不知要把我們紮實的存在抽到那裡？現在我們被藝術化後竟看不清自己了，無法從雕刻或繪畫裡走出來。」（〈芝加哥的畢卡索〉）

　　許達然雖然久陷於現代文明社會的困惑中，但不甘沉淪的思想意志使他在作品裡展開了與現實處境的搏擊，企圖在沒有座標的情況下闖出現代生存的迷宮。上帝和命運對於現代人的精神自救早已失去了以往那種巨大的魅力，自救落在自己的肩上。自救的努力在他的筆下似乎從三個方面展開，或許可以認為作者提供了三種自救的參照方案。

　　首先是對人生理想的執著追求。〈轉彎〉、〈執著〉等篇表明了作者的這

個意圖。前者通過三個朋友對人生理想的不懈追求表明，縱然在追求理想的道路上可能出現波折，但只要矢志不渝，理想終將變為現實。後者則借諸一個少女頑強學琴的精神，闡述了人對生活應有的積極態度。作者的這種態度不啻是一曲意志力的頌歌，從理論上說，它是沒有選擇的選擇。而作者的對存在主義哲學的認同似乎是其內在根據。〈二〉的觀點和語言形式就是佐證：「一開始人雖無法決定，以後卻要有所選擇。」、「沙特認為人選擇自己時也選擇別人，人選擇自己的自由時也選擇了別人的自由，人都對自己的行為負責，人做事按自己的判斷。判斷就是選擇！耶斯培（Karl Jasper）乾脆認為『人是選擇的總和』『我選擇，我是；我若不是，我不選擇。』」、「拒做弱者的，選擇也是奮鬥。」作者的態度之所以值得嘉許，是因為在人生的困惑中不失積極進取的意義。

其次是對奉獻精神的提倡。奉獻的基礎其實是愛心的推廣，這也是社會道德意識的原始內核。在現代物化的社會環境中，人的困惑的重要原因便來自人的非社會化形象對人的否定。要解決這個問題，首要的是校正人的形象，使他人不成為自己感到壓抑的前提。為達到這個目的而採取的手段就是無私的奉獻。奉獻不但對他人必要，對自己的靈魂也起著淨化的作用。奉獻即使不是人生的根本目的，至少也會成為推進人生目的實現的助力。或者說，為他人奉獻的生活準則也是一種具有崇高性質的實踐的人生觀。這種內容在〈貢獻奉獻〉、〈手的傑作〉、〈假日〉及〈鋁的〉等篇中表現得最為出色。他說：「活著，我們總得好好活，用手腦活在工作中，努力使自己與別人過幸福的生活，在這獸性流行的今天，我們更可以用這雙手背起苦難的十字架，把幸福送給別人，將痛苦留給自己──這該是人生的悲劇中最感人的一幕，也是介於神獸之間的人，神性的表現。」（〈手的傑作〉）、「活著其實不必有什麼堂皇的理由，人絕非僅為自己而活就是了。」（〈假日〉）奉獻精神在作者看來既是人對社會負有責任的積極反應，也是對現代社會物化造成的冷漠、自私的反動。

第三點可以看作是作者的人生信仰的衍生態，我們姑且名之為「英雄

崇拜」。這裡的英雄並非指那些孔武蠻勇之輩，主要指歷史上那些精神偉大、意志堅韌的文化創造者，用他的話說就是「介於神獸之間的人」，帶有「神性」的人。這無疑是人的精神可以企及的光輝頂點。因此，「英雄崇拜」就是人對完善的人格形象追求的存在意識。從這裡我們就不難理解作者的書房裡為什麼擺滿一書架中英文偉人傳記，也就不難理解作者為什麼這樣感嘆：「尤其在我們所生活的這個 20 世紀，更是個需要英雄的時代。」（〈苦悶的英雄〉）換句話說，在我們這個充斥淺薄浮華價值觀念的令人困惑的世界中，只有思想深刻、品格崇高的人們——英雄——才能真正主宰自己的生命，所以，貝多芬、米開朗基羅、羅曼·羅蘭、梵谷、尼采等便成了他賞識的人物類型。英雄們作為人們應當仿效的榜樣，許達然把他們的內在機制描繪成「孤獨」，——一種充溢智性的沉思。他認為，人「不迷失那可羨慕的智慧在這到處流行迷失的現代社會裡是越走越少了。」（〈遠近〉）、「人們終有清醒的時候，那清醒回味的姿態，正是五十多年前羅丹的塑像〈沉思者〉」。（〈苦悶的英雄〉）

　　「孤獨」，在許達然作品中，當然也在其思想中形成了一個非常複雜的概念，它是英雄們的內在機制，有時也是他反省自我的必要氛圍（〈孤獨城〉），還常常寓有逃避世俗的生命避難所的意思。綜合起來，結論也許是這樣：許達然以熱戀生活、潔身自好的沉思境界構築了一條通向「英雄」，走出困惑的人生道路。這需要商榷，但其真誠和嚴肅顯然是不容懷疑的。

——選自《新地文學》第 9 期，1991 年 8 月

同情的理解

我對許達然散文的理解

◎羅秀菊*

　　邁進 1990 年代中期，社會文化現代化的形勢愈見明顯，而文學界在整個社會文化的機制中，也不可避免的成為消費文化的場域之一，創作、出版、閱讀成為消費性的行為，而文學作品則儼然成了消費商品。誠然，文學仍自有其功用存在，可以保持語言的活力，淨化人心、提升人生境界，增進對人生的了解，也具有實用性的功能——助於改良社會，現實人生的不完美，藉由作家作為代言人，將社會上的缺點或多數人的願望在作品中表現出來，進而提供大家努力奮鬥的目標，以改善社會環境。然而，檢視當代文學的出版，能超越商業性的藩籬，而以此種嚴肅的態度來從事創作的作家能有幾人？因此，非常欣然地見到像許達然這樣一位作家，直至1991 年出版散文集《同情的理解》，都能夠堅持以文學作為社會的事業來經營、默默地耕耘著，是少數不媚俗地迎向市場消費的作家之一。

　　許達然對文學的堅持，相對於當今社會文化的潮流風尚，無疑是令人由衷欽佩而肅然起敬的，這即是本文寫作的出發點，而以下將由許達然所服膺的文學理論、及其本人所具有的散文理念，來觀察其理念的實踐，是否可在他的散文作品中得到印證，再進一步檢討其篇章是否能有效的發揮作用，以達到他以文學做為社會事業的目的。

一、許達然的散文理念——以文學為社會事業

　　在許達然的散文作品及一些論文中，可以發現他受德希達、巴赫金等

*發表文章時為政治大學中國語文學所碩士生，現為陸軍專科學校講師。

人之文學觀念的影響很深，認為「文學是一種『奇特的制度』，使人可用各種方式要寫什麼就寫什麼，衝破禁忌；散文該是給作者最多自由表達的文學空間了。……散文藝術給論述裡的歷史和社會一種感覺，一種在歷史變化和社會爭鬥的參與感。」[1]歷史學和社會學的學術背景，使他視文學為一種工具，一種可以直接參與社會和歷史的表達工具，而散文是最可以自由自在書寫、發揮空間最大的工具，「我們聽到，看到，讀到的，當然可以用雜文，用抒情文，用小品文，用遊記，弄準焦距，特寫出來。散文精神正是有話就寫，寫就不懼情勢，不拒嘗試，不拘形式。散文作者已展了太多『我』了，活在人間寫人間，寫出『我們』與『他們』，當更切實，更有義蘊。我們雖不一定能了解別人，但至少可以寫出我們的觀察。」（《吐・感到，趕到，敢到》）散文要寫的是對社會現象的觀察和思考，要落實人間情況，強調散文創作必須具有社會的關懷，以作為對現實生活的思考與反映，使散文不再局限於小我的意境，而開拓至大我的人間。

基於這種對散文的期許，他很希望散文作家們能夠「活潑語言的運用，多創作些主題鮮明，內容帶思想，映時代，與含社會的散文。」（〈感到，趕到，敢到〉）另有一段更為精闢的話，直接指出作家從事寫作應具有對社會的責任感：

> 寫就是作──不是造作而是作與造。虛偽已充斥，作者真誠吧！真誠做見證者與批判者。要見證與批判就表達出來，用大家的語言藝術地表達出來。大家的語言也是文學語言，語言是人造的，人利用語言而非被語言利用。寫作，什麼都可放棄，不能失去的是歷史悠久的語言、對群體的責任、及創造力。
>
> ──〈從感覺到希望〉[2]

---

[1]許達然，〈日據時期臺灣散文〉，「賴和及其同時代作家：日據時期臺灣文學國際學術會議」，清華大學臺灣研究室，賴和文教基金會主辦，1994 年 11 月 25～27 日，頁 1～4。
[2]許達然，〈從感覺到希望──我對寫作的想法〉，《文學界》第 11 期（1984 年 8 月），頁 21～22。

　　肩負著對歷史、對人類的使命感，作家要寫的不是感受而是思考，要在文章中真誠地見證與批判社會現象、論述大眾所關心的問題、描寫現實生活的真實面貌，及抒發個人的思想和感受。在此，他明白地揭示文學是社會的事業：

> 我認為文學是社會事業。活在社會都對社會有責任，連紙都是別人替我們造的，寫作要擺脫社會是不可能的了。不管作者的動機如何，作品發表就是社會行為。執意寫個人的呼吸而忽視社會與時代的脈搏，那些自喜自怨自賀自吹就自看，發表徒費樹的年輪及讀者的時間。僅寫無關人群的不是自瀆就是自私。其實只有把別人當人，自己才算人。一個作者沒有領土，可能有的是人民與故鄉，若連故鄉的人民都不認識，愛顧，與尊重，不寫也罷。構思、執筆、及發表都脫離不了社會經濟結構，都和大眾有關。
>
> ——〈從感覺到希望〉

作家要將創作視為社會實踐、社會事業，將文學和社會、時代相繫，走出個己的小格局，以筆管來關懷社會、人民、故鄉；否則，就別再寫了。這樣的論調，雖然是過分重視文藝反映現實的功能，而忽略文學仍有純粹藝術美的層面，然而，正可以見出其用心之深厚。

　　此外，對於臺灣的文學，許達然認為歷年來的文學作品中所表現的主要是社會和經濟的變動，不過都還不是全面性的、時代性的、史詩性的，他希望臺灣能有史詩性的作品出現，能表現這個時代這塊土地上人民的思想、生活經驗、期望、理解，甚至是幻想的作品；而文學創作者有應在思想上求突破、放寬寫作的範圍，於作品中披露對臺灣現象的思慮和批判的寫實。[3]

---

[3]關於許達然對臺灣文學的看法，資料來自楊棄，〈臺灣文學研究會與「鄉土文學」：訪許達然博士〉，《夏潮論壇》第 10 期（1983 年 11 月），頁 77〜80。

二、理念的實踐

　　由以上許達然對文學及對散文的理念，可知他所強調的是文學和社會緊密聯結在一起的，文學作品除了要反映社會現象，更要提出批判，作家要以社會、人民為使命；可以感受到他強烈的社會寫實作家性格，而這樣的苦心，其實是不難在他的散文作品中得到應證的。

　　臺灣社會，受到工商業文明和科技文明的衝擊，使都市和鄉村在快速變化中，產生了失序的現象，諸如資本主義的遺毒、工商業發展的弊病、自然生態環境的破壞、人性的墮落、道德的淪喪；然而，面對失序社會的諸多亂象，許達然在散文中不是一味指陳謾罵，相反地，卻以人道的精神、悲憫的情懷來發抒他對社會的期待——「寫作的無非一些同情的理解。在同情的理解裡，或許發現這世界還有真善美。」（〈《同情的理解》序〉）

　　在許達然的散文作品集中[4]，除了《含淚的微笑》與《遠方》是許達然在大學時代的創作，早期的文章內容偏重於由個人出發的哲理思考，以抒情的筆調唱出心中的悲歌，又十分注重語言的鍛鍊，意境的經營也很獨到。《土》之後的散文集則是在留美時的寫作。雖然生活在美國，卻沒有任何異國的浪漫情調，他的關注焦點集中在家鄉的鄉土上：

　　　　為生活，甚至不得不出國或自我放逐也已好多年了。在異邦，用筷子，怎樣夾都不如家鄉味；讀古文，怎樣臥都不像長城；捧唐詩，怎樣吟都不成黃河。再不如，不像，不成也要精神上認同；然而身在外嚷叫心愛鄉，口再響亮頭頂的仍是別人的天空。不願空做煙囪冒煙，裊裊鄉思卻變成精神分析家艾利克生（Erik H. Erikson）所指的自責，責備自己脫離了自己的土地，良知吵著要回去；然而有人只因積極關懷鄉土竟不能回

---

[4]許達然已經出版的散文集，計有：《含淚的微笑》（臺北：野風出版社，1961 年）、《遠方》（高雄：大業書店，1965 年）、《土》（臺北：遠景出版社，1979 年）、《吐》（臺北：林白出版社，1984 年）、《水邊》（臺北：洪範書店，1984 年）、《人行道》（臺北：新地出版社，1985 年）、《同情的理解》（臺北：新地文學出版社，1991 年）。

到鄉土。

——《吐・回家》

　　他把不得不離鄉去國，當成是自我放逐，雖然身在國外，精神上卻時時刻刻繫念著家鄉的一切，他熱切地愛鄉土，卻無法回到鄉土，心中的苦悶可想而知，於是，只有將這擁抱祖鄉的意識進而落實在寫作上，在字裡行間去尋找他心中的愛鄉。因此，在他的散文集中觸及到家鄉的篇章為數頗多，例如《水邊》中的〈那泓水〉、〈水邊〉描寫小時常去的小溪，但在溪畔景色今昔對比下而生的感慨；〈奇〉寫永安宮的佛祖巡境；《人行道》中的〈東門城下〉、〈祖師廟前的黃昏〉將鏡頭瞄準鄉土上的古蹟及人情；《同情的理解》中的〈家在臺南〉、〈臺南街巷〉等篇觸及到故鄉臺南的街道、古蹟、小吃、書店等的回憶；也有篇章是寫他的大學校園、或街上的一棵榕樹的命運、或家鄉人物的遭遇、或是原住民的際遇……在他的筆下無一不流露出深刻的關懷之情。且看他對臺南的情有獨鍾：「臺南曾是我最喜愛的地方。二十年前在那裡當兵。那時臺南真美麗，一出去就碰到古蹟。走到民權路的古井，已枯了，卻流著傳說。」這裡面含有多少深刻的感情！

　　在關懷鄉土的感情支使下，他對臺灣島上的各角落投以冷靜而敏銳的觀察，發現臺灣社會已深受工商業的遺毒，環境的各種面貌已不復以往，連人與人之間的感情都變質了，這些看在他的眼裡，而心是既沉重又傷痛的。不僅僅在文章中披露這些社會的怪現狀，更對造成這種現象的禍首——科技文明和資本主義大加撻伐。先看他寫田地變更為工業區的景況：

　　聽說田賺不了什麼錢，農民只好賣給別人建工廠。聽說工廠排出的二氧化硫枯萎了稻，汙水流進田灌死了稻。……到了工業區，一下車就看到煙囪。那些無耳無目的怪物，整天張大著嘴猛吐，空中畫不出圖卻繚繞不散……

——《水邊・春去找樹仔》

《同情的理解》中的〈垃圾箱旁的樟樹〉、〈山情〉、〈去看壯麗〉、〈愛〉及《水邊》〈那泓水〉等篇章亦有對工業文明、核電的指陳，在在都是對土地、對自然的破壞。而跟隨著文明發展的是人性的墮落，〈謠言的鄰居〉中人與人之間的不信任和懷疑，藉由實例描寫得不禁讓人扼腕──「其實我們都不知道對面那個人到底做了什麼，就把他編成惡敵，任意打擊，我們簡直變成仇恨的奴隸了。」探尋禍因，許達然的視角並不只局限於臺灣島上，而是以俯瞰世界的觀點，指出資本主義所締造的科技文明其實只是一種野蠻[5]：

> 人了解機器卻不了解自己了解別人，而機器不能了解人。機器甚至已被誤解是文化。文化本是要解脫野蠻的努力，人現在卻努力比機器更機械，比原始更野蠻，簡直要機械而不要文化了。
>
> ──《吐‧給「能」》

此外，資本主義使人利慾薰心、弱肉強食，這在《吐》中的〈七爺八爺王哥柳哥〉、〈貨物崇拜〉及《水邊》中的〈轉彎〉中都有陳述，「資本家鼓勵消費以大量生產增加利潤的影響下，教育已成消費行為；學生消費，教員製造。」（《水邊‧轉彎》）連百年樹人的教育事業也被資本主義斲喪到此種地步。

作家所心繫的社會、人民、鄉土既已淪落到此，在寫作時豈能不有痛心疾首之感，怪不得許達然會覺得寫作是痛苦的。[6]鑒於種種的破壞，讓他那深感痛苦又始終堅持對社會的責任感、使命感，不得不要為時代及歷史找一條出路，這條出路即是：挽救自然。他鍾愛大自然，秉持「自然最可

---

[5]《吐‧感到，趕到，敢到》中云：「所謂文明，除了製造舒適與緊張外，也帶來機械化的野蠻和人為的殘酷。」

[6]許達然在〈從感覺到希望〉一文中曾說：「我覺得寫作很痛苦，只因不願僅寫感覺，那些討人歡喜的；而喜歡思想，那些隱喻消息的。」一個具有社會使命感的作家，其用心如此之深，豈不感人？

信」（《同情的理解・山情》）的信念，以回歸自然來躲避文明的襲害。《水邊・踱然想起散步》：「從前山上我們沒有什麼，有的是心情：一山・一樹・一葉・一草・一石各是心境，或我們在它們裡面，或它們在我們裡面。現在一湖一樹一葉一草一石雖是風景，我們在外面；離風景很近，離心境很遠。」自然與心境融合為一是最理想的狀況，然而要達到這理想的狀況，除了人要有親近和感受大自然的機會，最重要的前提是：別再讓文明破壞自然，保育自然生態，恢復自然的本來面貌。於是在他的作品中處處可見對自然的嚮往，屢屢為受難中的動物、植物發言請命，籲請人類尊重自然的生命，如《水邊》中的〈森林〉、〈妨礙交通〉、〈無地〉等篇即是例證。

　　以上關懷鄉土、批判資本主義文明及挽救自然等課題是許達然散文中最主要的題材，以文學做為社會事業的態度，的確是實踐在他的散文作品之中，因為他不但寫出了對現實生活的觀察、思考與批判，成為時代與歷史的見證。在這些題材之中他還融入了人道主義的精神，因此，篇中對社會人生的關懷，盡是悲憫的感情，沒有囂聲謾罵，不是無的放矢，而是發自內心地希望社會環境變好，似乎這就是他的人生志業了。苦悶、憂鬱、憤慨、無奈，卻仍堅持不挫，他的用心與精神誠令人感佩萬分。

三、餘論

　　用心如此的深刻而沉重，所獲致的效果又是如何呢？這就牽涉到許達然散文的另一個特色——語言的形式。「一般來說，他的語言特別注重意匠經營，或利用壓縮以飽和詞意，或安排特殊的斷、連，以增拓想像空間，或變化詞性（運用雙關語、同音異形、同字異義等），以擴大象徵性。」[7]許達然除了散文寫作之外，同時也具有詩人身分[8]，對於語言形式的特意經

---

[7] 此段對許達然散文語言的分析，是林明德在《中國現代散文選析 2》（臺北：長安出版社，1985年），頁 886 中的評論文字。

[8] 趙天儀等，〈許達然詩與散文討論會〉，《文學界》第 11 期（1984 年 8 月），頁 4～20。許達然曾是笠詩社的臺柱，曾出版的詩集有：《許達然詩集——違章建築》（臺北：笠詩刊社，1986 年）。

營，自是不在話下——利用語言、而不被語言利用，然而在散文的體制中若是不能完善地鎔鑄詩的語言，而使語句不夠明朗、晦澀，則讀者在閱讀時勢必會形成干擾的因素，不能完全理解作者的意圖，而使作者原欲披露的主題意識大打折扣。

　　檢視許達然的散文作品，詩化的句子很多，諸如：「喁啾聲中，感到心情是一棵樹。然而枝枒怎樣伸出張望都觸不到遠方。」（《人行道·感覺》）、「恍惚什麼都看不清了。鐵欄外，恍惚白雲飄浮著，飄浮著，飄浮著，忽然不動了。什麼都靜止了，什麼都暗了。」（《同情的理解·一生》）、「靜，冷極了。靜得彷彿連貓吃下鼠後都已睡著，冷得連草都枯萎而絆不倒人。」（《水邊·夜谷》）……這一類詩化的語言寫得很美，但用來表達批判性的議題，似乎就顯得格格不入，且容易分散讀者的思考力。

　　至於變化字詞的詞性、或是字音的變化，而求意義上的連貫，在文中也不時地出現，例如：「他不敢確定學術界抄來抄去吵來吵去編來編去鞭來鞭去偏來偏去貶來貶去騙來騙去有什麼意義。」（《水邊·轉彎》）「車車車轟著，舶來交通車轟舶來小轎車轟國產小轎車轟計程車轟公共汽車轟卡車轟機車。」（《水邊·過街》）這樣繁瑣而冗長的句子反倒使人忽略了原來指陳學術界黑暗和交通混亂的現象，徒在文字遊戲中繞圈圈而已。

　　此外，思辨性的文句或引用西方哲人的話語過多，也會造成閱讀上的困難度。例如：「明知不公平存在，只對欺壓者憤怒，對被欺壓者同情，不過像演戲裝些表情而已，正是奧威爾的諷刺：『人道主義者是虛偽者。』倘若只思慮受辱者，受辱者還是受辱者。有辱者才有被辱者。有辱者的算術裡，一個強者加一個弱者等於一個強者，甚至一加一而成王。」（《人行道·假日》）同時有引語和思辨，這對於一般讀者是不容易立刻讀懂的。

　　然而，許達然所使用的語言也並非全都如此，文章中用方言和俗語的表達，卻是生動而貼切的。如他所說：「用方言與俗語，不是使散文『再粗雜化』（rebarbarization），而是注入語文的新血液，增強表達的貼切與內容的落實。」（〈感到，趕到，敢到〉）

　　整體言之，許達然散文的語言肌理頗具特色與涵意豐富，但也因為過於含蓄、溫潤、多隱喻，而顯得不夠犀利、直接，若為達到批判寫實的目的，則這樣的語言是會有若干妨礙的。

結語

　　許達然的散文以社會、人民、鄉土為探索的對象，選擇了批判現實的角度，揭示了社會上叢生的問題，將文學的實用功能發揮到極致，同時，也可以做為時代與歷史的見證。雖然，其效果因為語言的形式而略有妨礙，但其以文學作為社會事業，使文藝的力量伸展到社會的實際效用，其肩負責任、使命的精神，著實是令人感動而可以理解的。

　　對現實提出批判，同情的理解之後，最終是希望能發現世界的真、善、美。許達然語重心長地的道出他的想法：「我們最愛的土地，汙染到這款，感覺早已不美，思考後更醜。如果寫它的不美，只因覺得有悲壯歷史的臺灣還有美的可能。」（〈從感覺到希望〉）

　　臺灣還有美的可能！

——選自《臺灣文藝》第 155 期，1996 年 6 月

空靈的探險
許達然散文簡論

◎黃發有*

　　許達然無疑是個早慧的作家，他大學時出版的散文集《含淚的微笑》初試鋒芒，就風靡臺灣文壇。1965 年他赴美留學，先後獲哈佛大學碩士學位和芝加哥大學博士學位，現任美國西北大學歷史學教授。他 16 歲時便獲臺灣新新文藝獎（1956 年），隨後又獲第一屆青年文藝獎散文獎（1965年），散文金筆獎（1978 年）和 1980 年度吳濁流文學獎新詩獎等多種獎項。他的主要作品有散文集《遠方》（1965 年）、《土》（1979 年）、《吐》（1984 年）、《水邊》（1984 年）、《人行道》（1985 年）、《春天去看樹仔》[1]（1986 年）、《防風林》（1986 年）、《遠近集》（1988 年）和詩集《違章建築》（1986 年）等。

　　許達然主編過《臺灣當代散文精選：1945～1988》，他為此撰寫了〈散文臺灣‧臺灣散文〉一文，此文沉澱了作家對散文的獨具隻眼的理解與感悟，他認為散文在語言運作上大抵有三種：「第一種把文章當作寫出來的日常話語，平鋪直敘，彷彿連修飾也多餘，是寫給人用口念的。第二種文白夾雜，穿插成語，感慨時請古人作證，抄襲悲傷，是寫給人用眼看的。第三種錘鍊文字，凝聚意象，交融詩情，創造意境，是寫給人用心讀的。」許達然孜孜以求的顯然是第三種境界，亦詩亦文、雙管齊下的寫作狀態使他的散文回旋著雅致的詩韻，躍動著蓬勃的詩情。他的許多短章，在文體特徵上將散文擅用的聯想思維方式和詩歌擅用的想像思維方式有機地熔於

---

*發表文章時為山東大學文學院教師，現為山東大學文學院教授。
[1]編按：此書無出版。

一爐，飄逸靈動的記敘和不溫不火的抒情相得益彰，令人耳目一新，表現出散文的詩化傾向。

　　蹦躂於豪華都市的物的叢林，沉重的壓抑感和厭倦感驅使人們逃避心靈，通過降低靈魂的敏感度來麻痺自我，在自欺欺人中與現實妥協。物化現實的潛在的侵蝕還使人們把物質作為精神和情感的參照，擬物化的表達大行其道。而許達然顯然不願將心靈密封在用精神水泥澆鑄的容器裡，他選擇了一種溫和的方式抗拒走馬看花、堆砌物象的「物化散文」。他試圖以心靈的瓊漿作為膠黏劑，養護那些被犀利的感覺雕琢得晶瑩剔透的文字。許達然最有個性的文字當屬〈看著湖〉、〈臺灣山海經〉、〈草坪〉、〈白樺樹和野兔〉、〈相思樹〉、〈冬天的考試〉、〈山情〉、〈木瓜樹〉、〈島鳥〉等狀寫山光水色、花草樹木和飛禽走獸的篇章，它們的魅力並不在於作家挖掘了自然物象的觀念內涵，也不在於他把自己物象視為主體心靈的客觀對應物。在這個物欲橫流的年代裡，倍受狹窄空間的擠壓和劇烈競爭的脅迫的都市人都潛在地具有著遁逸山林的隱祕衝動。於是，在敏銳的商業意識灌溉下的文化產業便適時地藉助文字和圖象仿製出廉價的「自然」，作為畫餅去紓解人們的精神飢渴，這樣的「自然」是得其皮相而失其神韻的自然的渣滓。當前許多沽名釣譽、才思枯竭的文人趨之若鶩，高舉看「生態意識」的大旗販賣「自然」。因此，許達然這組散文中流注的「生態意識」並不見得如何高妙和奇崛，而且，在先行的「意識」引導下炮製出來的文字往往一如穿著鐵布衫行走的女子，肢體僵硬，表情機械。許達然散文最為動人的地方是童趣盎然的感覺方式，那種跳脫的好奇心常常在不經意間撞開了一扇精神的閘門，那本來顯得凝滯的文字頓時變得舒緩而流暢，熠熠的靈思騰起迷濛的彩霧，字裡行間閃耀著迸發自感覺之渦的心智的吉光片羽，而在表面零散實則絲絲入扣的綴合中又凝結成作家對散文的文體精神和臺灣的時代狀貌的觸摸。時下不少貼著「天人合一」標籤的文字只不過是作家用文字的軟繩將自己和自然強行捆綁在一起，是一廂情願的「拉郎配」，而許達然卻常常能出人意料地迸射出一些通靈的文字，這當然不是在

居高臨下、守株待兔的狀態中捕捉到的，而是他內心那塊不曾被汙染的精神領地在與自然撞個滿懷時的擁抱和擴充，被年深日久的世俗生活所縫合的翅膀驟然間張開，翔舞於靈地的上空，人與自然之間的天然通道在長期壅塞之後被意外地疏通。

當前的大陸和臺港散文都充斥著世故與假裝天真的文字。相對而言，假裝天真的文字比世故的文字更讓人感到饜足。許達然最為卓異的地方就是秉持一種自得其樂的童真，正是這種童真的內源性釋放使他的思維方式具有天然的詩性色彩，這和原始人以移情為媒介而形成的「交感巫術」具有某種相通之處，即不約而同地認為山川大地、河澤草木都有人的性情脾氣。對自然的人化的理解即移情是許達然散文的審美思維，它使作家和世界變得親近。「有許多話可說時，湖瀅瀅和諧配音。有話不說時，湖盈盈填補沉默的旋律。」、「沙灘上還散布著很多沒被我們踐踏的鳥印，湖水忙著和陽光打交道，也不來掃；而我們又莫名其妙賴在這裡，水鳥寧可調侃浪也不肯來歇歇。」（〈看著湖〉）、「霧再繚繞也散了，我們一轉身，竟有小池如鏡，靜靜把一塊天拉下去反省。可是不久山水就吵起來了。瀑布耐不住山的岑寂，嚷著搬出，強把自己降成溪，猙猙爭著要流到海。泉水也不甘寂寞，潺潺纏著我們。」（〈臺灣山海經〉）、「他希望木瓜長得和拳頭一樣大時才要摘。然而木瓜不明白他的等待，受不了成熟而落下來，碎了。」（〈木瓜樹〉）透過這些從許達然的散文中隨意俯拾出的句子，可以見出作家擅用擬人修辭。將主體客體化的移情和將客體主體化的擬人是一物兩面，它們的琴瑟唱和使許達然的散文內蘊著一種物我交融，主客不分的直接同一性關係。作家在移情體驗和擬人表達中原始地意識到了人己、物我之間的暢通無礙，打破了個體內在的封閉性，實現了人與自然、人與對象的圓融性夢境。〈溪〉的擬人表達使作品既像寫溪又像寫人，因其文字層面的模糊性而擁有意義的豐富性。「溪流通到中學時，溪還像莊家小姑」；「進大學後，溪彷彿鎮上自拉二胡的少婦」；「入社會後，古意的溪被修理得遍體傷痕」。前面摘錄的三句段首句已足以反映出人和自然同時遭遇到的時間

困境。但遺憾的是，許達然顯然過分依賴擬人表達，常常給人招數用老的印象，他的一些文字無疑是在思維僵硬狀態中擠出來的，任何通靈的感性都極難抵達收放自如的化境，它是不期而至的心靈震顫，在成功經驗慫恿下的刻意追求和無節制的採伐難免牽強附會，弄巧成拙。

　　作為一個受過嚴格的學院訓練的學者，許達然的理性思維不能不在其散文創作中刻下深深的烙印。對紛繁世態的若即若離的觀察使他變得沉潛和清醒，而無法徹底冷卻的生命激情卻不時地雜糅其間，這導致〈武廟文章〉、〈慶祝以後〉、〈真不美〉、〈觀光飯店〉、〈奈何〉、〈橋〉、〈黑白漫畫〉、〈繽紛〉、〈動物園〉等描述世相的篇章顯得駁雜。這類文字婉而多諷，綿裡藏針，頗有豐子愷的黑白漫畫的效果。作家的幽默感使他能夠不拘泥於一時一事，而是通過對某一社會細部的立體造影，透射出世道人心的變遷。在一個爾虞我詐的險惡人世裡，人的本性不斷地被名利的塵垢掩埋，成年往往意味著告別童心的葬儀。在庸俗進化論的視野中，成年人的童心無異於自取滅亡的毒藥和自我逃避的麻醉劑。而許達然的幽默的魅力恰恰來自於童心的滋養，奇妙地集合於他身上的童心的感性和學者的洞達，使他的幽默散文形成一種潛在的對話效果，兩種聲音的碰撞使作品內蘊著豐富的闡釋空間，言外之意讓人回味無窮。童心的感覺方式與學理的思維方式都和世俗的成人世界有著精神距離，這雙重距離使作家看取社會的視點具有雙重的旁觀效果，感性的直覺和理性的清明使其幽默既顯得靈動和詼諧，又顯得客觀而冷峻。這樣的感知方式使許達然的散文文體有一種內在的彈性和節奏感，沉重的思索與爛漫的抒寫相得益彰，很少陷入澀滯與枯燥的泥淖。

　　許達然散文為了強化幽默的效果，常常營造戲劇場景。這種追求顯然得倚仗想像與虛構。〈真不美〉、〈年末的主角〉、〈化裝晚會〉、〈行〉、〈很好的理由〉、〈音樂的畫像〉、〈硯倦〉、〈垃圾箱旁的樟樹〉、〈榕樹與公路〉等篇章都程度不同地調用了想像與虛構的藝術手段。文中常常有對話出現，「我」、「我們」、「你」、「他」等人稱往往同時在文中表演，作品綜合了散

文、戲劇小品和短篇小說的文體特徵。另外，作家對想像與虛構的偏愛還有著深在的心理背景，即對醜惡的精神生態的厭煩和逃避。作家在《相思樹》的自序中說：「十年前我得美國傅爾博萊特研究金回臺灣一年，看到我的家鄉美麗得不對勁，寫起來心情就更凝重了。在臺灣和海外，除了看見的外，也寫些想像的。想像時總帶點希望：這世界可以不必這麼不像話的。」想像的介入使作品虛化，虛實錯雜的風格容易削弱作品的審美力度。複雜的心緒使作家俯瞰塵世的譏貶姿態顯得有些踉蹌，現實的磕絆常使他的縱跳戛然而止，陡然落下，被不易察覺的嘆息所裹縛。想像的思維方式的運用還使許達然的作品呈現出模糊的寓言色彩，詼諧中澱積著一種若有若無的哲理成分，但虛與實的相互干擾和相互消解卻造成了一種恍惚的效果，依靠想像而生的希望也顯得輕飄，這既鈍化了批判的鋒芒，又迷離了象徵的面容。

　　媒體時代任何新穎的言說似乎最終都逃不過陳詞濫調的命運，當作家在不經意間駕輕就熟地駛入別人開闢的言路時，他的自我表達就成了一種若有若無的影子。為了不淹沒於喧譁之中，許達然苦心孤詣地尋找屬於自己的言說方式。他偏愛詩化的語言，希望跳躍的語詞在掙脫語法規則過於嚴厲的羈絆時，也帶動思維掙脫先人之見的羈絆。因此，許達然的陌生化的語言是對讀者既定的接受機制的一種偏離和挑戰，它在乍讀之下甚至給人一種詰屈聱牙的印象，但細嚼之下又往往能撥動人們精神深處已鏽蝕的心弦，產生輕微卻悠長的迴響。顯而易見，許達然苦心冥想地試圖把語言的音韻、節奏作為詮注心靈的一種符碼，藉此打撈起現代人欲說還休的隱衷。復沓和巧用諧音是他極為偏愛的語言操作方式，這志在使作品獲得節奏感和音樂美，同時也突出作品的幽默與戲謔色彩。「山崢嶸，人爭榮；山巉巖，人讒言；攀上巔峰，反倒癲瘋了。」（〈臺灣山海經〉）、「靜對詩人是鏡與境，鏡上雖無塵，境裡卻有聲……」、「站起來，僅僅沉默就沉沒了。」〈靜默？〉）這些都是典型的許達然句式。而〈鏡界〉、〈火火〉、〈光觀〉、〈擁抱〉、〈意述〉、〈諸相〉等篇幾乎都以語言對作家的強烈觸發為圓心，

以想像為半徑畫圓。這樣，意在破除窠臼的藝術經驗在凝固化後變成了一副溫柔的枷鎖，做作家的不少篇章都帶有繞口令的性質，顯得拗口和瑣屑，饒舌的炫技在近乎聒噪的智性表演中滑離了初衷。

　　值得重視的是許達然對於時間的敏感，這是長期浸淫於歷史學之中的作家的一個情感和思想的爆發點。〈歷史的諷刺〉是一篇博學沉潛、神韻無窮的思想隨筆，其間躍動著對喪失歷史感的現實社會的焦灼和憂患。作家說：「在幾乎什麼都汙染的現代文明，放逐歷史是可怕的『時間汙染』。」、「人用很多辦法謀殺時間，但時間繼續，人卻成了時間的犧牲者。」許達然的這類散文的靈魂是湧動著切膚之痛的人文關懷，那種傾注其間的鮮活的生命體驗使抽象的思辨變得活靈活現。〈僵〉、〈憶〉、〈忘，記〉等篇章也有異曲同工之妙。這些文本中的哲學含量所放射的主要是思想的光芒，但作家對攀沿於時間之繩上的生命主體的麻木與敏銳、恐懼與冷漠、掙扎與屈從的深刻體察，無疑在揭示靈魂深度的險途上敞開了一道別樣的風景。

　　總體而言，許達然散文最明顯的優勢所在往往又是其軟肋所在。此話說得有點玄，但許達然最為拿手的技法大都因為缺乏必要的節制而變得呆板，比如擬人修辭，比如幽默手法，比如文字的音韻節奏。當一種創造性思維方式在屢試不爽後作為一種成規固定下來時，受內在慣性驅使的文字就成了一種循規蹈距的例行公事。正因為此，許達然的散文風格顯得太過獨特，獨特得近於類型化。當形式趨於僵化時，蠕動於形式之下的生命的悸動也就趨於寂默，剝離了淋漓血肉的形式只能是蒼白的空殼，技巧越成熟文字越容易流於空洞的遊戲。而且，散文家對生命的嶄新體認如果附麗於單調的形式，其微妙的韻致也就被抹得了無痕跡。法國當代小說家西蒙在小說《草》裡感慨：「創造歷史是忍受歷史，忍受歷史是創造歷史。」許達然所鍾愛的這句話極為貼合作家自身的生存狀態與寫作狀態。任何一位作家都是在翔舞中羈囚，又在羈囚中翔舞。沒有任何束縛的神采飛揚僅僅意味著主體誤把鐐銬當成了手鐲。

　　在許達然的散文創作中，貫穿著一種對空靈之境的追求。他的最動人

的筆意也正是那種返璞歸真的清澈與「焚我一如」的混沌，但空靈之美既
讓人驚嘆又讓人覺得驚險，因為對空靈的追求在沒有深厚的精神底蘊作為
支撐時往往會滑向空洞，這樣，獨闢蹊徑的藝術探險也就與莽撞的冒險走
到了一起。

——選自《世界華文文學論壇》2000 年第 3 期，2000 年 9 月

與書為伍的生命
談許達然的文學歷程與散文特色

◎李癸雲*

許達然，本名許文雄，臺灣省臺南市人，民國 29 年 9 月 25 日生。東海大學歷史系學士、哈佛大學歷史碩士、芝加哥大學歷史博士，民國 58 年起在美國西北大學任教，現居於美國芝加哥。

文學歷程

許達然從小就和書本結了「不解之緣」。他曾自言因為嗜讀書，而不大關心身體的健康。他從初一開始就戴起了眼鏡，近視度數日益加深，使得鏡片一圈又一圈，視力已到了不戴眼鏡，就幾乎看不見的地步。不過他還是時常熬夜，在靜寂的深夜以書為伴。甚至到初三時，雙耳被判重聽，他卻一直不敢看醫生，怕聽到「手術」、「沒希望」之類的話。只好在放學回家後，另外找參考書來補充老師的上課內容。

青年時期的許達然狂熱的追求知識，可說是無人無事可以阻擋他。他在接受採訪時曾經提到，由於家裡就住臺南市的中正路，所以開夜車讀書時，肚子餓了，就可以直接穿過馬路，到對面「度小月」吃碗擔仔麵果腹，吃飽回家繼續啃書。家裡開店做生意，買賣時很吵。許達然只好每天騎十多分鐘的腳踏車，到臺南市立圖書館看書，當時圖書館二樓是木頭地板，規定必須脫了木屐才能上樓，所以每次念完書下樓，總會發生在滿地

*發表文章時為臺灣師範大學國文研究所博士生，現為清華大學臺灣文學研究所教授兼所長。

鞋子中找自己鞋的窘態。即使如此，許達然依然持續向圖書館報到，不因此而退卻。

他自小喜歡讀偉人傳記，書房裡擺著一整個書架的中英文偉人傳記，時常翻閱這些書來激勵自己。在偉人的面前，許達然自言感到自己很渺小，然而也得以窺知他們之所以偉大的訣竅，那就是終生為理想而奮鬥！在這些偉人中，他最敬愛貝多芬，認為貝多芬奮鬥的一生，正是一闋悲壯的交響樂，他非常佩服貝多芬忍受著痛苦多舛命運的不屈意志。許達然自述在高一那年，讀完了德國作家羅曼・羅蘭（Romain Rolland）的《貝多芬傳》後，再看著放在自己書桌上，那座貝多芬沉思的石膏像，不禁湧出感動的眼淚。後來許達然以貝多芬為題材寫了一篇散文，得到當時的文學雜誌《新新文藝》徵文的第一名。

作品得獎之後，對許達然而言，把心裡想的事情用文字寫下來，就成了順理成章的事。他在高三到大三期間，散文一篇篇的刊登在《野風》雜誌和《中央日報・副刊》，每次領到稿費，就到書店買書。民國 50 年，他的第一本散文集《含淚的微笑》，由「野風雜誌」出版了，引起文壇不少的轟動。在 1960 年代長大的文藝青年，大都讀過《含淚的微笑》，並且深受其中年輕而敏感的心靈所感動。有一段時期，在讀者心目中，他一直是一個慘綠少年的形象。然而許達然自己在《含淚的微笑》再版時說：「其實我並不願這本小書再版。前年它被盜印就使我傷心了好久。因為我總是覺得這本小書寫得不好。但一直有人要擁有它。只好忍痛再版」。因為在許達然的寫作理念中，他以為寧可寫他所思考的，而不是再去寫他所感受的。他在後來的創作裡，不再重複《含淚的微笑》式的風格了，迄今他仍秉持著知識分子批判社會的理性筆調。

高中階段結束後，許達然以第一志願考上東海大學歷史系。在當時東海大學的寧靜校園和開架式的圖書館裡，他如魚得水般地盡情閱讀、思索與寫作。他曾述在大二暑假時，由於對歷史有濃厚的研究興趣，許達然一個人跑到臺北，想要到中央研究院看些社會史的檔案。那時整個南港地區

還很荒涼，他跑到南港國小，找到校工，請求讓他晚上可以一起睡在工寮裡。那時工寮外，經常有蛇在草叢裡出沒。持續二個月的時間，許達然就這麼白天鑽研知識，晚上在蛇的威脅下睡覺。這種好學精神，更表現在大學時代的一年暑假，朋友問許達然：「暑假計畫怎樣消遣？」他回答：「在圖書館裡」。朋友又問：「不感到寂寞？」他語帶玄機的說：「不會的，我的孤獨城就建在那裡，寂寞和我早已是陌生人了」。「孤獨城？」朋友狐疑的笑了。他自言他的孤獨城是以書架為支柱，以書本為磚石。在裡面沒有寂寞，他只感到自己是多麼忙碌，又多麼悠閒，覺得自己只是書海中的一個小字母，而不禁面對永恆微笑著。這些求學時期的小故事，彰顯出許達然與書本、知識間緊密的關係，也可映顯出他豐盈的精神世界。

另外，他同時在大學階段創辦並主編了《東海文學》校刊，成為當時東海學生創作的一個重要的發表園地，該刊一直到今日仍持續出刊中。在大學時，他並因成績優異被選為全國大專優秀青年。於是在畢業後，許達然就留在東海大學當助教，一方面教授西洋史學史，一方面大量的閱讀自己喜歡的書。回想起在東海大學的日子，許達然自言那是一段快樂而充實的時光。

民國 54 年他赴美進修，先在哈佛大學取得碩士，再到芝加哥大學攻讀博士學位，畢業後，則在牛津大學研究英國社會史。自民國 58 年起，他就在芝加哥西北方的西北大學教書，至今已超過三十年。許達然現已入籍美國，冷風颼颼的、世界級的大都會級城市芝加哥，從此成了他的第二故鄉，與溫馨的出生地臺南古城，形成許達然生命歷程裡的兩個重要都市。雖然在國籍上歸化了美國，許達然依然關心臺灣社會的種種問題，他曾自言熱愛家鄉，以至於旅居美國多年，仍不願意寫旅美心得。

檢視許達然的求學與創作歷程，我們可以說他幾乎都是「與書為伍」的。自 15 歲開始寫作至今，許達然除了英文學術著作之外，曾出版的中文創作包括：《含淚的微笑》、《遠方》、《土》、《吐》、《水邊》、《人行道》、《防風林》、《芝加哥的畢加索》、《遠近集》、《藝術家前》、《海外寄來的花束》、

《同情的理解》、《四季內外》、《相思樹》、《懷念的風景》等 15 本散文集。詩集《違章建築》。主編《臺灣當代散文精選：1945～1988》。許達然也曾獲「新新文藝獎」、「第一屆青年文藝散文獎」、「金筆獎」、「吳濁流文學獎」和「府城文學獎」等文學獎項。

散文特色

　　許達然認為文學是社會的事業，是人格與勇氣的展示，也是對現實的一種思考與反映。他希望文學是人類生活的一部分，文學能讓人生不僅美麗更有意義。許達然的散文特點充分體現他自身耿直的個性。文字簡潔而意義深遠，意象豐富又冷硬奇崛，特別的是，總是散發一股淡淡的苦味。因為他在表達個人生命的反省時，常會深刻指出理想與現實困境的落差。不管是在批判實際的社會現象或是文明普遍的發展時，他的文字總讓人無法迴避問題所在，直指那些殘忍的、不平等的、急需檢討的種種層面，讀來苦澀，卻引發深沉的省思。

　　許達然的散文在主題和文字藝術的表現上，大都寬廣多元，為討論方便，以下大略歸納成三點來說明其特點：

一、省思自然與文明的對立

　　許達然在主編的《臺灣當代散文精選》序中認為：「對臺灣本土的欣賞與生態環境的關懷成了 1980 年代散文的主題」。其實，這也構成了貫串許達然整體散文創作的一個主題。他的作品始終洋溢著對大自然的鍾愛，表達對大自然的一種戀母情結似的眷戀情愫。

　　面對著臺灣的自然生態環境，在由農業社會轉型為工商業社會的過程中，一再被汙染、被戕害的問題。許達然在文中表現出對工業文明的抗拒，以及懷念原始自然生態的心情。他是帶著社會責任感來巡察自然的變化，以為自然是大地的生存之母，也是現代人該為子孫維護的生活環境。在許達然的散文中，俯拾皆是自然生態被破壞所導致的惡果，如〈水邊〉一文省思了臺灣河流被汞汙泥汙染的現象：「小魚吃汞，大魚吃小魚，人吃

大小魚，破壞腦神經與排泄系統，還可能中毒而死。」說明自然被人破壞，人也可能被生病的大自然破壞。另一方面，許達然也常在文中省思文明的進步，可能導致人的精神感官的退化，也就是人類心靈的萎縮。「有一次好奇地在電視賞月，看到一片荒涼。荒涼上兩個美國人浮來浮去，似乎滿足那昂貴的散步。我們看了很失望，就把月關掉。以後更少看月，天上有月，我們無小夜曲，彷彿那個月對我們不再亮了」（〈蓦然想起散步〉）。太空科技的文明往前邁步，人類望月的心情卻充滿失落。許達然認為文明增廣了人類的視野，卻沒有增加人類對大自然的親近感，或是開拓出豐富多彩的感受力，反而削弱了人們與自然的聯繫。

在人類文明社會裡的動物的處境，是許達然在省思文明與自然對立時經常討論的問題。他這些以動物為主角的散文，深沉的表現出動物的困境，有的是被鐵鏈鎖住而掙扎致死（〈失去的森林〉）；有的是囚在牢籠裡被化學物噴染窒息（〈天地〉）；有的不但被趕出森林，還以妨礙交通的罪名被槍殺（〈妨礙交通〉）。牠們都失去了自由的生存天地，許達然在文中對這些無辜的生命寄予深厚的同情。身為人類的身分，讓許達然的作品帶有一種罪惡感的心理，批判著自己躋身於其中的人類，以為他們是比野獸還蠻橫的族群。

許達然的作品，在對現代文明衝擊下的大自然的整體反思中，以文字對人們提出了一個要求：人與自然融合共存。

二、鄉土情懷

許達然對於臺灣鄉土有極深沉的情感，這些情感流竄於他的文字之間。他曾說：「對於土，掉落臍帶的我們是斷不了奶的孩子」（〈土〉）。總有許多鄉愁自他的筆端流瀉出來：他描寫故鄉親切而簡陋的小巷（〈想巷〉）；寫童年嬉戲的那泓清澈見底的水（〈那泓水〉）；寫「交雜拓荒者的血汗」的臺灣建築特色亭仔腳（〈亭仔腳〉）等等。

在他的意識深處，蘊藏著對臺灣歷代農民和勞動者的同情，如〈普渡〉文中說：「農人終年勞苦為閒人忙，強盜來搶，賊仔劫去；赤腳創造的

田園，官僚文人翹腳寫成他們的歷史給蟑螂睡覺。臺灣土軟，無三日好光景，無土的做工。長工做到老不及一根草，困苦如髮，剪了又長，給時間燒光後肥沃不起來」。他的文字間也經常流露出對臺灣先民的崇敬，在〈土〉一文中有這段話：「並且你還記得我祖先，為土為渡海，拓荒島上，總算找到生命的邊疆，生根萌芽，雖遭侵蝕霆淋，搜刮凌踏，但拒絕用眼淚滋潤生命。活著奮鬥，奮鬥活著；活著夢回故土，死後墓向原鄉」。想像著他們的奮鬥過程，想像著他們的情感，許達然的文字有深深的共鳴。

在這些作品中，我們可以察覺許達然雖然經過長期的學院研究生活，其創作意識裡仍有一個原鄉的情結，將童年時代所認知的臺灣鄉土情景，以及對臺灣土地的早期歷史，一一的以文字來關懷和回溯。

三、文字藝術的追求

許達然散文文體的獨特與創新，主要來自於其對語言表達要求的洗鍊簡約。他的散文篇幅都不長，卻概括了許多深刻的意涵，可見其文字的濃縮性。許達然的文字主要有以下的特色：

（一）精簡的敘述： 許達然的散文語言捨棄細節的鋪敘，而是選擇整體理性的探索。如他在〈想笠〉一文中所描述的：「土色的，戴在頭上，遮一臉的風雨和陽光，許多汗水後，迎接成長的綠：那些稻田、果園、茶園和菜圃，以及收穫的歡愉：魚蝦大了，雞鴨肥了，花笑了。我默默看著笠下的臉，歲月的裂痕比頭上竹葉的雜點還斑駁」。他對於事物並不作細微描寫，只以精簡的文字作大致的描繪，強調對事物潛在內涵的挖掘。同時在外景的描述之後，以理性的思索作為文意的結束。

（二）跳躍的句法： 許達然習慣在句子裡，刪去一些字詞，讓讀者在閱讀時，無法一目看過就好，而必須停下來動腦思索。如〈亭仔腳〉一文中：「在臺灣街上我們把走廊叫做亭仔腳，那詩意昂然的名字，通氣貼切的傳統，我喜歡的空間」。他省略了一些確切的指稱詞，「傳統」指的是亭仔腳的建築傳統，還是先民生活的傳統？他有意讓人去思考他文中的主題究竟為何。除此，許達然也善用頂針句法來作文意的跳躍，讓意思擺盪在聲音

節奏中：「即使看到，也難得談談。即使談談，談東談西也談不出東西來」、「活著不一定平安，平安不一定快樂」、「時間是牠的寂寞，寂寞是牠的鐵鍊」（〈失去的森林〉）。這樣的句法，一方面使文章有句句相連的節奏感，另一方面使文意分析有層次感。

（三）**創新的詞語：**許達然經常使用疊字來增強語氣，有時更利用文字的外表排列來引發文字潛在的內涵。如〈亭仔腳〉寫的：「我們有時微笑著走進去，沒坐到椅子上，就看到很多商品，商品商品商品商品」，或是〈失去的森林〉所刻畫的：「牠（阿山）不稀罕文明，卻被關在文明裡，被迫看不是猴子的人人人人人人」。前者反映店鋪裡商品的豐富，更形象化了商品整齊排列在騎樓的模樣；後者則以六個人字的並列，表現阿山被困住在擁擠的人群中，更對比阿山自身的寂寞無聊。

　　大體說來，許達然對散文文字藝術的追求，是為了表達出更生動貼切的思想內容，不管是敘述、句式或詞的創新，都傳達了他對臺灣社會不變的關懷。

——選自《明道文藝》第 302 期，2001 年 5 月

論許達然的詩

◎李魁賢[*]

　　許達然（1940～），本名許文雄，出生於臺南。東海大學歷史系畢業，美國哈佛大學碩士，芝加哥大學博士，曾在英國牛津大學研究英國社會經濟史，現任美國西北大學教授。1983 年至 1984 年，獲美國傅爾博萊特基金會獎助回臺從事臺灣史研究。出版有散文集《含淚的微笑》、《遠方》、《土》、《水邊》、《吐》。

　　許達然文名早露，曾創辦《文林》散文季刊，1965 年獲第一屆青年文藝獎散文組獎。早年專攻散文，後兼及詩，以特殊語言結構，自成一格，獲 1980 年度吳濁流新詩獎。出版詩集《違章建築》（1986 年），詩作曾入選《美麗島詩集》、《中國現代情詩》、《亞洲現代詩集》、《海外華人作家詩選》、《1982 年臺灣詩選》，日文《臺灣現代詩集》等。

　　由許達然的詩觀[1]，可以看出他的詩學的面貌：

　　不是詩的社會裡寫社會的詩，很長久了，很現代的。

　　詩發源民間，民間咏唱生活，社會生活構成最豐饒的詩土：抒展大家的自己、大家的社會、大家的鄉土、大家的歷史、大家的現代。大家勞動，大家感動。大家都能成為詩人。

　　詩人既然不是老鼠灰色地躲在屋內享用社會生產消磨個己頑固的雅恥，就獅樣出來淋濕。自以為師的失意終將腐爛，披美衣的尸必進棺材，蒸

[*]詩人、評論家，笠詩社成員。發表文章時為《發明企業》雜誌發行人，曾任臺灣筆會會長、國家文化藝術基金會董事長，現為世界詩人運動組織亞洲區副會長。
[1]《美麗島詩集》（臺北：笠詩社，1979 年 6 月），頁 223。

發囈語埋怨讀者的才死譯西方的冬、自己的春、唐的夏、宋的秋。

秋葉再美也燒不了原野，真實點燃詩火溫暖社會，照露時代。

時代很壯闊，民族雖苦難卻堅強，社會雖質變量化卻廣大，現代、民族、社會的詩必輝煌。

在「不是詩的社會裡寫社會的詩」，這種表現典型的許達然式語言機智的肌理結構，顯示詩人的宿命論。然而，在許達然心目中，詩人並非特殊人物、職位、行業，而是凡夫俗子，是大家。由於詩是根植於生活，所以詩人其實就是生活人。當然，生活也有純粹的個人生活，和大家的社會生活；有蒼白的墮落的生活，也有健康的勞動的生活。無疑地，許達然所著重的是大家的、勞動的。

詩人本身也必須是一位生產者，才能面對現實，與時代同其脈搏，才能堅持現代、民族、社會的立場和基調。這種本體論不但在許達然的詩中獲得實踐，他那些精靈的散文同樣在此主流裡涵泳。

至於在許達然的方法論上，他特別講求語言的張力，其表現有三。第一是在語言的斷與連做特殊的安排，而產生聯想上的跳躍；第二是將語言做極度的壓縮，而刪除了許多不必要的虛詞、連接詞、副詞，造成接近過飽和的狀態；第三是擴大語言的品味，以相關語、同音異形、同字異義，以及延伸的隱喻，達成豐富的意象。而這三種情形有時又互為聯繫，例如以巧妙的「斷」字，產生語言的歧義性，而擴充或轉化明指為暗喻。

許達然在語言技巧上的運用，不僅詩，散文也同樣講究。因此，許達然的散文有時與詩極難劃分，因為他充分掌握了質素。像上引詩觀裡，就呈現許達然在語言運用上的多方面魅力。例如同格語的並置（「大家的自己、大家的社會、大家的鄉土、大家的歷史、大家的現代。」），發揮層層進逼與四方輻射的效果；關聯語的移轉（「大家勞動、大家感動。」），造成峰起浪湧的感染和浸潤；同音語的串聯（獅、師、失、尸、死），綴連起來的妙語與音韻上的滲透力；以及意象語的錯綜交聯（「西方的冬、自己的

春、唐的夏、宋的秋。」），達成暗喻的延伸性。

從許達然的詩，可以充分體會出漢字語言肌理的特色以及涵義的豐富。陳千武曾撰寫〈許達然專造型象徵性心象寫詩〉[2]，對許達然的傑作〈麻袋〉、〈香腸〉、〈車〉（即〈路〉）、〈在臺南看人像〉、〈垃圾〉有透澈的分析，本文特選其他作品為例加以賞析。

蕭條

空
前
繁榮的物價裡油條更瘦了
胖碗乾閑，硬灌湯
土豆　仁都吃掉
還想搾油
炒什麼？

絕後
擠不進介紹所
賣血途中風濕痛罵日頭
連景都氣新聞又白印
黑字：失業率跳高薪水跌倒

窮
追
踏碎伸出頭來的蝸牛
幾乎忘記弱小也要活

---

[2]《臺灣文藝》第 71 期（1981 年 3 月），頁 227～239。

他媽的奶都吸盡了嬰還哭
要吃

搖啊搖

「蕭條」原是寂寥，此處是指經濟發展過程中，因購買力衰弱，投資意願降低，造成景氣衰退，市場蕭條。在經濟蕭條情況下，失業率增加，首當其衝的是平時收入剛好維持生活所需的勞工階層，收入減少或斷絕，持家便發生困難。

詩一開始便顯示許達然在語言斷連上的特殊技巧。「空前」原來為了連接以下的「繁榮」，作者不但把「空前」與「繁榮」切斷，而可以獨立自主地呼應第二段的「絕後」，而且把「空」與「前」切斷，使「空」本身又產生蕭條聲中「空」無的含意。而在詩行的設計上，以「空前」起首，也顯示前面空無的實質狀況。

「繁榮」原形容景氣，詩中卻用來指稱「物價」、十足具有反諷意味，而物價高時，若購買力無法配合，市況必然下傾，這是蕭條的現象，詩人使用「繁榮」又具有逆說的表現方式。油條為中式典型早餐，油條變小（瘦），乃因物價波動，無法跟隨漲價所造成的變相減料，而直接的影響結果是，以油條這種大眾化早餐為食的人（以中低收入人口為主），就要縮緊褲帶，以應付難關。油條的瘦也暗喻人的瘦。

「胖碗」這種新鮮的造詞在許達然詩中多見，也顯示他創作性思考的新銳。碗之為「胖」除象形外，與前面油條的「瘦」成為對比，另外也表示內容（餐食）空虛襯托出形式（碗）的虛胖。「乾」表示碗未裝過東西，「閑」到無用武之地。沒有東西吃，只有「硬灌湯」強充飢。「土豆」即花生，花生仁（籽）可搾花生油，為炒菜的良好植物油，在主食不足情況下，土豆仁都被吃光，哪有搾油的份（臺語有：「生吃都不夠，還想搾油」語，便是這種實況），何況，主食既然缺乏，大概也沒有什麼菜可以動用花

生油來炒啦。「炒」音形近似「吵」，而「吵什麼？」的怒叱，顯示食不飽的家庭中可憐的人際衝突吧？

「絕後」除了連接起首成為「空前絕後」，以形容此番蕭條之極致外，又落實到排隊去介紹所找職業的慢人一步，排到最後一名，表示機會的絕望，也是絕「後念」的另一種暗示。剩下最後賣血一途，然而，營養不夠還要賣血，境況之悽慘可想而知。風濕病患者偏偏遇陰冷天氣，真是集飢寒貧病諸苦於一身，也只有痛罵太陽（日頭）無情，不給溫暖，出一口氣罷了。

把「景氣」斷開成為「連景都氣」，是許達然巧奪天工運用漢字奧妙的另一例證。報紙（新聞）白紙印黑字，被壓縮成「白印黑字」，另產生輿論無力感（白印）的批判。失業率不僅升高，而是「跳高」，薪水不僅減少，而是「跌倒」（倒地，到底），兩極化後的困境，即使成為新聞，傳播於眾，仍無濟於事。

窮追二字斷開，同樣產生「窮追」（追逐不懈）單義，以及「窮」與「追」雙義，二者兼備的多義性效果。踏碎蝸牛，是用外在的內省觀照，一種移情同感，或是以物寓意的比喻，以此象徵弱小的共同性。

第五段起首未斷開，反而包含著二種讀法，即「他媽的，奶都吸盡了」和「他媽的奶，都吸盡了」。然而嬰兒還哭要吃，表示未吃飽，而根源在於母體也因未能飽食而缺奶。這是一家大小都餓的構圖。

「搖啊搖」，表面上似乎哄嬰止哭，內義裡還表示搖頭嘆息，甚至暗喻成人的飢饉，引起頭昏而身體立不穩，搖搖晃晃。更擴大言之，在持續蕭條的情況下，社會的安定都要發生動搖了。

許達然的詩，正如他要求的，著力在大家的遭遇，提出他的批判指涉，而以語言錘鍊、重塑的藝術技巧，表現出詩的魅力，是「現實經驗論的藝術功用導向」的最好抽樣。

違章建築

窮擠
不出都市的憂鬱

也有門把蛙聲分開
一片自己聽
另一片警察踩
福字倒紅大
光明裡黃老
就是無影

就這麼一個家了
居然不必賄賂
蚊蟲就稅捐處般吸
居然把瘦肉當花粉
蜂官樣咬

窗破睜著眼
看風瞎衝進來拆

法律說要公平
給路給樹給鳥
啄　觀光成風景

　　違章建築是都市建設上的棘手問題，很多違章建築都是破落戶，是窮苦人家賴以棲身之地。「窮擠」本身可以做為「拚命擠」的動詞解，也可以分開讀，「窮」是擬人格主詞，「擠」才是動詞，因窮才要擠在違章建築

裡。對窮人而言，住在都市的違章建築裡，真是受盡委屈，滿懷憂鬱。擠——窮擠，也擠不出（掉）那憂鬱。這是從內在實質寫起，然後轉入外在實體的境況。

「也有門」的意旨具有雙重可能性。其一為：雖然破落，也和一般住宅一樣有門；其二為：雖然破落到門已沒有意義，但還是有門。「門把蛙聲分開」暗示此違章建築四周之荒蕪，不是雜草叢生，便是有水溝或池塘之類，才可能有蛙聲。許達然的詩法大多以烘托方式表達出來，而少用平鋪直敘的手段描寫。事實上，「蛙聲」可能真是青蛙的叫聲，也可能是門板年久失修，而在開闔之際或被風吹動時，發出嘓嘓響，類如青蛙聲。

「一片」、「另一片」應係指門板。由「一片自己聽」可以印證出上述由門板發聲的可能性。另一片被踩，足見倒塌。由此暗示門板一豎一倒的破落相。而那倒的一片竟是被警察所踩，也可能是因此踩倒。則此違章建築之受到警察「照顧」，不言可喻，而警察之踩倒窮人門戶，似與「仁民愛物」的形象不符。破落戶的委屈更加深一層。

第三段前二句的語言斷連法產生極大壓縮性。從這特寫鏡頭裡，暗示門上倒貼著紅紙的大福字，而儘管外面光亮，裡面的一切卻是又昏黃又老舊，「就是無影」顯示光線不足。「無影」若以臺語發音，則為「不實」之意，似乎暗示此情此景，令人無法置信。而內部的寒愴，襯托出大紅倒福字，顯得多麼有諷刺意味，表示窮人對幸福期待的無奈感和絕緣性。

下一段出現兩組有趣的比喻，即將蚊蟲比喻為「稅捐處」和蜂比喻為「官」，照一般的情況，似乎應以稅捐處和官為主語，而以蚊和蜂為比喻語，許達然在此加以易位，形成反喻，是很少見的一種手法。然而就違章建築戶而言，受到蚊和蜂形而下的騷擾，與稅捐處和官員形而上的欺凌，具有同格的苦楚遭遇，所以也可視為互喻。因而，產生比喻本身的多義性，更增加內容的飽滿。

人的眼睛會被喻為靈魂之窗，如今反過來以眼喻窗，其關聯性有自然的諧和，更特殊的是，窗破，讓風衝進。轉折成「睜著眼看風……」更增加一

層緊密的關聯性。而以眼「睜」對風「瞎」，更烘托出二者喻意上的對立關係，如此說來，風瞎衝進，似隱喻著厲害（「衝」鋒陷陣？）的拆除大隊？

　　「法律說要公平」這種概念性的語言，只說出應然的前提，而實然的現狀，詩人馬上收斂為意象語言，而保持了詩的機能。「給路給樹給鳥／啄」，必然成支離破碎吧，因此「觀光成風景」實際上是反諷，而違章建築之成為都市的一「景」，是事實上的存在性。然而，最後一行由於「觀」與「光」的諧音，也不妨讀（看）成「啄光　觀成風景」，「啄光光　成風景」。當然，在隱喻性上，「觀光」與「風景」還有深一層的契合。

黑面媽祖

　　阿公去天后宮燒香保庇阿爸討海，媽祖靜看海，看不到阿爸回來；不是魚，木魚硬縮著頭殼。

　　阿姐去福安宮拜拜保庇姐夫行船，媽祖靜聽海，聽不見姐夫叫喊；不是魚，船躲不開風颱。

　　阿母去慈生宮跪求保庇我換到頭路，媽祖靜看海，看不到我發膿的傷，痛：我拒絕再抓魚後被抓，不如無國籍的魚。

　　這是一首臺語詩，寫漁民宿命性的悲劇，但主題卻放在媽祖。媽祖是民間通俗祀拜的水神，又稱天上聖母。相傳是福建蒲田縣賢良港林惟愨的女兒，幼名默娘。八歲能讀書，焚香禮佛，13 歲得道，屢次救護水難者。宋太宗雍熙 4 年（987），在白天昇天為佛，時年 28 歲。後來時常顯靈，歷朝均受誥封，清康熙 19 年（1680）封「護國庇民妙靈照應安仁普濟天妃」。根據 1930 年調查，臺灣總計 3580 座寺廟中，祭媽祖為主神約有三百

三十五座，僅次於福德正神與王爺[3]，可見媽祖在臺灣民間通俗信仰中所占地位。

「黑面」在民間信仰上，表示正直、公平與悲天憫人，像另一尊普受民間敬仰的神——清水祖師，也稱為黑面祖師公，而包公的黑臉，更是為受冤屈小民伸張正義的象徵。黑面另外暗喻不遂心、處事不成。臺語中把事情搞砸了，常稱「面統黑去」。因此，本詩題目隱喻媽祖受人信賴崇拜和庇佑海難人員原有神格職務的力不從心之雙重象徵意義。

詩中天后宮、福安宮、慈生宮都是祭祀媽祖的寺廟。在臺灣奉祀媽祖的廟宇名稱並不統一，其他還有像慈惠宮、慈佑宮、福佑宮、照德宮、濟德宮、慈護宮、慈仁宮……等不一而足。

詩分三段，分述兩代之間發生在三人身上的慘事。前二段的阿爸和姐夫的遭遇相同，都是討海打魚或行船經商，一去無回。阿爸的出事原因不明不白，姐夫是遭受颱風襲擊出事。儘管阿公替阿爸燒香祈求保庇；阿姐也為姐夫拜拜，可是海上保護神的媽祖除了和遇難家屬一樣靜看海，永遠盼望不到奇蹟外，一籌莫展，毫無作為。受到漁民以安全是賴的媽祖尚且如此，可見討海行船人的生命絲毫沒有保障。

兩段中都以「魚」為原型，象徵在自然界中自適自如的生命存在。對漁民而言，魚是被圍捕的對象物，有危機重重的外在條件，然而在大自然環抱下，反而漁民的生命不可保，而魚成為風雲變化中可以安身立命的無所畏懼存有，產生獵者與被獵者安危反置的狀況，極具反諷的意味。真實的「魚」在海中無所畏懼的精神，與虛假的「木魚」縮頭藏尾的表現，又是一層明顯對比的反諷。「木魚硬」縮著頭殼，與木魚「硬縮著頭殼」，在「硬縮」二字間的斷與連的語言佈置，仍然顯示許達然式的語言特技。

第三段發生在「我」身上的遭遇。則與前二段不同。我「抓魚後被抓」，已從獵者淪為被獵者的地位，使前述反喻性升高到緊張的顛峰。臺灣

---

[3] 《臺灣省通誌》卷二人民志宗教篇。

漁民受到特別是菲律賓和印尼軍隊的騷擾、逮捕、凌辱、酷刑，已不是一天兩天的事。我儘管「拒絕」，其奈空無寸鐵難敵武力裝備。然而，政府也和媽祖一樣「靜看海」，才令人有「不如無國籍的魚」之嘆。「國籍」成為人與自然隔閡之外，又造成人與人（或國與國）間扞格的又一道障礙。與大自然調適和乖違的不同結果，又一次顯露出來。我之不得不忍受「發膿的傷，痛」（最怕海水），投入被抓的危機中，顯示漁民換頭路轉職的困難與無奈。

鐘錶

也真苦命，走就走，還撞撞撞，家是無家，伸直繞，

邊是無邊，跳不出數字，推不開皺紋，走快就頻頻分，

走慢也要時時活，不分時日，答答的總是問題，

困難聲音，推拖到月底，年年不許停擺，否則修理。

許達然擅長詩與散文，也創作了一些散文詩。上面說過，許達然的散文與詩有時極難劃分，因他講求詩質的飽滿，那麼介於其間的散文詩，與散文及詩兩端更難劃分截然的端倪，要之，不過是在篇幅與形式上的強加分類而已。

「鐘錶」象徵著勞動工作者的困境，實體鐘錶與象徵人物間的交互暗喻，成為此詩意義繁複的基礎。

鐘錶面上指針的繞走不停，成為詩發想的根源，但象徵人物的遭遇卻能脫出物象實景的圍限。走不停，不能獲得休息機會，只是體力極限下的苦楚，然而如果延伸為奔波走路，無法建立一個安定的家庭，那便為精神與物質生活上兼而有之的「苦命」了。

因此，詩中的「走就走」，顯然不僅侷促於鐘錶指針繞原地轉動的形象而已，而是勞動者不得不被逼離開原職的行動。「撞撞撞」也不只是鐘錶齒

輪轉動時的狀聲而已，而是離職者還要無端遭受欺凌鞭撻的示意。

「家是無家」當有處處無家處處家的反置意味吧。對鐘錶實體言，指針是伸直繞轉的明指形象，但對象徵人物，則又融入「屈」與「伸」對比的暗喻性。人往往因屈就而安於其位，如欲伸張自己主意，只有準備走路。「伸直」繞，或「伸」直繞，仍然是許達然式的斷連產生壓縮性語言技巧。

「邊是無邊」對稱於「家是無家」，一者無形，另者有形，或一者為線，另者為點。或一者為發散性，另者為收斂性，但實無則一。而「邊是無邊」，一方面承繼前句「伸直繞」，顯示繞到無盡無期的不安定性，另方面卻又後啟「跳不出數字」，表現觀望海闊天空卻不容魚躍鳥飛的束縛性。

「跳不出數字」明指指針無法脫離鐘錶面的數字，而又暗喻象徵人物不能擺脫生活上現實的因素。例如收入所得等數字化的困死。下一句的「皺紋」除了與指針繞不停所象徵歲月催人老造成的痕跡外，不無因不安定的生活壓力促成人物早衰的悲涼吧！

分針走得快，時針走得慢，也是鐘錶實體的形象。然而對於象徵人物而言，不能受到僱主採納，走（離職）快，必然頻頻分手，此處還可能暗示到由於換職頻仍，而與家庭分隔，或者像建築工人，不一定換職，只要換一個工地，就必定又造成一次分離。而即使走慢，也要時時求生活下去。「時」「分」扣緊兩方面的意義與比喻。

「答答」也是鐘錶齒輪的狀聲詞。然而，從上述可知象徵著人生奔波的行程。就字與意義來說，問題需要答案，反過來說，對答的當然是問題。然而，在隱喻上說，「總是問題」成為「答答」行程裡的諸多波折。

「困難聲音，推拖到月底」，對月曆錶而言，轉月開始，象徵又一段新的日子。對受薪工人家庭而言，每天的柴米油鹽，就是盼望月底的發薪日。甚至對寅吃卯糧的困頓人家而言，「推拖」的日子，不只是發薪的盼望而已，恐怕還有賒帳待續的壓迫感如影隨形吧。

對鐘錶而言，停擺故障，就得修理，否則失去效用。然而，對勞動人物說來，一停擺就修理，是什麼樣的處境呢？事實上，就上述的困境而

言，對生活不安定性的負擔，已無法有任何自發性停擺的願望，自動要求加班，是臺灣工人明顯的不得已怪現象之一，至於因有所表意而以停擺表現者，受到戒嚴法的限制，根本沒有機會，如有必遭修理，不但資本主可以振振有辭修理，說不定權威性政府還會幫忙動手動腳。

　　這就是勞動者的鐘錶人生吧。許達然把不相屬的兩個事物做一次緊密的統合，而互喻的關聯性產生意象的閃爍與飛躍，從語言的壓縮與彈性，顯示出神入化的語言奧祕，是「現實經驗論的藝術功用導向」作品的精采演出。

離鄉老兵

> 現實仍如無柄的刀
> 握著的溫暖
> 是自己的血
>
> 回憶仍是無子彈的槍
> 向故鄉射落自己
> 比汗還鹹的淚

　　離鄉老兵應屬動亂時代中的悲劇性人物，一生為國家服役，卻不能獲得落葉歸根的慰藉。而且由於長年以軍隊為家，不免與外界社會有些隔閡，尤其在適應社會的能力方面，吃虧很大。這樣的人物，在精神與現實生活上，都會造成異化徵象。

　　許達然在這首短詩裡，以前後二段分別著重在離鄉老兵在現實與精神兩方面的一般生活狀態。而前後以「刀」「槍」為主要意象，扣緊軍人生活的關聯性。

　　刀之無柄，則定為利刃，無可把握之處，強行持握，容易傷手。對離

鄉老兵而言，現實正是如此，這項比喻真是一針見血。更令人心酸的是，老兵由於離鄉，得不到家鄉的溫馨，試圖在現實社會裡尋求溫暖，竟也不可得，唯有以自己的血做為代價。此處，以自己的血的溫暖，來反襯現實的冰冷（「刀」在銳利之外的另一聯想），另外暗喻著以自己的血取得溫暖，必然造成了傷害，不論對自己和（或）他人。

在與現實疏離條件下，老兵唯一可以在精神上求得安慰，只有想故鄉的情景。然而，「回憶仍是無子彈的槍」，空有其殼，無補於實（事）。連空包彈都沒有的槍；不過是「空氣」槍而已。既然無彈，則「射落」除了與槍的關聯意象外，對於眼淚還有疾速滴落的明喻在。

無彈的老兵，即使發誓要持槍回故鄉，也已失去實質的意義，從馳騁戰場的勇士，淪於在回憶中懷鄉淚滴，已把一生豪氣磨蝕殆盡。而從現實的疏離無力感，再到精神上的異化，老兵的心境真值得令人一掬同情之淚了。

許達然果如他的詩觀所強調，他關懷著大眾，尤其是實際從事各項勞動，但在生產分配上卻受到剝削的階層，但對於素材的處理，他一直堅持以詩的方法論，尤其是語言的創新斷連、壓縮、擴張諸般技巧，給出詩！許達然是真正能堅定詩人的立場，從事詩創作的詩人！

1984 年 5 月 27 日

《文學界》第 11 期，1984 年 8 月

——選自李魁賢《李魁賢文集・第四冊》

臺北：行政院文建會，2002 年 10 月

《許達然集》解說

◎葉笛[*]

你不夢想沒有鎮壓的社會和社會嗎？

嗯，會呀，在能夠拒絕胎兒出生的地方。

——W・H・奧登〈短歌〉

一

　　許達然，本名許文雄，臺南市人，1940 年生。東海大學歷史系學士，哈佛大學碩士，芝加哥大學博士。自 1969 年起任教於美國西北大學，現任西北大學亞非系、歷史系及比較文學研究系教授。其英文學術著作，曾獲得美國哲學會、美國傅爾博萊特、西北大學教授研究金等。

　　許達然治學一絲不苟、謹嚴而踏實。他在專業的臺灣社會史研究都是從清代檔案館的第一手資料，諸如「軍機檔」、「宮中檔」挖掘出來的，是以其詮釋與見解，素為斯界學人所推崇，其謙虛的讀書人態度，孜孜矻矻、精進不息的研究精神，深獲學術界肯定。目前他在這方面的中文著作正在整理，不久將付梓，史學界友人期待屆時將使臺灣社會史研究更上一層樓。2001 年，許達然擔任東海大學校友講座，2002 年又擔任該校吳德耀人文學術講座（歷史與文學）。2004 年以 65 歲自西北大學退休，並被聘為名譽教授。

　　許達然是戰後臺灣文學史上重要的作家。在文學上，他出道很早，16

*葉笛（1931～2006），本名葉寄民，臺南人。詩人、散文家、翻譯家。發表文章時為臺南市西門教會日語班教師。

歲於《新新文藝》發表第一篇作品，並獲得《新新文藝》徵文首獎。大二創辦《東海文學》、主編東海大學《葡萄園》，大四以學科成績優秀膺選全國大專優秀青年，1962 年創辦《文林》擔任主編。

　　1961 年由《野風》雜誌社出版第一本散文集《含淚的微笑》。之後，陸續出版，主要的有《遠方》（高雄：大業書店，1965 年）、《土》（臺北：遠景出版社，1979 年）、《水邊》（臺北：洪範書店，1984 年）、《吐》（臺北：林白出版社，1984 年）、《人行道》（臺北：新地出版社，1985 年）、《同情的理解》（臺北：新地文學出版社，1991 年）、《防風林》（香港：三聯書店，1986 年）、《芝加哥的畢加索》（南寧：廣西人民出版社，1987年）、《遠近集》（北京：中國友誼出版公司，1988 年）、《藝術家前》（北京：中國文聯出版社，1989 年）、《四季內外》（廣州：花城出版社，1992年）、《相思樹》（北京：北京師範大學出版社，1993 年）、《懷念的風景》（臺南：臺南市立文化中心，1997 年）、《素描許達然》（臺北：新新聞文化公司，2001 年）、詩集《違章建築》（臺北：笠詩刊社，1986 年）等。其散文及文學經營，曾獲得第一屆青年文藝獎（1965 年）、金筆獎（1978年）、吳濁流文學獎（1981 年）、府城文學特殊貢獻獎（1998 年）、吳三連文學獎（2001 年）。吳三連基金會肯定他的散文藝術說：「創造結合智性和感性。因此，他突破中國散文抒懷為主的個人風格，提倡散文亦是參與文學（littérature engagée），使散文具有社會意識，擁抱時代……他的散文創作翻新臺灣散文的傳統歷史，開創新天地。」從吳三連基金會的讚辭，以及詩集只有 1986 年付梓的《違章建築》，似乎詩與散文差距很大。其實，他發表過的詩和譯詩都不少，只是未結集而已。這一次選擇了一些詩，可以讓我們一窺許達然做為一個詩人的廬山真面目。其實，我個人一直認為許達然是個道道地地的詩人。他個性內斂，木訥，不是一個能說善道，能表演空中飛人的，總是做了許多事不說話，或者，頂多只說一句話，譬如1982 年在美國籌組臺灣文學研究會，並且擔任第一任召集人。1985 年及1986 年在芝加哥大學籌辦「臺灣研究國際研討會」等，關心臺灣文學和歷

史研究勝過任何人，但這些都很少有人知道。他是個曖曖內含光的人。在許多人作秀成癮的臺灣社會上，他是極其難得的詩人，也是真正有原則的知識分子。

二

　　一個作家對於自己的工作一定有一個自我肯定的目標，否則，所為何來？它決定作家為什麼而寫？要寫什麼？為誰而寫？這些統合起來，就是一個作家的創作歷程。許達然從 1961 年出版《含淚的微笑》迄今將近半個世紀，一路走來，其創作的態度始終如一，不同的是凝視的角度更多元、更深邃、表現更周延，涵義更深刻。我想下面引用的話，最能表現許達然寫作的態度和怎樣看這個世界。

　　他在《同情的理解》[1]的〈序〉裡說：

　　寫作的無非是一些同情的理解。在同情的理解裡，或許發現這世界還有真善美。
　　理解常受處境的影響甚至操縱。選擇開放的情懷探索錯綜的情景，即使理解也不一定可解決或解脫，但至少還用情用理思考活著。畢竟人間不是數學，算準就算了。理解只是鑰匙而已，開鎖出去後，只孤單占據空間，不理人間就無理了。
　　同情的理解並非什麼境界，卻多少表達真善的體會，美的情調。同情未必理解，理解不見得有情；同情的理解雖不一定同意，可都包含尊重。然而情勢仍是有勢無情。到處沒有容忍的自由，拒絕理會別人，無疑無理。無理的仍無情，不公的仍不平，醜陋的仍險惡，所以仍寫不盡。
　　凡事同情的理解或許就看得開，心情卻更和人間情節分不開了。活著大家都希望發現什麼，欣賞什麼。我們發現同情的理解也是一種欣賞。

---

[1] 許達然，《同情的理解》（臺北：新地文學出版社，1991 年 7 月）。

　　引用這麼一段，無他，讓作者現身說法，可以節省我的筆墨。從這幾段文字，不難了解許達然創作的心路歷程。這個世界仍然充滿著不公、不義、自私、醜陋、無理、險惡，但如你有同情的理解，或許會發現這個世界還不完全令人絕望，還有我們沒發現的真善美。如果由同情的理解，凡事就可以看得開，更能貼近人間情節。許達然這種態度正如他對待世界的，對待生活的態度，正如他在諷刺現實的醜陋時，仍然帶著「含淚的微笑」，這種態度裡有「愛」，有「原則」，既「柔」又「剛」，悲天憫人，對世界既能擁抱它，能譏諷它，也能欣賞它。

　　這在現在的臺灣是少有的詩人的態度，他的散文在我看來等同散文詩，不信，你可以看他怎樣看待散文：

　　「不是詩、小說、戲劇的都被歸入散文。散文希望有詩的境界、小說的情節、戲劇的悲喜、與議論的推理。」[2]，他希望自己的散文「有詩的境界」排在第一位。足見他在散文的世界裡追求的，還是詩的真實，詩的境界。

　　許達然的文學理念與創作態度一點也不含糊，在他的詩集《違章建築》裡，開宗明義，他說：「當然不是寫著玩的，要玩就不寫了。生命尋求佳句，佳句在生活與思考裡──最好可能是時代與社會的見證、想像及批判。」[3]許達然很清楚文學的美學的，所以在創作的有生之年，孜孜矻矻地尋找佳句，他不向夢幻尋找佳句，他的佳句來自現實生活與從凝視生活的思考。他肯定詩人就是時代的見證人，因而在創作的歷程上，他有人文科學家的冷峻，但在那種冷峻裡，仍然帶有一股「同情的理解」，他這一股「同情的理解」充滿著真摯的人性與詩人的熱情。

三

　　謳歌美國的民主，歌唱自我的惠特曼（Wait Whitman, 1819-1892）曾在

---

[2]許達然，〈散文臺灣‧臺灣散文〉，《懷念的風景》（臺南：臺南市立文化中心，1997 年 5 月），頁283。
[3]許達然，〈序〉，《違章建築》（臺北：笠詩刊社，1986 年 2 月），頁 3。

〈給某歷史家〉的詩裡寫著：

> 我是「人性」的歌手
> 顯示不久將誕生出來的輪廓
> 描寫未來的歷史。

　　這幾句拿來詮釋許達然的詩頗為妥當。惠特曼謳歌他的美國，許達然歌詠自己的故鄉臺灣，這是無可置疑的，他在《防風林》的〈序〉裡寫著：

> 在我懷念的地圖上，臺灣占很大的位置。思索中我常聞到它醇厚的土味。[4]

　　現在有不少居住臺灣的人「心不在焉」，鼻子聞不到自己故鄉「醇厚的土味」。這不能不說是一件「哀莫大於心死」的事！

　　雖然許達然長居國外，其研究的專業卻是臺灣社會史，出版的散文及詩集大都是寫家鄉臺南以及臺灣的形形色色。惠特曼自謂「人性」的歌手，但這並不稀奇，詩人都可以說是「人性」的歌手，只是表現的比例上有所不同而已。其實惠特曼這句話把詩人的工作看得像歷史家，詩人不只描寫過去、現在，還要把那即將要來而未來的現象勾畫出來，讓人看得見未來的世界以及在那世界裡的自己和人群，詩人是時代的見證人，同時，也是未來的預言家，要同情並且給予活在痛苦多過快樂，幻滅多於希望的人們「一個將來的憧憬」（A vision of future），擴大生命的展望，雖然人的生活就像裴多菲[5]所說的：「希望之為虛妄正與絕望相同」，說得悲觀一點，人似乎是在希望與絕望的隙縫裡討生活的。

---

[4]許達然，〈序〉，《防風林》（香港：三聯書店，1986 年 9 月），頁 1。
[5]Petöfi Sándor（1823～1849）匈牙利革命的國民詩人，歌頌自由與愛，參加解放戰爭，年輕以身殉國。著有長篇敘述詩《亞諾什勇士》（János vitéz）。

現在讓我們來探望詩人的軌跡，先談描寫城市一隅的〈違章建築〉：

窮擠
不出都市的憂鬱

也有門把蛙聲分開
一片自己聽
另一片警察踩

福字倒紅大
光明裡黃老
只是無影

居然不必賄賂
蚊蟲就替稅捐處抽血
居然把瘦肉當花粉
蜂代表官方採收

窗破睜著眼
看風瞎衝進來拆

法律堅持要公平
給路給樹給鳥
啄　觀光成風景

臺灣自經濟起飛後，都市高樓大廈林立，目前甚至有 101 層超級高樓，然而在都市幽暗盲腸般的角落，仍然擁擠著違章建築，而且那些簡陋得僅可容身的違章建築，與富麗堂皇、凌雲矗立的大廈，「亮相」對照，突顯出富裕裡的貧窮。這些窮人一輩子在都市裡「擠來擠去」，還是擠不掉、

擺脫不了「都市的憂鬱」，彷彿其一生注定要在都市的哀愁中浮沉。諷刺的是不能再簡陋的「違章建築」還是有門的，那一扇門很自然地把田野裡的蛙聲「分開」，除了警察隨時踩進來要取締，自己還可以聆聽免費的青蛙合唱。即使怎麼窮，還是不能免俗的，每逢新年總要把大大的「福」字倒貼，祈求「福」到我家。然而，不但「福」不見蹤影，對於窮人，「福」只是個「無影」（假的）的存在。生活在「違章建築」裡，連蚊蟲都要來抽血，蜜蜂都要把瘦肉當花粉來「採收」，「窗破睜著眼」這一擬人化的形象，既突兀又鮮活，像抗議的眼睛，但卻只能眼睜睜地看著風衝進來掠奪。臺灣社會一直堂而皇之的強調所謂「法律要公平」，但老百性心裡總是有數的，難怪這一家違章建築會「給路給樹給鳥／啄　觀光成風景」；六段17行把都市的陰暗面突顯出來，其反諷（irony）可謂入木三分。

　　從這首詩就可以看得出許達然詩作的主軸和走向。下面看〈路〉：

　　阿祖的兩輪前是阿公　　拖載日本仔
　　拖不掉侮辱　　倒在血池

　　阿公的兩輪後是阿媽　　推賣熱甘薯
　　推不離艱苦　　倒在半路

　　阿爸的三輪上是阿爸　　踏踏踏踏踏
　　踏不出希望　　倒在街上

　　別人的四輪上是我啦　　趕趕趕趕趕
　　趕不開驚險　　活爭時間

　　〈路〉寫的是「歷史」、「時代」、「家族」、「眾生」之相、之路。從阿祖、阿公、阿爸到我四代人，從農業社會的兩輪——腳踏車進步到戰後的三輪車，到工業化的四輪汽車，這些人們熟稔的交通工具象徵了不同的時代，

從阿祖的滿清時代到日據時代，到二次大戰後國民黨政權的三個時代，透過一個家族四代的生活面貌，把它以相當整齊的詩型栩栩如生地形象化。

　　每段第二行的「拖不掉『侮辱』　倒在血池」、「推不離『艱苦』　倒在半路」、「踏不出『希望』　倒在街上」到「趕不開『驚險』　活爭時間」，點出這個家族在每個時代裡悲苦的日子。而急促的五個「踏」字和五個「趕」字，像鋼琴敲打時代步伐的變調，幸虧「我」這一代還沒有倒下，卻坐在別人的汽車上「活爭時間」，雖然仍然「趕不開驚險」，也不知道要「活爭時間」到什麼時候，卻還能在希望和絕望的隙罅裡討生活。這四代人也象徵了三個時代裡臺灣社會芸芸眾生的寫照。我想起芥川龍之介曾說過：「就算玉碎了，瓦是會留下來的」。詩人許達然透過「我」的形象，以「同情的理解」給包括自己的眾生找到並且留下生存的一縷希望和活力，這首詩的核心就在這裡。詩人能以如此淺顯、平凡、無奇的詩語寫出讓人沉思的詩，其功力委實叫人折服。

　　許達然對於故鄉真摯、深厚的感情，從本集的許多詩裡都能觸動人的心弦，讓人去思索自己，去思索這個動盪不已的島嶼被扭曲的歷史，以及歷史陰影下斑斑血跡，依然揮之不去的不死的記憶，壓之不息的哀嘆，社會生活的浮世繪，這些都在 1970、1980 年代未解嚴之前就寫出來的。諸如以臺灣人土氣的名字為象徵的〈阿水的祈禱〉、〈阿土起火記〉、〈黑面媽祖〉、〈問題〉、〈孤兒的父母〉、〈啞〉、〈拾零〉、〈濁水溪邊〉、〈臺灣新社會達爾文主義〉、〈1988 年臺灣印象〉、〈動靜〉、〈訊息〉、〈之間〉、〈西門町之夜〉、〈兩代牛〉、〈離鄉老兵〉、〈阿義的家內〉、〈刑場〉……等等。這些詩構成 1947 年二二八事件，1949 年戒嚴以降 1950 年代的白色恐怖，國民黨威權統治下臺灣社會的內在矛盾，以及外來的壓迫和憂患。現在從中提出一些來探討。來看一下 1983 年戒嚴猶未解凍時寫的〈刑場〉：

　　　他倒下後血還流連
　　　搬不動的枷鎖

他老父衝去要解開

禁區不許動的冤屈

倒在槍的叫囂裡

他女兒跑去要摘

白花倒在阿公的胸懷

　　這首詩讓我的腦海中浮上，西班牙畫家哥雅（Francisco Jośe Goya, 1746-1828）的油畫：一幅是〈1808 年 5 月 2 日〉，以強烈的色彩，遒勁的筆觸描寫用石頭、棍棒、短刀武裝起來的馬德里市民，為了反對拿破崙的併吞，站起來，拚死一搏、混戰的場面，另一幅是〈1808 年 5 月 3 日〉，5 月 2 日和 5 月 3 日相連的兩幅作品形塑了目擊者的證言，結果是沒有組織，手無寸鐵的民眾，在幾個小時內，反而被法國軍隊蹂躪，自由的夢破滅，毫不容情的報復開始，被帶到靠近哥雅畢奧公館附近小山丘的民眾，就在這裡一個個被槍殺！哥雅是向當時的執政者提議把「對歐洲的殘暴西班牙光榮的反抗」畫出來，1814 年受命製作的。許達然的〈刑場〉的畫面呈現的，卻是像羔羊一般被宰割的人民無告的哀慟！像無聲電影映照出倒在刑場上的三代人三具死屍，最後的「白花倒在阿公的胸懷」和「倒在槍的叫囂裡」的形象對照，烘托出來的形象，既強烈又殘酷，令人不寒而慄！也是 1983 年的〈阿義的家內〉這首詩如下：

政治竟是關人的事

不識字的妻認得

苦，處處監視

憤慨不只法律問題

（答案都還在）

仍與獨子與媳婦

等待做阿公的阿義回來

　　不知道自己已經做了阿公的阿義被關在牢獄裡，他妻子與獨子、媳婦、孫子在等著他回來，這也是敘述一個家庭三代人遭受政治苦厄的寫真。臺灣從 1949 年 5 月 20 日就實施戒嚴，並且戒嚴配合著「動員戡亂」體制，把整個臺灣推入白色恐怖的深谷裡，直到 1987 年 7 月 14 日，長達 38 年的戒嚴才解嚴，在這一段時期所發生的悲劇難以數計，〈阿義的家內〉只是其恐怖的狂瀾裡一個泡沫而已。政治就是管理眾人的事，《論語》說：「為政以德」，這首詩第一行就說：「政治竟是關人的事」。「管理」的「管」實質上變成了「關」！「管」與「關」同音不同調，內容相去十萬八千里。可以說，一語道破戒嚴時期「政治」的真面目，而「憤慨不只法律問題」，那麼是什麼問題？是為政者與道德和人性的問題，人民的眼睛是雪亮的，其「答案都還在」！詩人把「不識字的妻認得苦」的「苦」拆開，提到第三行開頭，以「苦，處處監視」暗示在臺灣監獄島裡面的人民，被剝奪自由，被扭曲了人性，「苦無寧日」黑暗。阿義有沒有回來？詩人留下的回答，就是「天曉得！」，含蓄深邃，輻射力強大，想像的空間遼闊，引人沉思。描寫未解嚴時臺灣社會和民眾，深入淺出的，有一首〈訊息〉：

　　　衣裳穿我們，展覽著端莊
　　　假髮戴我們，傳說著嫵媚

　　　我們塗抹臉皮，自編自貶
　　　我們推銷偽笑，自偏自騙

　　　人家表現滑溜的嘴巴，我們就叫好
　　　人家杜撰膚淺的文章，我們也朗誦
　　　人家出產拙劣的物品，我們都搶購
　　　人家製作荒誕的影戲，我們還賞析

　　　彩色節目前，我們黑白感動
　　　就是不敢動

這首詩型工整的詩表現著在被政治的意識型態控制教育，以及在一切活動裡被塑造出來的人們，沒有思想、沒有個性，人人像極了機器人，只有制式的反應。這首詩表現出的悲痛——就是一切都被扭曲得連荒謬都不覺得荒謬！所以一切都顛倒，不是我們穿「衣裳」，而是「衣裳」穿我們；不是我們戴「假髮」，而是「假髮」戴我們。第一段兩行四句展現的荒唐，借第二段和第三段逐漸深化，但這種社會有一個特色，就是彩色節目特多，而且不斷地上演，觀眾呢？「黑白感動」，這個詞「黑白」是神來之筆，不用任何解釋就象徵了臺灣人就是觀眾。生活在這個社會上的人們的滑稽、荒謬、令人噴飯，但最後一句「就是不敢動」的「敢動」和「感動」同音同調，意義卻截然不同。它像一把利刃刺入荒唐的「心臟」，以千鈞之力擂碎滑稽的「笑臉」。與〈訊息〉同工異曲的，有〈啞〉：

> 啊啊啊啊啊。他的嘴漂亮，挨的耳光也特別響，要他不滿就說話，他都啊啊啊。罵他，他都默默看天默默看地，默默看你，然後憤憤我我我我。我握我握，我握什麼啊！啊啊啊！因為他聾，所以是啞巴。因為他看不出我也啞，所以就做出揍我的手勢：嘴張得那麼大，怎麼都不說話啊？啊啊啊，呆什麼呆啊？哦哦哦，想說卻怕？我我我，怕什麼啊？啊啊啊！

沉默的大眾——silent majority 的悲哀，來自劃一的機器人一般的生活，來自敢怒不敢言的社會。我想：再沒有一首詩像這樣不加詮釋卻生動地表現出戒嚴時期臺灣社會真面目的。許達然擅長散文，然而，其散文大多像詩。〈啞〉就是散文詩，然而，詩質濃醇，並且磅礡著啞劇（pantomime）的戲劇性，就像匈牙利文學理論家盧卡契（Lukács György, 1885-1971）所說的「智性的詩」，而這樣的詩是令人沉思的觸媒。沙特曾經說過，他在現在的世界裡已經不認為「文學」能改變歷史或者社會，但相信在現代社會裡「文學」仍然是人與人溝通（communication）最好的手

段。許達然持之以創造文學的理念正與沙特的觀點吻合。他寫詩就是尋找
自己與自己的社會的真面目、抗議和做見證。臺灣社會的宗教,詩人從另
外一個角度去看它的,有〈慶讚中元〉、〈黑面媽祖〉、〈過,去罷〉,這裡以
〈過,去罷〉為例:

> 過去是拆橋而建的廟,無影也拜,養吃魚的和尚,木然敲著香火暮沉沉
> 的旋律,燻得屋頂都受不了,乾脆塌下來砸破自己了斷了,石柱做不得
> 主也倒下了,散布破碎的悲文,涉過漩渦的太陽讀不懂,只能撫摸,從
> 枯樹跌落的月亮讀不懂,只能躺在悲文上睡,迷路的風經過讀不懂,掃
> 走月光後,還是零零落落,決定不住下了,沮喪跟黑暗走掉了,苦了黎
> 明的雨,再怎樣吃力淅瀝都清洗不掉孤寂。孤寂過不去也走調了。地基
> 走不掉,留下現在給在地人建築。

拆橋建廟並非尋常,而這個「無影」的廟養著「吃魚」的和尚——荒
謬。這座廟終於坍塌了。「悲文」四散,可是其悲文,太陽、月亮、風、雨
都讀不懂,「洗不掉孤寂」,連「孤寂」都「走調」了。只有「地基」依然
如故,最後「給在地人建築」。這首散文詩由宗教的虛妄與迷惘引進大自然
的太陽、月亮、風、雨對不解的「悲文」的反應,不同的形象一個接著一
個交集、顯現,其形象的自由、奔放、跌宕,頗富超現實主義韻味,已經
奇異、清新。這篇散文詩擺脫了書寫宗教為題材的詩容易墮入的說教、辯
論、沉悶的窠臼,獨創一格;同時,這種形象銜接不斷,跌宕、自在也是
許達然詩的特色。題目〈過,去罷〉,別出心裁,就是〈錯誤的,讓它去
罷〉,不知這個讀解是否對?不過,這裡的問題並不是一句「讓它去罷」,
就能把問題解決的。「走調」的「孤寂」與「讀不懂」的「悲文」將如何?
仍然是問題。

他說寫詩「不是寫著玩的」,所以他說:「詩再短也寫,只因有話要
說。若什麼都寫,會使人睏。詩短,紙也多空白。空白據說是消極的異

議，抵抗空白的一些黑字希望有些意義。」[6]在這種意念下自 1981 年寫出來的短詩，有〈三行三尾〉,〈抗議兩行〉、〈握不住兩行〉、〈三行六尾〉、〈四行兩尾〉、〈兩行五尾〉、〈兩尾三行〉到 2004 年的〈最後兩行八尾〉。現在提出這個系列的作品來看看,〈見聞〉[7]：

> 蟑螂踏著饑民圖吃
> 一孔又一孔又一孔
> 填上腥臭

這裡，其實生活在陰暗的角落裡，只能尋找殘羹剩飯維生的蟑螂就是饑民的形象，說是「見聞」，在我們生活的世界上，見聞只是被掩蓋的真相。〈礦工〉[8]：

> 挖完灰暗後
> 進入光明的臉仍暗

礦工深入地下挖媒，收工從地下出來，也許已經回家，但其臉孔仍然是「黑」的，這樣的世界是什麼樣的世界？1981 年到 1982 年〈握不住兩行〉共三首，看〈凱旋門〉：

> 過去勝利成顛倒的凹
> 現在通過無門的窄門

「凹」這個字就是顛倒過來的凱旋門，是沒有門的，是不能通過的窄

---

[6]許達然,〈序〉,《違章建築》,頁 3。
[7]1981 年的〈三行三尾〉之一。
[8]1980 年的〈抗議兩行〉之一。

門，所以這個勝利到底是什麼樣的勝利？不言而喻。且看〈有題〉[9]：

> 昨夜我趕排的版
> 醒來狗撞翻了
> 還對不會爬的字吠

可以想像在戒嚴的年頭，有一種「狗」是時常在半夜裡專跑印刷廠，去撞翻趕排的版的，而且這種「狗」還受到專門的訓練，會對那滿地散亂，不會爬的「字」狂吠，這首詩的象徵和暗喻，脫俗、新鮮，同時，令人深思。同年的〈四行兩尾〉裡有一首〈學問〉：

> 丟棄歷史改攻電腦的
> 邏輯：賺錢就是
> 對了，電腦若算得出人間
> 影印一份給我抄寫

　　詩人有一種堅定的信念：人間不是電腦能算得出來的，所以說：「影印一份給我抄寫」，是絕妙的反諷（irony），而這個反諷一語雙關，賺錢的邏輯不能用在做學問上面，不過，這種意在賺錢卻說在做學問的現象比比皆是，因而諷刺更深刻。〈兩行五尾〉五首詩之一的〈新村〉（1994 年）如下：

> 天。雲廢耕後，日頭蹲下來親視
> 無田的牛低頭咀嚼自己的影子

這是新出現的農村，連牛都整日在陽光下無所事事地咀嚼著自己的影子。

---

[9]〈三行六尾〉之一，1984 年的作品。

這首詩端的表現了實施廢耕後的新農村。從詩裡聞得到農村衰微的氣息，也彷彿聽得見農民的嘆息。從 2004 年的〈最後兩行八尾〉提出兩首，其一〈臺灣〉：

　　海澎湃不願圍攻監牢
　　耗汗升起凶勇的島

　　這裡描寫的，可能是象徵解嚴後的臺灣。詩出之以逆說（paradox），節省許多詞語，精練卻能營造出兩組緊扣意義相反的形象，給人衝擊，揣摩，意涵深邃、張力甚大。人民的力量是大海，澎湃，蘊藏著海嘯一般能摧毀一切的巨大而不可抗逆的威力。戒嚴時期，整個臺灣島有若一座監獄島，解嚴了，人民為了新生，會凝聚浩瀚，洶湧的力量把這座監獄島圍攻，徹底地摧毀它，但溫和的島民不願如此，因而坐視既得利益者、特權者、威權時代構陷人民，魚肉人民的人們繼續享受他們的春天，這一群代表舊社會一股力量，和曾經前仆後繼，耗費無數「耗汗」（應為「浩瀚」）的血汗、「凶勇」（應為「洶湧」）的人民的力量在抗衡，企圖變天，目前這種現狀使臺灣無法埋頭為美好的明天踏上建設之路，卻永遠，動盪不已！另一首〈存在主義者〉如下：

　　我們都是被丟棄到人間的
　　苦難者想不苦也難

　　這首詩不是因為受苦哀叫的，它的一個前提：既肯定自己是被丟棄到人間，其本身就是被孤獨、不安、絕望纏繞、緊縛著的，所以憑自己的自由與擔當的責任，只有忍受和克服生命的矢石和痛苦，這就是存在主義者生活的態度，就像尼采說的：「受苦的人沒有悲觀的權利」。肯定自己是臺灣人的，就要有像存在主義者一樣迎接苦難的精神和準備。

　　上面提出來的兩行，或者三行的短詩，極具日本俳句的韻味。日本俳
句以五、七、五的十五字為定型，常把一種透視性觀照，凝聚的感情的頂
點以直接了當的形象表現出來，如美國龐德（Ezra Pound, 1885-1972）等意
象主義（imagism）詩人或多或少都受到影響。許達然這一類詩在用字的經
濟上，意象的表現上，當然具有俳句的優點，但由於漢字的特性，其形象
更堅硬、更銳利。同樣於 2004 年寫臺灣社會的風貌，像〈臺灣〉應用逆說
性手法的，還有〈臺灣新達爾文主義〉：

　　弒者生存
　　噬者快活了
　　恃勢者也快活
　　嗜非者更快活的

　　視者活該
　　試者該活的
　　識是非者存死
　　釋事實者穩死

　　詩人把百鬼橫行、跳梁的社會百態僅僅以兩段，短短的八行文字形象
化，用逆說構成一幅諷刺畫（caricature）。第一段的「弒者」（殺人的）、
「噬者」（吞噬人的）、「恃勢者」（依靠體制或者黑道的）、「嗜非者」（為非
作歹成癖的），這些人在臺灣都能生存，都生活得很快活！然而「視者」
（那些不准看的，要你裝聾作啞不用看，你偏要看的）、「試者」（對於不要
你反對、挑戰的，偏要去試的）、「識是非者」（明白是非，有廉恥的）、「釋
事實者」（能看清社會現象的真相予以解釋的）都活該。不是「存死」（會
死），就是「穩死」（必死無疑）。這樣的社會還不令人不寒而慄，哀莫大於
心死？原來臺灣的自然淘汰就是這樣的，詩人名之曰：「臺灣新達爾文主

義」，諷刺入骨！

四

　　吟味上面的許達然的詩，當可了然其詩的世界，其詩世界的光和影，約而言之，如下：

　　（一）其詩都具有強烈的社會關懷。這，也許因為他是歷史學者，然而，他相信歷史嗎？在散文〈煩惱〉裡有這麼一段：「歷史要公正，然而歷史記的卻是吃得飽飽的不公不正的事，歷史若有神也瞎了。」[10]基於這種現實的認識，他不斷地寫散文，寫詩，為的是揭發不公不正的事，加以批評、鞭撻。

　　（二）題材廣泛、無所不包。從身邊的人、事和物，凡與生活和社會有關的都入詩。多元的題材使詩人所凝視的社會在讀者面前展現出其立體的多面的風貌，有助於人們清楚地認識自己的社會和歷史。

　　（三）許達然的每一首詩差不多都像一把極其銳利的匕首，以其非常個性的語言和形象逼視人。「執意不加糖醋，或許不合一般口味。偶爾撒點鹽，也不放太多——太鹹妨礙健康。執意不寫太長，以免浪費大家的時間。」[11]這就是他寫詩的態度，於是乎，其詩語含蓄、精準、有力，可以說是自然的結果。

　　（四）其詩的語言都富有象徵性。無可置疑的，詩的語言蘊含著詩人所意指的社會。例如，愛爾蘭的詩人黑倪（Seamus Heaney, 1939-2013）用質樸的詩的語言書寫普通的農村景觀和堅毅的勞工，特別以農村上的沼澤象徵愛爾蘭，他說過：「To know who you are, you have to have a place to come from.」換句話說以我們腳下的土地，我們周遭的熟悉的人物，詞彙或者名字作為象徵激發讀者的想像力。比如詞彙方面：「如羊黑白叫滅滅」的「黑白叫」（亂叫），交通工具的「兩輪」、「三輪」、「四輪」，農作物的「土

---

[10]許達然，〈煩惱〉，《同情的理解》，頁145。
[11]許達然，〈序〉，《違章建築》，頁3。

豆」、「番薯」、「菜頭」，稱呼的「黑面媽祖」、「阿祖」、「阿公」、「阿媽」，
人名「阿義」、「阿水」、「阿土」等，不一而足。這些都會把讀者拉近，讓
人感覺格外親切。在語言方面，最大的特點就是以同音異字創造出另一個
突出、衍生的形象。例如〈痔瘡〉一詩：「都是坐太久而製出的。／志
（痔）要生存，／作（坐）都在作（坐），／坐出血了。／志（痔）要知
識，／智（痔）不消化，／化出血了。／志（痔）要權力，／不便不便，
／變糞成無衛生常識的暴君了，／一坐上就固執／不動，／完全不顧人家
屁股烘烘的感覺，／還／擠出紅紅的痛苦，摸得到卻看不見，／動手，／
術就能根治？」筆者加上去的括號內的字就是同音異字，它是一種暗示的
力量，詩人借它醞釀、衍生象徵的形象。另一個特點就是把一個詞彙割
裂，創造出突顯的形象。比如把「動手術就能根治？」這一行句子割裂為
「動手，術就能根治？」「動手」就是開始行動，「術」就是技術、手段、
策略、方法，在權力方面「術」多的是權謀，詭異的通權達變。仔細吟味
〈痔瘡〉，就會領悟抓住「權力」的人，常常至死不放，甚至腐敗到「變
糞」，變成「暴君」，這種情況猶如難以根治的「痔瘡」。詩人懷疑並且諷刺
玩弄「術」（權術）的，權力能正常、能公而無私地運作嗎？像這樣應用詞
彙，衍生意外的形象使詩產生巨大的張力，強勁的輻射力，就是許達然的
詩不同於同代詩人的特色和魅力。

五

　　盧卡契在其思想體系中設定的最根本問題：就是要怎樣讓近現代市民
社會在生與形式乖離的危機中，重新建立生的整體性的範疇（Category）。
從許達然的詩裡，我們也不難看出類似的這種深刻的焦慮，看來傷心的同
情的批評充滿在詩集裡，好像也有悲觀的氣氛，其實，它並不悲觀，他
說：「我知道為什麼臺灣民謠如棄婦的哀歌，但我希望詩不要再怨嘆了。弱

者才哼悲苦,而弱者的名字不應是臺灣詩人。」[12]他這種理念表現在〈風波〉裡:

　採集冷漠的風追趕不走我
　氣呼呼挾帶塵埃逃亡去
　推動激昂的波浪搗碎海的蒼茫
　我踩著岸然拒絕收容

　　這首詩表現的就是詩人的心聲,這聲音要求「人」要抬頭挺胸、頂天立地,對社會、對世界,絕不可冷漠,也不應該被冷漠收編,人要「岸然」地拒絕收容,人不要做弱者,詩人更應該如是!詩暗示著:臺灣人要有這樣的精神,應該有這種堅強的毅然的態度。

　　許達然的詩要求讀者做頭腦的體操,用同情的眼光環顧周遭,並且能聽見到沉默裡希望的聲音。他的詩與散文一樣充滿魅力,在臺灣是異數的存在。

——2005 年 5 月 22 日晨於臺南

——選自葉笛著;戴文鋒主編《葉笛全集 6．評論卷三》
臺南:國立臺灣文學籌備處,2007 年 5 月

---

[12]許達然,〈序〉,《違章建築》,頁 3。

簡論許達然詩的通感

名家側影之二

◎林明理[*]

貼進現實的底層關懷

　　許達然（1940～），本名許文雄，臺南市人，是歷史學者、散文家。美國哈佛大學碩士、芝加哥大學博士、西北大學退休教授。2007 年冬天，他回到臺灣東海大學擔任講座教授。從事臺灣史研究，著有學術用書、散文、詩集等多種。獲青年文藝獎、金筆獎、府城文學特殊貢獻獎、吳三連文學獎等殊榮。

　　為了探索許達然詩的魅力所在，我們不妨先了解其詩的語言具有哪些共同特徵，以及哪些特有的素質？

一、豐沛的學養與鄉土文學的特徵：許達然詩風質樸，語言不深隱曲折、意象繁複；重在言志，而言志又離不開對現實的關懷與價值認同的思索上，有詩人自覺的「入世」態度。他在自序裡說過：「在我想念的版圖裡，臺灣占據著很大的面積。」他的詩歌創作，並非直接敘事寫史，而是用歷史的眼光審視臺灣的風土文化、庶民生活的變遷或生態環境更迭的細節，用歷史的責任承載情感；藉以體現出其深悲或感慨，成為「警醒」的特殊風格。他在成名作《含淚的微笑》中已初露端倪。他說：「悲哀的不是痛苦，而是表達不出痛苦」。如果說，許達然擅於用現實中一個不起眼的變化來寫民心、民情，常落筆於貼進現

實的底層關懷，收筆於內在痛苦的回憶，且抒寫兼具哲理和人道精神；從這個特徵上來說，他對百姓簡苦生活的敘寫是最具社會現實性，也最有鄉土意識的歷史意義。

二、深受現代主義文學的影響與獨特的視域：許達然不主張用作品去再現生活，而是提倡從人的心理感受出發，表現「底層文學」的關照。他注重表現人物的意識活動本身，從作品中力求有所突破，確是事實。自 1979 年起，他相繼出版了《土》、《吐》、《遠方》、《水邊》、《人行道》、《防風林》、《同情的理解》等散文集，其新詩〈疊羅漢〉亦獲得吳濁流文學獎項。詩創作的特點是，強烈的時代意識與對鄉土變遷中的社會給予無聲的質疑。以通感、對比、烘托等藝術手法，在意象的營造中隱現著對底層社會的深刻描摹，從而形成獨特的鄉土現代性。主題則注重人生觀察和社會批評，這種把底層社會寫得真實而樸素，不是將醜惡本質化，而是介入自己的鄉土經歷和情感去體察民間，這種介入式的思索無疑提升了詩歌具理性與感性交融的品味，使得評論家南方朔以「碎片書寫」（Writing Fragmentarily）來形容他的文字具有很大的聯想性和跳躍度。同時，也顯示了身為一個詩人學者的思想高度以及「文學是社會事業」的寬廣視域。

詩的通感表現

關於通感，德國著名美學家費歇爾曾說過：「人的各個感官本不是孤立的，它們是一個感官的分支，多少能夠互相代替，一個感覺覺響了，另一個感官作為回憶、作為和聲、作為看見的象徵，也就起了共鳴。」[1]簡言之，通感就是五官感覺的相通，把不同感官的感覺溝通起來，借聯想引起感覺轉移的心理現象。

也可以說，是一種物我兩忘的內心體驗。運用通感，可以使詩的意象

---

[1]轉引自北京大學哲學系美學教研室編，《西方美學家論美和美感》（北京：商務印書館，1980 年），頁 236。

更具體，此外，也可突破人的思維定勢，深化藝術。許達然常以詩記錄現實人生的種種真貌，情意貫徹，無需旁敲側擊，頗有哲人的意味。如 1991 年寫下的〈焦灼〉，著眼於通感意象之表現：

森林劈拍火了就燋熄唰啾
穿戴著火的鹿悚然發現樹
反了，都敢探成炭
撇下逃不走的天
滿臉塗抹著灰的
氣色

這是以聽覺寫視覺，彷彿使我們聽到了森林劈拍著火時傳來燋熄的唰啾聲。全詩洋溢著想像的筆調，有邏輯性的關連在心靈上再生或記憶的心靈影像。詩人以通感、擬人等手法，描摹出大自然留給我們的寶貴資源——森林遭殃的情景；而「滿臉塗抹著灰的氣色」，取譬俱美，也鮮明塑造出十分焦急的形象來。在義旨探究之間，如何維護生態環境的社會責任。歸根到底，這才是詩人的深情想望。

接著，在 1994 年詩人寫下的〈海天〉，是一個寓意深刻的比喻，感發而然：

天閒得好無聊
憑空潛入海聊天
一翻臉就把湛藍煮沸
爭吵的聲音濺起
花朵蕩漾
泱泱不平的情敘

　　此詩明顯的以「天闊」氣勢為貫穿，特別是輔以連海，以證臺灣政黨分立、批鬥，也寓褒貶於詩語之中。結語作「泱泱不平的情敘」，沉默中寄託詩人的反諷之情；使讀者不僅了解當前政治的歷史真相，且能具體感受到詩人對社會歷史氛圍。這是以視覺寫聽覺，傳神地表現出「爭吵的聲音濺起」，彷彿是泱泱不平的浪花正蕩漾著；而其創造性的審美想像，就是通感生成的根本所在。其實，許達然風格穩重的文藝思維裡，也有些穿插諧趣性的語言文字，比如在 1995 年寫下的〈動物園〉，可算中期詩歌創作過程中具有標誌意義的事件之一：

> 都是無端無期徒刑的居住
> 還有不被收養的鼠老是自助來吃
> 飽著不被收養的蚤活著咬
> 給應邀來觀賞的揉死
> 還動的物都拒絕活著相看絕種

　　此詩靠的是暗示、譬況和象徵。語言冷雋，形式新穎，也有批判性諧趣。最後一句「還動的物都拒絕活著相看絕種」這就表現了在特定情境中，詩人對那些瀕臨絕種的動物們失去自由或盜獵者把牠們製成標本的惡行與生存物資也簡陋不堪之痛的體驗。但許達然對情感的抒發、宣洩以及體驗過程都是此詩詩性存活的關鍵。許達然詩裡通感哲學的基礎就是客觀事物都不是孤立存在的，它們之間有著千絲萬縷的聯繫。這或許，正因為詩人認真地想擔負起深入研究臺灣社會人文的責任，也為詩的審美生成預留了想像空間。詩生於情，情生於境。可以說，「詩以緣情」的美學特徵也是許達然詩性的本來面目。比如他在 2004 年寫下的這首〈失業〉，是近些年失業者或邊緣人的痛苦寫真：

> 家在公家高架橋下

路踏著我走
地址是流浪
收集破爛的
饑餓聲音

　　第一句是視覺意象，大概是表現流浪者四處為家的窘境。接下去是用視像來表達聽象，有通感的手法在：「路踏著我走／地址是流浪」，給人痛感。這裡喻示著：面對當下全球不景氣的襲擊，許多失業的流浪漢族群，處於這樣一種無可逆轉的事實下，我們的社會是否該認真探詢，怎樣開始一種適合或安頓於他們的生活和生存意識。在某種精神上，這是詩人最最深沉動人的想法。這種隱藏於小市民故事，當中的理性思考的力度，似乎遠比寫出某些城市的萎靡面更為深刻和沉重。而最後「收集破爛的／饑餓聲音」，表現了許達然潛意識對失業問題嚴重的複雜心情，一下子把讀者帶到無限美妙的通感世界。再如 1996 年寫下的〈豐收〉，許達然對於部落族民應具了解之同情，方可下筆，讓讀者留下了深刻的烙印：

再破落都要守住閃鑠的碎片
還有菖蒲揮劍也挽不住鄉人

走不掉的菠菜臭了
茭白筍還老實長著斑點
想念牛，草都老了
鼠吃不慣素食紛紛私奔
眾虫矜持繼續咬苦瓜
日頭吞不下，番藷葉謝了
金針花在地都等乾了
菜頭在地還寧做脯也不爛的

　　德國哲學家黑格爾（Hegel, 1770-1831）曾提出，顏色的和諧、聲音的和諧、形象的和諧具有同等意義。在這裡，許達然對於理解原住民生活艱苦的現實語境，應該是有一定意義的。就算菖蒲插於門戶上，夜夜祈求離鄉打拼的族人平安，也一樣是令人心酸的畫面。每當一遇天災，災區運不出外的蔬果，連老天都發愁的情景，與期待豐收的視覺造成情感上的反差；然而，在此表述中我們不難看到許達然的人道精神依然強烈存在。它不僅昭示了渴望改變底層生活的歷史性要求，也突顯了這種要求難以實現的焦慮。接著，在詩人 41 歲時發表的〈黑面媽祖〉中，一樣是許達然極力為漁民爭取的自由，依然還是必須從政治的無形束縛中才得以解脫：

　　阿公去天后宮燒香保庇阿爸討海，媽祖靜看海，看不到阿爸回來；不是魚，木魚硬縮著頭。

　　阿姊去福安宮拜拜保庇姊夫行船，媽祖靜聽海，聽不見姊夫叫喊；不是魚，船躲不開風颱。

　　阿母去慈生宮跪求保庇我換頭路，媽祖靜看海，看不到我傷發膿，痛：我拒絕再抓魚後被抓，不如無國籍的魚。

　　這些臺語的語素應是蓄意的創作，他以詩積極地介入社會政治，以文學確立了自己的現代性追求，也正是這種追求使得許達然找到了自己的精神歸宿和生存支點。如同他曾說：「我相信文藝力，所以才也寫作，不然就專心做學者研究歷史與社會了。文學、歷史、社會應溶和在一起；文學在歷史與社會情況下產生，也可影響社會與歷史。」就是這種憂民的悲憫，使此詩裡的故事與人物共存於詩人的視覺凝視當中，其價值核心仍然是許達然詩歌所傳遞的「希望我寫的都與社會及人民關聯」的理想。在臺灣，黑面媽祖是百姓所熟悉的神祇形象。詩裡引申的是，討海人生活的辛酸，且隱含著臺灣因國家定位尚未被多數國家認同，間接道出了因無國籍而出

海捕魚者，連魚都不如的悲哀。詩的語調是低沉的，且不斷震蕩擴散。最後，介紹這首〈新村〉[2]，在敘述效果上，再次確認了許達然對於「歷史是一種解釋，從這裡看，文學和歷史便可以連在一起。」這段自白的依附與追隨：

　　天。雲廢耕後，日頭蹲下來親視
　　無田的牛低頭咀嚼自己的影子

　　疏忽
　　春天那年攜雨來約我外出
　　我竟不領情躲起來讀柏拉圖

　　詩人用「日頭蹲下來親視」（視覺）、「無田的牛低頭咀嚼自己的影子」（觸覺）來描寫現代化的新村，「春天那年攜雨來約我外出」（聽覺），最後一句，讓讀者的思維隨著種種感覺的轉換不斷跳躍，跟著進入詩人閱讀的審美世界。此詩藝術的手段，似乎是許達然為了表達「反農田廢耕」後各地農事普遍蕭條的感知；毋寧把關注的重心，轉移到詩本身所透露出來對農民的憂思情緒。

　　以上這些詩歌著力於許達然的思想傾向，詩的結構謹嚴，條理清晰；且透過通感技巧的運用，藉以突破語言的局限，也豐富了審美情趣。就選題而言，許達然向來喜歡有哲學深度的思想家。如能細讀其詩，較之其它散文作品，視野應更為開闊。他以探尋臺灣文化史發展的基本走向，尤其是對歷史的研究時段、主題範圍，是很有學術意義的。許達然主張，「寫作，不能失去創造力和格調。」晚年的他，詩風更趨於內斂、反諷或抒寫寓言風格。他是位熟諳英、法、日語，曾獲美國傅爾博萊特等研究獎金的學者；在臺灣社會史這一研究領域上也充分運用其學術資源，並以詩文予

---

[2]江自得等編，《重生的音符──解嚴後笠詩選》（高雄：春暉出版社，2009 年 7 月），頁 127。

以拓展與深化文學中加以多重層面實踐應用。

崇高美的追求與臺灣史研究的學者

　　許達然寫詩文時，能引出自覺批判的透射，以及對臺灣社會本身的關注。他曾明確表示，忍耐孤獨，是必要的修養。以及「到底我們不是政客，只能用文章關心社會。文學能影響人的心靈，但要改變社會是不容易的」。然而，身為一個有覺悟的詩人學者，他要在文學作品中去追求罕見的崇高美；因此，在其深刻的思維下，透過樸拙的文字，在在說明許達然的詩在表現崇高美時正是從底層文學去表現生命的偉大、心靈的堅強與崇高的。

　　比如他寫東門城下的攤販、被綁赴刑場的豬隻、被強制拆屋的住戶、廢氣汙染下的木麻黃、垃圾堆中的人生故事等等，均能展現出巧妙而準確的喻象，能把他生命的熱力與對文學寫作的堅持突顯出來。我認為對其文學的正確評價應涵括四個層面：第一是詩歌，第二是歷史，第三是散文，第四是文化史。這四個層面就像四個同心圓，光明清瑩；他靜觀萬象，萬象如在鏡中。其空明的覺心，映照許達然澹泊的一生，在臺灣史研究也產生了深遠的影響。有評家甚至認為，他的散文含蓄蘊藉，似乎比詩更好。對此，我認為，許達然出身於臺南一個貧困的家庭，勤學刻苦以致弱視重聽。他用生命書寫的詩歌，我們應可以感受得到其語言的情趣，而能給人以深刻的啟示的。

──選自《全國新書資訊月刊》第 175 期，2013 年 7 月

現代的、民族的許達然
海外華裔作家掠影之四

◎彥火[*]

現代、民族、社會的詩

> 硬寂駛
>
> 要使出光明的黑
>
> ——〈運煤夜車〉

　　讀著許達然這首小詩，宛如撿到一顆夜明珠，通體透亮，覓不出那怕是頂小的瑕疵。設想在一個深寂之夜，一輛運煤車踽踽而前，它不以負重的黑煤為苦，矢志帶給人間光明與溫暖。……這豐富的意境，卻給詩人鑄煉成十個字，而每一個字，都緊緊地扣住題意，猶如十顆絕色鍊珠，顆顆連在同一根線上，綴而成環，缺一不成。「硬」，在這裡意味著勇往直前、義無反顧的精神，與為了帶給人間光明而燃燒自己的「煤」有關；「寂駛」，與「夜車」有關，釀出前進道路的孤寂感；「要使出光明的黑」一句，詩意奇妙，藉矛盾的意象，大大拓深含義的擴張，是全詩的題旨所在。這種高度的概括能力，不能不使人欽嘆！

　　許達然所寫的新詩不多，總共不過只有 40 首，惟不乏精緻之作，如〈能〉：

[*]本名潘耀明。發表文章時參加美國愛荷華國際寫作計畫，並就讀美國愛荷華大學語言系，現為《明報月刊》總編輯兼總經理。

硬是不怕硬，火柴
直是燃燒的期待
衝擊：

紅紅吃垃圾，
消化後的腐敗，
不過灰燼塵埃。

炎炎捶鐵塊，
越打越牢的，
拒做鐐銬，
做爐

火，熬出一條路。

　　一枚卑微的火柴，只要燃燒，卻能發揮巨大的潛能，寓意深遠。這首詩，先以火柴的燃燒為始，然後「吃垃圾」，成為「灰燼」，再以它熊熊的焰火「捶鐵塊」，但「拒做鐐銬」，寧「做爐火」，以「熬出一條路來」為結局。詩人在這裡從火的燃燒，探索了能的本質，具有高度的象徵意味：星星之火，可以燎原。在火光中，一切垃圾腐敗，將化為灰燼，而新的道路將在火光淬煉中誕生。

　　〈運煤夜車〉與〈能〉的題意，與許氏的詩觀是吻合，那是屬於現代、民族、社會的詩，他曾莊嚴地宣告：

　　「時代很壯闊，民族雖苦難卻堅強，社會雖質變量化卻廣大，現代、民族、社會的詩必輝煌。」

　　許氏銳意追求現實社會的真，認為社會生活構成最豐饒的詩土，他要掌握的是「真實」，因此，他認為「秋葉再美也燒不了原野，真實點燃詩火溫暖社會，照露時代。」

　　這不僅是許氏的詩觀，也是他的文學觀。他的作品（主要以散文為主），大抵是以鄉土、社會、民族、國家入主題，而以現代的、大膽的新語體呈現。

力求意象的經營

　　許氏的散文創作比詩更多、更特出。談到散文，他說：「我希望我們活潑語言的運用，多創作些主題鮮明，內容帶思想，映時代，與含社會的散文」。

　　綜觀許氏的散文，所抒的感情，正是「大家的社會、大家的鄉土、大家的歷史、大家的現代」，但在創作技巧上，卻力求意象的經營，用語新異，理、情兼備，結構錯綜、繁複，十分耐讀。以下我們且以他的散文集《土》（1979 年，遠景出版社）為例。

　　讀許氏的《土》，要比讀其他作家的散文費一、二倍的力，粗讀會感到許氏的文字生澀、拗口、不合章法、處處可見，加上意象的繁富，文筆的密緻，是很難抓住文意的。但如果不是浮光掠影式，而是細讀、深讀，往往有新的發現，令人有意外的收穫。

〈山河草〉──作者的心路

　　《土》的開篇〈山河草〉，可視為作者的心路歷程的自我寫照。作者以草自喻，前一期是山上的草（山，暗喻大度山，指早期在臺灣的生活），後一期是河邊的草（是指作者遠適美國，在劍橋河畔的哈佛大學和五大湖畔的芝哥大學的生活）。

　　「山在我念東海大學時平靜得很冷酷」，開首的第一句，便富象徵味，作者熟讀五千年的歷史，「找工業革命後的近代人」，使他看見他們的苦難：「白天賣不出勞力的漢子帶著皺紋在西方走；東方農夫插完秧回家碰到來自城市的債主」。跟著作者突入現代的生活情景：「飯廳裡我聽見埋怨伙食聲中，夾雜著山下電影纏綿劇情與靡靡流行歌曲。有同學背古詩編造苦悶；把似懂非懂的都叫哲學，然後反對。有的咒罵，自己無理卻生別人的氣；彷彿

會憤怒的就成了英雄，他們很英雄地把不肯吃的飯菜倒掉了。」但當作者飽飯後走到校門，卻遇著「兩個莊稼人汗流滿面趕著路」，他們仍未吃飯！

作者在「山」上的時候，已意識到社會的不平。待他進入了美國高等學府哈佛大學，他在大學校訓「真理」前，感到「有腥味」，並且詰問道：「真理難道是石頭硬浸在髒水裡？這種東西竟成了在上的流給在下的渣滓？」這是作者對學究的迂腐思想的反叛，在「讚美典雅，歌唱莊嚴」聲中，傳來老粗抑揚的質問：「你們學校為誰而在？到底給了人些什麼？尤其窮的！」

這一反問，等如作者的反戈一擊，他沒有拜倒在堂皇華貴的學府之下！當他「離開真理的腥味」，進入芝加哥大學，在這裡，他也沒有為哥德式的校舍所惑，他看到「草隔芝加哥大學與貧民區」，他竮立在大學與貧民區之間，但他卻走向貧民區。

最後，作者不禁感慨道：「良心！山上我曾以為知識分子的良知如草雖柔卻韌。河邊我發現社會意識在淡漠的真理枯萎了。」

這是一個知識分子自我反省的道路，作者不甘於因循逐流，而不斷地進行冷峻的思考。本文與作者的其他作品一樣，充滿諷刺與揶揄、自謔與謔人，並且蘊含著幽默。

詩意昂然的〈亭仔腳〉

許氏是歷史學者，筆下每有史學家的睿智和冷靜，他擅於把過去與現在、歷史與時代、中與西交織在一起，因此，文章有橫的廣闊感，也有縱的深邃感。例如他的名篇〈亭仔腳〉。

亭仔腳是臺灣街道店鋪延伸出來的走廊，供人行走、擺攤檔，也是避暑躲雨的地方。作者一開始便讚美道：「那詩意昂然的名字，通氣貼切的傳統」，然後是對亭仔腳的鋪陳，再後是追溯它的歷史，「想從前亭仔腳交雜拓荒者的血汗，鋪戶的經營，窮人的奔波，浪人的滄桑」，並歸結到「亭仔腳象徵開拓者一齊伸出的手臂，共同豎起的懷念。」的理念上。這無疑是

中國人特有的守望相助的溫情，與乎西方街道的遮簷，大異其趣，後者
「撐著的卻都是自己的屋頂」，對於西方的這種冷漠，作者不禁嘆道：「好
在遮簷不是社會，不然就太短太冷太熱太濕了。」文章最後透過中、西比
照，肯定亭仔腳優良的傳統及其意義。

去國懷鄉的愁緒

　　許氏的散文題材，不少是寫去國懷鄉的愁緒，及那一份對故土的執
著。許氏是臺灣人，土生土長於臺灣，對臺灣本土有一腔深沉、異常的熱
誠和感情，他在文章中一再表達他對根、土的認同，他以「土」作為書名
並不是偶然的。他的壓卷之作《土》，就一再宣示這種意念，他說：「對於
土，掉落臍帶的我們是斷不了奶的孩子。」、「根，那死抓土的鬚，長在遊
子的臉上。」、「活著夢回故土，死後墓向原鄉。」……所有這些都牽繫著
一顆赤子之心。

　　負笈國外多年的他，天涯海角，雲山暌隔，「迢遙悾憁，仍想踏雪回
去，只因相信雪終會溶化，泥土展現。無駱駝仍想渡過黃河跋涉塞外，只
因相信土是總肯收容腳印的旅棧。」

　　〈普渡〉與〈戮〉，一為對祖先移民來臺墾荒闢地、抵抗異族侵略的悲
壯精神的緬念，一為追懷臺灣原住民的苦難。作者負載沉重的悲劇感，就
外族、「文明人」對臺灣本土人的逼迫、殺戮、侵略，提出血的控訴，並仗
義執言，為其伸張正義。

　　〈戮〉具有高度象徵，是一篇傑出的散文，作者借土人的獵鹿，轉化到
土人的親友被戮如鹿。作者的史官判筆，為原住民吶喊呼冤：「土人據說很單
純。陌生人寫好字拉他們的手在紙上一蓋，他們就有了一張紙幾瓶酒，沒了
田地，全社只好遷徙卻仍不知那張紙寫了些什麼。」、「土人一抵抗，文明人
就用槍殺死他們的壯丁，帶走他們的女人，留下老人看著小孩子們哭泣。」
被迫逃進山林的土人，「想起從前在鹿的樹林裡，鹿被他們祖先狩獵，很殘
酷；記得從前在他們的平地上，他們被陌生人賤視如土，親友被戮如鹿。」

技巧的突破性

　　許氏的《土》,「很明顯的有一種技巧的實驗性及突破性」[1],他擅於疊字的運用和諧音字的轉化。特別是後者,更是揮灑自如。如〈戮〉一文,由鹿轉成同音字的戮,即由土人獵鹿,轉化為土人被文明人戮殺如鹿。這裡的轉化,十分自然、巧妙。

　　許氏的另一篇談詩文章,對諧音字的運用更見到家:「詩人既然不是老鼠灰色地躲在屋內享用社會生產消磨個己頑固的雅恥,就獅樣出來淋濕。自以為師的失意終將腐爛,披美衣的尸必進棺材,蒸發囈語埋怨讀者的才死譯西方的冬,自己的春、唐的夏、宋的秋。」文中的「詩」、「獅」、「師」、「尸」,均是同音詞,配合絕妙。

具哲理和思想性

　　值得一提的是,許氏的散文,深具哲理性和思想性,以下摘錄數段,不乏珠璣、雋語:

　　竹就是不能變仙,但可做成籤,你寫下好消息,別人抽去。

　　　　　　　　　　　　　　　　　　　　　　　　——〈順德伯的竹〉

　　人玩玩具,玩具玩人,想起來是很可怕的了。
　　我想不管聖賢或剩閒,人一變成玩物就可悲。

　　　　　　　　　　　　　　　　　　　　　　　　　　　——〈玩物〉

　　長工做到老不及一根草,困苦如髮,剪了又長,給時間燒光後肥沃不起來。

　　　　　　　　　　　　　　　　　　　　　　　　　　　——〈普渡〉

---

[1]見〈許達然〈亭仔腳〉〉(王灝,康原編選,《大家文學選・散文卷》,臺中:明光出版社,1981年,頁122。)

文明是一種野蠻，強寫在我們的清白上。

——〈獵〉

人吃鴨並不是因為恨鴨——我們大都不敢吃自己所恨的。

——〈鴨〉

即使穿西式的鞋子我們也要走自己的步履。

——〈看弄獅〉

佃租的泥土竟是農夫的地址，輪耕歷代的苦楚。

——〈土〉

現實中的許達然

　　我是先從作品認識許達然的，那是歷史的、社會的、現代的許達然。當我真正認識許達然的時候，發現他很古典、很樸實、很熱誠，但並不現代，這個可能是長期浸濡歷史的結果。

　　在很古典、很樸實的作風中，躍動一顆寬容、炙熱的心，那是傳統的中國人的心性。當我從愛荷華赴芝加哥，因妻舅沒有來接機，使我流落小客棧。當他從電話中知道後，只憑蕭乾先生一箋的介紹，他與一位姓林的朋友趕來了，接我到他家住。

　　那一天晚上，一家書店的老闆請我吃飯，他從老遠的市郊，陪我搭半個鐘頭的公共汽車、一個多鐘頭的地下火車，把我送到酒樓，然後再乘兩個鐘頭的公共汽車、地下火車，乘黑趕返家裡與他的岳母吃餞別飯——他的岳母將於翌早返臺灣。這是「通氣貼切」的傳統精神——很中國的。

　　許達然戴著深度近視的眼鏡，襯在他那一張不大的、深棕色的臉龐有些沉重——他說，由於兩眼視野不清，他不能駕車，這或許過去長年鑽研史學和一張美國哈佛大學碩士、一張芝加哥大學史學博士的文憑的代價。

但從他含蓄的、謙和的舉措，卻看不出點兒洋洋自得的榮譽感。他的居室掛著中國的字、畫和養著一株古意盎然的竹，極少西洋的擺設。那株竹很堅挺，使我想起現在他的筆下的另一些英勇的竹：「夏天要走前，颱風總先呼嘯，一副嘶殺的樣子，似表示不甘願葉給秋撲落，猛搖著竹。可是他那些長大的竹卻很堅強，如無旗可拿的旗手，雖被扼住喉嚨，閃不開耳光，仍咻咻叫著掙扎，不肯倒下。」許氏在〈順德伯的竹〉一文中，曾寫道：「只因把自己比做竹，順德伯就有昇華不起來的固執。」

　　我不知道許達然是不是把自己比做竹，但我看到他的那一份固執：乾硬不肯破裂。[2]

許達然的過去、現在

　　1982 年 9 月中旬的一個早上，我與許達然對坐於客廳的長桌，他的旁邊就有那株拔萃的竹。他平靜地向我吐露他的過去、現在和未來——

　　許達然，原名許文雄，臺灣臺南人，1940 年生。他在臺灣東海大學歷史系畢業後，於 1965 年赴美國哈佛大學攻讀碩士學位，獲得史學碩士，後又獲得芝加哥大學博士學位。現為美國西北大學亞非系副教授。

　　許氏的創作活動始於初中，當時臺南市有一份叫《新新文藝》的雜誌，舉辦了一個徵文。許氏正在臺南市的一家中學念初中三年級，他寫了一篇關於貝多芬的散文投去，獲一等獎。從此以後，他便熱衷於散文的創作，他的散文主要在《野風》文藝刊物發表。1961 年第一本散文集《含淚的微笑》出版（《野風》雜誌出版），主要是高中、大學時期的散文作品。1965 年他出版第二本散文集《遠方》（大業書店）。同年許氏獲得臺灣青年文藝獎散文組獎（只有一個人），並任《文林》散文季刊發行人。1967 年，許氏又加入詩人行列，在《笠》詩刊發表新詩作。1965 年暑假許氏赴美國後的十年間，基本沒有創作，全力投身史學的鑽研。1975 年後，許氏

---

[2]許達然，〈順德伯的竹〉，《土》（臺北：遠景出版社，1979 年 6 月），頁 14。

恢復創作，以散文為主，作品散見於《中外文學》、《臺灣文藝》、《中國時報》。1979 年出版《土》（遠景出版社）。1978 年至 1980 年，許氏在臺灣《民眾日報》寫一個散文專欄：「遠方隨筆」。最近許氏已把這些散文分別編成三個散文集：《春去看樹仔》（林白出版社）、《人行道上》（《中國時報》）、《吐》（遠景出版社）。[3]

海外華裔作家的苦悶

以下關於文藝問題的對談——

彥：您寫這麼久的散文，您覺得在散文創作上應注意些什麼問題？

許：我愈來愈覺得散文不應該只是寫自己或自己身邊的一些事情。一篇理想的散文除了有個人、家庭，還應包括時代和社會。我自己是在作這樣的努力，即把個人放在時代跟社會裡頭，這樣一來，個人不是主要的。個人只是個作者。

彥：您可以介紹一下海外華裔作家的創作情況嗎？

許：別人的嗎？

彥：也包括您自己，即談一談在海外這種環境，對創作有利的因素是什麼，不利的因素是什麼？

許：有利的是要寫什麼就寫什麼，但問題是發表的園地，海外園地有限。以我來講，我從臺灣出來，發表主要在臺灣，其次是香港或者大陸。以在臺灣發表為例，不是說華裔作家在美國寫的東西都能發表。最大的苦悶就是我們這些人，身不在所生長的地方，流徙在海外，所創作不過是流浪文學。以我來講，我當然關懷我自己生長的地方，自己離開那個地方，現在已有點隔膜，這個苦悶相當大。

彥：海外這種題材本身，會不會帶有局限性？

許：很難去寫得比較精采，因為像我們都是大學以後才來，寫海外華人的

---

[3]編按：此三本書為當時預計出版的書目與今不同。《吐》於 1984 年 6 月由臺北林白出版社出版，《人行道》於 1985 年 5 月由臺北新地出版社出版。

奮鬥，我們沒有什麼經驗，寫來不會那麼感人；寫自己生長的地方，
又不在那裡頭；這是很苦悶的。

彥：您覺得海外華裔作家的創作比過去活躍嗎？

許：你有蓬勃的感覺嗎？

彥：我覺得這批人相當活躍，包括您也出了幾本書，三本書都是在海外寫
的，還有白先勇、聶華苓、於梨華、楊牧……

許：就是這幾個人而已，人也很少，而且，很難影響更多人去寫，這是個
問題。

彥：從創作上，會不會使人有個印象：好像您們都是從臺灣來的，在臺灣
反而沒有這麼活躍，來美國反而活躍？

許：不，這幾個人在臺灣都寫了，不過來美國還繼續寫罷。我根本有十年
沒有寫。

彥：相對來講，您在海外寫的會比臺灣要多嗎？

許：這個倒是有道理。不過，我自己覺得我以前寫的比較多。

彥：楊牧很多也是在國外寫的，包括葉維廉也是。

許：你講我倒想起來，我們這些人出國久嘛，我們都十幾年，有些人在國
外比臺灣待的時間更久，所以創作也多些。

彥：比在臺灣久？

許：我二十幾歲便出國，是在美國的時間久。我們這幾個人在美國都快二
十年，白先勇他比我更早，我是 1965 年來，他是 1963 年就出國了，
從 1963 年算起的話，那就 19 年了，他寫作的生命，在國外的就比較
多嘛。

不願寫身邊的瑣事

彥：您剛才說您不願意寫海外題材，但您在國外生活了那麼久，海外的題
材，是不是應該多熟悉一些，您不過在臺灣度過童年、少年罷——

許：這就是我剛才所以說當我要創作時，我便把時代劃進去。我不願寫身

邊的瑣事就是這個道理。我也可以寫一寫海外的題材，但我會把歷史和時代放進去，甚至牽涉到整個的民族。狹義的說，就是我生長地方的事情。寫身邊的話，也許容易寫一點，比較熟悉，比較容易寫，比較容易寫得好。但我有個偏見就是，流浪海外於我來說便沒有好心情。我過去都是寫有關臺灣的題材，我也寫心理的矛盾和社會的矛盾，不過沒有那麼激烈就是了，我寫的散文多多少少有點思想性就是了。正因為這樣，也可以這樣說，我不是不寫海外的事情，而是寫具思想性的題材。我的主要問題倒是心情的苦悶，這種苦悶促使我寫多些臺灣的問題。至於中國大陸的事情，因我人不在中國，不想寫那個地方。

彥：您們雖然身在海外，有海外這種經歷，特別是您剛才講的海外華人流浪那種心情，那種心態——

許：也可以寫，我寫過，不過是把它放在整個中國跟臺灣這個地域來考慮，我剛才的意思是我不會寫純粹的海外題材。

彥：您的使命感比較重。

許：也不是使命，假如寫的話，我必定把它放在大前提底下，純粹寫海外身邊瑣事，我不要寫。我在臺灣寫過身邊的瑣事。

海外華人文壇青黃不接

彥：海外年輕一輩的華裔作家現在的情況怎麼樣？

許：從臺灣出來的二十多歲的年輕一輩，很難去找出作家，可能從他們來了就沒有再寫。很多年輕作家都留在臺灣，沒有出國，他們之中有個別來了美國，可能想寫，但沒有寫出來，我是希望他們能夠寫，寫一些感想。

彥：是不是說，從臺灣來的年輕的一輩，搞創作比較少？

許：我所知道的，在臺灣已經寫出名堂的年輕人，好像沒有來美國念書，他們大都留在那邊，為什麼的原因我不知道。可是很多到美國念書的

臺灣年輕人，他們以前沒有在臺灣發表很多東西，但很有潛力，他們
來美國以後，本來能夠寫，但卻放棄了。有時我也遇到一些，他們談
話之中，也想寫，可是就沒有寫出來，我說你寫吧，我幫你寄到臺灣
去發表……

彥：我在愛荷華碰見一個年輕女詩人，叫翔羚。

許：她回來了嗎？她寫詩，寫抒情的詩。她回去教書原說不回來，她又回
來啦，她寫了很久，還有一個叫陳什麼的，我也鼓勵他寫嘛。

彥：我見不到。我覺得華裔作家，不管是在這裡留學或定居，他們所創作
的，只要是用華文寫的，他們的作品就應被視作中國文學的組成部
分。

許：我同意。我的看法是，如果只是僅僅把留學生的經驗寫出來，在中國
文學史上不會有什麼特別的地位，意義也不是那麼大。相反地，他們
把自己放在中國文學裡頭去考慮，所寫出的作品或許會顯得更有價
值。

——選自《中報月刊》第 37 期，1983 年 2 月

在冬日的芝加哥拜訪許達然

◎陳淑貞*

　　其實有二次機會在臺灣見到許先生，去年〔2001 年〕5 月，他回東海大學參加傑出校友講座，得知消息時他已回美。11 月中旬，許先生獲吳三連文學獎散文類獎的殊榮，回臺領獎，後來才知道他曾試圖與我聯絡，但因為只有我的地址，查不到電話號碼而作罷，再次錯過碰面的機會，覺得十分可惜。之後，陸續收到許先生寄給我的書和一些大陸方面的評論資料，他的熱心協助令我很感激，得到策勵，也讓論文的寫作進度，頗有進展，真是不知道如何表示我心中的深摯謝意！

　　由於許先生的生平資料極為有限，在著手撰寫其生平背景時，頗覺力有不逮。而每每展讀其文，總是不免想像他所生活的冰天雪地的芝加哥，那會是一個什麼樣的地方？對於他在文中體現的悲憫胸懷，以及他默默地為臺灣這塊土地所付出的一切，更是心生崇敬，很想當面表達我的謝忱與敬意，只可惜無緣親炙作者，內心頗感遺憾。於是，起了要赴美拜訪許先生的念頭，在電話中向他提到了這個想法，詢問他的意見，他很爽快地答應了，也表示很歡迎我到芝加哥。之後，辦美簽、訂機票等，克服了一些赴美的困難，我想終於能見到許先生了，能看一看他教書、寫作與生活的國度。

　　在飛往美國舊金山的途中（臺灣沒有班機直飛芝加哥，必須要轉機），因為搭乘的飛機出了點狀況，機長不斷以英文廣播飛行的各種狀況：飛機

---

*發表文章時為臺北市立師範學院（今臺北市立大學）應用語言文學研究所碩士生，現為新北市板橋高中國文老師。

有一扇門一直沒辦法關緊，為安全起見，決定繞到日本成田機場修理。第一次一個人搭機飛往遙遠的美國，而且是在九一一恐怖攻擊事件，風聲鶴唳、聞機色變之際的幾個月內，加上意外事故，那時心情的忐忑不安，實在難以言喻。直到飛機順利地到了成田機場，修好了機門，重新飛往美國，才稍微安下心來。

　　長途飛行，卻一直不能入眠，只是閉著眼睛休息，或者拿出許先生寫給我，告訴我怎麼轉機、出入關等事的信來看，外面是一片黑暗，長日已盡，月亮高掛在海面上，晶瑩透亮，「海上生明月」，這是屬於詩人的夜，而芝加哥現在是什麼光景呢？好不容易捱到了天亮，眼前是淡淡的灰白，中央有一道極亮的望不盡金黃耀眼的光，飛機飛在雲的上方，天空慢慢地轉成湛藍，我知道，我離美國愈來愈近了。

　　見到許先生時，應該說些什麼呢？坐在往芝加哥的飛機上，我還是不斷地想著這幾個月來思索了無數次的問題。

　　到了芝加哥的國際機場，許先生夫婦已在提領大件行李處等候，我一眼就認出了他們，許先生和照片上一模一樣，溫和樸實，仁慈敦厚，沒有任何架子，是個令任何人都感到溫暖的長者，而那是我從作品裡早已熟悉的許達然。擔心天冷，他們為我帶來了禦寒衣物，寒暄幾句之後，許先生同我一道去領行李，他問我的行李是那一個，向前一把提起了行李，一直到許先生家中為止，他都堅持要為我提大行李箱，親切地招呼我，之前的種種顧慮都是多餘的了，羞怯的我在許先生的面前，竟毫無拘束之感，能夠侃侃而談，而芝加哥也沒有我想像中的那般冷冽。

　　到了許先生在芝加哥的住處，進門所見盡是一整牆擺滿的書，說是汗牛充棟也不足形容，這就是許先生的家了。簡單用餐後，許先生告訴我這幾天的行程安排，令我充滿期待。

　　第一天，到西北大學、芝加哥大學附近繞了一圈，因為天氣冷，匆忙來去，走馬看花，也算是到此一遊。印象較深的是許先生為了我來芝加哥，特地買了相機，好為我拍照留念，回臺前還先沖洗相片，深怕照得不

成功，如此周到，至今難忘。

　　第二次，許先生帶我到芝加哥的美術館參觀，氣象預告有下雪的可能，坐在往城裡的電車裡，許先生談起了一些楊逵先生到美國的往事，他不是健談的人，談話間，可以感覺到他內斂的性格，不少時候，他忽然沉默，陷入沉思，想起了些什麼才又聊了起來，語氣平和，沒有任何論斷的言詞，電車行進一段時間，天空果然飄起細細的雪來了，我說：「下雪了。」許先生望了望窗外，輕聲的應了：「啊！」，隨即又沉默了起來，不知道又想到了些什麼？

　　在飄著細細的雪裡，我們步行到了美術館，在美術館中待到下午，許先生時而認真地看畫，時而向我解說畫作雕刻的作者及歷史背景，如數家珍，可以想見其對藝術之喜愛與造詣之深。看到不了解的畫作時，他會靠到畫作前，彎身貼近牆壁，看了看畫旁的英文解說，再向我說明，沒有一點厭煩，縱然有些畫他已經看了許多遍了，仍然在畫前沉默駐足，像是第一次看到。

　　一個學識淵博的學者這樣地喜好藝術，並不令我訝異，而且早在我閱讀研究許先生的散文作品時，就知道他在人文藝術方面的深厚造詣，讓我難忘的是，許先生正在撰寫六部重要的有關臺灣史的學術著作，願意抽空接待一個素昧平生的學生，並且細心規畫帶我參觀芝加哥的各種文化設備，這原不是我遠道來芝加哥的目的，卻著實讓我開了眼界。參觀途中，許先生總是盡其所能地介紹有關芝加哥的種種歷史文化，能由一個學者作家陪同遊賞芝城，除了感到榮幸之至，這趟旅程中的種種，只有畢生難忘可以形容。

　　印象中，許先生走路腳步很快，高挺脩長的身材，讓他看起來比實際年齡年輕許多。他的體力奇佳，很少停下來休息，深怕讓我錯過了些什麼，回程坐在電車上，會繼續談些白天聊到的話題，他的精神很好，除了沉思，沒有看到他打過一個哈欠，或者閉眼休息，即使夜裡與我聊天到了11、12點，他仍要看點書才去休息。

　　白天參觀芝加哥的文化設施，吃過晚飯後，我們會在餐桌前繼續談話，許先生會拿啤酒出來喝，但喝的不多。他說會開始喝啤酒是因為前陣子胸部悶痛，醫生檢查不出原因，夫人建議他喝啤酒，竟然也就好了，喝了點酒就滿臉通紅的許先生還說：「我喝啤酒的時候，話才會多一點。」話中可以領會他的盛情。我有時候也喝一點，芝加哥的啤酒很新鮮甘醇，不會有苦澀的味道。聊起往事，尤其是有關臺灣的回憶時，許先生有時候會很開懷的笑，笑到臉紅背彎，直說「很有意思」，那是孩童般天真的笑容。他很關心臺灣的政治、文化，以及臺灣的未來，談到故鄉，他有時也難免會感傷，對於自己能申請到哈佛大學的獎學金，到美國深造，沒有一點驕矜，反而認為離開故鄉是時代背景下的一個錯誤，沒想到一來就這麼多年了。剛開始申請美國護照，是為了要到英國牛津大學去做研究方便，到現在他們還是有中華民國的身分證呢！言談中對臺灣土地的深深懷念，流露無遺，正與其作所表現出的熾烈情感，如出一轍。

　　許氏夫婦在芝加哥的生活很簡單自在，沒有什麼應酬與雜務，所以許先生可以專心的做研究和寫作。夫婦兩人感情甚篤，令人欽羨，兩個兒子都大了，不住在家裡，假日的時候，全家人才一道吃飯。許先生和夫人也愛聊他們的兩個兒子，和那隻養了六年的小狗，夫人有一次聊到大兒子自己做蛋糕為小兒子慶生時，本來要許先生拿照片給我看，許先生害羞地說「不啦！不啦！」原來那裡面有他的博士學位照，謙卑如此，正是臺灣人傳統心性的展現。

　　談到自己的寫作，許先生總是很謙虛的說：「是胡亂寫的啦！」至於為什麼要寫作？他說是因為關心那些生活不好的人，所以才寫作，雖說不一定了解他們的生活，但至少可以寫出對他們的觀察，以及他們心中的期望。在從芝加哥回程的電車上，他還告訴我，在文藝理論上，他很欣賞俄國形式主義創始人什克洛夫斯基所提出的「陌生化」理論，認為藝術的目的是要表達事物的直接經驗，使之可感可觸，而不是單純的辨識；藝術的手段，是要使事物陌生起來，以便延長感知的困難和時間，而從中獲得

美。他的寫作，也試圖突破讀者習慣的閱讀形式，延長讀者的閱讀時間，刺激讀者的想像思考。在後來的文學創作上，這種表現手法漸趨減少，原因是他認為：「一旦用多了，就沒有意思了。」可見其在創作上不斷探索與創新的追求。

　　回臺的前一晚，我徹夜難眠，回想自己從計畫來美，以及到芝加哥這幾天的種種回憶，還是覺得恍然如夢。窗外覆滿細雪的枝枒，像是海底的白色珊瑚，這是一個怎樣陌生的國度啊！某種來自心靈深處的召喚，竟令我千里迢迢來到這裡，求學之路，猶若朝聖，只是何處才是終站？而當初許先生遠離家鄉，隻身赴美的心情，此時此刻，也能體會一二。

　　離美那天，許先生和夫人一直陪我到登機門外的入口處，直到不能再進去的地方為止，我進了門內，他們還站在門外向我揮手道別，久久不去，如今憶起，仍倍覺溫馨。

　　飛機不斷的往上攀升，覆蓋著皚皚白雪的五大湖越來越遠，越來越小，在幾萬呎的高空上，我領會了所謂的鄉愁，竟是如此複雜難言的情緒。而許先生一個人離家如此之遠，來到一個全然陌生的環境，然後在這裡讀書深造，工作定居，其實並不是他人想像的那樣光鮮亮麗，為了追求理想，在異鄉奮鬥，尤其需要格外的堅強與毅力。幾天的相處過程中，許先生雖從不言苦，但在談話間，不難想見留學生在美國奮鬥過程的辛酸苦楚，記得許先生說他第一次坐飛機，就是到美國來讀書，一句話道盡了來到未知遠方的惶惑心情，更可見其探索真理的勇氣。他也憶及在哈佛大學讀書讀到深夜的那段日子，與室友輪流冒著風雪，買披薩當宵夜吃，哈佛大學的學術訓練很嚴格，還要求研究生要具備除了英語外的三種外語能力，必須通過檢定考試，才能順利畢業。許先生為了準備語文檢定考試，往往凌晨五點多就起床背單字，深怕自己通不過考試，字裡行間道盡了其間的困難辛苦。然而，他總是輕描淡寫地說自己是幸運的，沒有一絲抱怨。

　　想到這裡，腦海印現的是許氏夫婦兩人笑容可掬的面容。此行除了得償心願，給予自己貧乏的生活諸多啟示之外，更讓我見證到簡樸自在的生

活，該是人生最大的富足呵！

——選自陳淑貞〈許達然散文研究〉
　　臺北市立師範學院應用語言文學研究所碩士論文，2002 年 7 月

許達然
少戀心境，多寫現象

◎廖玉蕙*

一路從洛杉磯、舊金山、愛荷華，直奔芝加哥，接觸了無數的華文作家，聽他們滔滔談論文學，表達對寫作的意念，發現作家的嘴和筆，一貫的流暢。獨獨在芝加哥，聽到了不同的聲音——所有的回答，都比預料中的簡短許多。彷彿問題才拋出，答案已然結束。散文家許達然教授寫出了堪稱典範的散文——精緻、典雅，沒料到本人卻是如此木訥、寡言！初始雖然有些詫異，但是，仔細一想，卻又立即了然。許達然的散文之所以給人耳目一新的感受，不就正是這種言簡意賅及不浮誇的誠懇嗎？

偌大的屋子，四壁幾乎被書全填滿了！像一個小型的圖書館。然而，卻又不像一般的學者常常辯稱的「亂中有序」，許教授的書是真正的井然有序！不單是乾淨整潔，裡頭還隱含著某種無法言說的氣息，像許教授臉上一逕掛著的微笑，你確知那絕不是虛與委蛇，而是自信後的謙虛溫文！而屬於他的書，竟然也在無言中露出被仔細閱讀後的舒暢表情！一點也不張狂，只靜靜坐看，從客廳一路排排坐到地下室的書房。

許教授的夫人，忙著張羅茶水並安撫兒子寄養的那隻黑狗。領著我們前來的邱秀文，不時地幫著我提問，卻仍不免常常因許教授的寡言而出現短暫的沉默。準備好的話題，也因為答案的簡淨而提早宣告了結。回來聽錄音帶，發現這幾乎是所有訪談中唯一問話多過答話的一卷奇怪的錄音帶。提問的我，聲音裡隱約透露出答案過度精簡的焦慮，答話的許教授卻一逕地好整以暇，不時陷入沉默的長考。在聲音空白的錄音帶空轉中，我彷彿再度看見許教授似笑非笑地低頭沉吟。

---

*發表文章時為世新大學中國文學系副教授，現已退休，專事寫作。

廖玉蕙（以下簡稱「廖」）：我們都知道許教授是非常有名的歷史學者，可不可以跟我們談談您求學的經歷呢？

許達然（以下簡稱「許」）：我雖然對文學有興趣，但因小時候以為歷史包括很多，所以就決定學歷史，以第一志願到東海去。我在大學念歷史主要是念西方史、近代歐洲社會及思想史，畢業以後就當助教。當時學校有一位美國籍教授，在東海是教西洋史的。他在美國的博士論文是中國史，我也就開始看一些以英文寫的中國史，因此對中國史產生興趣。來美國以後，我的博士論文寫的是清朝的臺灣社會史，現在學術上的興趣也是在搞社會史。以前因為生活的關係用英文寫，這幾年開始用中文寫。

廖：您既然學的是歷史，又是如何跟文學結緣的？

許：小學時，家住臺南市鬧區，小學五年級時，我常跑到臺南市立圖書館去，東看看、西看看，那時有王雲五編的商務印書館萬有文庫，小本的，看的多半是翻譯的，就開始對文學有點興趣。但是，都沒有發表，一直到初三，一發表，就沒完沒了。

廖：到美國以後還寫散文嗎？

許：來美國以後，因為研究和教書，寫的就比較少了，主要是教書嘛！最主要的原因恐怕是離開了自己生長的地方，再寫那個地方就比較不那麼完整，所以就不大敢寫。當然！自己的 research 也花了很多時間。

廖：您早期的散文比較抒情，相形之下，後期好像對社會的關懷更多一些，那是跟您的研究有關係嗎？

許：沒有關係！不過，在臺灣的時候很抒情，是因為不懂事。後來覺得抒情好像沒什麼意義。我覺得寫散文，抒情是最容易的，比較難的就是超越抒情，比方說社會的、時代的。因為自己遠離臺灣，就覺得自己不能夠表達得很好。

廖：您最近出了一本《素描許達然》，那是您最新的作品嗎？

許：沒有，是「新新聞」希望把我過去寫的作品選成兩本重新出版。一本是早期的，一本是出國以後的。我早期的那些作品，因為「遠景」有重新排

過，要出版的話，就會碰到版權的問題。後期的這幾本，版權沒有問題，所謂沒有問題，是說出版人正好是認識的，所以就出了後期的，其實都是以前的作品。

廖：您的作品雖然寫的是散文，但其實詩的感覺相當濃厚，您是刻意營造這種「以詩入文」的散文文體嗎？

許：我覺得散文基本上也是詩。事實上，從廣義上講，文學整個都是詩。散文既然很難像小說那樣講出一個故事，我覺得在敘述上跟內容上應該是詩的，這是我個人的偏見，所以盡可能注重技巧，也許寫出來的，讀者不一定喜歡。但我一個假設就是，因為散文比較短，所以基本上要跟詩一樣，寫出來能夠讓人去想，而不一定說一看就懂。因為在大眾傳播這麼方便的時代，一看就懂常常是大眾傳播，文學應該有別於大眾傳播，應該要有它的另外方向，要更能夠讓讀者去想。至於寫出來的，別人怎麼解釋，那是作者沒辦法能夠去掌控的。

廖：就我了解，西方很少以散文名家的，大多都是寫小說或寫詩的。那您當初選擇散文來從事創作，是不是跟您一向的觀念有關係？

許：我不知道。我們所謂「散文」，大概是西方的 Essay 吧！而 Essay 有一個盲點，論述性的多，抒情的比較少。所以西方要找到中文的這種傳統抒情散文，好像並不多，他們的散文詩可能比較接近中文的散文，不過西方的散文詩也比較短。

廖：您提到最近的作品少了的原因是因為花很多時間在從事研究工作。其實，會不會是因為研究學問對寫作靈感其實是一種耗損？

許：倒不會，只是不願意寫。因為我喜歡東看西看，所以關於一些社會文學、文化的理論，雖然不敢說看很多，倒真的很喜歡看。至少當代的這些文化理論，我大概勉強可以算掌握，所以，事實上要繼續創作的話，反而可以更好，只是不知道為什麼……。

廖：我們知道您最近得了吳三連文藝獎，也得到了臺灣文學界的肯定。您曾經刻意下過什麼鍛鍊的功夫嗎？

許：也沒有，只是自己覺得文學無論如何是需要注重技巧，我又不願意一直抒情下去，所以，盡可能內容跟技巧並存。

廖：大部分的早期文學青年都喜歡看文學書籍，當時您有沒有覺得有什麼作家是值得您學習的？

許：大概也是西方的，近代中國作家的散文，老實講，我並不喜歡，像徐志摩式的也不喜歡。就覺得只是在玩弄文字，沒有什麼。事實上，我倒是覺得他們寫的，沒有像宋詞、元曲那麼樣的有意境，所以，比較起來我並不喜歡 20 世紀的中國散文。講到散文，我比較喜歡有內涵的。

廖：我記得我去訪問聶華苓的時候，她說生活經驗跟語言的儲蓄是相當重要的，也是相當吃力的，可是我覺得您在寫散文的時候用了相當多的俗話和臺灣的俗語，那您是如何來做這樣的儲蓄工作？

許：也沒有說在做什麼儲蓄的工作，我認為語言是活的，既然大家在臺灣這麼久了，就用在臺灣講的語言寫。很慚愧我還不懂客家話。我懂的閩南話多多少少會很自然地放進去，假如放進我的散文的話，一定是那種不懂閩南話的人也看得懂的話，如果是那種不懂閩南話的人看不懂的話，我就不會放進去。

廖：就是讓大部分的人都看得懂您的文章？

許：不只大部分，是看的人都能夠懂，而且我挑的都是一些雖然是閩南語，但都是比較典雅的，因為閩南話很多都可以追溯到唐朝的。

廖：就是不只是音譯而已，而是還要有文字來源的？

許：是，本來就有文字，把它撿回來而已。

廖：那您對臺灣的文字有研究嗎？

許：沒有特別的研究。

廖：我覺得這很難，比方說我雖然是臺灣人，但我寫到我母親那個年代的對白時，常常覺得非常的困擾。可是我看您用的文字真的都是非常的典雅，您現在在家裡還是說閩南話嗎？

許：對，我們講閩南話。

廖：我覺得您文章裡面的旋律有一點悲傷、沉鬱的感覺，並不是那麼的開朗。您是對所處的環境不甚滿意，還是對這個社會求好心切？

許：因為我個性內向，想久了，就不會那麼開朗。我很少跟外界接觸，從小就比較內向。

廖：很多的評論家都說您的文章之所以成其大，是因為對古文的繼承，以及對西方文學的汲取。可不可以跟我們談談您的閱讀經驗，除了您的歷史本行之外，還看些什麼書？

許：說起來很慚愧！在臺灣的時候，讀的大部分都是西方的東西，相較之下，對中國的文學比較不那麼欣賞。比方說我念東海大學的時候，我們每個 summer 都可以借書回家，我記得那個時候是可以借三本，所以大一升大二的那個 summer，我就把《雪萊全集》借回家，看的大部分都是這種，不會去看中國的一些東西。像《紅樓夢》，我也是來美國才看的，我太太在中學就看過了。不過也幸虧來美國才看，覺得年紀大了，在美國看《紅樓夢》，說不定反而可以有更深的體會，古典詩是看得很多。

廖：可不可以談談您的文學信念，比方說您覺得寫作可以只「為藝術而藝術，為文學而文學」，或者是需要肩負一些社會責任？

許：我覺得文學只為藝術是不夠的，但文學基本上屬於藝術的，一定需要有藝術性。但要是文學只為藝術的話，那跟繪畫要如何區別？因為畫的藝術性就可以去感覺出來。文學應該不只藝術性，應該是為讀者而寫，因為讀者他不一定只欣賞藝術，他要求更多。無論如何一個作者寫是為讀者而寫，不是為自己而寫。我們常說文學常常是為自己而寫，我覺得這不夠，應該要為讀者而寫。像沙特不就講過嗎？作品沒有被讀就不存在。

廖：您覺得文學也可以是一種社會改革手段嗎？

許：那就看有沒有真正影響到他的讀者。既然文學是為讀者而寫，那讀者感受到什麼程度才可能去思考？只有大家都肯去思考，才有可能改變。文學要改革社會、政治，我想終究是很難的，只是一種理想。

廖：我覺得在您的寫作裡，對這個社會傾注了很多關懷，其實也有突顯社會荒

謬狀況的一個動機，好讓大家去思考？

許：也希望讀者去思考。但讀者思考不思考，完全超越了作者的能耐。

廖：您這些年還看臺灣的文學作品嗎？

許：一直都在看，每次回臺灣也都看，而且，我用芝加哥大學圖書館，藏書很豐富，基本上臺灣的文學作品都有。

廖：那您覺得目前臺灣的文學狀況，跟您早期寫作時的文學狀況有差別嗎？是更樂觀，還是覺得比較悲觀？

許：也沒有說更樂觀或者悲觀，臺灣的文學發展基本上跟世界的文學發展其實是同步的，所表現出來不一定適合我的口味，但我覺得這是整個的趨勢，我是贊成的，而且甚至是鼓勵的。

廖：如果一個年輕人想要從事文學創作、投入文學活動，您覺得最重要的是要涵養一些什麼樣的功夫？

許：我想任何人多多少少都有文學發表的能力，只要多讀點書，基本上肯定每個人都有這種創作能力。因為透過語言表達自己所想的，這就是「文明」，人以外的生物並沒有。因為我們用語言思考，所以，無可避免地就會被語言控制。一個比較好的作者，就是控制語言的能力比被語言控制的能力多一點。

廖：您在去年得到「吳三連文藝獎」，心情如何？

許：心情還是一樣，我覺得臺灣的「獎」太多了！「獎」在我來看，是一種社會控制，可好可壞，所以獎太多的話，不一定對那個領域有好處，我一向就這麼認為。

廖：你認為「獎」的量應該少一點、質精一些嗎？

許：因為「獎」既然是一種社會控制，那麼，每個社會都有社會控制的方法，所以獎在每一個社會都一定存在，什麼獎都一樣，不一定單指文學。獎有一些 Criteria，經常是必須符合那些 Criteria 的人，他才能得獎；假如要超越了那些 Criteria 反而不能得獎，可是，有時候就是要超越了那些 Criteria 的人，是比較好的。

廖：所以，您得獎了，反而覺得惆悵嗎？

許：我是覺得獎太多的社會，恐怕都是有問題的社會。Control 這個社會或是人民的思考。掌握政治、經濟、文化、學術的也掌握霸權，而要維持現狀，專獎勵符合體制的。反對霸權的民間組織找真正有學識的專家學者評審才可能提升文藝、文化、學術品質。我擔心臺灣文藝創作和學術研究被那些無學識卻有權力評審的人害死。

廖：這說起來好像有些道理哦！今年如果某一種題材的作品得獎，明年就常有一大堆的人來追隨！

許：「獎是一種社會控制」不是我說的，是一位法國哲學家和社會學家 Pirre Bourdieu 說的。

廖：您做那些歷史研究對寫作有沒有影響？

許：沒有吧？文史畢竟不一樣，不過也很難講，現在也有人認為文學跟歷史是一樣的。因為歷史是用解釋的，文學也是用解釋的，基本上都是解釋的。文學可以虛構，但歷史事實並不是真的事實。我們所謂的「歷史事實」事實上是經過解釋的。

廖：既然是解釋的，那歷史怎樣才能維持客觀？

許：有人講，沒有客觀的。假如什麼都解釋的話，就沒有客觀。歷史既然是解釋的，那就是主觀的。今天的解釋到明天又不一樣，這個地方的解釋和那個地方的解釋又不同。

廖：剛剛您提到，說您散文中的語言盡量寫到不只是大多數人、幾乎是所有人都能明白的境地，可是，實際上也有人說他們看不懂。如此說來，這個標準其實也很難拿捏的？

許：就看讀者怎樣去看，我知道大家都認為我寫得比較堅硬難懂，我是盡量要把它濃縮，廢話少說，可是讀者他就覺得何苦呢！一般讀是要享受，但享受廢話並不算欣賞。廢話再漂亮還是廢話。

廖：所以，有些評論認為您太土，有的卻認為您太洋。太土是土語很多，洋的部分是象徵手法很多。寫作真難吶！要讓理論和創作一致，很不容易。您

曾經說過，寫作要「少戀心境、多寫現象」，這是您從早期的抒情風格趨向寫實的原因嗎？

許：因為人既然是社會人的話，都寫自己就等於不必寫了。人既然在社會裡頭，多多少少跟社會有關，他寫的這個人一定還是跟別人有關，即使是他要孤立自己、寫自己的話，他還是活在那個社會。所以，我就覺得寫自己真的沒有什麼意思。幾乎可以這麼講，我是希望把散文詩化、小說化，平常我們認為詩是比較 personal，小說跟社會比較有關係。至少我現在寫的話，我希望把散文詩化、小說化，希望是這樣做啦！心理上這麼想，至於寫出來的，別人怎麼看，我就沒辦法了！

廖：您說文學不該只寫個人，應該寫社會。梭羅（Henry David Thoreau）開宗明義第一章就說每個人都應該寫他自己的故事。我相信他的意思是，每一個人雖然看起來是個人，但是若有機會全部表白你的真實生活，其實是跟別人都有所連結的，不連結的是假的我，那個假我自然是沒有意義的。所以，文學也許應該會慢慢傾向每個人都寫他自己的故事，然後，接觸別人的生活。然後，才會造成一種聯繫、共鳴跟影響力。

許：梭羅雖然生活是孤立的，但是，他是參與社會的，他寫自己時，事實上是寫一個社會的。可是，很多作者是並沒有參與社會的，所以，他寫自己是和社會沒有連結的。梭羅不同，他本身是反對美國打墨西哥的。

廖：您是把寫作當作一種工作之外的，我不能稱之為「休閒」，因為您的寫作實在很不「休閒」！您是自我要求很高？

許：可以這麼說吧！我這些年，主要在寫幾本書，都是有關臺灣歷史方面的。第一本是清朝臺灣人民的起事和臺灣的歷史發展，第二本是臺灣福佬客家漳泉的族群械鬥與本土發展。就是閩南和客家打架，閩南人當中的漳州和泉州人打架，械鬥後的臺灣人之間的 social integration。第三本是臺灣的土匪，我也是把它量化。將我蒐集到的偷竊搶劫各種檔案列表作分析。第四本是臺灣社會衝突，第五本是臺灣的社會史，從荷蘭時期一直寫到現在，第六本是臺灣文學史論，事實上已經寫得差不多了。第六本是用史論的方

式，不是文學史，從原住民的神話寫到 1970 年代，加以分類，譬如說，清朝主要是詩，當代就散文、詩、小說。

廖： 您人在國外，做這些研究，資料上足夠嗎？需不需要回去找？

許： 檔案的話，就需要用臺灣的故宮和北京的中國第一歷史檔案館；二手資料的話，恐怕美國比較多，因為美國圖書館設備不錯！

廖： 歷史我是不懂啦，不過，真的非常期待您的臺灣文學史論能早日完成。

許： 臺灣文學一定要追溯到原住民，現在一般寫的都是漢族的文學史，我覺得非常不公平。因為漢族神話不精采，主要都是原始的民族。

廖： 您是如何去找到這些原住民神話？

許： 大半是日本人蒐集的。我認為臺灣史也好、臺灣文學研究也好，一定要學術化，尤其要跨學科的。像臺灣歷史的話，我覺得一些社會科學如社會學、甚至人類學，最好都能放進去。文學我也是覺得，至少文化理論是要放進去，希望把臺灣歷史放在整個世界歷史的脈絡裡；在研究上，把臺灣歷史放在各個社會科學的領域，吃力不討好的。只是盡量做而已。

廖： 真是辛苦！謝謝許教授接受我們的訪問，祝您的新書早日完成！

──原載 2003 年 3 月 10～11 日《自由時報・副刊》

──選自廖玉蕙《打開作家的瓶中稿──再訪捕蝶人》

臺北：九歌出版社，2004 年 5 月

解釋學的春天
許達然的文學及其社會關懷

◎張瑞芬[*]

> 歷史是一種解釋，從這點看，文學和歷史便可以連在一起。
>
> ——許達然

> 文學是作為社會實踐的創作，它用很多複雜方法負荷著過去，隨時提示著我們。
>
> ——法蘭克・藍屈夏（Frank Lentricchia）

安安靜靜中傳達出的力量

我一直覺得，《同情的理解》中的〈硯倦〉、〈一生〉、〈諸相〉、〈秋頁〉絕對是種隱喻，打著啞謎般只現出一張靜默的臉孔，背後卻有著驚人的延展性，這種猜想果然在親自見了許達然後得到了證實。他說：「我總覺得創作，一看就懂的，不是很深入，要經過讀者的聯想，理解作者想要寫的，才是好創作。一看就懂，這並不是很深入。理想的散文，一定要是一種metaphor。」他那些詩文中的狀聲字與諧音雙關語，的確是「故意使它產生特別效果，成為一個隱喻」的。走在三月花樹滿天的東海大學校園中，我像參禪一樣，點著頭，或許是天氣實在太好，我順便以相機捕捉到他一抹燦爛明亮的笑容，完成了另一項不可能的任務。

他的笑容在一般檔案照片中少見，其實人謙和極了，完全沒有一個哈

[*]逢甲大學中國文學系教授。

佛、牛津名校學者該有的架子。身形修長，面容略顯清癯，望之不似六十許人。即使在柔光暗沉的咖啡館中，我仍看見他有一雙好看的手，纖長淨白，左手無名指優雅一圈銀光細緻的戒指。那恰恰是一個學者該擁有的手，加一支老派克鋼筆，就可以當作書的封面了。他背光坐著，說起話來，音聲低緩，一句三頓，但那安安靜靜中傳達出來的力量，卻像玻璃杯中的水紋，迴盪了一圈又一圈。

你不得不承認，他有一種把問題解消了的能力，專門讓問的人摸不著頭腦回去，堪稱文壇「省話一哥」。問他最滿意的作品是哪些？答案是：「沒有滿意的。」知道現在頗被學界研究重視嗎？回曰：「這我不管的，也不 care。」有可以給年輕寫作者的建議嗎？他說：「寫就是了。」

真正是「吉人之辭寡，躁人之辭多」啊！我乾脆閒閒聊起 2007 年 10 月東海辦的「笠詩社研討會」，郭楓先生開場演講中對「泛現代派」的抨擊，他可同意？這引出他學者的精細態度和一番令我坐直了身體的話來。他正色道：「首先，臺灣 1950 年代的現代詩，根本不算是西方現代主義如艾略特的詩，正如臺灣「浪漫的」（romantic）詩，並不就是西方所謂浪漫主義（romanticism）那種有反抗精神的詩。用『泛現代派』這個詞，容易在觀念上產生混淆。」深受西方馬克斯、韋伯、沙特哲學影響的許達然說：「文學本身就是社會行為，寫文學是為了要交流，逃避不了的。即使寫給自己看，也是社會行為。既是與人交流，就需言之有物，最好避免只寫有關自己的東西。文學若要有新的形式，主要目的是要表達得更好，而不是要裝飾得更好。」

「表達得更好，而不是裝飾得更好。」這話說得可真好。本質與表象，心體與性體，我遂想起 30 年前在這裡聽過牟宗三先生講課，古今如夢，同樣的當頭棒喝。道可道，非常道。許達然的口頭表達方式，接近佛家或老子的「遮詮」，他不太正面給答案，卻從「不贊成」、「不願意」、「不了解」、「不 care」、「不是」，清楚表現著立場。

簡約冷靜而瀟灑達然

　　許達然詩文有些拗口、澀味，並非甜美暢銷型。他曾自述其所謂「陌生化」的理論：「藝術的手段，是要使事物陌生起來，以便延長感知的困難和時間，而從中獲得美。」這也是趙天儀說他語言乾硬，陳明台說他常故意切斷名詞，造成上下文意斷裂原因。問他對自己的文學定位如何？寫作時是否在乎讀者？他幾近自言自語的喃喃說道：「我不在乎有多少讀者。只在乎讀者是否能欣賞。有很多讀者，不一定有人欣賞。即使寫了東西，以我的個性，我也不願意在庸俗化的地方發表，我一向堅持這個原則。名利雙收，對我，我不 care。」九歌陳義芝主編的散文名家精選集，三年前就找過他，至今他還沒有回應。他說（兼以愧歉一笑）：「我也說不出原因。」

　　這個人，哪裡是沉默寡言，是安安靜靜很大聲哪。凝視著世相，堅持著想法，文字和語言都儉省到極致。一字多義，一物多用，同音複義，將中文的特性開發到最大，我想起許達然〈散文臺灣‧臺灣散文——《臺灣當代散文精選》序〉中的觀點，散文有三種，有一種是平鋪直敘，寫給人用口唸的，另一種是珠璣滿眼，寫給人用眼讀的，第三種凝聚意象，交融詩情，是給人用心讀的。他最好的文章就是這樣近乎散文詩與寓言，由己度物，有一種強大控制下的簡約，文字冷靜無表情，可是就像卡夫卡說的，讀起來好像被雷電打到，久久不能自己。

　　照他的「省字」邏輯，恐怕所有文章都該省掉一半字數，正如「達然」是一詞多義，到達、通達，也是達觀自適，達道成德。這名字寫來也瀟灑好看，豁然大度，或勝於本名「許文雄」。高一就開始寫作得獎的他，早期用過「言午」這筆名，1961 年以「許達然」為名出版第一本散文集《含淚的微笑》，遂沿用於今。學術的許文雄與文壇的許達然，原本並不衝突，近年他開始連學術論文也改用筆名發表，於是產生了這樣的爆笑場面——某臺灣社會史學術研討會上，講評者面對「許達然」嚴肅的說：「這一

點以前許文雄也提到過。」

卓然而立的文學座標

1940 年生於臺南的許達然，東海歷史系畢業，擁有哈佛碩士、芝加哥大學博士和英國牛津大學經濟社會史研究經歷，至今在國外居住時間已兩倍於臺灣，和杜國清、非馬同是「笠」詩社同人中旅居海外的學者，文壇與學界均屬資深。2004 年許達然由美國西北大學退休，現任榮譽教授，目前以回報母校的心情在東海歷史所一年，講授碩士班「歷史社會學」課程，2008 年 7 月即將返美。在臺灣這一年，幾乎隱居在大度山東海大學校園內，他自己說：「去臺中市區的次數不會超過三次。」

許達然兼擅詩文，唯獨沒有寫過小說。作品多發表在《笠》詩刊或《文學界》、《臺灣文藝》、《民眾日報》，是相當有臺灣本土代表性的散文家。就目前臺灣文學史及相關討論來看，他的重要性可能還是被低估了。先不說他最早做的臺語入文和諧音雙關實驗與 1977 年與鄉土文學論戰桴鼓相應的散文理論，他可能還是散文中最早寫原住民和動物題材／弱勢族群的本土作家，也是戰後以社會主義／人道關懷和余光中、楊牧式抒情美文分闢蹊徑的領導者。

1980 年代楊牧編洪範版《中國近代散文選》、李豐楙等編長安版《中國現代散文選析》，在散文脈絡上都承繼中國近代傳統，以周作人開篇，直到 1990 年許達然首度以「臺灣」為名，編新地版《臺灣當代散文精選（1945～1988）》，才首開風氣以臺灣為主軸，勾勒出一條獨立的散文脈絡。許達然為這書寫的序言〈散文臺灣・臺灣散文〉極為重要，他主張散文應勇於嘗試，打破文類限制，兼而有詩的境界、小說的情節、戲劇的悲喜與議論的推理，選文標準上也兼顧本省與外省作家。名為「臺灣散文」，事實上相當宏觀。

在文學座標上，許達然與楊牧同年（1940 年生），同念東海大學，楊牧念外文系，還低歷史系的許達然一屆。許達然《含淚的微笑》、《遠方》

和楊牧的《葉珊散文集》初看同樣抒情柔美，然而二人的文學軌跡，走的是反向的精神道路。楊牧寫詩很早，奠下了他終身拜倫、雪萊式浪漫主義外加古典精神的抒情散文基礎，許達然寫散文為先，1980 年代中期才開始出版社會寫實的諷喻詩集《違章建築》，已經完全與《含淚的微笑》、《遠方》時期多愁善感的自己決裂了，與散文集《土》、《吐》、《水邊》、《人行道》才是同時的文學心情與理念。

社會意識與人文關懷

　　許達然偏好有哲學深度如蒙田、梭羅的思想家，更喜歡大陸詩人穆旦（查良錚），從他的詩，「看到思想、民族和鄉土」。穆旦翻譯過普希金，善於借用西方現代主義技巧，詩風富於象徵寓意和心靈思辨，語言感性而凝重，尤其是有沉重的歷史使命感。是批判精神很強的現實主義加浪漫主義詩人。穆旦詩作如〈野獸〉那種受傷猶鬥，無聲的吶喊，迸現出生命力與「困獸」氣質，令我想到許達然筆下的「囚籠」意象。芝加哥動物園裡被幽囚的猩猩（〈一生〉）、被幽禁抽屜卻懷念風日陽光的硯石（〈硯倦〉）、一張被迫夾在厚重書頁中的紅葉（〈秋頁〉），被綁赴刑場的豬隻（〈諸相〉），終身被牢籠羈鎖的牛（〈牢〉）；〈習題〉、〈經歷〉裡的政治犯。加上東門城下的攤販、廢氣汙染下枯黃的木麻黃、被強制拆屋的住戶、垃圾堆中的人生，更不要說那隻鐵鍊長進了頸肉裡，因被選入國文課本而頗知名的猴子──〈失去的森林〉中的「阿山」了。

　　許達然的散文具社會意識、現實走向與人文關懷，是去美後的轉向。早在大四，專攻西洋史的他就在東海圖書館中讀（時為禁書的）馬克斯深受震撼，知識分子應與人民結合這個理念，開始在心中萌生。1965 年赴美之際，剛好趕上「笠」詩社與《臺灣文藝》創辦的年代。1982 年，他與陳映真、黃春明參加郭楓創辦的《文季》，是年又任召集人於洛杉磯成立「臺灣文學研究會」。約同時期楊逵訪美，許達然也盛情接待過這個左派的臺灣文學老前輩，並寫了《同情的理解·從花園到街路》說明他們的共同理念

與情誼。

　　許達然文壇寫作半世紀，除了詩集《違章建築》外，散文集有《含淚的微笑》、《遠方》、《土》、《吐》、《水邊》、《人行道》、《同情的理解》等。他的文字蘊藉深厚，是苦吟思索下的產物，如陳年普洱，喉韻悠長。特別擅長結構精簡，寓言式的隱喻，讀的人若不反覆涵泳，放慢速度，很容易錯過其中寓意，因而被老友葉笛形容為「堅實的活火山」。文字樸實，略無枝蔓，有時行文淡漠，卻意在言外，像琥珀一樣緩慢而堅實，南方朔以「碎片書寫」（Writing Fragmentarily）來形容他的文字理性與感性交融，具有很大的聯想性和跳躍度。許達然得過吳濁流文學獎、吳三連文學獎、臺灣新文學貢獻獎。他的散文被多方選載，〈亭仔腳〉、〈失去的森林〉被編入高中國文課本，更使他開始被研究者注意，近年已有陳淑貞、李玉春兩本碩士論文問世，葉笛、郭楓、陳千武、羅秀菊、李癸雲、應鳳凰對他的討論也相當精闢。

　　1977 年許達然發表於《中外文學》的〈感到，趕到，敢到──散談我們的散文〉，主題上開始明顯偏向「入世文學」（Committed Literature），也為現代散文在技巧上提出建言，倡導語言活潑（加入方言俗語），主題鮮明，社會化的散文。就像余光中 1960 年代的散文革命一樣，自己並且力行嘗試。《土》、《吐》之後，許達然在詩文中加入頂真技巧，打破標點符號而形成語言的迴復，雙關語、同音異字（或異形），看來不合語法常規，卻能藉以擴大象徵性。如〈看弄獅〉中，用「攏同腔」到「籠同彊」來跳接另一種意涵，〈疊羅漢〉中，「比，上去；逼逼逼，下來」肖教練的哨音，同時又另有所指。

　　利用拗折的語法，造成反差效果，如「把收穫當收貨」；「隔壁也隔避」；「墓地畢竟不是目的」；「不明文就無文明了」、「木麻黃從不麻木」；把「人行道」寫成「人，行道」，「人行道到處不平，到處道破，仍未道破」等。

不妨拗折讀者的嗓子與速度

許達然主張，散文正是有話就寫，不懼情勢，不怕嘗試，不拘形式。寫作，不能失去創造力和格調。基本上許達然是把散文當作廣義的詩（同具詩性邏輯、隱喻、象徵）處理，不在兩種文類中強作分別，因此散文中有「鳥聲無法剪貼，但可踩著散步」、「時間冷漠如風，摑懷念的臉」這樣的句子。在詩集《違章建築》中更常切斷名詞，打破語法加上閩南語，玩弄文字遊戲。如「窮擠／不出都市的憂鬱」、「竹就是不能變仙／但可做成籤／你寫下好消息／別人抽去」這樣有點古怪拗口的詩。讚揚他此期詩文有創意的人很多。批評的也不是沒有，很贊同他文學理念的郭楓就直言，許達然詩化的語法用來表達批判議題時，易分散讀者的注意力，文字的纏繞也可能使人忽略了主題。

1980 年代的許達然，態度上比較是舍我其誰的，不妨拗折天下人嗓子，延遲讀者閱讀的速度，好停下來想一想。《同情的理解》（1991 年）以後的許達然，沉思、內斂、反諷，將文字實驗收起來，形成了他更精緻的「抒情詩」或「寓言」風格。豪華落盡，更見真淳，文字的精簡還在，音節字形方言的實驗卻已結束。他的後期散文含蓄蘊藉，意在言外，比詩更好。〈芬芳的月亮〉寫故鄉的度小月肉燥麵，熱氣蒸騰中，看見暈黃的一只燈籠；〈一生〉是一隻動物園中被幽囚的猩猩無言的嗚咽；〈秋頁〉自況歷史研究的秋意寥落；〈冬天的考試〉中，童趣十足的描述榆樹上的松鼠緊握一張「比自己還大的葉，準備冬天的考試」，對應一個皓首窮經不合時宜的文史學者的孜孜不倦。〈硯倦〉一文，集詩、文、寓言與哲理於一體，篇題與內容精密合榫，又兼有同音複義的指涉。被棄置抽屜的硯石，在長久的雕琢器用後，想望當年陽光風日的天然，「抽屜不是原野，我厭倦這暗無天日的荒涼」，現代人的異化與心中的荒原，這整篇散文簡直就是一首現代主義抗議的詩。

並肩與許達然走在唐宋禪院僧寺般的東海校園小徑上，暮色低暗下

來，下了課的學生們歡欣踴躍，如浮游的魚群嬉笑而過。沒人認出這個鐘形帽，藍夾克米長褲，狀似會計組老職員的路人甲是何許人也，這讓我感到自在且有趣。這可是一個熟諳英、法、日語，大四時就用英文撰寫學位論文〈法英美三國拿破崙傳記比較研究〉，平日用中、英兩種語文撰述論文，曾獲美國傅爾博萊特等研究獎金的人。

一分證據說一分話的學術態度

　　許達然在西方學界，師承美國歷史學、哲學及社會學、思想史多位大師，如 Talcott Parsons、Crane Brinton、Leonard Krieger、William McNeill、Edward Shils、Paul Ricoeur、Clifford Geertz、Mircea Eliade、Saul Bellow（索爾‧貝婁‧諾貝爾文學獎得主）與何炳棣等。由歷史旁及心理、社會、哲學、經濟理論，延伸他 1972 年的博士論文《清代臺灣社會史》，孜孜矻矻的從美國、臺灣故宮與北京第一歷史檔案館（宮中檔、軍機檔和三法司檔等）中爬梳整理，成就了目前清代臺灣社會史研究上無人可及的成果。這些多年心血，即將於近年陸續結集出版數本鉅作，分別是《十八和十九世紀臺灣社會史論》、《臺灣人民起事和歷史發展，1683～1894》、《漢族族群械鬥和臺灣社會，1683～1894》（聯經），與《二十世紀臺灣短篇小說史論》等。

　　許達然的學術論文嚴謹客觀，總長四萬字的〈六〇——七〇年代臺灣社會與文學〉，才看到二十幾頁，註腳已經下到 128 個。一分證據說一分話的態度，量化且精準，沒有絲毫含糊的空間（包括圖表、數據，連臺灣社會的拜把、換帖風俗，也能寫出一大套來）。從大內宮中、皇帝奏摺與司法判例中尋繹清代臺灣社會面貌，他說明自己對清代臺灣社會史的研究是由下而上的，只用第一手資料，像民間史家連雅堂用的資料，他是不用的。

　　他的研究詮釋漢人移民到臺灣後，如何發展墾拓並與原住民接觸，漢人建立社會的過程中有衝突和合作（即是械鬥），統治與被統治者的關係（就是造反），社會中有不正常的衝突（如土匪）等等。臺灣早年的造反事

件，遠比俗諺說的「五年一大反三年一小反」還多，漢族漳泉二系間的械鬥亦極頻仍，也就是因為沒有絕對的輸贏，後來逐漸趨向族群融合的道路。他說臺南多泉州人，說的卻是漳州音，至今他仍不了解為什麼？兩個臺南人對坐，我想著他當東海歷史系助教那年（1962 年），已出版《含淚的微笑》，主編《東海文學》、《文林》、《野風》，獲頒全國大專優秀青年，而我剛出生。1979 年美麗島事件，任西北大學教授的許達然上街遊行抗議，而我剛上中興中文系大一，任國民黨知青黨部區委，從社團開完會回宿舍，見長老教會圍聚傷泣祈禱，心想：「搞什麼！這群人。」

一個創作者的選擇與堅持

成天埋首書堆，這樣的人，還能有半點生活情趣否？研究工作很孤獨吧！他說忍耐孤獨，是必要的修養，還開玩笑說他還比較喜歡寫論文，寫作字斟句酌，以小搏大，自我折磨，更加辛苦。許達然自承不擅社交，很少與讀者接觸，至今仍用手寫稿，沒有手機，幾乎不參加文壇活動，「我過的生活幾乎與世隔絕。」（這一點我可不相信，光看他編得出那套《臺灣當代散文精選》，而且清楚知道選集編者多半移用其他選文，未讀其餘，就知道此人對文壇之瞭然於胸。）

我問，對當前學文史的學生有什麼建議嗎？他答道：「我對學文史的學生沒有什麼意見。」接著正色道：「對大學教育體系，不只建議，很有意見。」我趕忙坐直了身子。許達然說：「要使念文史的學生有興趣，要和美國一樣，法、醫、商甚至新聞學院都必須先念完大學，有基本的人文訓練或社會知識，才可繼續進修。在美國，英文系或歷史系都很多人念的，因為這是進法學院或醫學院的重要基礎。臺灣的教育體系改變，才能鼓勵學文史的。臺灣的教育，基本上是利益取向，當律師的人沒有基本的人性關懷，四年的進修，只有法條，在乎的是輸贏，沒有是非的感覺。」我驚覺，連聽他說話，也能像讀他的文章一樣有被雷打到的感覺。

我問他，一個創作者如何關心社會（想起那些政論節目中言語洶洶的

所謂學者專家）？他表示，不選擇，也無能力真正站到第一線，「到底我們不是政客，只能用文章關心社會。文學能影響人的心靈，但要改變社會是不容易的」。許達然對作品是否得到正確評價並不太在乎，然而他心心念念於一個拿筆的人對社會是有責任的。他舉美國哲學家兼社會行為主義者（也曾任芝加哥大學教席的）喬治·米德（George Herbert Mead, 1863-1931），和大四就著迷的馬克斯（Karl Marx），說明自己創作的理念。

　　許達然指出，著有《心靈、自我及社會》的喬治·米德認為，「自我」的概念可分為「I」與「me」，「I」是具有主體性的我，「me」是社會化的我，受社會影響的我。自我的形成，一定是在社會交流中產生，在社會交流中，一定會有一些「有意涵的」、「別的」東西。許達然語氣堅定的說：「我希望表達的，並不是我自己，而是和我有關的社會和別人。有許多詩人，可以完全寫『I』，把社會排除，我並不否定他們的貢獻，但我不選擇這樣寫。」馬克斯《資本論》首冊的序最後，曾說他自己對輿論的偏見，不能讓步，並引用但丁的話說：「Go on your way ; let the people talk.」（繼續走路，讓人民說話），這句話另一雙關意涵就是，在作品中讓人民說話（而不只是自己說話而已）。馬克斯自己身體力行此一論點，在窮愁潦倒中寫《資本論》，歷經十幾年的艱苦，不改其志。一個好作家應堅持自己的原則，勿輕易對外界評價讓步。這一點是許達然終身奉行，並深深期許年輕後進的。

對自覺虧負的土地做出貢獻

　　延伸這個話題，他認為當前文學界似乎把研究表面化了，重視外表，忽略內涵，從一些對作家的研究可以見出，研究者和讀者都把自己庸俗化／矮化了。他繼續說道：「批評家也是有社會責任的。只憑自己有限的觀點，教書會影響學生，評論則會影響讀者。」許達然道：「我是很寄望於讀者的。雖然很少也幾乎不可能接觸讀者，但我覺得只有有水準的讀者，臺灣的文學才有希望。」

　　路斯義教堂前，天已全黑了，只剩下兩條依稀的稜線，如同剪影。一個沉默的吐露者，我想他已經把一年分（連帶下年分）的話都講完了吧！

　　從西洋史到臺灣史，從抒情華美到樸實內蘊的文字，在人生的重大轉折，許達然想必也有過自己的掙扎。他文章裡說：「歷史是記吃得飽飽的人不公不正的事。」這樣一個浸染著濃厚的社會關懷，寧寫「我思考的」（what I think），不寫「我感受的」（what I feel）的作者，目前仍多在《文學臺灣》、《新地文學》、《鹽分地帶文學》等有本土精神的非主流刊物撰文，以後的創作，仍將著力環境、社會，人與動物的關係。他服膺馬克斯所說的，知識分子應該和民眾站在一起。問他自認自己是「左派」嗎？他說當然是。「我甚至認為，所有的作家都應該是左派，寫的東西才會有藝術性和內容。」總統大選在即，測問一下他的立場，問他心中左派的定義？他說：「左派的定義，以人民利益為利益，對我而言，就這麼簡單。任何和人民利益作對的，我一定反對到底。」我明白了，徹徹底底的很明白，這和臺南不臺南可一點關係都沒有。

　　他作臺灣社會史，對這虧負的故鄉與土地，形同得到某種精神上的救贖。「在國外生活了這麼久，總覺得對臺灣虧欠很多，老實講是不可原諒的。」在國外生活與研究工作大致都平順，他感謝妻子鄭夙娟女士多年來對他默默的支持，也像一般平凡的人一樣，喜悅於兒子都已成家立業。老大家格畢業於芝加哥大學經濟系，現為成功律師，老二達明畢業於勞倫斯大學，現任財經顧問，媳婦是洋人，四月初他們就即將有一個可愛的混血兒寶寶了。他這一年想作的事，包括以恩師的名義捐贈兩個獎學金，還有許多許多……。

　　我回想起訪問中，春光爛漫的下午茶悠閒時光，東海中文系朱岐祥主任也進來咖啡館參了一腳。風度颯爽的朱主任，一頭少年白，言笑晏晏，邊喝咖啡邊問了他一個好問題，有沒有想過，將來回來長住？他們二人兀自聊了起來，我聽許達然低聲如喃喃自語的說道：「在國外生活舒適，賺錢也比較多。但沒有意義，無法做什麼事。」我眼尖耳利還聽見一句低到快

聽不見的：「回來教書，也怕占人位子，我只想給國家作點事情……。」

　　離開東海的時候，我心中縈繞著這幾句話，久久不能去。面對這個從來就沒有理想過的世界，修養是多不容易的功夫。他是否記得自己在 40 年前《含淚的微笑》說的：「悲哀不是痛苦，而是表達不出痛苦。」

　　許達然的人和文，像晶瑩的鏡，默看喧騰。安安靜靜的，風吹水紋，層層迴盪開去。

　　我想起穆旦的詩：

　　燈下，有誰聽見在周身起伏的

　　那痛苦的，人世的喧聲？

　　被沖擊在今夜的隅落裡。而我

　　望著等待我的薔薇花路，沉默

——〈童年〉，1939 年

歷史是一種解釋的學問，春天的詩與盼望，都在他的文學裡。

——選自《文訊》第 271 期，2008 年 5 月

充滿社會關懷的利筆

談許達然的散文集《水邊》

◎黃麗娜[*]

前言

　　許達然，一個原本完全陌生的名字，卻在偶然機緣中，翻閱了他的作品，結果發現他的作品迥異於時下的散文作家，不但風格強烈，而且主題明顯，對文明社會下的各種現象，痛下針砭，直陳缺失，這樣的寫作面是其他作家不易碰觸的。可是，許達然這樣一個去國多年的作家，卻能熱切地正視社會問題，擁抱鄉土，關懷社會，比本土更本土，這一點我覺得相當不容易。而且「他的作品以人道的社會良心和獨特的藝術視野包容了對現代文明的各個方面的觀察、感受和思考，在人與自然的分裂，人與人的疏離，以及人的生存困惑和自救等重大社會問題上，傾注了巨大的心智和熱情……」[1]《水邊》這本書（臺北：洪範書店，1984 年）深刻地透露出這樣的訊息。

　　初看這本書時，你或許會被作者文字的強烈震撼力驚醒，或被作者強烈的企圖心吸引住，因為它的主題或寫作方式，絕不是讓你精神放鬆的良藥；相對地，它讓我們見識真正的生活層面和社會問題，把我們拉回社會現實中，而不讓我們繼續沉溺於物質生活的滿足，經濟突飛猛進的虛浮之中，其實這些的背後，正隱藏了許多我們忽視已久的社會問題。《水邊》這本書勇敢地正視了這些問題，是一本值得你我共同細細品嘗的好書！

[*]發表文章時為臺北師範學院（今臺北教育大學）語文教育學系四年級學生，現為臺南市佳里區延平國小教師。

[1]冒炘、趙江濱，〈現代生存的藝術反思──許達然散文論〉，《新地文學》第 9 期（1991 年 8 月），頁 57～58。

壹、關於許達然

　　許達然，原名許文雄，1940 年生於臺南。東海大學歷史系畢業後留校任助教，1965 年赴美國深造，先後獲得哈佛大學碩士、芝加哥大學博士學位，曾在英國牛津大學研究近代社會經濟史，1969 年起任教於美國西北大學。

　　1978 年，許達然就以散文集《遠方》、《含淚的微笑》（遠行出版社）稱譽臺灣文壇。他曾獲 1965 年第一屆青年文藝獎散文獎，1978 年金筆獎，1980 年度吳濁流新詩獎；除英文學術論著外，先後又著有散文集《土》（臺北：遠景出版社，1979 年）、《水邊》（臺北：洪範書店，1984年）、《吐》（臺北：林白出版社，1984 年），《同情的理解》（臺北：新地文學出版社，1991 年）……及詩集等十多種，文學作品被譯成英、法、日、韓等多國語文。關於寫作，他自己曾說了一段發人深省的話，他說：

　　　寫就是作──不是造作而是作與造。虛偽已充斥，作者真誠吧！真誠做
　　　見證者與批判者。要見證與批判就表達出來，用大家的語言藝術地表達
　　　出來。語言是人造的，人利用語言而非被語言利用。寫作，什麼都可放
　　　棄，不能失去的是歷史悠久的語言、對群體的責任、及創造力。[2]

　　由此可知，他已經把寫作當成一種傳遞使命感和社會責任的方式；寫作已非單純抒發一己之情思感懷，而是對社會文明和人類生存的一種警惕和思考。許達然散文的語言與內容，都可從這裡去了解。在中國現代的散文界，許達然以其特殊的文體，展現人文關懷的精神，獨樹一格，因此，被視為當代重要的散文作家之一。

---

[2]許達然，〈《人行道》後記〉，《人行道》（臺北：新地出版社，1985 年），頁 176。

貳、《水邊》的題材內容

　　《水邊》是許達然晚近的一本散文集，在《水邊》這本散文集裡，作者把內容分成五大部分，第一部分是講工業文明下所帶來的嚴重後果，如空氣汙染、生態環境、交通問題等等，〈那泓水〉、〈春去找樹仔〉、〈郊遊〉、〈過街〉等篇可為代表。第二部分如〈籤〉、〈拜〉、〈牛墟〉、〈草寮〉等篇則觸及鄉村的遭受破壞和沒落，〈淋〉一篇更觸及後來熱門的原住民問題，在 1980 年代初期，這個問題尚未被重視，作者卻已經有了深刻的感受，可見作者對社會的敏銳觀察力。第三部分則訴說了作家的無限憂思，如〈躶然想起散步〉。作者認為科學技術推動的高度物質文明，不但沒有增進我們對大自然的親近和感受力，反而削弱我們和大自然的聯繫，對此現象他提出了反省，〈草〉、〈鋸〉、〈水邊〉等篇可為代表。第四部分的〈森林〉、〈無地〉，則是動物們以自然生態遭受破壞後第一批犧牲者的身分預言人類的未來命運。雖然作者在第五部分仍以〈節目〉、〈冷〉、〈臨時工〉、〈妨礙交通〉等篇來諷刺人類社會的冷漠無情和溝通困難。但是，作者的批評絕不是希望的破滅，反而是更深層的關懷和重視，〈轉彎〉、〈執著〉兩篇表明了作者的這個意圖，雖在人生的困惑中卻不失積極進取的意義。

　　綜觀《水邊》的題材內容，深深諷刺人類科技文明下的破壞與肆虐，人類只一時汲汲營營於所謂高品質的生活，卻忽視它所帶來的後果，包括動物、自然、鄉土、人類自我的破壞等等……。作者以獨特的寫作手法，來表達這些意念，相當成功。

參、《水邊》的寫作語言

　　我認為《水邊》在寫作方式上，有下列幾點獨特的語言表現：

　　一、以詩入文：許達然的散文，基本上是詩，和一般作家所寫的散文相較，大異其趣。讀起他的散文，有一股詩的韻律在裡面，如〈瀑布與石頭〉：

在你無言的素描裡，你拒絕是與世隔絕的瀑布；你寧可是無橋的溪中一塊石，硬不怕洶湧；不大，但從水面凸出給腳踏過。

又如〈那泓水〉：

那年春季，刺桐樹的花穗如血灑在溪上，你白皙的雙手伸進去玩水，掬起一條石斑魚，偶然被我看到，你一驚訝，魚就滑落了。

其他的篇章裡亦有不少以抒情詩的手法來寫的散文。作者刻意充實文章的詩質，使其達到飽滿的要求，因而讀者在閱讀之際不能不玩味思索。

二、語言精練：讀許達然的散文會發現，他似乎已經把語言推進到一個嶄新的階段。他曾經這樣說過：「我希望我們活潑語言的運用，多創作些主題鮮明，內容帶思想，映時代，與含社會的散文。擴展與豐富我們的語文的一個辦法是使用方言和俗語。……」。[3]可能由於出身臺南農家的背景，許達然在他的散文裡，都能適時地使用方言，如〈阿秀通勤〉這篇，就幾乎都以方言的方式書寫，「妳不知影啦！」、「越講越大孔」、「伊老母聽後差一點昏倒，要我去查看有影還是無影。」等等情形，比比皆是。又如〈拜〉一篇的「黑白講」（胡說）、「鐵齒」（固執）也都用得很傳神。作者在這一方面落實了他的鄉土情懷。

另外，他的語言特別注意經營，不拖泥帶水，結構嚴謹，或安排特殊的斷、連，以拓展想像空間；或變化詞性（運用雙關語、同音異形、同字異義等），以擴大象徵性。這些在《水邊》一書都可以得到印證：如

有的不懂而接受卻笑懂而不接受的不懂……

——〈奇〉

---

[3]許達然，〈感到，趕到，敢到——散談臺灣的散文〉，《吐》（臺北：林白出版社，1984 年），頁142。

電唱機叫電視機叫狗叫貓叫人罵人罵狗

——〈邊〉

他不敢確定學術界抄來抄去吵來吵去炒來炒去編來編去鞭來鞭去偏來偏去貶來貶去騙來騙去有什麼意義……。

——〈轉彎〉

伊連汗都摻進去洗，衫洗破了又補，補了又洗，洗了又破，洗破手，手又洗破衫。

——〈那泓水〉

在《水邊》一書中，有很多這樣的寫作技法，而這樣的寫作手法是我們不易在其他散文中看到的。許達然能夠靈活運用中國的文字，把一些抽象的理念巧妙地變成顯明的意象，加入頂真、排比等修辭法，打破標點符號而形成語言的迴復……等等。雖然有時候念起他的文章有點拗口，但是他獨特的寫作語言，顯然已經成為一種新的表現手法。

三、反諷的手法：前面已經提到，許達然的散文大部分是對現代文明社會的失望與批判，對臺灣本土的欣賞與生態環境的關懷構成了許達然散文創作的貫穿性主題。於是，他以一支利筆勾勒出現實社會的種種情狀，而且一反通常的習慣，喜歡以反諷的手法，曲折變化，有的輕描淡寫，卻讓人感同身受，有的毫不客氣，大加撻伐，卻讓人有「當頭棒喝」的深刻感受。這種反諷的手法，在《水邊》一書中，俯拾皆是。且看下面幾段例子：

聽說從前鳥比人的眼睛還多，現在人的眼睛越多越看不見鳥……從前我們帶著春跑，現在春能帶我跑去那裡？我簡直把生命交給了引擎，即使是樹也已栽定。

——〈春去找樹仔〉

此段諷刺自然環境的遭受破壞，令人心有戚戚焉。

> 草寮，這富人暫時哀痛的象徵，窮人常住一生，……鄉土情感流行後，
> 一向無鄉土意識的人也利用鄉土了。
>
> ——〈草寮〉

此段諷刺鄉土遭受破壞和漠視，一向對鄉土無所謂的有錢人，也趕搭流行風，跟著「懷舊」起來了。

> 亭仔腳下人行道上，腳步與臉譜譁然浮動，無法凝眸。趕路的都趕不走
> 路，路硬是在那裡把行人趕得臉都走樣了。有似要搶或怕被搶的，臉是
> 恓惶；有似剛看完恐怖電影的，臉存餘悸；有似剛出院的，臉蒼癯；有
> 似要向街道講道的，臉嚴肅；……。
>
> ——〈過街〉

此段諷刺都市文明下的人生百態，人，在自己壘成的大廈中迷失；人，在共建的大廈中被隔離，冷冰冰的城市，孤零零的人群，現代文明社會下，人與人的關係由疏離到冷漠，此種現象值得我們深思。

其他如〈妨礙交通〉、〈冷〉、〈節目〉、〈臨時工〉、〈牛墟〉、〈郊遊〉等篇，也都極盡諷刺之能事，讀者欣賞起來，雖不那麼直接，但都能明白作者的意圖，反而有更深一層思考的機會，不淪為說教，而是一記警鐘。

肆、《水邊》的寫作風格

一、鄉土的強烈歸屬感：許達然散文字裡行間沒有半點崇洋味，或是異國情調、景緻的描寫，反而心繫故鄉，情懷故土。種種血脈相連的關懷，不只是對於勞苦的農民的關懷，而是對整個臺灣社會的全面關懷。由於工業化的進步，農業漸漸退居幕後，農民成為被忽視的一群，對鄉土的

意識反而變成「趕時髦」的事了。我們可以從《水邊》一書來看許達然他是以怎樣的態度來抒寫鄉土的：

> 遠遠阡陌縱橫外，耕耘機正翻軋著夕陽。夕陽如血把牛車上汗水皺紋縱橫的臉染得更悽切了。牛垂頭背著黃昏與老人的蒼涼，以穩重的節奏，踩著壓不死的自己與軋扁影子，走往耕耘機的方向。
>
> ——〈牛墟〉

作者以充滿感情的筆墨，為農民、農村的絕望譜寫了一曲悲壯的哀歌，這種深切的哀悼直指人心，憾人心魂，也讓我們感受到作者濃厚的土地之親。許達然在〈淋〉這篇，甚至注意到原住民的問題，作者這樣寫道：

> 開始是暴雨把族人趕上山，山頂豪雨又逼他們疏散，散開是為了聚合，合作防備抗拒，拒絕屈服的族人活著不搬，搬不走的從此是他們的故鄉，鄉土無論怎樣壓著大石，石縫雨後草總會長出，因為石下面是土，土下面有根，根總抓住山。
>
> ——〈淋〉

作者語重心長地發出這樣的呼聲，然而他也相信有土斯有人，只要保有我們的鄉土，就會有無窮的希望。這種對鄉土的強烈歸屬感，我們可以從《水邊》一書輕易地感覺出來。

　　二、批評城市社會的亂象：許達然認為：「文學是社會事業。活在社會都對社會有責任。……作品發表就是社會行為。」因此，他的筆觸從不迴避嚴峻的現實。在〈過街〉一篇裡他寫道：

> 他繼續睜著眼走，車煙繼續趕著人煙，灰煙繼續擁著灰塵；垃圾擠著狗味擠著人味，臭汗擠著香水擠著狐臭擠口臭，屁趕著人，人跟著人。恐

怖，他拔腿想跑，但既已在路上，只好走。

——〈過街〉

　　多麼觸目驚心的一幕啊！人類創造了文明，建起了高樓，發明了車子，製造了垃圾，結果造成空氣汙染，環境髒亂等等，人類卻仍安之若素，每天依舊人趕著生活，生活趕著人，這就是現今的社會。作者還對社會上的功利主義，冷漠無情，做了批判。〈看火〉這篇裡，圍觀的人眼睜著火焰吞沒了生命和財產，卻仍無動於衷；至於市政府官員則「火速」趕來撫恤一番後又「匆匆」離開了，而「遠遠暗處轎車內得人微笑計畫著如何在這塊地上投資」。這是多麼諷刺的一件事啊！因為，社會上的確有這樣的黑暗面存在。在〈隔〉這篇作者也對高爾夫球場的設置諷刺了一番，他這樣描寫著：

　　跑過大門「非會員不許進入」的牌子。牌子上我看見雨雪洗不掉的鳥屎，鳥屎邊我看見都德式建築的俱樂部，高傲地站在軒昂的守衛後……聽說很多買賣與投機都在這裡決議……跑著，我又想起：高爾夫球場若開放成公園，大家就不必在俱樂部外繞著鍛鍊身體了。

——〈隔〉

　　眾所周知，高爾夫球場只是為少數人服務的地方，地方大，卻是少數人的享受，球場的設置向來備受爭議。許達然提出這樣的批評，確實能夠掌握社會的脈動，反映其真實的面貌。

　　現代的社會裡，有時人反而不如畜生，〈節目〉一篇著眼於衣索比亞、索馬利亞等地貧苦的人民，他們終日生活在飢餓的狀態，提供宣導節目的公司是一家動物食品公司：「貓食物，魚肉雞肉牛肉，任你選擇，柔軟多汁，營養豐富……」這樣的廣告詞道盡了社會的奢侈富裕，人都已經生活在地獄，貓狗卻過著天堂般的生活。至於〈臨時工〉裡的聖誕老人原來都

是一群失業的人，暫時扮演「聖誕老人」而已，說明了社會上失業人口的無奈和悲哀。

人類據地為王，肆無忌憚地殘害動物，還反而責怪動物危害人類的生活，〈妨礙交通〉一篇可為代表：

> 什麼都要殺，要殺到什麼時候？已殺掉那麼多樹林還不夠嗎？我們不檢討人的殘酷，卻責備鹿。如果我們多保留些樹林，鹿也不必跑到路上了。
>
> ──〈妨礙交通〉

作者的每一篇言論，每一個觀點，皆符合現今社會上的現象，讓我們不得不佩服作者有這樣的批判眼光和見解。對於許達然這樣一個以「大我」為關注對象而且富有社會責任感的作家來說，他不得不把筆觸大量花在對現代社會的不合理現象的抨擊上，然而他的批評是一種建設，把它展現在讀者面前，給讀者一個反省和思考的機會。

三、對人世人群的關懷：在許達然不斷譴責和批評聲中，我們其實可以體察到他的苦心。雖然許達然久陷於現代文明社會的困惑中，但在他的作品裡卻展開了與現實處境的搏擊，他仍然執著於對人生理想的追求，〈轉彎〉、〈執著〉等篇表明了作者的這個意圖。前者通過三個朋友對人生理想的不懈追求表明：縱然在追求理想的道路上可能出現波折，但只要矢志不渝，理想終將變為現實。[4]所以，作者對於社會的批評，其實是來自於對人世人群的關懷，就是因為關心，所以才有發抒。因此，《水邊》一書最終的目的仍是關懷人生社會，充滿真誠情懷的。

---

[4]冒炘、趙江濱，〈現代生存的藝術反思──許達然散文論〉，《新地文學》第 9 期，頁 70。

伍、結語

　　看完了許達然的散文後發覺，這樣的散文風格，真是獨樹一格，超然卓絕。跟我們平常看的抒情散文，寫的不外是自我的感懷，或友情，或愛情，或親情的體裁，截然不同。剛開始看時，覺得有一股壓力和困難，與我們平常所習慣的感性、軟性的文字，有很大的不同。不過，細細讀來，卻讓我們不得不去正視這些社會上真正存在的問題，你會驚訝於作者的感受力和觀察力，竟是這樣的敏銳和細膩，進而可得到一個省思的機會。許達然近幾年來已少見作品問世，希望在不久的將來可以看到他更加犀利、精采的作品出現，以他的利筆更加翔實記錄這個時代的起伏、這個社會的脈動。

——選自《國文天地》第 114 期，1994 年 11 月

論許達然散文的作品精神與
藝術風格

◎李京珮[*]

壹、前言

　　出身臺南的許達然（1940～），本名許文雄，畢業於東海大學歷史系，哈佛大學碩士、芝加哥大學社會史博士，曾於牛津大學研究經濟史，是知名的歷史學者。1969 年起任教於美國西北大學，2004 年退休，獲聘為名譽教授，2007 年受聘為東海大學講座教授。他很早就踏入文壇，1956 年獲《新新文藝》徵文首獎，1965 年獲得第一屆青年文藝獎散文獎，曾獲得文建會金筆獎（1978 年）、吳濁流文學獎（1981 年）、府城文學特殊貢獻獎（1998 年）、吳三連文藝獎（2001 年）、臺灣新文學貢獻獎（2005 年）等。

　　青年時代的許達然，1961 年出版處女作《含淚的微笑》，收錄他高中時代起的散文，是創作初期的重要作品。如果把許達然散文創作分為三期，前期為《含淚的微笑》和《遠方》；留美任教、1970 年代中期以後創作和出版的著作，則屬於創作的另一個階段，書寫的題材大幅轉變，1985 年之後又拓展新的藝術風格。論者陳淑貞分析此書出版後極為暢銷，奠定了許氏在文壇的一席之地，以純真的情感、崇高的思想和熱切的關懷，打動讀者的心。[1]許達然從大學時代到中部求學，離開故鄉臺南，愈走愈遠、愈往北方遷移，旅居美國的時間已經兩倍於他居住在臺灣的時間。他曾經說：「倘若向南，南方有故鄉，但不願回鄉，故鄉在肩膀，你帶它出來流

---

[*]成功大學中國文學系專案助理教授。
[1]陳淑貞，《許達然散文研究》（臺北：臺北縣文化局，2006 年 12 月）。

浪。決定向北，北方有什麼，你不知道，問風，風也不知道，走去就知道
了。」[2]如果 1960 年代的許達然文學性格浪漫多情，離開家鄉之後，文學
面貌是否有明顯的轉變？許達然創作以散文為主，亦曾出版詩集；筆者試
圖聚焦於散文文本，論述他的作品精神及藝術風格的轉變。

貳、作品精神

　　鄉土是許達然散文的重要主題，對家鄉臺南的召喚、回望，臺南的具
體地景成為素材，在不同的篇章中摹寫、重寫，產生了一種構築的效應。
對街巷的空間和各種古蹟反覆描述，成為表意的途徑；透過文化資源的聯
想，將地景串連在同一個敘事系統中。在建築實體之外，創造並闡述文化
的意義，讓地景與文字融合，成為特殊的留存方式。他的散文中，人與自
然、時空與歷史不斷交互滲透，探討人和鄉土之間如何相互依存、實踐、
轉化的種種課題。

　　許達然書寫故鄉，臺南圖書館、忠烈祠等處，都與讀書經驗有關。在
凝視鄉土的議題上，許達然對於自己兒時經歷的農村環境與現實都市生活
的反差，開始有深刻的體悟及描繪。他書寫臺南，融合了真實記憶的念舊
情感，個人的小歷史透過地景的、空間的折射、尋求地方生命力的再現。
想像與虛構，讓古老的市街穿越時空，點染「臺南人」的個體／群體記
憶，集體記憶彷彿可以鍛接時空，創造出失去的椰子樹和鳳凰木，再現過
去的街道，書寫流動的地方歷史。例如〈遠近〉：

　　　我找到了赤崁樓，……感到天地很大，歷史很長，打了個哈欠。……
　　　我也走遠了後，卻喜歡別人問我老家在哪裡，但問的人越來越少了。[3]

文中提到南門城、東門城、延平郡王祠、赤崁樓，不一定知道路名但知道

---

[2]許達然，〈畫風者〉，《遠方》（高雄：大業書店，1965 年 9 月），頁 72。
[3]許達然，〈遠近〉，《土》（臺北：遠景出版社，1979 年 6 月），頁 54～56。

怎麼走，不需要地圖，地圖上的名字並不代表意義。生活的周圍因為有社交的活動、有動線人物、空間，透過內外互動的人際關係，建立了親切感和地方感，地方是愛的記憶所在。鄉土的地標，提高人的認同感。臺南在「我」的認知之中，平凡的事物承載了成長的經驗：

> 儘管文明人發明刷子肥皂拭洗，土依然是一種執拗，創造許多事實一些象徵：可貴的卑微，可喜的質樸，可塑的纖柔。……卑微質樸纖柔塑我的記憶。記憶裡有一條蜿蜒伸進草地的土路，父親用牛車載爐灶到臺南擺地攤，……那次久旱，我才體會土簡單難懂。[4]

「我」追憶童年和少年時代，曾經住過土角厝，後來才搬到熱鬧的中正路，臺南老家對面是店，少年時代「我」常在早餐後到書店閱讀。從農村到市鎮，空間的轉換，他描述成長環境，寫作自己最熟悉的空間，由微小的事物、與人的互動建立了地方感，並且以人際關係為中心，彰顯「臺南」的獨特地位與意義。

　　書寫成長或懷鄉主題時，許達然常勾勒景致變遷、社群情感、文化風格的綿延牽繫，例如〈想巷〉：

> 巷像狹隘人間，一橫無計畫的秩序，一列親切的簡陋。[5]

他將地方與個人聯結，長大後走出小巷到大街，巷還在而自己已是陌生人了，讓地方史與個人生命史交織。又如〈清明〉聚焦於農村土地的改變：

> 災後大家更痛惜土地，都市商人卻來收購，有的已改成魚塭，有的空等轉賣。不清不明，有一塊要起工廠，宣傳是要製造就業機會。以前無機

---

[4]許達然，〈土〉，《土》，頁145～146。
[5]許達然，〈想巷〉，《土》，頁45。

　　會選擇是我們的選擇，現在選擇其實無選擇，自己選擇做別人的事？[6]

傳統節日的清明節對照現實的一切不「清」不「明」，都市的商人計畫將農村土地變成工廠，製造就業機會。失去土地的人，抱著土地公離開，神明也不會指示大家應該何去何從。鄉土是一種價值觀，相對於都市的「進步」、工業的「文明」，鄉村的農業社會、自然環境才是應該守護、值得懷念的。從人和土地的互動，對自然的愛護到被迫離開土地或者把土地變成公路，把田園變成工廠，河流遭到汙染，動物遭到拘捕，許達然將「鄉土」的意義對應到整個生活方式的思考，彰顯人對鄉土的強烈附著性，讓「土地」承載的意義更繁複。他將地方書寫轉換成臺灣的縮影，受到社會影響後的「我」，記錄文化的演繹累積，用鄉土的變遷折射歷史的滄桑。

　　應鳳凰（1950～）曾經分析許達然散文創作的時代背景，認為臺灣文學場域在 1970、1980 年代之交，經濟快速發展，臺灣文學思潮從「鄉土」到「本土」的轉化過程中，1979 年許達然也出版了散文集《土》。1980 年前後的文壇背景與社會狀況，足以作為詮釋許達然主要散文書寫策略及藝術風格的環境背景。[7]他站在原住民的立場、站在被殖民者的立場、站在被壓抑者的立場，從歷史的鏡子裡看臺灣的身影。例如 1977 年的〈順德伯的竹〉：

　　　　祖先艱苦種的，防禦過土匪，抵抗過外番，死了又栽。沒人能砍下那種
　　　　拓荒反抗的精神吧！……古早造反，用竹竿掛旗，政府都沒對竹生氣。
　　　　日本仔卻逼我阿公砍除，……其實是怕臺灣人圍著籬笆繼續抗日。……
　　　　只因把自己比做竹，順德伯就有昇華不起來的固執。[8]

　　藉由「竹」的意象，強烈傳達面貌模糊但意識強烈的小人物堅忍形

---

[6]許達然，〈清明〉，《土》，頁 141。

[7]應鳳凰，〈論許達然散文的藝術性與臺灣性〉，《許達然散文精選集》（臺北：前衛出版社，2011 年7 月），頁 378～414。

[8]許達然，〈順德伯的竹〉，《土》，頁 12～13。

象，間接寫政經權力的轉換；竹子和種植竹子的土地，被形塑為人民生活狀況的修辭隱喻。又如 1978 年的〈奇〉[9]，寫少年參加永安宮佛祖巡境的經驗，舉著旗子卻不知道目的為何，由此聯想到過去百年的臺灣歷史；社會的信心、政治的信念，讓人民自願舉起旗子前進。民間信仰透過儀式維持，社會的和政治的目標則透過人民的眼睛、人民的旗子指出方向，看見未來。1979 年的〈草寮〉[10]也有類似的主題和書寫策略，以草寮和住在草寮居民的生活為中心，刻畫自從鄉土情感流行後，沒有鄉土意識的人也利用鄉土了，真正「土」的人什麼都賺不到。如果回到「南方」[11]，如果可以誇示歸返家園身心和靈魂都得以安頓的愉悅，空間召喚著行動，檢點熟悉的景象、舊物，重複著昔日的活動，重溫留駐在這些場所的時光。又如〈亭仔腳〉，追溯空間景觀背後，歷史上的臺灣、拓荒者的血汗：

> 亭仔腳象徵開拓者一齊伸出的手臂，共同豎起的懷念。……亭仔腳卻有十七世紀的樸素，十八世紀的實用，十九世紀的浪漫和二十世紀的舒適。[12]

他對照美國與臺灣，美國街上的屋簷和柱子撐著自家屋頂，臺灣的亭仔腳則親切溫暖，為行人遮風避雨。他凝視物件與空間感覺，書寫是社會事與實踐的途徑。許達然眺望家鄉，用散文讓有限的個體與群體結合、建造人民生存的價值。懷念的場所浸潤著原初的情感，感受聯繫著這些場所的幸福，逡巡於記憶與現實的邊界，人文精神和鄉土情懷豐盈了他的散文。

早期許達然的抒情風格，可以從第二冊散文集《遠方》序文開始延伸

---

[9]許達然，〈奇〉，《水邊》（臺北：洪範書店，1984 年 7 月），頁 49～51。

[10]許達然，〈草寮〉，《水邊》，頁 63～65。

[11]范銘如，〈當代臺灣小說的「南部」書寫〉，《文學地理：臺灣小說的空間閱讀》（臺北：麥田出版公司，2008 年 9 月），頁 214～225。論文分析當代小說，筆者則由此開始聯想所謂的「南方」對於許達然散文是一個更廣闊的抽象空間及歷史概念，不僅限於他的家鄉臺南。

[12]許達然，〈亭仔腳〉，《土》，頁 23。

觀察。他自述「一直想從貧乏的生命裡榨擠點什麼。……外在世界一直很
狹窄，只好以沉思擴展內在世界。也許因為這是我所熟悉的，不知不覺中
我總是在描繪這內在世界。想的雖是我，主角不一定是我。」[13]到了 1970
年代末期，散文書寫策略開始有明顯的轉變，聚焦於臺灣的歷史發展、人
文風貌的反思。他認為文藝工作者必須出來表達，批判戒嚴時期的政治，
參與改革者被刑求、被囚禁，人應該靠著表達來實現現實，拒絕沉默。[14]他
把地方與個人連結，人物的成長、尋根，側寫鄉土景致變遷、社群情感、
文化風俗的牽繫，讓地方史與個體生命交織。許達然站在農民的立場，看
農夫在土地上輪耕著歷代的苦楚，在工業的入侵之下，生產者變成犧牲
者。機器的加入，讓人與人的關係疏離，也造成城鄉差距。「我」從鄉土走
來，持續關懷臺灣的農村土地隨著政府的減租政策等，以及工業先進國家
的經濟入侵等議題。應鳳凰曾評價許達然散文從早期的抒情風格，關注內
在的情感，到專注探討土地與人生的緊密聯繫，對現實世界作清晰的觀
察，擷取創作的素材。[15]他以深刻的哲思，試圖用文學改革社會，展現切入
現實的強烈意欲。

　　1980 年代以後，許達然書寫鄉土與歷史的策略，由陳跡追溯地方文化
淵源，反思臺灣對外族、或外國關係的歷史。他在 1980 年代中期受訪時提
及，目前的鄉土文學大多表現無助感、哀憐，可惜仍缺乏寫出原住民及
1949 年以來選擇臺灣的人的困境與心聲。希望臺灣作家有勇氣作時代和社
會的見證者和批判者，在歷史與文化下反省並鼓勵自己。[16]1985 年之後，
許達然散文創作又開創了新的藝術風格。他將空間經驗和個體的經驗合
併，成為主體的歷史和記憶，例如 1985 年的〈房屋在燃燒〉：

---

[13]許達然，〈簽署——代序〉，《遠方》，頁 1。
[14]許達然，〈表達〉，《吐》（臺北：林白出版社，1984 年 6 月），頁 17～20。
[15]應鳳凰，〈論許達然散文的藝術性與臺灣性〉，《許達然散文精選集》，頁 378～414。
[16]〔春風〕，〈文學與政治的歧途——訪許達然先生談臺灣現代文學〉，《春風》第 1 期（1984 年 4
　月），頁 10～19。

我們只要繁榮，繁榮，繁榮，榮煩了就焚起來。在這家，我們從土埆造
住到水泥屋，便所從外面移入，情感自裡面搬出。聲音從祖先背漢文念
日文轉到我們學漢語英語忘記母語。[17]

人的生活雖然便利了、街道繁榮了，語言也從漢文、日文到英文，語言的
斷裂和居住方式的不同，隱喻臺灣人經歷過日治時期直到戰後的語言變
遷。又如〈名〉[18]、〈清白〉[19]兩篇可以對照討論，許達然分析臺灣人取名
喜歡表達各種譬喻和期望，臺灣人經歷了日治時期，帶著被殖民的悲憤。
走出了悲憤之後，卻自願在崇洋的氣氛中，把自己的名字改成洋名「僵」、
「力殺」、「難洗」！被顛倒的不只是姓名，還有觀念、意識和良心，正如
同黑人接受白人給的姓名，就再也找不回非洲的原始。姓名是一種認同，
承擔著歷史的痕跡。姓名的聲音與符號的意義，延伸出對臺灣殖民經驗和
現代西化思想的討論。方瑜（1945～）認為此一時期的許達然，善於經營
篇章，詞語的選擇安排，散文對勞苦沉默的人、被切割竄改的歷史，有深
切的憤怒與同情，對於個人主義評價不高，且有時過於激切。[20]論者王韶君
認為許達然散文在對家鄉的追憶中呈現對農村都市化後的不同景致，例如
〈路〉、〈防風林〉，當外在環境的問題浮現之後，許達然也刻畫人對人的關
懷逐漸稀薄，由表象深入核心本質，掌握空間感甚於時代感的強調。[21]1990
年的〈去看壯麗〉[22]亦然，海給予他歷史的聯想，四百年前漢人航海而來，
奮鬥建立新社會，可是島卻因為貪婪與權利而處處受創。島嶼的最南端，
對於不是此地居民的官僚卻將此地當作發電與發財的起點。即使飄洋過
海，人還是不能離開自己生長的土地。海的變動與流動，隔絕與飛越，都

---

[17]許達然，〈房屋在燃燒〉，《同情的理解》（臺北：新地出版社，1991 年 7 月），頁 170。
[18]許達然，〈名〉，《吐》，頁 25～28。
[19]許達然，〈清白〉，《吐》，頁 95～97。
[20]方瑜，〈孤獨者的素描冊〉，《中國時報》，2002 年 3 月 24 日，23 版。
[21]王韶君，〈剖析現實的層理：論許達然散文中的人間表象〉，《臺北師範學院臺灣文學研究所——
　　第二屆研究生學術研討會》（臺北：臺北師範學院臺灣文學研究所，2005 年 5 月）。
[22]許達然，〈去看壯麗〉，《同情的理解》，頁 9～12。

是為了尋找、回歸有情的土地，藉由海的變動特質對應土地的穩定。

　　臺灣歷經從農業到工業社會的過渡與改變，身處異鄉的許達然，書寫臺南、臺灣甚至擴大到整個「鄉土」概念的時候，物我的流轉與人事的感傷成為內在的矛盾。近鄉情怯，如果農耕生活的勞苦必須改善，改善的結果是失去與土地的血脈相連之感。他以歷史的視角，觀察與刻畫鄉土的文化記憶。他從來沒有忘記農村和鄉土，土地與人的關係、大自然與人的親密，都是《人行道》書中比較清晰的脈絡。許達然用字簡潔，鮮少對事物有直接激烈的批評，常以片段的對話塑造情節。簡單的意象刻畫人物和心境，勾勒出人類在資本主義的壓迫之下，失去土地也失去自我的異化現象。中年以後的許達然，在書寫策略上，「我」對歷史與社會展現更強烈的自覺意識，以冷筆寫熱情。

參、藝術風格

　　許達然有兩套筆墨，寫嚴肅的歷史和文學論述，也寫抒情的詩文創作。〈想巷〉[23]、〈那泓水〉[24]流露對農民與勞動者的同情，〈普渡〉[25]、〈土〉[26]寫原鄉情結，從他的論述中可以進行對照，探討其創作的脈絡。1982 年，他在美國計畫和幾位朋友組成「臺灣文學研究會」，楊逵（1906～1985）赴美時得知消息，也鼓勵有加，後來研究會在洛杉磯成立，主張以西方文學社會學的理論研究臺灣文學。1983 至 1984 年許達然在臺灣，此時出版的《吐》收錄的多半是鄉土文學論戰之後撰寫的篇章。他在 2001年獲得吳三連文學獎之後曾在接受訪談時提及，雖然當時很希望將社會學或文學社會學帶到臺灣的文學研究之中，但「臺灣文學」一詞在官方認為不妥，因此在當時並沒有立刻進行相關的方法論的研究。[27]他自述在牛津大

---

[23]許達然，〈想巷〉，《土》，頁 45～49。
[24]許達然，〈那泓水〉，《水邊》（臺北：洪範書店，1984 年 7 月），頁 5～7。
[25]許達然，〈普渡〉，《土》，頁 95～101。
[26]許達然，〈土〉，《土》，頁 145～150。
[27]莊紫蓉，〈在文學與歷史之間〉，《面對作家——臺灣文學家訪談錄（二）》（臺北：吳三連臺灣史

學研究經濟社會史時，在思想方面比較傾向社會主義，希望政府可以照顧資源較少的群體，儘管社會不可能公平，仍然期望建構一個有良心的社會。這些觀點可以對照許達然的論文，如何同時以創作和論述，建構與實踐文學觀。〈臺灣的文學與歷史〉[28]提到臺灣的文學發展，尤其是 1945 年以後，更與社會、政治、歷史緊密連結。人在社會、歷史和文化中存在，寫作時這些元素都會有意無意地遷入和介入構思。〈介入文學〉[29]則主張作者有意識、責任感和立場填寫人物介入人生和社會內容的文本。作者在歷史意識、集體記憶和個人判斷的歷史情境裡，追尋和介入。在社會情境中，介入文學是自我和社會的對話記錄。人離不開語言、思考就是表述，都在語言裡。人在語言裡存在、思考、行動，寫下個人或社會經驗和意識，以及權力關係。

　　在每一冊散文集中，許達然很少寫自己的事或生活瑣事。中國大陸出版的《藝術家前》、《芝加哥的畢加索》、《遠近集》、《為眾生的悲心》皆為散文選集，文本多半選自《土》、《水邊》、《吐》，呈現許達然 1970 年代末期至 1990 年代的創作成果。其中《遠近集》[30]有作者簡短的自序，提到這本書寫所思臺灣，也寫海外所看，寫臺灣時用些臺灣話，希望方言的應用可以豐富文學的表達。在大陸出版的選集，都收錄了〈感到，趕到，敢到──散談臺灣的散文〉。這篇評論文章寫作於 1977 年 6 月，最初發表於《中外文學》，顯然被視為許達然最早以文學史視角剖析臺灣散文發展的重要論述。他將臺灣的散文分為雜文、抒情文、小品文、遊記，以此標準觀察，他個人的創作多半是雜文，充滿人生觀察與社會批評，從諷刺到幽默，的確「感到」、「趕到」、「敢到」，用大家的語言抒發大家的情思，寫實的意蘊比只寫自己的抒情、自己的感受更有意義。他寫出自己的觀察、隱喻消息的篇章，因為文學是社會事業，寫作不可能擺脫社會。他寫農民、

料基金會，2007 年 4 月），頁 306～344。

[28]許達然，〈臺灣的文學與歷史（下）〉，《臺灣文藝》第 114 期（1988 年 11～12 月），頁 78～93。

[29]許達然，〈論介入文學〉，《新地文學》第 1 期（2007 年 9 月），頁 9～40。

[30]許達然，《遠近集》（北京：中國友誼出版公司，1988 年 5 月）。

工人的辛勞，寫他們努力工作，人與生產之間的疏離感，延伸到臺灣社會上，隨著全球化、資本主義化、商品化，人際關係疏離，關係物質化，人民期望的和現實有差距，在經濟社會的轉型期間，就產生了疏離感。郭楓（1933～）曾經評論許的寫作態度，認為作家要成為時代的證人和社會的良心，必須看作家具備的人格，而人格是本性與學養的總和。[31]郭楓高度肯定許達然在學術與創作之間的結合，從歷史中尋找民族與社會問題的出口。

許達然的散文關注被忽視和歧視的對象，弱勢的小人物和團體，觀察社會問題包含被殖民的困境、經濟制度的剝削、階級的壓榨和社會的兇殘等。作者省思自己的存在，同時關懷別人的存在。散文中的「我」肩負社會責任感，領悟自己的存在也對別人的存在負責，傳遞關懷。例如《人行道》，多半探討種族、文明、壓迫者與被壓迫者的問題。「我」細膩剖析了臺灣如何面對工業化、都市化，富有省思和批判的意義。文本透顯積極的態度和明確的目標，建構個人和群體的主體性。他用散文有意識的參與和行動，進行個人和情境相互介入的敘述，實踐了「介入文學」。20 世紀臺灣介入文學的內容中，描繪的主題是疏離，敘述的主題是抗議，企圖主觀的揭露、諷刺、批判現實，敘述人物的介入、介入的動機、有主體性的建構。[32]以此對照，許達然的散文，提到城鄉差距、都市開發、文明進步等，都談到人與人之間離開鄉土的疏離與不安。他個人抗議著文明對自然的殘害，抗議著資本主義對農村和農耕生活的破壞，以及傳統價值觀的崩毀。

對於資本主義社會的弊病，許達然有透澈的認識。他旅美多年，書寫異國生活所見所聞的篇章並不多，較重要的是 1970 年代的〈山河草〉[33]以及 1980 年代的〈臨時工〉[34]、〈上街〉[35]等。「我」感受到的是美國生活的

---

[31]郭楓，〈人的文學與文學的人——許達然散文藝術初探〉，《人行道》（臺北：新地出版社，1985 年 5 月），頁 5～6。
[32]許達然，〈論介入文學〉，《新地文學》第 1 期，頁 9～40。
[33]許達然，〈山河草〉，《土》，頁 3～7。
[34]許達然，〈臨時工〉，《水邊》，頁 155～157。
[35]許達然，〈上街〉，《同情的理解》，頁 69～71。

秩序與規律，人際關係的疏離與冷漠。河流和草地雖然乾淨，卻隔離了大
學與貧民區，大學裡有知識分子討論著社會意識，無視於貧民區的存在。
被壓迫者永遠是被壓迫者，失業者和飢餓者只能吶喊，遊行也無濟於事。
他寫的是希望與同情，寫的是毀壞。例如〈疊羅漢〉[36]、〈疼〉[37]等篇章，
寫無錢無權之人，對自己的人生無從選擇，只能在有限的資源中被迫作選
擇。他相信臺灣人活著就要選擇，選擇也是奮鬥，人應該拒絕作弱者；臺
灣人會選擇當勇士，選擇清醒，選擇勇敢和民主。他的散文分析工業化社
會中，機器逐步代替人力，看似使人類生活方便輕鬆，思考卻逐漸僵化。
科學已經進步到迷信，任何事物都依賴機器，改變了農耕的生活方式，人
與人之間的距離也隨著科學進步而愈來愈遠。社會分工不一定公平，受剝
削的往往是對社會貢獻最多的工作者。付出努力的人，卻比機器更機械。
個人主義的時代，許達然用冷靜的眼光，看待人類在量化的計算中，忽略
奉獻的本質。他善於辨析科學發展對人與文化造成的衝擊，科學造出工
具，卻也把人當成工具。文化的流失、人心的轉變，人存活的恐懼，是政
治與科學帶來的恐懼。人在市場的交易機制中，不得不依賴消費，藉此獲
得物質，可是付出的代價是失去自我。作家關懷並參與社會，批判資本主
義對人心與人性、對土地與自然的傷害。資本主義的生產關係，物質的發
展讓人也物化了，人發明機器反而被機器吞噬。批判的目的是奮鬥，作家
的筆帶著讀者看出生產關係和政治制度的問題，希望讓讀者知道文明發展
伴隨而來的是自然生態的破壞。散文肩負了文化批判的責任，根植本土，
肯定人的尊嚴與生存價值。

　　散文中的對話，能塑造簡短的情節，許達然以此引導讀者。他以詩寫
散文，融合寓言的技巧，擷取對話，以小人物的視角訴說農村面臨的衝
擊，以及人心與人性的質變。〈夜歸〉[38]的阿祥將土地賣掉，建商準備投資

---

[36]許達然，〈疊羅漢〉，《水邊》，頁35～36。
[37]許達然，〈疼〉，《人行道》，頁41～43。
[38]許達然，〈夜歸〉，《人行道》，頁3～5。

蓋樓房。阿祥認為自己已經不如一隻小鳥，鳥還可以選擇自己喜歡的樹築巢，他的土地上已經建造了新房子，但他卻連租都租不起。阿祥和「我」的對話中，質疑歷史只記錄了前人的錯誤和智慧，與書為伍有何意義？「我」從阿祥身上，看到了書本和歷史沒有告訴我們的事。〈番薯花〉敘述一位販售烤番薯的老人和顧客的對話，從味覺到視覺，討論起番薯和臺灣人的歷史。番薯 1602 年「渡海來臺」，早已臺灣化的蕃薯，適應了這美麗的土地，具體的和抽象的番薯，都和臺灣相似。作者引伸番薯的特質，歌頌臺灣人在困阨的環境中生長，深植於土地上，為了活下去，根就入土更深。從吃番薯的小事延伸到臺灣人與番薯的相似，鋪陳的小故事隱喻著許達然凝望家鄉的眷戀之情。郭楓認為許達然的散文富含作者對土地血脈相連的關懷、對整個臺灣關懷的取樣；許達然的筆，指控臺灣社會在外來侵略和內在剝取下的困境，批評人生的物化。他的散文有鄉土的根性，作者心靈的歸趨，在於土地和人民，真實地反映社會變化的面貌。[39]〈東門城下〉[40]也運用類似的書寫策略，以對話鋪陳東門城附近賣吃食的小生意人，因為謀生困難無屋可住只好在可能坍塌的城牆下搭建違章建築，暫住此處。有一天城牆塌陷，壓死了住戶，壓垮他們搬出窘困的盼望。東門城是清代的古蹟，許達然藉著圍觀群眾之口，探討古蹟在城市中的現實意義：如果人民只是尋找遮風蔽雨的希望，城牆塌了，歷史的塵土壓在無屋可住的人身上。少年的「我」只能被警察推開，離開東門城，離開歷史現場。

　　1970 年代末期以來至 1980 年代中期的文本中，可以發現許達然常在散文中拆解文字的形、音、義，用相關字詞延伸出更深的文化意蘊。例如〈閒〉圍繞「錢和閒」的字音開展，西洋文學和中國古典文學中，希臘人說「不閒是為了閒」，中國古代文人有時利用閒作消極的抗議。他藉此勸勉人無論如何都應該努力，文明並不是閒人所造，必須滴下汗水，培養變革

---

[39]郭楓，〈人的文學與文學的人──許達然散文藝術初探〉，《人行道》，頁 5～6。
[40]許達然，〈東門城下〉，《人行道》，頁 47～51。

的意志。[41]他用同音字衍生或者拆解詞語，鍛造繁複的藝術表現。例如「把失意攬成詩意」[42]、「有錢的蕧人，他們欺人壓人還要人捧他們有仁」[43]、「我們發現現代是陷袋，人類活到現代都不願掉入陷袋」[44]這樣的技巧，造成閱讀時必須停下辨別音義的短暫停滯效果，引發讀者更多的興味，有時運用太繁複，就會略顯牽強，例如「我們也很得意我等等於電的子女，不必叫爸就乾玩，還被玩得很甘心。」[45]〈看弄獅〉[46]是論者最常探討的漢字音義諧趣文本，開篇就是「懂懂懂。攏統搶，侵同搶，統統搶；搶搶搶。」、「攏同腔，籠同殭」都是巧妙的運用藉由舞獅反思民間藝術，希望能夠守護自己的民族傳統，穿西式的鞋子也要走自己的步履。本文多以幽默諷刺的諧音、挪用變化字義來增加散文的後現代效果，卻也偶有流於過度造作的詞語，例如試圖用「舞、武、侮」三字的變化，卻寫出「民間每年都扛著獅子上街侮侮冬，舞舞春，但越來越脫離鄉村」矛盾的語法與文白夾雜的特質，卻因為過多的變化而稍稍陷於文字遊戲的窠臼之中。透過方言的穿插，散文成為一種論述，論述不是只有許達然主觀意識的獨白，也是社會和歷史情境的成品。許達然在詩集《違章建築》前序中自述文學態度：「當然不是寫著玩的，要玩就不寫了。生命尋求佳句，佳句在生活與思考裡——最好可能是時代與社會的見證、想像及批判。」[47]他以詩的語言融入散文，例如〈島鳥〉：

鳥聲無法剪貼，但可踩著散步。[48]

---

[41]許達然，〈閒〉，《吐》，頁 109～113。
[42]許達然，〈雨〉，《吐》，頁 115。
[43]許達然，〈錢〉，《吐》，頁 120。
[44]許達然，〈給「能」〉，《吐》，頁 103。
[45]許達然，〈給「能」〉，《吐》，頁 102。
[46]許達然，〈看弄獅〉，《土》，頁 133～138。
[47]許達然，《違章建築》（臺北：笠詩刊社，1986 年 2 月）。
[48]許達然，〈島鳥〉，《同情的理解》，頁 117。

論者趙天儀（1935～）、李魁賢（1937～）等人，肯定他的詩化散文的精神層面意義，但也認為他雖然抱持對文學藝術理念的經營堅持，以語言的壓縮和意象的強化，形成風格特色，卻也破壞文字的清晰統一。[49]他對自己使用的語言有信心，增強創作介入文學的使命感。正如同他自己所言，介入文學作品是表達對社會的關懷和責任，對人間現實的投入，寫作者對存在和社會負責，堅持信念和立場。

　　〈失去的森林〉[50]曾經被收錄於教科書，所以許達然也成為知名的「課本裡的作家」。散文以動物為題材，比喻人類的處境，例如 1970 年代末期創作的〈森林〉[51]、〈牛墟〉[52]、〈無地〉[53]等。情節較為完整的是〈鴨〉[54]，養鴨謀生的男子，眼見農村遭到工業侵略，河川汙染，連養鴨都成問題；鴨子被人宰了人並不是恨鴨，卻宰了鴨，人不敢吃自己所恨的，因為沒有能力反抗，只好離開鄉村到都市做工，但是絕不忍受欺壓。又如〈戮〉[55]，溫馴的鹿不得已必須不斷逃竄躲避，驚惶的鹿，指涉著受到漢人侵擾的原住民；「鹿／戮」諧音，諷刺居住在平地的漢人自恃身為「文明人」，掠奪原住民的自然資產。1980 年代中期許達然曾返臺居住一段時間，回到美國之後的散文創作，更常用動物比喻人類的處境。例如〈駱駝和山羊〉[56]、〈採訪〉[57]、〈榨〉[58]、〈寵物〉[59]、〈鹿苑故事〉[60]等，動物生長在自然之中，卻因為人類的工業發展和經濟需求，對大自然的過度破壞，動物的生存受到威脅。被壓迫的動物失去了家園，失去了性命，正如同被壓迫的弱

[49]許達然、趙天儀、李魁賢等人，〈許達然詩與散文討論會〉，《文學界》第 11 期（1984 年 8 月），頁 4～20。
[50]許達然，〈失去的森林〉，《土》，頁 33～38。
[51]許達然，〈森林〉，《水邊》，頁 137～139。
[52]許達然，〈牛墟〉，《水邊》，頁 53～57。
[53]許達然，〈無地〉，《水邊》，頁 113～116。
[54]許達然，〈鴨〉，《土》，頁 127～132。
[55]許達然，〈戮〉，《土》，頁 103～107。
[56]許達然，〈駱駝和山羊〉，《同情的理解》，頁 101～102。
[57]許達然，〈採訪〉，《同情的理解》，頁 110～112。
[58]許達然，〈榨〉，《同情的理解》，頁 113～114。
[59]許達然，〈寵物〉，《同情的理解》，頁 122～124。
[60]許達然，〈鹿苑故事〉，《同情的理解》，頁 93～94。

勢者或少數族群的遭遇。動物指涉人類在社會化的過程中，遺落了原本的天真情懷，增加了貪婪與自私、探討人類在異化的過程中被剝奪身心靈自由，或者被利用後遭到拋棄的悲慘命運。

如果帶有評論性質的序文，也可以視為一種散文創作，那麼 2010 年許達然為《郭楓散文精選集》撰寫的序文，評價郭楓的散文成就，也透顯他個人在這個階段的散文理念。他認為郭楓的散文世界是對時代、社會與文化的觀察、思考及批判。他主張散文藝術應兼顧結構和語言，散文精神應與歷史和人民有關，以藝術論的手法剖析郭楓散文藝術風格的特質。[61]對照許達然創作成果，以抒情的題目、豐富的意象，挖掘嚴肅的議題，探討不正常的社會結構、不公平的社會關係，兼具藝術性與批判性。從這篇序文的美學角度，正可以印證他對於散文的文學及社會功能的期許。在質樸的描述中，展現作者的熱誠關懷與冷靜分析，融合藝術與思想。許達然的散文帶領讀者思考和批判，他的關懷從個人的呼吸轉移到社會與歷史，散文中的「我」勇於批判現實，傳遞熱情關懷臺灣的訊息。

肆、結語

許達然的散文書寫，從個人到社會，離開家鄉愈遠，關注的議題也愈廣闊。許達然在戰後臺灣文學史上的獨特地位，陳芳明（1947～）認為他是鄉土文學運動中受到最多矚目的散文家。他 1970 年代以後的文風變化，打破語法，嘗試在靜態的文字滲入泥土風味。他不純然寫鄉土，扮演冷靜旁觀的注視者，瞭望臺灣社會政治經濟的變化。他的重要，其實在進行一場寧靜的革命，對於現代主義運動以來，文字精緻化與私密化的現象，刻意反其道而行。這是臺灣散文的一枝奇筆，也是相當寂寞的孤筆。[62]張瑞芬（1962～）則將許達然與同樣出生於 1940 年，同樣畢業於東海大學的楊牧

---

[61]許達然，〈《郭楓散文精選集》序〉，《新地文學》21 世紀世界華文文學高峰會議特刊（2010 年 3 月），頁 38～49。

[62]陳芳明，〈1970 年代臺灣文學的延伸與轉化〉，《臺灣新文學史》（臺北：聯經出版公司，2011 年 10 月），頁 576～577。

（1940～）作為對照座標。楊、許兩人一生所走的的文學軌跡是反向的精神道路。許達然是戰後以社會主義、人道關懷，和余光中（1928～）、楊牧式抒情美文分闢蹊徑的領導者，吳晟（1944～）、陳列（1946～）、蕭蕭（1947～）等人繼之，再晚一點才是阿盛（1950～）、林雙不（1950～）等人。[63]許達然散文藝術風格在《含淚的微笑》與《遠方》時期，抒情意味濃厚，在玄想中帶有哲理的思考。筆者認為《土》之後的散文藝術風格，從個人情思的書寫轉變到關懷臺灣社會與人文現象，展現書寫策略的蛻變與創新。早期的抒情風格，逐漸趨向於真摯的質樸文風。作者以尊重和愛，為家鄉人民的生活做見證。中後期的散文彈性改造運用六書的法則，駕馭文字，鍛造出許多嶄新的雙關語，語言的形式濃縮，意境更加廣闊。對照他大學時代寫下的〈自畫像〉和 2001 年已是資深學者時受訪的說法，可以發現他經過了多年的學術訓練與實踐，歷史是一種解釋，文學和歷史可以連在一起，歷史不是絕對的，主觀的成分很高。他要在冷酷的人間吹成一股熱風，秉持著一貫的文學信仰，堅信社會意識可以滋潤人性，用文學介入社會，不為名利而寫，不攀附權勢，要堅持立場。[64]他相信文藝的力量，筆下的「我」以冷靜的語言、熱情的心靈看待外在世界的變遷，透顯創作對群體的責任感。許達然近年散文創作較少，期待他能夠繼續為讀者、為他所愛的臺灣，創作更多精采的篇章。

參考文獻

一、文本

・許達然，《含淚的微笑》，臺北：遠行出版社，1978 年 6 月。此書 1961 年 12 月由臺北野風出版社初版，因無法尋得，本文引用遠行版。

・許達然，《遠方》，高雄：大業書店，1965 年 9 月。

---

[63]張瑞芬，〈沉默的吐露者——許達然的社會關懷與文學〉，《許達然散文精選集》，頁 358～377。

[64]應鳳凰，〈星與土與吐——素描許達然〉，《鹽分地帶文學》第 7 期（2006 年 12 月），頁 140～149。

- 許達然，《土》，臺北：遠景出版社，1979 年 6 月。
- 許達然，《吐》，臺北：林白出版社，1984 年 6 月。
- 許達然，《人行道》，臺北：新地出版社，1985 年 5 月。
- 許達然，《水邊》，臺北：洪範書店，1984 年 7 月。
- 許達然，《違章建築》，臺北：笠詩刊社，1986 年 2 月。
- 許達然著；王晉民、莫文征編選，《芝加哥的畢加索》，南寧：廣西人民出版社，1987 年 8 月。
- 許達然，《遠近集》，北京：中國友誼出版公司，1988 年 5 月。
- 許達然，《藝術家前》，北京：中國文聯出版社，1989 年 4 月。
- 許達然編，《臺灣當代散文精選（1945～1988）I》，臺北：新地出版社，1990 年 6 月。
- 許達然編，《臺灣當代散文精選（1945～1988）II》，臺北：新地出版社，1990 年 6 月。
- 許達然，《同情的理解》，臺北：新地文學出版社，1991 年 7 月。
- 許達然，《懷念的風景》，臺南：臺南市立文化中心，1997 年 5 月。
- 葉笛編選，《許達然集》，臺南：國立臺灣文學館，2009 年 7 月。
- 應鳳凰編選，《許達然散文精選集》，臺北：前衛出版社，2011 年 7 月。
- 許達然，《為眾生的悲心》，青島：青島出版社，2013 年 10 月。

二、評論

- 許達然，〈感到，趕到，敢到——散談我們的散文〉，《中外文學》第 6 卷 1 期，1977 年 6 月，頁 185～191。
- 羊子喬，〈談散文的意象：試評許達然散文集《土》〉，《書評書目》第 91 期，1980 年 11 月，頁 60。
- 〔春風〕，〈文學與政治的歧途——訪許達然先生談臺灣現代文學〉，《春風》第 1 期，1984 年 4 月，頁 10～19。
- 許達然、趙天儀、李魁賢等人，〈許達然詩與散文討論會〉，《文學界》第 11 期，1984 年 8 月，頁 4～20。

- 楊渡，〈冷箭與投槍──讀許達然散文的隨想〉，《臺灣文藝》第 95 期，1985 年 7 月，頁 51～60。

- 李源，〈一首現代社會的悲愴曲──評許達然的散文（上）〉，《臺灣文藝》第 112 期，1988 年 7～8 月，頁 97～103。

- 李源，〈一首現代社會的悲愴曲──評許達然的散文（下）〉，《臺灣文藝》第 113 期，1988 年 9～10 月，頁 83～93。

- 許達然，〈臺灣的文學與歷史（下）〉，《臺灣文藝》第 114 期，1988 年 11～12 月，頁 78～93。

- 許達然，〈臺灣的文學和歷史〉，《新地文學》第 1 卷第 1 期，1990 年 4 月，頁 6～31。

- 羅秀菊，〈同情的理解──我對許達然散文的理解〉，《臺灣文藝》第 155 期，1996 年 6 月，頁 47～52。

- 李癸雲，〈與書為伍的生命──談許達然的文學歷程與散文特色〉，《明道文藝》第 302 期，2001 年 5 月，頁 155～161。

- 方瑜，〈孤獨者的素描冊〉，《中國時報》，2002 年 3 月 24 日，23 版。

- 楊錦郁，〈晶瑩的鏡·默看喧騰〉，《聯合報》，2002 年 1 月 21 日，30 版。

- 廖玉蕙，《打開作家的瓶中稿──再訪捕蝶人》，臺北：九歌出版社，2004 年 5 月。

- 王韶君，〈剖析現實的層理：論許達然散文中的人間表象〉，《臺北師範學院臺灣文學研究所──第二屆研究生學術研討會》，臺北：臺北師範學院臺灣文學研究所，2005 年 5 月。

- 李玉春，〈許達然文學觀及其文學表現〉，臺北：臺灣師範大學國文學系在職進修碩士論文，2006 年。

- 應鳳凰，〈星與土與吐──素描許達然〉，《鹽分地帶文學》第 7 期，2006 年 12 月，頁 140～149。

- 陳淑貞，《許達然散文研究》，臺北：臺北縣文化局，2006 年 12 月。

- 莊紫蓉，《面對作家──臺灣文學家訪談錄（二）》，臺北：吳三連臺灣史料基金會，2007 年 4 月。

・許達然,〈論介入文學〉,《新地文學》第 1 期,2007 年 9 月,頁 9～40。

・許達然,〈葉笛的文學事業〉,《新地文學》第 5 期,2008 年 9 月,頁 205～232。

・范銘如,《文學地理:臺灣小說的空間閱讀》,臺北:麥田出版公司,2008 年 9 月。

・林美貞,〈郭楓、許達然與《新地文學》〉,臺中:逢甲大學中國文學所碩士論文,2010 年。

・許達然,〈《郭楓散文精選集》序〉,《新地文學》21 世紀世界華文文學高峰會議特刊,2010 年 3 月,頁 38～49。

・陳芳明,《臺灣新文學史》,臺北:聯經出版公司,2011 年 10 月。

──選自《漢學研究集刊》第 21 期,2015 年 12 月

──於 2017 年 11 月 18 日修改

輯五◎
研究評論資料目錄

作家生平、作品評論專書與學位論文

專書

1. 陳淑貞　　許達然散文研究　臺北　臺北縣政府文化局　2006 年 12 月　399 頁

本書為碩士論文出版，摘要及章節目次與論文同。正文後附錄〈許達然年表〉、
〈許達然散文作品發表目錄初稿〉、〈許達然單篇研究資料〉、〈在冬日的芝加哥
拜訪許達然〉。

學位論文

2. 陳淑貞　　許達然散文研究　臺北市立師範學院應用語言文學研究所　碩士論
文　李瑞騰教授指導　2002 年 7 月　192 頁

本論文探討許達然散文風格的轉變、文學參與情形，及其對文學所持的看法，並分
析其文學創作和文學理念之間的互涉關係。全文共 6 章：1.緒論；2.許達然的人生歷
程；3.許達然的文學生涯；4.許達然散文的主題；5.許達然散文的語言藝術；6.結
論。正文後附錄〈許達然年表〉、〈許達然單篇研究資料〉、〈在冬日的芝加哥拜
訪許達然〉。

3. 李玉春　　許達然文學觀及其文學表現　臺灣師範大學國文學系在職進修碩士
班　碩士論文　潘麗珠教授指導　2006 年 8 月　174 頁

本論文探討許達然文學觀的主要內涵，及其與文學表現間的繫連，亦分析其作品以
呈現其前後期文學表現不同之處。全文共 6 章：1.緒論；2.許達然的生平簡歷及文學
歷程；3.許達然的文學觀；4.許達然的文學表現（一）──去國之前；5.許達然的文
學表現（二）──再現文壇；6.結論。正文後附錄〈許達然生平大事及著作年表〉、
〈許達然研究資料〉。

4. 林美貞　　郭楓、許達然與《新地文學》　逢甲大學中國文學所　碩士論文
張瑞芬教授指導　2010 年　172 頁

本論文針對郭楓、許達然的寫作特色及《新地文學》的發展作論。全文共章：1.緒
論；2.新地文學的文壇地位與意義；3.郭楓、許達然的文學理念及表現異同；4.郭楓
的文學生涯與散文特色；5.許達然的文學生涯與散文特色；6.在地文學的延伸性意
涵。正文後有〈永恆的堅持〉、〈郭楓文學大事記〉、〈許達然文學大事記〉、
〈郭楓與許達然文學大事記〉、〈《新地文學》篇目表〉。

作家生平資料篇目

自述

5. 許達然　後記　含淚的微笑　臺北　野風出版社　1961 年 12 月　頁 123—124

6. 許達然　《含淚的微笑》後記　野風　第 159 期　1962 年 1 月　頁 40

7. 許達然　後記　含淚的微笑　高雄　大業書店　1970 年 6 月　頁 123—124

8. 許達然　簽署——代序　遠方　高雄　大業書店　1965 年 9 月　頁 1—2

9. 許達然　後記　遠方　高雄　大業書店　1965 年 9 月　頁 131—132

10. 許達然　再版前記　含淚的微笑　高雄　大業書店　1970 年 6 月　〔1〕頁

11. 許達然　感到，趕到，敢到——散談我們的散文　中外文學　第 6 卷第 1 期　1977 年 6 月　頁 185—191

12. 許達然　感到，趕到，敢到——散談臺灣的散文　吐　臺北　林白出版社　1984 年 6 月　頁 137—145

13. 許達然　感到，趕到，敢到——散談臺灣的散文　遠近集　北京　中國友誼出版公司　1988 年 5 月　頁 278—285

14. 許達然　感到，趕到，敢到——散談臺灣的散文（代序）　藝術家前　北京　中國文聯出版社　1989 年 4 月　頁 1—8

15. 許達然　感到，趕到，敢到——散談臺灣的散文（代序）　許達然散文精選集　臺北　前衛出版社　2011 年 7 月　頁 7—15

16. 許達然　詩歷・詩觀　美麗島詩集　臺北　笠詩社　1979 年 6 月　頁 223

17. 許達然　詩與文化的交流——關於《亞洲現代詩集》的出版——譯後感　臺灣時報　1983 年 3 月 12 日　12 版

18. 許達然　從感覺到希望——我對寫作的想法　文學界　第 11 期　1984 年 8 月　頁 21—22

19. 許達然　從感覺到希望——我對寫作的想法　遠近集　北京　中國友誼出版公司　1988 年 5 月　頁 286—288

20. 許達然　　散步日記　感人的日記　臺北　希代書版公司　1984 年 12 月　頁
　　　　　　　230—243

21. 許達然　　《人行道》後記　人行道　臺北　新地出版社　1985 年 5 月　頁
　　　　　　　175—177

22. 許達然　　《違章建築》序　臺灣詩季刊　第 8 期　1986 年 1 月　頁 23

23. 許達然　　序　違章建築　臺北　笠詩刊社　1986 年 2 月　頁 3

24. 許達然　　序　防風林　香港　三聯書店　1986 年 9 月　頁 1

25. 許達然　　序　防風林　廣州；香港　花城出版社；生活・讀書・新知三聯書
　　　　　　　店　1988 年 7 月　〔1〕頁

26. 許達然　　《遠近集》序　遠近集　北京　中國友誼出版公司　1988 年 5 月
　　　　　　　頁 3

27. 許達然　　同情的理解（序）　同情的理解　臺北　新地文學出版社　1991
　　　　　　　年 7 月　〔1〕頁

28. 許達然　　自序　許達然散文選　天津　百花文藝出版社　1991 年 8 月
　　　　　　　〔1〕頁

29. 許達然　　跋　四季內外——許達然散文選　廣州　花城出版社　1992 年 2
　　　　　　　月　頁 291

30. 許達然　　自序　相思樹　北京　北京師範大學出版社　1993 年 12 月　頁 1

31. 許達然　　幼稚的書　聯合文學　第 144 期　1996 年 10 月　頁 12—13

32. 許達然　　自序　懷念的風景　臺南　臺南市立文化中心　1997 年 5 月
　　　　　　　〔2〕頁

33. 許達然　　感想　第四屆府城文學獎得獎作品專集　臺南　臺南市立文化中心
　　　　　　　1998 年 6 月　頁 430

34. 許達然　　我的創作觀　自由時報　2002 年 1 月 24 日　39 版

35. 許達然　　五十多年前含淚的微笑　我的初書時代——臺中作家的第一本書
　　　　　　　臺中　臺中市文化局　2016 年 4 月　頁 70—75

他述

36. 彥　火　　現代的、民族的許達然　中報月刊　第 83 期　1983 年 2 月　頁 72
　　　　　—76

37. 〔文訊雜誌〕　　文苑短波——許達然埋首櫻花中　文訊雜誌　第 9 期　1984
　　　年 3 月　頁 6

38. 曹永洋　　絮根在泥土裡的硬竹　臺灣文藝　第 89 期　1984 年 7 月　頁 170
　　　　　—173

39. 曹永洋　　絮根在泥土裡的硬竹——許達然的散文風格　洪範雜誌　第 18 期
　　　1984 年 11 月　3 版

40. 〔文學界〕　　許達然簡介　文學界　第 11 期　1984 年 8 月　頁 23

41. 林明德　　許達然（一九四○—）　中國現代散文選析 2　臺北　長安出版社
　　　1985 年 3 月　頁 885—887

42. 〔編輯部〕　　作者簡介　防風林　香港　三聯書店　1986 年 9 月　頁 143

43. 〔編輯部〕　　作者簡介　防風林　廣州；香港　花城出版社；生活‧讀書‧
　　　新知三聯書店　1988 年 7 月　頁 170—171

44. 喻大翔　　臺灣散文家許達然、三毛印象　散文世界　1987 年 12 期　1987
　　　年 12 月　頁 55

45. 黃美惠　　詩人心許達然年輕敏感依舊　民生報　1988 年 1 月 17 日　9 版

46. 〔岩上主編〕　　許達然（1940—）　笠下影：1997 笠詩社同仁著譯書目集
　　　臺北　笠詩社　1997 年 8 月　頁 72

47. 林瑞明　　無形的文化資產——記第四屆府城文學獎〔許達然部分〕　臺灣
　　　日報　1998 年 5 月 21 日　27 版

48. 〔姜耕玉選編〕　　許達然　20 世紀漢語詩選（三）　上海　上海教育出版社
　　　1999 年 12 月　頁 352

49. 許敏溶　　許達然筆尖流露社會關懷　中央日報　2001 年 12 月 8 日　17 版

50. 南方朔　　序　素描許達然　臺北　新新聞文化公司　2001 年 12 月　頁 5—7

51. 顧爾德　　文學的許達然仍堅持創作　中國時報　2002 年 1 月 21 日　39 版

52. 徐碧霞　　凝視文學的雙眼——吳三連文學獎得主許達然　2001 臺灣文學年鑑　臺北　行政院文建會　2003 年 4 月　頁 136—137

53. 〔陳萬益選編〕　　許達然　國民文選・散文卷 2　臺北　玉山社出版公司　2004 年 8 月　頁 194

54. 郭　楓　　兩個老憨的熙然遇合——許達然與我的相知相惜　文訊雜誌　第 252 期　2006 年 10 月　頁 87—89

55. 莊紫蓉　　許達然　面對作家——臺灣文學家訪談錄（二）　臺北　吳三連臺灣史料基金會　2007 年 4 月　頁 303—305

56. 〔鹽分地帶文學〕　　前輩作家寫真簿——許達然：即使穿西式的鞋子我們也要走自己的步履　鹽分地帶文學　第 16 期　2008 年 6 月　頁 18

57. 〔封德屏主編〕　　許達然　2007 臺灣作家作品目錄　臺南　國立臺灣文學館　2008 年 7 月　頁 823—824

58. 陳紹銘、王貞元、陳彥年、黃彥霖、郭哲毓、陳逸婷、駱佳駿　　許達然在書與寫構築的世界　府城文學地圖 1 舊城區　臺北　遠流出版公司　2015 年 5 月　頁 204—257

訪談、對談

59. 楊　棄　　臺灣文學研究會與「鄉土文學」：訪許達然博士　夏潮論壇　第 10 期　1983 年 11 月　頁 77—80

60. 劉還月紀錄[1]　　參與行動走向開闊的大道——「臺灣文學討論會」紀實　自立晚報　1984 年 2 月 20—21 日　10 版

61. 許達然等　　參與行動走向開闊的大道——「臺灣文學討論會」紀實　黃得時全集 4　臺南　國立臺灣文學館　2012 年 12 月　頁 590—594

62. 〔春風〕　　文學與政治的歧途——訪許達然先生談臺灣現代文學　春風　第 1 期　1984 年 4 月　頁 10—19

---

[1]主持人：陳永興，向陽；與會者：陳若曦、許達然、楊青矗、楊逵、黃得時、鍾肇政、趙天儀、陳少廷；紀錄：劉還月。

63. 李魁賢等[2]　　許達然詩與散文討論會　文學界　第 11 期　1984 年 8 月　頁 4 —20

64. 許達然，非馬　　詩的對話　笠　第 128 期　1985 年 8 月　頁 68—81

65. 楊青矗[3]　　臺灣文學的世界性——與李歐梵、非馬、許達然、向陽對談　楊青矗與國際作家對話——愛荷華國際作家縱橫談　高雄　敦理出版社　1986 年 4 月　頁 417—448

66. 楊青矗等　　臺灣文學的世界性——楊青矗與李歐梵、非馬、許達然、向陽對談　笠　第 133 期　1986 年 6 月　頁 46—64

67. 酈白曼　　在美國訪問臺灣著名散文家許達然　文學知識　1986 年第 6 期　1986 年 6 月　頁 27

68. 酈白曼　　在美國訪問臺灣著名散文家許達然　臺灣當代文學　南寧　廣西人民出版社　1986 年 9 月　頁 494—498

69. 蔡珠兒採訪　　文壇老園丁：許達然——不怕落伍‧比鄉土作家更鄉土　中國時報　1991 年 9 月 20 日　35 版

70. 陳淑貞　　在冬日的芝加哥拜訪許達然　許達然散文研究　臺北市立師範學院應用語言文學研究所　碩士論文　李瑞騰教授指導　2002 年 7 月　頁 178—181

71. 陳淑貞　　在冬日的芝加哥拜訪許達然　許達然散文研究　臺北　臺北縣文化局　2006 年 12 月　頁 368—375

72. 廖玉蕙　　少戀心境‧多寫現象——許達然訪談錄（上、下）　自由時報　2003 年 3 月 10—11 日　35，39 版

73. 廖玉蕙　　許達然——少戀心境，多寫現象　打開作家的瓶中稿——再訪捕蝶人　臺北　九歌出版社　2004 年 5 月　頁 203—219

74. 莊紫蓉　　在文學與歷史之間——專訪許達然（1—4）　臺灣日報　2003 年 4

---

[2]與會者：李魁賢、許達然、趙天儀、李敏勇、陳明台、鄭烱明、林佛兒、羊子喬、楊青矗、林文義、呂昱、黃武忠、劉克襄、白樵、杜文靖；紀錄：吳俊賢。

[3]時間：1985 年 10 月 22 日下午 3 點，地點：芝加哥許達然家。主持人：楊青矗，與會者：李歐梵、許達然、非馬、楊青矗、向陽，紀錄：方梓。

月 16—19 日　25 版

75. 莊紫蓉　在文學與歷史之間　面對作家——臺灣文學家訪談（二）　臺北　吳三連臺灣史料基金會　2007 年 4 月　頁 306—344

76. 應鳳凰　星與土與吐——素描許達然　鹽分地帶文學　第 7 期　2006 年 12 月　頁 140—149

77. 張瑞芬　解釋學的春天——許達然的文學及其社會關懷　文訊雜誌　第 271 期　2008 年 5 月　頁 21—29

78. 張瑞芬　沉默的吐露者——許達然的社會關懷與文學　許達然散文精選集　臺北　前衛出版社　2011 年 7 月　頁 358—377

79. 張瑞芬　沉默的吐露者——許達然的社會關懷與文學　為眾生的悲心　青島　青島出版社　2013 年 10 月　頁 200—218

年表

80. 〔陳昌明編〕　許達然著作年表　懷念的風景　臺南　臺南市立文化中心　1997 年 5 月　頁 293—294

81. 陳淑貞　許達然年表　許達然散文研究　臺北市立師範學院應用語言文學研究所　碩士論文　李瑞騰教授指導　2002 年 7 月　頁 133—163

82. 陳淑貞　許達然年表　許達然散文研究　臺北　臺北縣文化局　2006 年 12 月　頁 250—343

83. 李玉春　許達然生平大事及著作年表　許達然文學觀及其文學表現　臺灣師範大學國文學系在職進修碩士班　碩士論文　潘麗珠教授指導　2006 年 8 月　頁 158—163

84. 〔葉笛編〕　許達然寫作生平簡表　許達然集　臺南　國立臺灣文學館　2009 年 7 月　頁 140—143

其他

85. 黃國禎　第二十四屆吳三連獎新科得主——許達然、陳維德、柯志明、吳華林　自由時報　2001 年 11 月 16 日　40 版

86. 江世芳　許達然散文，新新聞出版　中國時報　2002 年 1 月 14 日　12 版

作品評論篇目

綜論

---

[4]本文論許達然之寫作方法與文學觀點，並分析其詩中意象。

99. 郭　楓　　人的文學與文學的人——許達然散文藝術初探　人行道　臺北　新
　　　　　　　地出版社　1985 年 5 月　頁 1—20

100. 郭　楓　　人的文學與文學的人——許達然散文藝術初探　新書月刊　第
　　　　　　　21 期　1985 年 6 月　頁 14—18

101. 郭　楓　　人的文學與文學的人——許達然散文藝術初探　遠近集　北京
　　　　　　　中國友誼出版公司　1988 年 5 月　頁 289—303

102. 郭　楓　　人的文學與文學的人——許達然散文藝術初探　四季內外——許
　　　　　　　達然散文選　廣州　花城出版社　1992 年 2 月　頁 1—16

103. 郭　楓　　人的文學和文學的人——許達然散文藝術初探　美麗島文學評論
　　　　　　　集　臺北　臺北縣文化局　2001 年 12 月　頁 96—112

104. 楊　渡　　冷箭與投槍——讀許達然散文的隨想　臺灣文藝　第 95 期　1985
　　　　　　　年 7 月　頁 51—60

105. 楊　渡　　冷箭與投槍——讀許達然散文的隨想　文藝報　1989 年 4 月 29
　　　　　　　日　7 版

106. 武寒青　　激情、沉思與詩——許達然散文讀後　臺港文學選刊　1986 年第
　　　　　　　3 期　1986 年 3 月　頁 69

107. 王晉民　　許達然的散文[5]　臺灣當代文學　南寧　廣西人民出版社　1986 年
　　　　　　　9 月　頁 330—343

108. 古繼堂　　大眾的詩人大眾的詩——評臺灣詩人許達然的詩　華人世界
　　　　　　　1986 年第 5 期　1986 年 10 月　頁 155

109. 古繼堂　　大眾的詩人大眾的詩——評臺灣詩人許達然的詩　臺聲　1987 年
　　　　　　　第 5 期　1987 年 5 月　頁 37—38

110. 古繼堂　　大眾的詩人大眾的詩——論臺灣詩人許達然的詩創作　臺灣香港
　　　　　　　與海外華文文學論文選——第三屆全國臺灣與海外華文文學學術
　　　　　　　討論會　福州　海峽文藝出版社　1988 年 9 月　頁 159—172

---

[5]本文將許達然的散文創作分為兩個階段，抒情與寫實，並分析其散文的藝術特點。全文共 4 小
節：1.從抒情到寫實的散文家許達然；2.許氏前期散文的抒情風格；3.許氏近期散文的寫實風格；
4.許氏散文的藝術特點。

111. 古繼堂　　大眾的詩人大眾的詩——論詩人許達然的詩創作　靜聽那心底的旋律——臺灣文學論　北京　國際文化出版公司　1989 年 1 月頁 157—168

112. 李　源　　赤誠燃起的情理之光：評許達然的散文藝術　廣東社會科學1987 年第 3 期　1987 年 6 月　頁 107—111

113. 李　源　　一首現代社會的悲愴曲：評許達然的散文（1—2）　臺灣文藝第 112—113 期　1988 年 7，9 月　頁 97—103，111—115

114. 李　源　　一首現代社會的悲愴曲——論許達然的散文　當代作家評論1988 年第 5 期　1988 年 10 月　頁 111—115

115. 王晉民、莫文征　　許達然和他的散文（代序）　芝加哥的畢卡索　南寧廣西人民出版社　1987 年 8 月　頁 1—3

116. 白少帆等[6]　　許達然的散文　現代臺灣文學史　瀋陽　遼寧大學出版社1987 年 12 月　頁 763—770

117. 喻大翔　　許達然——臺港海外散文名家印象之一　海南日報　1987 年 12 月24 日　3 版

118. 李元洛　　冷峻鋒銳，風格獨標：臺灣詩人許達然詩作欣賞　名作欣賞1988 年第 4 期　1988 年 7 月　頁 69—71，31

119. 李元洛　　冷峻鋒銳・風格獨標——旅美詩人許達然作品欣賞　寫給繆斯的情書——臺港與海外新詩欣賞　太原　北岳文藝出版社　1992年 8 月　頁 319—326

120. 李魁賢　　臺灣詩人的反抗精神〔許達然部分〕　文學世界　第 3 期　1988年 7 月　頁 145—148

121. 李魁賢　　臺灣詩人的反抗精神（中）〔許達然部分〕　臺灣文藝　第 113期　1988 年 10 月　頁 145—148

122. 古繼堂　　臺灣新詩回歸的前奏（二）——「笠詩社」——許達然　臺灣新詩發展史　臺北　文史哲出版社　1989 年 7 月　頁 388—393

---

[6]合著者：白少帆、王玉斌、張恆春、武治統。

123. 公仲，汪義生　　許達然　臺灣新文學史初編　南昌　江西人民出版社　1989 年 8 月　頁 305—306

124. 潘亞暾　許達然詩風小識　海峽　1990 年第 4 期　1990 年 8 月　頁 168—169

125. 冒炘，趙江濱　　現代生存的藝術反思——許達然散文論　新地文學　第 9 期　1991 年 8 月　頁 57—72

126. 徐　學　散文創作（上）——梁實秋、張秀亞與 50 年代的散文創作〔許達然部分〕　臺灣文學史（下）　福州　海峽文藝出版社　1993 年 1 月　頁 450

127. 陳賢茂主編　美國華文文學——王鼎鈞、許達然　海外華文文學史初編　廈門　鷺江出版社　1993 年 12 月　頁 704—711

128. 陳賢茂主編　美國華文文學（中）——王鼎鈞、許達然　海外華文文學史第四卷　廈門　鷺江出版社　1999 年 8 月　頁 298—305

129. 徐　學　家國之歌吟——飽含泥土氣息的家鄉記憶〔許達然部分〕　臺灣當代散文綜論　福州　海峽文藝出版社　1994 年 10 月　頁 90—91

130. 潘亞暾　許達然的詩和散文[7]　海外奇葩——海外華文文學論文集　廣州　暨南大學出版社　1994 年 11 月　頁 151—162

131. 史燦方　許達然散文的語言美　修辭學習　第 6 期　1994 年 12 月　頁 40—41

132. 張超主編　許達然　臺港澳及海外華人作家辭典　江蘇　南京大學出版社　1994 年 12 月　頁 558—559

133. 方　忠　鄉土品格，史家筆力——許達然散文　臺港散文 40 家　鄭州　中原農民出版社　1995 年 5 月　頁 389—393

134. 羅秀菊　同情的理解——我對許達然散文的理解　臺灣文藝　第 155 期

---

[7] 本文從許達然作品分析其詩風，簡論散文中的史觀、詩意、情理等。全文共 2 小節：1.許達然的詩風；2.許達然的散文。

　　　　　　　1996 年 6 月　頁 47—52

135. 湯源生　　意象密集‧洗練簡約——論許達然散文的文體特點　中外散文比
　　　　　　　較與展望　福建　福建教育出版社　1996 年 7 月　頁 294—305

136. 余崇生　　從鄉愁到現實——略論臺灣現代散文風格的變遷〔許達然部分〕
　　　　　　　中國現代文學理論季刊　第 7 期　1997 年 9 月　頁 378—380

137. 葉　笛　　深海的活火山——讀許達然的詩與散文[8]　第四屆府城文學獎得獎
　　　　　　　作品專集　臺南　臺南市立文化中心　1998 年 6 月　頁 434—450

138. 林佳惠　　《野風》作家作品論析——詩與散文作家——許達然　《野風》文
　　　　　　　藝雜誌研究　臺灣師範大學國文學系　碩士論文　陳萬益教授指
　　　　　　　導　1998 年 7 月　頁 124—128

139. 李敏勇　　不要再怨嘆了　自由時報　1999 年 7 月 29 日　41 版

140. 李敏勇　　不要再怨嘆了　臺灣詩閱讀——探觸五十位臺灣詩人的心　臺北
　　　　　　　玉山社出版公司　2000 年 9 月　頁 106—110

141. 黃發有　　許達然：飛揚與束縛[9]　美國華文文學論　濟南　山東文藝出版社
　　　　　　　2000 年 5 月　頁 189—195

142. 黃發有　　空靈的探險——許達然散文簡論　世界華文文學論壇　2000 年第
　　　　　　　3 期　2000 年 9 月　頁 30—33

143. 李癸雲　　與書為伍的生命——談許達然的文學歷程與散文特色　明道文藝
　　　　　　　第 302 期　2001 年 5 月　頁 155—161

144. 葉　笛　　臺灣現代詩《笠》的風景線〔許達然部分〕　笠　第 224 期
　　　　　　　2001 年 8 月　頁 89—90

145. 李魁賢　　許達然的文學　李魁賢文集‧第八冊　臺北　行政院文建會
　　　　　　　2002 年 10 月　頁 439—440

146. 王韶君　　剖析現實的層理——論許達然散文中的人間表象　臺北師範學院
　　　　　　　臺灣文學研究所——第二屆研究生學術研討會　臺北　臺北師範

---

[8] 本文由《違章建築》談至許達然的文學理念，分析其散文中的土地與人民、語言、關懷三個特色。
[9] 本文後改篇名為〈空靈的探險——許達然散文簡論〉。

學院臺灣文學研究所　2005 年 5 月 14 日　頁 19—34

147. 葉　笛　　《許達然集》解說　葉笛全集 6・評論卷三　臺南　國立臺灣文學館　2007 年 5 月　頁 198—227

148. 葉　笛　　解說　許達然集　臺南　國立臺灣文學館　2009 年 7 月　頁 121—139

149. 應鳳凰　　評許達然散文的藝術性與臺灣性[10]　學院作家學術研討會論文集　臺北　臺北教育大學語文與創作學系主辦　2007 年 9 月 29 日　頁 64—78

150. 應鳳凰　　論許達然散文的藝術性與臺灣性　新地文學　第 3 期　2008 年 3 月　頁 25—52

151. 應鳳凰　　論許達然散文的藝術性與臺灣性　許達然散文精選集　臺北　前衛出版社　2011 年 7 月　頁 378—414

152. 應鳳凰　　從文學史角度看許達然散文的藝術性與臺灣性　文學史敘事語文學生態：戒嚴時期臺灣作家的文學位置　臺北　前衛出版社　2012 年 11 月　頁 165—199

153. 李敏勇　　許達然——在不是詩的社會寫社會的詩　人本教育札記　第 243 期　2009 年 9 月　頁 102—105

154. 李敏勇　　許達然——在不是詩的社會寫社會的詩　聽，臺灣在吟唱——詩的禮物 1　臺北　圓神出版公司　2014 年 7 月　頁 149—167

155. 應鳳凰　　許達然散文的人間關懷　人間福報　2011 年 8 月 22 日　15 版

156. 陳芳明　　一九七〇年代臺灣文學的延伸與轉化——鄉土文學運動中的詩與散文〔許達然部分〕　臺灣新文學史　臺北　聯經出版公司　2011 年 10 月　頁 576—577

157. 林明理　　簡論許達然詩的通感——名家側影之二　全國新書資訊　第 175

[10]本文從許達然文學發展軌跡及其作品被接受的歷程，審視其散文的「臺灣性」及其文學史上的地位。全文共 6 小節：1.前言；2.許達然文學「接受史」的回顧；3.展開出《土》的社會與時代背景；4.許達然散文於藝術形式的開拓；5.批判資本主義與機械文明；6.餘論：許達然散文的臺灣性與文學史位置。

期　2013 年 7 月　頁 36—40

158. 林明理　簡論許達然詩的通感　行走中的歌者——林明理談詩　臺北　文
史哲出版社　2013 年 12 月　頁 92—103

159. 朱芳玲　權把他鄉作故鄉——八、九〇年代的移民文學——扎根鄉「土」，
筆「吐」真言：許達然　流動的鄉愁：從留學生文學到移民文學
臺南　國立臺灣文學館　2013 年 8 月　頁 175—182

160. 李京珮　面向南方：論許達然散文的書寫策略　全球化下的南方書寫：文
化場域與書寫實踐國際學術研討會　臺南　成功大學中國文學系
主辦　2013 年 10 月 12—13 日

161. 李京珮　論許達然散文的作品精神與藝術風格　漢學研究集刊　第 21 期
2015 年 12 月　頁 27—44

162. 劉振琪　海外詩人的創作表現——見證歷史與關懷社會的許達然　笠詩社
第二世代詩人研究　中山大學中國文學系　博士論文　陳鴻森教
授指導　2013 年　頁 254—268

163. 莊金國　追求到位——許達然精益求精的寫作精神　鹽分地帶文學　第 52
期　2014 年 6 月　頁 19—30

164. 楊　風　林亨泰（1924—）和許達然（1940—）〔許達然部分〕　笠　第
314 期　2016 年 8 月　頁 148—152

分論

◆單行本作品

詩

《違章建築》

165. 葉寄民〔葉笛〕　愛與匕首——論許達然詩集《違章建築》　臺灣學術研
究會誌（東京）　第 4 期　1989 年 12 月　頁 55—72

166. 葉寄民　愛與匕首——論許達然詩集《違章建築》　臺灣文學巡禮　臺南
臺南市立文化中心　1995 年 4 月　頁 151—171

6 月　頁 274—276

《土》

180. 羊子喬　談散文的意象：試評許達然散文集《土》　書評書目　第 91 期　1980 年 11 月　頁 60—63

181. 羊子喬　談散文的意象——試評許達然散文集《土》　神秘的觸鬚——羊子喬文學評論集　臺南　臺南縣立文化中心　1995 年 6 月　頁 108—113

182. 羊子喬　談散文的意象：試評許達然散文集《土》　神秘的觸鬚　臺北　台笠出版社　1996 年 6 月　頁 108—113

183. 羊子喬　談散文的意象——試評許達然散文集《土》　神秘的觸鬚——羊子喬文學評論集　臺南　臺南縣立文化中心　1998 年 12 月　頁 108—113

184. 呂　昱　腳印的旅棧：談許達然的散文集《土》　文學界　第 11 期　1984 年 8 月　頁 39—43

《水邊》

185. 黃碧端　水邊的寓言　聯合文學　第 1 期　1984 年 11 月　頁 212

186. 黃碧端　水邊的寓言　洪範雜誌　第 23 期　1985 年 9 月　3 版

187. 黃麗娜　充滿社會關懷的利筆——談許達然的散文集《水邊》　國文天地　第 114 期　1994 年 11 月　頁 28—33

188. 黃麗娜　充滿社會關懷的利筆——談許達然的散文集《水邊》　傳習　第 13 期　1995 年 4 月　頁 115—122

189. 黃冠翔導讀；葉衽椊校訂　　冷筆刻寫熱情——許達然《水邊》的臺灣關懷　明道文藝　第 401 期　2009 年 8 月　頁 69—73

《素描許達然》

190. 楊錦郁　晶瑩的鏡・默看喧騰〔《素描許達然》〕　聯合報　2002 年 1 月 21 日　30 版

191. 月　桂　《素描許達然》　自由時報　2002 年 1 月 24 日　39 版

192. 方　瑜　　孤獨者的素描冊〔《素描許達然》〕　中國時報　2002 年 3 月 24
　　　日　23 版

193. 張瑞芬　　水邊的答問——許達然《素描許達然：許達然散文集》、舞鶴《舞
　　　鶴淡水》、簡媜《天涯海角：福爾摩沙抒情誌》三書評論　明道文
　　　藝　第 313 期　2002 年 4 月　頁 16—29

194. 張瑞芬　　水邊的答問——許達然《素描許達然：許達然散文集》、舞鶴《舞
　　　鶴淡水》、簡媜《天涯海角：福爾摩沙抒情誌》　未竟的探訪：瞭
　　　望文學新版圖　臺北　麥田出版公司　2002 年 12 月　頁 194—
　　　212

195. 李正夫　　《素描許達然》　「閱讀作家・作家閱讀」文學創作班成果專輯
　　　南投　南投縣文化局　2002 年 12 月　頁 96—106

◆多部作品

《含淚的微笑》、《遠方》、《土》

196. 詹文凱　　一支年輕的筆——簡介許達然的散文〔《遠方》、《土》、《含
　　　淚的微笑》〕　臺大代聯會訊　第 152 期　1983 年 12 月　6 版

單篇作品

197. 撫萱閣主　　〈淚〉按　你喜愛的文章　臺北　史地教育出版社　1969 年 11
　　　月　頁 177

198. 思　鐸　　散文導讀〔〈淚〉〕　明道文藝　第 57 期　1980 年 12 月　頁 10
　　　—13

199. 李魁賢等[11]　　作品合評〔〈車〉部分〕　笠　第 95 期　1980 年 2 月　頁 50
　　　—51

200. 李漢偉　　關懷窮困苦疾〔〈路〉[12]部分〕　臺灣新詩的三種關懷　臺北　駱
　　　駝出版社　1997 年 10 月　頁 184—185

201. 王灝，康原編選　　許達然〈亭仔腳〉　大家文學選・散文卷　臺中　明光

---

[11]與會者：李敏勇、林鍾隆、趙天儀、李勇吉、黃荷生、杜國清。
[12]詩作〈車〉即〈路〉。

　　　　　　　　　出版社　1981 年 10 月　頁 120—123

202. 季　季　　〈東門城下〉：編者的話　1982 年臺灣散文選　臺北　前衛出版社
　　　　　　　　　1983 年 2 月　頁 93

203. 趙天儀　　〈能〉評析　1982 年臺灣詩選　臺北　前衛出版社　1983 年 2 月
　　　　　　　　　頁 99

204. 洪素麗　　編者的話——〈泥濘的路〉　1984 臺灣散文選　臺北　前衛出版
　　　　　　　　　社　1985 年 2 月　頁 38

205. 林明德　　〈歷史的諷刺〉簡析　中國現代散文選析 2　臺北　長安出版社
　　　　　　　　　1985 年 3 月　頁 906—907

206. 林明德　　用心於筆墨之外——讀許達然的〈歷史的諷刺〉　臺灣日報
　　　　　　　　　1985 年 4 月 29 日　8 版

207. 林明德　　〈那泓水〉簡析　中國現代散文選析 2　臺北　長安出版社　1985
　　　　　　　　　年 3 月　頁 896—897

208. 洪富連　　當代主題散文鑑賞舉隅〔〈那泓水〉部分〕　當代主題散文研究
　　　　　　　　　高雄　復文圖書出版社　1998 年 4 月　頁 119—121

209. 林明德　　〈失去的森林〉簡析　中國現代散文選析 2　臺北　長安出版社
　　　　　　　　　1985 年 3 月　頁 892—893

210. 李春林　　〈失去的森林〉　臺灣散文鑑賞辭典　太原　北嶽文藝出版社
　　　　　　　　　1991 年 12 月　頁 844—846

211. 林政華　　即文學即情思——近現代散文名篇的內涵基調舉隅——許達然的
　　　　　　　　　〈失去的森林〉　耕情集　臺中　臺中市立文化中心　1995 年 6
　　　　　　　　　月　頁 193—195

212. 張　健　　現代散文欣賞——〈失去的森林〉賞析　明道文藝　第 269 期
　　　　　　　　　1998 年 8 月　頁 144—147

213. 浦基維，涂玉萍，林聆慈　　辭章創作與時代背景——社會背景——對現代
　　　　　　　　　社會的變遷表示憂心〔〈失去的森林〉部分〕　散文‧新詩義旨
　　　　　　　　　古今談　臺北　萬卷樓圖書公司　2002 年 1 月　頁 23

214. 今古文化編輯委員會　　許達然〈失去的森林〉導讀　新編大學國文選　臺
　　　北　今古文化公司　2009 年 9 月　頁 145—152

215. 林文義　　〈海山間〉作品賞析　深夜的嘉南平原　高雄　敦理出版社　1985
　　　年 9 月　頁 11—12

216. 阿　盛　　〈榕樹與公路〉：編者小語　1985 臺灣散文選　臺北　前衛出版社
　　　1986 年 2 月　頁 298

217. 陳　煌　　〈死山〉編者註　我們不能再沉默　臺北　駿馬文化公司　1986 年
　　　4 月　頁 207

218. 莫　渝　　兩首散文詩的賞析〔〈黑面媽祖〉部分〕　笠　第 147 期　1988
　　　年 10 月　頁 125

219. 莫　渝　　〈黑面媽祖〉解說　情願讓雨淋著　臺北　業強出版社　1991 年 9
　　　月　頁 193

220. 李敏勇　　〈黑面媽祖〉解說　啊，福爾摩沙！　臺北　本土文化公司　2004
　　　年 1 月　頁 67

221. 陳幸蕙　　〈冬天的考試〉編者註　七十八年散文選　臺北　九歌出版社
　　　1990 年 1 月　頁 307

222. 蔡榮勇等[13]　　〈鐘錶〉欣賞的話　笠　第 157 期　1990 年 6 月　頁 115

223. 李　琳　　〈遠方〉　臺灣散文鑑賞辭典　太原　北嶽文藝出版社　1991 年
　　　12 月　頁 868—870

224. 李春林　　〈星〉　臺灣散文鑑賞辭典　太原　北嶽文藝出版社　1991 年 12
　　　月　頁 838—840

225. 李　琳　　〈擁抱〉　臺灣散文鑑賞辭典　太原　北嶽文藝出版社　1991 年
　　　12 月　頁 854—855

226. 李　琳　　〈冬街〉　臺灣散文鑑賞辭典　太原　北嶽文藝出版社　1991 年
　　　12 月　頁 860—862

227. 李春林　　〈普渡〉　臺灣散文鑑賞辭典　太原　北嶽文藝出版社　1991 年

---

[13]評論者：蔡榮勇、吳佩珊、林敬浤、謝佳惠、徐鈺亭、余佳蕙、高滿慶、曾士贏。

12 月　頁 851—853

228. 李魁賢　詩的意識和想像〔〈懷念〉部分〕　笠　第 190 期　1995 年 12 月　頁 106

229. 陳千武　許達然的詩〔〈普通列車〉〕　詩的啟示——文學評論集　南投　南投縣立文化中心　1997 年 5 月　頁 79—80

230. 陳千武　詩的啟示——許達然的詩〔〈普通列車〉〕　笠　第 223 期　2001 年 6 月　頁 138—139

231. 李漢偉　反思都會的亂象與掙扎〔〈違章建築〉部分〕　臺灣新詩的三種關懷　臺北　駱駝出版社　1997 年 10 月　頁 196

232. 莫　渝　許達然詩〈蕭條〉賞析　笠下的一群：笠詩人作品選讀　臺北　河童出版社　1999 年 6 月　頁 191—193

233.〔文鵬，姜凌主編〕　許達然——〈離鄉老兵〉　中國現代名詩三百首　北京　北京出版社　2000 年 1 月　頁 560—561

234. 李敏勇　〈離鄉老兵〉作品導讀　青少年臺灣文庫 2——新詩讀本 3：天門開的時候　臺北　國立編譯館　2008 年 12 月　頁 72

235. 蕭　蕭　蕭蕭按語〔〈防風林〉部分〕　與自然談天——生態散文集　臺北　幼獅文化公司　2004 年 9 月　頁 84—85

236. 孫玉石　星光燦爛的文學花園——現代文學知識精華〔〈驀然看到〉部分〕　星光燦爛的文學花園：現代文學知識精華：散文、詩歌　臺北　雅書堂文化公司　2005 年 2 月　頁 204—206

237. 李敏勇　水啊！水啊！〔〈旱〉〕　經由一顆溫柔心：臺灣、日本、韓國詩散步　臺北　圓神出版社　2007 年 10 月　頁 56—59

238. 金尚浩　論笠與七、八〇年代現實主義之發展〔〈樹〉部分〕　「笠與七、八〇年代臺灣詩壇關係」學術研討會論文集　高雄　春暉出版社　2008 年 8 月　頁 174

239. 李敏勇　一年一選——〈樹〉　笠　第 299 期　2014 年 2 月　頁 8—9

240. 李敏勇　〈訊息〉作品導讀　青少年臺灣文庫 2——新詩讀本 4：我有一個

夢　臺北　國立編譯館　2008 年 12 月　頁 49

241. 王秋文　〈去看壯麗〉作品導讀　閱讀鄉土散文　臺北　萬卷樓圖書公司　2011 年 1 月　頁 121—122

242. 王秋文　〈家在臺南〉作品導讀　閱讀鄉土散文　臺北　萬卷樓圖書公司　2011 年 1 月　頁 125—127

243. 喬　林　許達然的〈訊息〉　人間福報　2011 年 11 月 21 日　15 版

244. 喬　林　喬林品詩——許達然的〈訊息〉　笠　第 298 期　2013 年 12 月　頁 99—101

245. 廖鴻基　〈相思樹〉（評語）　地球的心跳：自然生態散文集　臺北　幼獅文化公司　2013 年 8 月　頁 108—114

246. 柳依依　漂浪の島，漂浪の詩，飄不去の詩人〔〈動靜〉部分〕　笠　第 307 期　2015 年 6 月　頁 145—146

多篇作品

247. 趙天儀　〈刑場〉、〈看龍划船〉、〈給影子〉賞析　當代臺灣詩人選・一九八三卷　臺北　金文圖書出版社　1984 年 5 月　頁 89—90

248. 流沙河　許達然十一首〔〈見聞〉、〈有題〉、〈準時到的消息〉、〈在球場打工〉、〈西門町之夜〉、〈看瀑〉、〈學問〉、〈輾〉、〈民囑政治〉、〈違章建築〉、〈鐘表〉〕　臺灣中年詩人十二家　重慶　重慶出版社　1988 年 7 月　頁 21—30

249. 陳明台　臺灣現代詩人的故鄉憧憬與歷史意識〔〈破碗〉、〈愈肥愈臭愈好的泥土〉部分〕　臺灣精神的崛起　高雄　春暉出版社　1989 年 12 月　頁 36—39

250. 陳明台　鄉愁論——臺灣現代詩人的故鄉憧憬與歷史意識〔〈破碗〉、〈黑面媽祖〉部分〕　臺灣精神的崛起——《笠》詩論選集　高雄　文學界雜誌　1989 年 12 月　頁 36—38

251. 陳明台　鄉愁論——臺灣現代詩人的故鄉憧憬與歷史意識〔〈破碗〉、〈黑面媽祖〉部分〕　笠文論選 II：風格的建構　高雄　春暉出

作品評論目錄、索引

262. 李玉春　　許達然研究資料　許達然文學觀及其文學表現　臺灣師範大學國
　　　文學系在職進修碩士班　碩士論文　潘麗珠教授指導　2006 年 8
　　　月　頁 167—170

263. 〔封德屏主編〕　　許達然　臺灣現當代作家評論資料目錄（四）　臺南
　　　國立臺灣文學館　2010 年 11 月　頁 2816—2826

其他

264. 楓　堤　　談一首梅士菲爾詩的翻譯〔〈西風歌〉部分〕　笠　第 7 期
　　　1965 年 6 月　頁 53—54

265. 李敏勇　　一年一選──〈一九三九年九月一日〉　笠　第 302 期　2014
　　　年 8 月　頁 15—19

國家圖書館出版品預行編目資料

臺灣現當代作家研究資料彙編. 96, 許達然/應鳳凰編選.
-- 初版. -- 臺南市：臺灣文學館, 2017.12
　面；　公分
ISBN 978-986-05-3729-1 (平裝)

1.許達然　2.傳記　3.文學評論

863.4　　　　　　　　　　　　　　106018020

【臺灣現當代作家研究資料彙編】96
許達然

發 行 人　廖振富
指導單位　文化部
出版單位　國立臺灣文學館
　　　　　地　　址／70041 臺南市中西區中正路 1 號
　　　　　電　　話／06-2217201　　　　　　傳　　真／06-2218952
　　　　　網　　址／www.nmtl.gov.tw　　　　電子信箱／pba@nmtl.gov.tw

總 策 畫　封德屏
顧　　問　林淇瀁　張恆豪　許俊雅　陳義芝　須文蔚　應鳳凰
工作小組　王則翔　沈孟儒　林暄燁　黃子恩　陳映潔
編　　選　應鳳凰
責任編輯　黃子恩
校　　對　黃子恩
計畫團隊　財團法人台灣文學發展基金會
美術設計　翁國鈞・不倒翁視覺創意
印　　刷　松霖彩色印刷事業有限公司

著作財產權人　國立臺灣文學館
　　　本書保留所有權利。欲利用本書全部或部分內容者，須徵求著作財產權人
　　　同意或書面授權。請洽國立臺灣文學館研究典藏組（電話：06-2217201）

經銷展售　國家書店松江門市（02-25180207）
　　　　　國立臺灣文學館藝文商店（06-2217201#2960）
　　　　　一德洋樓羅布森冊惦（04-22333739）
　　　　　三民書局（02-23617511、02-2500-6600）
　　　　　台灣的店（02-23625799）　　　府城舊冊店（06-2763093）
　　　　　南天書局（02-23620190）　　　唐山出版社（02-23633072）
　　　　　後驛冊店（04-22211900）　　　五南文化廣場（04-22260330）

初版一刷　2017 年 12 月
定　　價　新臺幣 390 元整
　　　　　第一階段 15 冊新臺幣 5500 元整　　第二階段 12 冊新臺幣 4500 元整
　　　　　第三階段 23 冊新臺幣 8500 元整　　第四階段 14 冊新臺幣 5000 元整
　　　　　第五階段 16 冊新臺幣 6000 元整　　第六階段 10 冊新臺幣 3800 元整
　　　　　第七階段 10 冊新臺幣 3200 元整　　全套 100 冊新臺幣元整 30000

GPN　1010601825（單本）　　ISBN　978-986-05-3729-1（單本）
　　　1010000407（套）　　　　　　　978-986-02-7266-6（套）

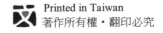